ཀྲུང་གོའི་ཚན་རིག་འཆར་སྣང་བརྩམས་སྒྲུང་ཉིད་བསྡུས།

中国科幻小说精品集

གཙོ་སྒྲིག་པ། ཡའོ་ཧེ་ཅུན།

主编 姚海军

བོད་ཡིག་ཡིག་སྒྱུར་གཙོ་འགན། ལྕགས་སྒྲོལ་ཡ་མ་ཚེ་རིང་།

藏文翻译主编 嘉智・亚玛泽仁

བོད་ཡིག་ཡིག་སྒྱུར། གཡང་མཚོ། པདྨ་དབྱངས་ཅན།

བཀྲ་ཤིས་ལྷ་མོ།

藏文翻译 拥措 白玛央金 何利秀

སི་ཁྲོན་དཔེ་སྐྲུན་ཚོགས་པ།

སི་ཁྲོན་ཚན་རིག་ལག་རྩལ་དཔེ་སྐྲུན་ཁང་།

四川出版集团

四川科学技术出版社

ཀྲུང་གོའི་ཚན་རིག་འཆར་སྣང་བརྩམས་སྒྲུང་ཉིང་བསྡུས།

གཙོ་སྒྲིག་པ། ཡའོ་ཧྲེ་ཙྭན།

བོད་ཡིག་ཡིག་སྒྱུར་གཙོ་འགན། ལྕགས་སྒྱུལ་ཡ་མ་ཚེ་རིང་།

བོད་ཡིག་ཡིག་སྒྱུར། གཡང་མཚོ། པདྨ་དབྱངས་ཅན།

བཀྲ་ཤིས་ལྷ་མོ།

བོད་ཡིག་རྩོམ་སྒྲིག མཁའ་འགྲོ་ཚེ་རིང་།

དཔེ་སྒྲིག་འགན་འཛིན། སང་ཞིས།

དཔེ་སྐྲུན་བཀྲམ་མཁན། སི་ཁྲོན་དཔེ་སྐྲུན་ཚོགས་པ། སི་ཁྲོན་ཚན་རིག་ལག་རྩལ་དཔེ་སྐྲུན་ཁང་།

དཔེ་དེབ་ཆ་ཚད། ༢༠༣ mm × ༡༤༠ mm

དཔར་གྲངས། ༡༠ ཡིག་འབྲུ་ཁྲི་ ༡༨༠

སྒྲིག་ཐེངས། ༢༠༡༡ལོའི་ཟླ་༨པར་པར་ཐེངས་དང་པོ་བསྒྲིགས།

དཔར་ཐེངས། ༢༠༡༡ལོའི་ཟླ་༨པར་པར་གཞི་ཐེངས་དང་པོ་དཔར།

རིན་གོང་སྒོར། ༢༧.༠༠

དེབ་རྟགས། ISBN 978-7-5364-7244-0

图书在版编目（C I P）数据

中国科幻小说精品集 ：藏汉对照 / 姚海军主编.
--成都 ：四川科学技术出版社, 2011.8
ISBN 978-7-5364-7244-0

Ⅰ. ①中… Ⅱ. ①姚… Ⅲ. ①科学幻想小说－小说集
－中国－当代－藏语、汉语 Ⅳ. ①I247.7

中国版本图书馆 CIP 数据核字(2011)第 177881 号

中国科幻小说精品集
主　　编　姚海军
藏文翻译主编　嘉智·亚玛泽仁
藏文翻译　拥　措　白玛央金　何利秀
藏文编辑　侃召才让
责任编辑　宋　齐
封面设计　梁　成
责任出版　周红君
出版发行　四川出版集团·四川科学技术出版社
印　　刷　四川五洲彩印有限责任公司
成品尺寸　203mm×140mm
印　　张　10　字数 180 千
版　　次　2011 年 8 月成都第一版
印　　次　2011 年 8 月成都第一次印刷
定　　价　27.00 元
书　　号　ISBN 978-7-5364-7244-0

དཀར་ཆག

目 录

ཀྲུང་གོའི་ཚན་རིག་འཆར་སྣང་བརྩམས་
སྒྲུང་ཉིད་བསྡུས།

ཉིན་གཅིག་གི་བཙོན་པ།

一日囚

ལའུ་ཝེན་ཡང་གིས་བརྩམས་པ།

柳文杨著

ལའུ་ཞིན་ཡང་ནི་རང་རྒྱལ་གྱི་ཚན་རིག་དང་མཐུན་པའི་འཆར་སྣང་ལས་རིགས་ཀྱི་ཆེས་དཀོན་པའི་རིགས་སུ་འཇོག་དགོས་ངེས་རེད། རྒྱུ་མཚན་གཅིག་མ་གཏོགས་མེད། དེ་ནི་ཁོའི་སྒྱུང་གྲུང་དང་ཐྲོད་པོ། ཁ་མཚར་བའི་རྒྱན་ཡིན། རང་རྒྱལ་གྱི་ཚན་རིག་དང་མཐུན་པའི་འཆར་སྣང་ལས་རིགས་ལ་ལོ་རྒྱུས་ཐོག་ནས་འདི་འདྲའི་ཁྱད་ཆོས་ཡོད་པའི་རྩོམ་པ་པོ་ཧ་ཅང་ཉུང་བ། ཁོས《ཚན་རིག་དང་མཐུན་པའི་འཆར་སྣང་གི་འཇིག་རྟེན》གྱི་ཆ་སྒྲིལ་དུས་དེབ《ཡ་མཚན་ཅན་གྱི་ཡིག་ཚགས》སྟེང་དུ་བཀོད་པའི་ཆེད་བསྒྲིགས་ལེ་ཚན་གྱི་རྩོམ་ཡིག་མང་པོས་ལའུ་ཞིན་ཡང་ལ་ཡིད་ཆགས་མཁན་མང་པོ་བྱུང་ཡོད།

སྒྱུང་གྲུང་དང་ཁ་མཚར་ཅན་གྱི་རྩོམ་པ་པོས་ཀློག་པ་པོ་ལ་བྱིན་པའི་དགའ་སྤྲོ་དེ་གཟབ་ནན་གྱི་རྩོམ་པ་པོ་ལས་མི་ཉུང་སོད། ཅོན་ཀྱང་ཡ་མཚན་པ་ནི་རྩོམ་པ་པོ་འདི་རིགས་ལ་ཀློག་པ་པོས་མཐོང་ཆུང་བྱེད་པ་དང་། ལྷག་པར་དུ་འདེམས་ཐོག་ཕངས་ནས་བྱ་དགའ་དཔྱད་བསྡུར་བྱེད་དུས་དེ་འདྲ་ཡིན། ཨ་རི་ལའང་དཔེར་འདི་འདྲ་ཡོད་དེ། ལའོ་པའི་ཐའི་ཤའི་

ཁེ་ལིའི་ཡིས་ཁོ་རང་གིས་སྐྱེ་ཐོབ་ཤེས་རབ་ཀྱི་བསམ་པའི་བཀོད་པ་དང་བློ་རིག་ལྡན་པའི་ཁ་མཚར་གྱིས་ཚན་རིག་དང་མཐུན་པའི་འཆར་སྣང་ལ་ཡིད་ཆགས་མཁན་མང་པོ་ཞིག་ལ་སྤྲོ་སྣང་སྐྱེར་མོད། ཁོན་ཀྱང་མཐའ་མར་དུ་རུང་བྱ་དགའ་མང་པོ་ཐོབ་མེད། དེ་དང་འགྲན་ན་ལའུ་ཧྲེན་ཡང་བསོད་བདེ་ཆེན་པོ་ཡིན། ཁོས《ཧའེ་ཤའི་ཡིས་ང་བསྐྱབས》དང་།《ཡེ་ཤུའི་འབྲུངས་སྐར་གྱི་འབུལ་རྟེན》《དུག་སྦྲུལ》《ས་དོགས་པོ》བཅས ༡༩༩༣ལོ་དང་༡༩༩༨ལོ། ༡༩༩༧ལོ། ༢༠༠༠ལོའི་དགུ་ཚིགས་ཀྱི་བྱ་དགའ་ཐོབ་པ། ཁོའི་དམོད་གྲོལ་མཁན་སོགས་རྩོམ་སྒྲུང་རིང་པོ་དཔེ་ཚོང་ཁང་དུ་ཉོ་མཁན་གློག་པ་པོ་མང་པོ་ཡོད།

བརྩམས་སྒྲུང་ཕྲུས་བཟང་འདིའི་ནང་དུ་བསྡུས་པའི་《ཉིན་གཅིག་གི་བརྩོན་པ》ནི་ལའུ་ཧྲེན་ཡང་གི་རྩོམ་སྒྲུང་ཐུང་ཐུང་གི་མཚོན་བྱེད་བརྩམས་སྒྲུང་ཡིན།

B སྐུ་ཞབས་ཚེ་ལས་འདས་སོང་། ཁོ་ཁང་བརྩིགས་ཆེན་པོ་འདིའི་ནང་དུ་སྡོས་ནས་ཉིན་མཚན་གཅིག་ལས་མེད།

B སྐུ་ཞབས་ནི་མདང་དགོང་། མ་རེད། ཡང་དག་པོས་བཤད་ན་དེ་རིང་སྐྱ་མདའ་གཏོང་ཁར་ཆུ་ཚོད་བཅུ་གཉིས་སྟེང་ནང་དུ་སྡོར་ནས་ཡོང་བ། དེའི་སྐབས་སུ་མུན་ནག་འཁྲིགས་ཤིང་། གོས་ནག་གྱོན་པའི་སྐྱེས་པ་གཉིས་ཀྱི་ཁོ་ལ་རོགས་བྱས་ནས། སྒམ་ཆེན་པོ་གསུམ་ཁྱེར་ཏེ་ངའི་ལས་རིས་ཁང་གི་སྒོ་རྡུང་ནས། ཁྱིམ་ཚས་མེད་པའི་ཁང་པ་ཞིག་གླ་དགོས་ཟེར། འདི་ནི་ངོ་མ་ཡ་མཚན་ཅན་ཞིག་ཡིན། མི་ཕལ་ཆེར་གྱིས་ཁྱིམ་ཚས་ ཡོད་པའི་ཁང་པ་གླ་རྒྱུ་རེད།

ངསB སྐུ་ཞབས་ཀྱི་མགོ་རིལ་ལ་བལྟས་ནས་ཁྱོད་ཚོས་ཁང་པ་ཆེན་པོ་ཅི་ཚད་གླ་བ་ཡིན་ཟེར་དྲིས་པ། ཁོ་ཡིས་ཤེལ་མིག་གོན་ལ། ངོ་མདོག་དཀར་པོ་ཡིན་ཞིང་མཚེར་སྣང་ཤར་བ། སེམས་སྐྱོ་མའི་རྣམ་པ་སྟོན་པ།

གོས་ནག་གྱོན་མཁན་ཞིག་གིས་ཁང་པ་ཆུང་ཆུང་ཞིག་དགོས། ཉལ་ཁང་གཅིག་ ལ་ཇ་ཁང་དང་ཆབ་ཁང་ཡོད་ན་འགྲིག་དུ་ཟེར།

ངས་དགོངས་པ་མ་འཚོམ། མི་གསུམ་གྱིས་ཁང་པ་ཆུང་

ཚུང་འདི་འདྲ་སྡོད་ན་ ཚུང་རྒྱུ་མ་རེད་དམ་ཟེར་བ།

གོས་ནག་གྱོན་མཁན་གྱིས་རྣམ་འགྱུར་ཅི་ཡང་མི་སྟོན་ནས B སྐུ་ཞབས་ལ་མཛུབ་གྲུ་བཙུགས་ནས་ཁོ་ཁེ་ཧྲུ་མ་འདུག་དགོས་ཟེར།

ངས B སྐུ་ཞབས་ལ་འོ་ཡ། ཁྱེད་ཀྱིས་ཡུན་རིང་ཅི་ཚོད་སྡོ་རྒྱུ་ཡིན་ཟེར་དྲིས་པ།

B སྐུ་ཞབས་ཀྱིས་སྐད་ཆུང་ཆུང་གིས་ཉི་མ་གཅིག་ཟེར།

ཅི་ཟེར། ངས་གསལ་པོ་གོ་མ་བྱུང་།

གོས་ནག་གྱོན་མཁན་གྱིས་ཟླ་བ་གཅིག་སྡོ་དགོས། འདི་ནི་ཁྱོད་ཚོའི་སྡོ་ཡུན་ཆེས་ཐུང་བ་ཨེ་རེད་ཅེས་དྲིས་བྱུང་བ།

ངས་རེད་ཟེར་ནས་ཐོ་འགོད་འབྲི་དེབ་ཁུར་ཏེ། B སྐུ་ཞབས་ལ་རང་གི་མིང་འབྲི་དུ་བཅུག གོས་ནག་གྱོན་མཁན་གྱིས་ཟླ་བ་གཅིག་གི་ཁང་སྡོ་ང་ལ་སྤྲད་དེ། ངས་ཁོ་ཚོ་སློག་སྐས་སྟེང་དུ་ཁྲིད་པ་དང་། ཁང་བརྗེགས་༡༤པའི་ཁང་མིག་ཆུང་ཆུང་ཞིག་གི་ནང་དུ་ཁྲིད།

B སྐུ་ཞབས་ཀྱིས་མགྲོན་ཁང་འདི་ལ་བབས་པ་ན་ཡང་། ཁང་པའི་མཐོང་རྒྱ་ཆུང་མི་དགོས་ཟེར། གོས་ནག་གྱོན་མཁན་གྱིས་ཁ་མི་གྲག་པར། སྒམ་ཆེན་པོ་དེ་ཁ་ཕྱེས་ནས་ནང་དུ་སྟབས་

བདེ་བའི་ཁྲིམ་ཆས་བཞག་ཡོད། སྙེབ་ཚོག་པའི་རས་ཀྱི་གོས་སྣམ་དབུབས་ཚོག་པའི་ཉལ་གདན། ད་དུང་གོས་ལྭ་ཁ་ཤས་ཡོད། B སྐུ་ཞབས་འདུག་རྒྱུ་བྱས་ནས་གོས་ནག་གྱོན་མཁན་ཞིག་གིས་ཆུ་ཚོད་ལ་བལྟས་ནས། ད་ལྟ་ཟླ་བ༨པའི་ཚེས༡༨ཉིན་གྱི་སྐྱ་མདའ་གཏོང་ཁ་ཡི་ཆུ་ཚོད་བཅུ་གཉིས་ཡིན་ཟེར།

གོས་ནག་གྱོན་པའི་སྐྱེས་པ་གཉིས་སོང་བ་ན། ངས B སྐུ་ཞབས་ལ་ངལ་གསོ་གྱིས་དང་། ཁྱེད་འདིར་སྡོད་དུས་སྤྲོ་པོ་ཡོང་བར་སྨོན་ཟེར་བ་ཡིན།

ཁོས་མགོ་གཡུགས་ནས་བཤད་རྒྱུ། རེད། སྤྲོ་བ། ངས་ཁྱེད་ཚོ་ལ་ཡུན་རིང་ཐུགས་སུན་བཟོ་རྒྱུ་མིན།

ངས་ཁྱེད་ཀྱིས་ཅི་ཟེར་བ་ཡིན་དྲིས་པ་ན།

སྐད་ཅིག་ཙམ་དུ། ཁོའི་མིག་ནང་དུ་ཉམས་ཞན་དང་རེ་སྒྲུག་སྟོན། བཤད་རྒྱུ་ཞིག་ཡོད་པ་ལྟར་འདུག ང་སྐྲག་ནས་ཁོ་ཡང་མགྱོགས་མྱུར་དུ་རྒྱུན་ལྡན་གྱི་རང་ཚུལ་བསྟན་ཏེ། སྟོན་གྱི་འཚེར་སྣང་དང་སྐྱོ་བའི་རྣམ་པ་ཤར།

ང་ལ་དགོངས་པ་མ་ཚོམ། ང་ངལ་གསོ་འཇུག་རོགས་ཟེར་ནས་ང་སྒོ་རྒྱུར་བསྐྱལ།

འདི་ནི་ངའི་དྲན་ཤེས་ནང་གི་མདང་དགོང་ཡིན།

ཆུ་ཚོད་ཉི་ཤུ་ལྷག་ཙམ་འདས་ནས B སྐུ་ཞབས་ཁང་བའི་ནང་དུ་ཚེ་ལས་འདས། ཕོ་ཤི་རྗེས་སྐམ་རིད་དུ་གྱུར་པ་དེ་ལྟ་དུས་སོ་ཆེན་ཀྲས་ཚར།

གོས་ནག་གྱོན་མཁན་གཉིས་མུན་ནག་བརྒྱུད་དེ་ཁང་བརྩེགས་ནང་དུ་ཡོང་བ། ད་རུང་སྨན་པ་ལྷ་བུའི་མི་ཞིག་ཁྲིད་ཡོད། ངས་ད་རུང་མི་ཤེས་པ་ནི་ཕོ་ཚོས་ཅི་འདྲ་བྱས་ནས B སྐུ་ཞབས་ཤི་རྒྱུ་སྔོན་དཔག་བྱས། ཕོ་ཚོས་ང་ལ་ཁང་པའི་སྒོ་ཕྱེ་དུ་བཅུག་དུས B སྐུ་ཞབས་གསོན་ཉམས་སྤུ་ཙམ་ཡང་མེད་དེ་མགྲིན་ཁང་གི་ས་ཐིག་ཉལ་བ་མཐོང་སྐབས། ཕོ་ཚོ་ཡ་མཚན་ཅི་ཡང་མི་སྐྱེ། སྨན་པ་ཕར་སོང་ནས B སྐུ་ཞབས་ཀྱི་མིག་ལྤགས་ཕྱེ་བ་དང་། སྐེ་ལ་རེག་ཙམ་བྱས་ཏེ་ཁ་ཚུར་བསྐོར་ནས་གོས་ནག་གྱོན་མཁན་གཉིས་ལ་མགོ་སྒྲིག་སྒྲིག་བྱས་ནས་ཕོ་ཤི་ཚར་ཟེར།

ཕོ་ཚོས B སྐུ་ཞབས་ཀྱི་རོ་འབྱམས་རྩིས་བྱེད་དུས། ངས་སྒོ་ཁ་བཀག་ནས་ཙུང་སྒྲུགས་དང་། ངས་ཉེན་བརྫ་གཏོང་དགོས། ད་རུང་ངས་ཕོ་ཚེ་ལས་འདས་རྒྱུ་མི་ཤེས་པའི་སྔོན་ལ། ཁྱོད་ཚོས་ཅི་འདྲ་བྱས་ནས་ཤེས་པ་ཡིན་ཞེས་པ་ན།

གོས་ནག་གྱོན་མཁན་ཞིག་ཚུར་ཡོང་སྟེ་སྐད་དམའ་མོས་ཉེན་བརྫ་གཏོང་མི་དགོས་ཟེར། དེ་ནས་ང་ལ་ལག་ཁྱེར་ཞིག་

བསྟན་པ། དེ་ནི་མི་རྣམས་དོགས་པ་སྤུ་ཙམ་ཡང་སྐྱེ་རྒྱུ་མེད་པའི་དབང་གྲགས་ཅན་གྱི་ཐོབ་ཐང་གི་དཔང་ཡིག་ཡིན། ངས་ཁ་མ་གྲགས།

ཁོ་ཚོས་ཁང་བའི་ནང་དུ་ཕར་སྙོག་ཚུར་སྙོག་བྱས་ནས། སྐབས་བདེའི་ཁྲིམ་ཆས་ཚང་མ་བཤིག་པ་དང་། གོས་ཚང་མ་རེ་རེ་བྱས་ནས་བལྟས་པ། ངས་ཕར་ལྟ་དུས་གོས་ཚང་མ་རྙིང་པ་ཡིན་པ་དང་། ཚང་མ་འདྲ་འདྲ་ཡིན། B སྐུ་ཞབས་འདི་ན་འདུག་ནས་ཉིན་ཁ་གང་མེད་པ། ཁང་བའི་ནང་དུ་ཅི་སྐྱུང་ཨེ་ཡོད་ན། མཐའ་མ་ཁོ་ཚོས་ཁང་པའི་ནང་གི་ཅ་ལག་ཚང་མ་སྒམ་ཆེན་པོ་དེའི་ནང་དུ་བཙུད་ནས། B སྐུ་ཞབས་བཏེགས་ནས་སྒོ་རྒྱབ་ལ་སོང་བ། དེ་དུས་ང་ཁེ་རུ་མ་ཁང་སྟོང་ནང་དུ་ལྷག་སོང་།

ཚེ་ལས་འདས་པའི་མི་འདིར་ངས་མཚར་སྣང་སྐྱེ། ངས་ཁོ་ཤེས་ནས་ཆུ་ཚོད་ཉི་ཤུ་ཁ་ཡང་རེད་མེད། འོན་ཀྱང་ཡུན་རིང་གི་རྒྱུས་ཡོད་པའི་གྲོགས་པོ་ཞིག་དང་འདྲ་བ། རྒྱུ་མཚན་ཅི་ཡིན་བསམ་དུས། ཁོས་ང་ནམ་རིག་ན་རྒྱུས་ཡོད་པའི་གྲོགས་པོ་ལྟ་བུའི་རྣམ་འགྱུར་སྟོན།

B སྐུ་ཞབས་ངོ་མ་མཚར་པོ་ཞིག་ཡིན། ཁོའི་སེམས་ཤུགས

འཕེལ་བ་ཞིག་ཡིན། ཁོའི་མདོག་ལ་བལྟས་ན་གཡོ་འོག་ཏུ་རྩུད་ངེས་རེད། ཁོའི་གདོང་བཀྲག་ཤོར་ནས་ཉུས་པ་ཉམས་པར། གཟུགས་གཞི་ཞན་པས་རླུང་མི་ཐེག་པ་ལྟ་བུ་ཡིན། འོན་ཀྱང་ཁོ་ཉིན་ཞིག་ཁང་བརྩེགས་ཕྱི་ནང་དུ་ཐེངས་མང་པོ་འགྲོ་འོང་བྱེད་པ། ངས་ཐེངས་བཅུ་ཁ་ཤས་ལ་མཐོང་། ཁོ་གློ་བུར་དུ་འདི་ན་ཡོང་ཆོག་པ་དང་། གློ་བུར་དུ་འགྲོ་ཐུབ།

ནམ་ཕྱེད་ལ་ཁང་བའི་ནང་དུ་བཀོད་སྒྲིག་ཡག་པོ་བྱས་པ་ནས་བཟུང་། ངས B སྐུ་ཞབས་ཐེངས་དང་པོ་རིག་དུས་སྐར་མ་ཕྱེད་ཀྱི་རྗེས་ཡིན། ཁོ་འཕུར་བ་ལྟར་ལྟས་མ་ཤེས་འདྲིས་མི་ཚོར་བར་སུས་ཀྱང་མ་ཤེས་པར་ཁང་འོག་ཏུ་ཡོང་ནས་འཇམ་ཐིང་ཐིང་གིས་ངའི་འགྲམ་དུ་ལངས།

ངས་ཧ་ལས་ཧོན་ཐོར་གྱིས་ཁོ་ལ་ལྟ་དུས། ཁོའི་མིག་དམར་པོ་ཡིན་པ་དང་མི་གཞན་ཞིག་ཡིན་སྣང་ཤར་བ། ཁྲེལ་བའི་ངང་ནས་ང་ལ་ད་ཅི་འདྲ་ཟེར་འདྲི།

ཅི་འདྲ་འདུག ངས་གང་ཡིན་འདི་ཡིན་མེད་པར་དྲིས།

ཁོས་གཉིད་གཏམ་བཤད་པ་བཞིན། ད་ལྟ་ཚུ་ཚོད་དུ་རེད། ཆོས་ཅི་ཙམ་ཡིན།

ཁོས་ང་སྐྲག་སློང་ཚར་བས་མགྱོགས་མྱུར་དུ་ཐླར་པའི་

ཚེས༡༨སྐྱ་མདའ་གཙོང་ཁའི་ཆུ་ཚོད་བཅུ་གཉིས་སྐར་མ༡ཡིན། ཁྲིད་ནམ་མར་ཡོང་བ་ཡིན།

ཁོས་ང་ལ་ཁ་ཡ་མ་བྱས་པར་ཏ་ལས་ཏང་སང་ཟེར། འདི་འདྲ་ཡིན་ཨང་། ཐུགས་རྗེ་ཆེ།

ཁོ་ཕར་ཞལ་སར་བུད་སོང་། འོན་ཀྱང་སྤྱ་དྲོའི་ཆུ་ཚོད༣གྱི་ཐོག་ཏུ་ངས་སྐར་ཁུང་ནས་མར་ལྟ་དུས་ཁོ་ཡང་ཁང་བའི་ཕྱི་ལ་ཐོན་ཚར། ཁོས་རྒྱབ་སྒྲུར་སྒྲུར་བྱས་ནས་སྦུག་པའི་ནང་དུ་ག་ལེར་འགྲོ གདོང་སྐྱ་སྐྱ་འགྱུར་བ། ང་མགྱོགས་པར་སོང་ནས་ཁོ་ལ་སྨྲ་ཕྱི་རོགས་བྱས། ཁོ་ངལ་དུབ་ཆེན་པོའི་ངང་ནས་ནང་ལ་ཐོན་ཡོང་།

ངས་ཁོ་ལ་ཁྲིད་བཀོད་སྒྲིག་བྱས་པ་ཡིན། སྐྱིད་པོ་ཞིག་མི་ཉལ་བར་ཅི་བྱེད། ཁྱོད་ནམ་ཞིག་སྒོ་ལ་སོང་བ་ཡིན་ཞེས་དྲིས།

ཅི། ཁོ་ཏ་ལས་ནས་ང་ལ་བཤད་རྒྱུ། ཨོ། ང་དཀའ་རྒྱུ་མེད། ང་སྒོར་འགྲོ་དུས་ཁྱོད་ཀྱིས་རིག་མེད་ཨང་།

ངས་ཐེ་ཚོམ་ངང་ནས་ཁོ་ལ་འོན་ཀྱང་ཁང་བརྩེགས་ཀྱི་སྒོ་ནི་སྒོ་ལྕགས་བརྒྱབ་ཡོད་ཟེར། ཁོ་ཁང་བརྩེགས་བཅུ་དྲུག་གི་སྐར་ཁུང་ནས་མར་ཡོང་བ་ཨེ་ཡིན།

ཨེ་རེད། ཁོས་འཛུམ་དམུལ་དམུལ་ངང་ནས་ཁྱོད་ཀྱིས

བཤད་ནོར་ཡོད། ང་འདི་ནས་སོང་བ་ཡིན་ཟེར།

ངས་པོའི་གྲིབ་གཟུགས་ག་ལེར་གློག་སྐྱས་ནང་མར་འབབ་པ་ལྟ་བཞིན་དུ། སྒོ་ལྕགས་བརྒྱབ་ནས། ལམ་རེས་ཁང་དུ་ཉལ་སར་སོང་།

སྤྱི་དྲོའི་ཆུ་ཚོད་བདུན་དང་ཕྱེད་ཀྱི་སྟེང་ལ། པོ་དེའི་མདུན་ལ་ཡོང་ནས་ང་ལ་ཞོགས་པ་བདེ་མོ་ཟེར་བ།

ངས་ཡ་མཚན་ཆེན་པོའི་ངང་ནས་ཞོགས་པ་བདེ་མོ་བརྗོད་པ། པོ་གཉིད་ཡུན་ཐུང་ཐུང་ཡིན་ནའང་ད་དུང་འཆམ་འཆམ་དུ་འགྲོ་བའི་ནུས་པ་ཡོད་པ།

ཡ་མཚན་ཆེ་རྒྱུ་ནི་སྐར་ཆ་ཁ་ཤས་མ་གཏོགས་མེད། ངས་བསམ་ཤེས་ཀྱི་ནང་དུ་སྐད་ཅིག་ཙམ་མ་གཏོགས་མེད། པོ་ཡང་མདུན་ཁང་ནས་སྒོ་བརྒྱབ་སྟེ་བུད་སོང་། ང་ལ་བརྙ་བཏང་ནས་ད་གཟོད་ཞོགས་པ་བདེ་མོ་ཟེར།

ངས་ཡ་མཚན་ཆེན་པོས་པོ་ལ་བལྟས་བ་དང་། པོ་ཁང་བརྩེགས་ཀྱི་ཐྲི་ལ་སོང་།

ཏ་ལམ་ཆུ་ཚོད་གཅིག་རྗེས་པོ་སྨྲ་གཏོང་རླངས་འཁོར་ཞིག་ལ་བསྡད་ནས་ག་ལེ་བྱས་ཏེ་མར་བབས་ནས། ང་ལ་དུབ་ཚད་མེད་ཀྱིས་ཁང་བརྩེགས་ནང་དུ་ཡོང་ནས་ང་ལ་ཁ་ཡ་མི་བྱེད་པར་

ཐད་ཀར་སློག་སྐས་ནང་དུ་སོང་།
B སྐུ་ཞབས་ཅི་རེད། ཁོས་ཕྱི་ནས་ཆུ་ཚོད་གཅིག་གི་ནང་དུ་ཅི་ཞིག་ལས་ཀྱི་ཡོད་དམ། ངས་སེམས་གཡེང་ནས་བསམ་བློ་གཏོང་བཞིན་པའི་སྐབས་སུ། ཁོ་ཡང་འཛུམ་དམུལ་དམུལ་ངང་ནས་ངའི་སྔོན་ལ་ཡོང་སྟེ་དཀའ་ཨེ་འབྱུང་ཟེར་ཏེ། སློག་སྐས་ཀྱི་གཅུས་སྒོ་མནན།
ངས་རང་གི་མགོ་རིག་ནས་མིག་བཙུམས་ཏེ། ང་རང་གི་སེམས་སུ་ང་སྐྱོས་པ་ཨེ་རེད། ངའི་ཀླད་པ་སྡར་སྣུབ་ཀྱིས་ཉམས་ཚར་ཨེ་རེད། ངས་རྨི་ལམ་རྨིས་པ་ཨེ་རེད་ཟེར་བསམ།
ངས་ཅོག་ཙེའི་སྟེང་ཁ་སྦུབ་ཏུ་ཉལ་ནས་ངལ་ཞིག་གསོ་བསམ། མགོ་ཡར་འཁྱོག་དུས B སྐུ་ཞབས་ཀྱང་ཡིད་སྐྱོ་བའི་ངང་ནས་མདུན་ཁང་དུ་འགྲོ་བཞིན་ཡོད། ང་སྐྲག་ནས་ཡར་ལངས་པ། ཁོས་ང་ལ་མཆེར་སྣང་ངང་ནས་དགོད་ཅམ་བྱས་ཏེ། ངས་ཅ་ལག་ཅིག་འཕེན་ཚར་ཟེར། དེའི་རྗེས་ཡང་ཅི་བྱ་གཏོལ་མེད་ཀྱིས་ངས་དེ་རྙེད་དགོས། ངས་དེ་རྙེད་དགོས་ཟེར།
ངས་ཁོ་ལ་ཁྱེད་ཀྱི་ཅི་བོར་སོང་ཞེས་དྲིས་པ།
ཁོས་མགོ་གཡུག་གཡུག་བྱས་ནས་ཁང་བའི་སྒོ་བརྒྱབ་

ནས་བུད་སོང་།

ངས་ཁོའི་རྗེས་ལ་དེད་ནས་སོང་དུས། རྒྱབ་ནས་ལག་པ་ཞིག་གིས་ངའི་ཕྲག་པའི་ཐོག་ལ་རྡབ་པ། སྐྲག་ནས་ཕྱིར་བལྟས་པ་ན། མོ་ནི་ཁང་མིག་༧༤༠༢ནང་དུ་སྡོད་པའི་ཡུགས་མ་རྒན་མོ་དེ་ཡིན། མོ་ནི་དོགས་པ་ཚ་པོ་ཞིག་ཡིན་ལ། ད་དུང B སྐུ་ཞབས་ཀྱི་ཁྱིམ་མཚེས་རེད།

ཁོའི་མིང་ལ་ཅི་ཟེར་དྲིས་ནས། ཤ་ཞེན་ཆེ་མོ་མའི་ལག་པ་དང་འདྲ་བའི་མཛུབ་གུ་དེ་བརྐྱངས་ནས B སྐུ་ཞབས་ཀྱི་ཁྲིབ་གཟུགས་ལ་གཏད།

ངས B ཟེར་བ་རེད། ཅི་རེད་ཅེས་པ་ན།

མ་རྒན་གྱིས་སྐད་དམའ་མོས་ཁོ་མི་མཚར་པོ་ཞིག་རེད་ཟེར།

འདི་ངས་ཤེས། འོན་ཀྱང་མོ་ལ་བཤད་ཐབས་མེད།

མོས B སྐུ་ཞབས་རྫིག་ཟུར་དུ་མི་རིག་དུས། ངའི་རྣ་བ་ལ་ཁ་གཏད་ནས། ད་གཟོད་ངས་ཁོའི་ཁང་པའི་ནང་ནས་ངུ་སྐད་གོ་བྱུང་ཟེར།

ངུ་སྐད། ངས་མོ་ཚོར་བ་རྣོན་པོ་ཞིག་ཡིན་སྣང་ཤར།

གོ་དོན་རྒྱུས་མེད། ངས་སྒོ་ཁ་ལ་གཏད་ནས་ཉན་པ་ཡིན་

ཟེར་ནས་ཁ་ཚུར་འཁོར་ཏེ། དངངས་སྐྲག་གི་ངོ་གདོང་བསྟན།

B སྐུ་ཞབས་ཀུང་སྒོ་རྒྱབ་ལ་ཐོན་བྱུང་།

ངས་བསམ་བློ་ཐེངས་མང་བཏང་ཡང་གོ་བ་མི་ལོན་ཏེ། འོན་ཀྱང་གུས་ཞབས་ཀྱི་ངང་ནས་ཁྱེད་ཀྱི་ཐོར་བའི་ཅ་ལག་དེ་རྙེད་ཨེ་བྱུང་ཞེས་དྲིས།

ཁོས་མགོ་ཡར་བཀྱགས་ནས་ཡ་མཚན་ངང་ང་ལ་བལྟས་ཏེ་ཟེར་རྒྱུ། ཅི། ཅ་ལག་ཅི།

ངོ་མ་གང་ཡིན་འདི་ཡིན་མི་ཤེས།

ཁོ་སྒོ་རྒྱབ་ལ་སོང་། མ་རྐན་གྱིས་ང་ཁྲིད་དེ་རྗེས་ལ་དེད་སོང་། ཉི་འོད་འོག་ཏུ་ང་ལ་སྐད་ཆུང་ཆུང་གིས་འདྲི་ཞིག་རེད་ཟེར།

B སྐུ་ཞབས་ཐག་རིང་ནས་སློ་གཏོང་རླངས་འཁོར་ལ་བསྒད་དེ་སོང་། ངས་ཁ་ཚུར་འཁོར་ནས་མ་རྐན་གྱི་སྐད་ཆ་དེ་བསམ་བློ་གཏོང་ཞོར་དུ་སྟང་མེད་ཀྱིས་ཡར་ལ་བལྟས།

ངས་ཁང་བརྩེགས་བཅུ་དྲུག B སྐུ་ཞབས་ཀྱི་སྐར་ཁུང་ནས་མིའི་གྲིབ་གཟུགས་ཤིག་རིག་བྱུང་། ང་ཕྱིར་གོམ་པ་ཁ་ཤས་སྤོ་ནས། ལག་པས་ཉི་འོད་བཀག་སྟེ་ཡང་ལྟ་བྱེད་ཞོར། ཐོར་མེད། ཁོའི་ཁང་བ་རེད། ཤ་སྐམ་ཞིང་ཉམས་པའི་གྲིབ་

གཟུགས་དེ་དྲ་ཡོལ་གྱི་རྒྱབ་ཏུ་སོང་བ། ང་སྐྲག་ནས་རྔུལ་ཆུ་ཟགས་བྱུང་།

ཁྱོད་ཀྱིས་རིག་ཨེ་བྱུང་། ཁྱོད་ཀྱིས་རིག་ཨེ་བྱུང་། མ་ཀན་གྱིས་ཡང་ཡང་དྲིས།

ངས་མ་ཀན་ཁྲིད་དེ་མོའི་ལུས་པོས་སྡོགས་པའི་གནས་ཚུལ་འོག་ཏུ་མགྱོགས་མྱུར་དུ་དོ་དམ་ཁང་དུ་སོང་ནས། གློག་དབྱུག་ཞིག་ཁྱེར་ཏེ། གློག་སྐས་ལ་བསྡད་ནས་ཁང་བརྩེགས་བཅུ་དྲུག་ལ་སོང་ནས། B སྐུ་ཞབས་ཀྱི་སྒོ་ཁར་ལངས་ཏེ་ཉན།

ངས་སྒོ་རྡུང་ནས B སྐུ་ཞབས་ཁྱེད་ནང་དུ་ཨེ་ཡོད་ཅེས་བོས། ནང་དུ་ལན་འདེབས་མཁན་མེད།

མ་ཀན་གྱི་སེན་མོ་རྣོན་མོས་ང་ལ་སེན་འཛོག་རྒྱག ངས་གྲབས་སྦྱོད་ལྡེ་མིག་ཁྱེར་ནས་སྒོ་ཕྱེ། ངས་ཅི་ཡིན་གསལ་པོ་ཤེས་དགོས། ལག་ནང་དུ་གློག་དབྱུག་ཁྱེར་ནས་ཁང་པའི་ནང་དུ་སོང་། ནང་སྟོང་པ་ཡིན་ནམ། མ་ཀན་གྱིས་མཆུ་འདར་བཞིན་ཁོ་ནི་འདྲེ་ཡིན། ཁོ་ནི་བདུད་ཡིན་ཟེར། མོས་ཡ་མཚན་ཆེ་བའི་ངང་ནས་ཕྱོགས་བཞི་ལ་བལྟས། ངོ་མ་ཁང་པ་འདིའི་ནང་དུ་རིག་མི་ཐུབ་པའི་བདུད་ཡོད་སྣང་ཤར།

མོས་ངའི་གོས་འཛིན་ནས་ང་ཚོ་མགྱོགས་པར་འགྲོ། ང་

སྒྲག་གི་ཟེར།

དེ་ནས་ང་དེ་རིང་ཉིན་གཅིག B སྐུ་ཞབས་ཁང་བརྩེགས་འདིའི་ནང་དུ་འགྲོ་འོང་ཐེངས་བཅུ་ཁ་ཤས་བྱས་པ་དེ་རིག་ཡོད། ད་དུང་ཁོའི་ངོ་གདོང་ནི་སླུག་ནག་ནང་གི་ཙུག་པ་དང་འདྲ་བ་དཔག་དཀའ་བ། སྐབས་འགར་རྒས་པ་དང་སྐབས་འགར་ཡང་མོ་ལྗུང་འགྱུར་བ། ཁོའི་གོས་ཀྱང་སྐབས་འགར་གསར་པ་ཡིན་བ་དང་སྐབས་འགར་རྙིང་བ་ཡིན། འཛིག་རྟེན་འདིའི་ཐོག་ན་བདུད་མེད་པ་ཤེས་ནའང་། B སྐུ་ཞབས་ཅི་ཡིན་ངས་མི་ཤེས།

ཉིན་གུང་དུས་ཁོས་ཞོག་སྦྲག་ཅིག་ཁུར་ནས་མདུན་ཁང་དུ་ཡོང་སྟེ་ང་དང་རྩེ་དགོས་ཟེར། ངས་ཡ་མི་ཟེར་ཐབས་མེད་ཡིན། ཕར་ལྟ་དུས་ཁོ་ཡང་རྒས་ཚར། ཡ་མཚན་ཆེ་བ་ནི། ཁོའི་མིག་འོག་ཏུ་ནག་ཐིགས་ཆགས་པ། ཚ་དྲོད་རྒྱས་པའི་ནད་པ་ཞིག་དང་འདྲ། ཁོས་ང་ལ་ཡ་མཚན་ལྡན་པའི་ཞོག་སྦྲག་རྒྱག་པའི་ལག་རྩལ་སྟོན་པ་དང་། ངས་སྦྲག་ཅི་འདྲ་བྱས་ནས་གོ་ཕྱོག་ནའང་ཁོས་སྦྲག་སོ་སོ་ག་ན་བཞག་ཡོད་པ་ཤེས་པ། དེ་ནས་ངས་ཁོ་ནི་དེང་རབས་གྲོང་ཁྱེར་གྱི་ནང་དུ་སྦྲས་གསང་བྱས་པའི་མོ་པ་ཞིག་ཡིན་པ་དེ་བས་ཡིད་ཆེས།

མཐའ་མར་ཁོས་ཤོག་སྦུག་དེ་ཅོག་ཙེའི་སྟེང་དུ་འཕངས་ནས་འདི་ཡ་མཚན་ཅན་ཞིག་མ་རེད་དམ། ངའང་རྫུ་འཕྲུལ་ཅན་ཞིག་ཅི་མིན། ཚོ་གསར་ཁྲིད་ཀྱིས་འོད་འགྱེད་ཤེལ་མིག་ཅིག་ཉོས་དང་། སྦུག་འདི་ཁྲིད་ལ་སྤྲིན། སྐབས་འགར་ཁྲིད་ཀྱིས་བསམ་ཡུལ་ལས་འདས་པའི་དོན་དག་ཁ་ཤས་ཤེས་རྒྱུ་རེད། ཤེལ་མིག་ཅིག་བརྗེ་ན་གསལ་མོ་མཐོང་ཐུབ། ངས་ངོ་མ་མི་གཞན་ཞིག་བཅོལ་ནས་གོང་ཆུང་བའི་ཡོན་འགྲུལ་འོད་འགྱེད་ཤེལ་མིག་ཅིག་ཉོས་པ། དེ་གྱོན་ནས་ཤོག་སྦུག་འདི་ལྟ་དུས། སྦུག་ཚང་མའི་བརྒྱབ་ལ་སྣག་ཚ་ཡིས་དམིགས་བསལ་གྱི་རྟགས་བརྒྱབ་ཡོད།

འདི་ནི B སྐུ་ཞབས་ཀྱིས་ང་ལ་བསླབས་པའི་ཡ་མཚན་ཅན་གྱི་དོན་དག་ཅིག་ཡིན། ཁོ་ལ་དམིགས་ཡུལ་གཞན་ཞིག་ཡོད་པ་མི་ཤེས། འོན་ཀྱང་ངས་ཚོད་དཔག་བྱེད་མི་ཐུབ།

དགུང་ཟླ་ཟླས་རྗེས་ངས་ཁོ་སྒོ་ཁར་ལངས་ནས་ལམ་ཕར་ཕྱོགས་ཀྱི་ལམ་སྟོན་ལ་ལྟ་བ་རིག་བྱུང་། ངས་ག་ལེ་བྱས་ནས་ཁོ་ལ་གནམ་གཤིས་ཡག་པོ་འདུག་ཅེས་ཁ་བརྡ་བྱས།

ཁོས་དེ་རེད། གནམ་གཤིས་ནམ་ཡང་འདི་འདྲ་ཡིན། ངས་ཆར་པ་ཞིག་འབབ་རྒྱུ་རེད་བསམ་དུས་ཁེར་གཏམ་བཤད་

པ་ལྟར་བྱེད་ལ། ཡང་ཡ་མཚན་ལྡན་པའི་ངང་ནས་ཁྱོད་ཀྱིས་ལམ་སྒྲོན་དེར་ལྟོས་དང་ཟེར།

ལམ་སྒྲོན་ཨང་།

རེད། དེ་དུས་ནས་དེ་ན་ཡོད་པ་ཨེ་རེད།

ངས་ཞིབ་མོ་བྱས་ནས་ལམ་སྒྲོན་དེར་བལྟས་ནས། ཁོ་ལ་ཡང་ལྟ་ཞིག་བྱས་ནས། དེ་རེད། དེ་སྔ་ནས་དེ་ན་ཡོད། དུས་གཏན་དུ་དེ་ན་ཡོད།

ཁོས་སྐད་ཆུང་ཆུང་གིས་ང་ལ་དེ་བཅག་སྒྲོང་མེད་ཨང་ཟེར། སེམས་སྡང་སྐྲག་སྣང་སྐྱེ།

ངས་བཅག་སྒྲོང་མེད་ཟེར་ནས་མགོ་གཡུག་གཡུག་བྱས། འདི་ནི་བདེན་ཐག་ཆོད་མེད། ཉེ་འགྲམ་རྩེ་དགའ་ཡོད་པའི་བྱིས་པ་མང་པོ་ཡོད་པས། ང་འདི་ཙ་དོ་དམ་པ་བྱས་ནས་བློ་བ་གཉིས་མ་གཏོགས་མེད།

ཁོས་ང་ལ་སྐྲག་སྣང་སྐྱེ་བའི་གནད་དོན་ཞིག་དྲིས་ཏེ། ཁྱོད་ཀྱིས་ལམ་སྒྲོན་གྱི་ཞལ་ཆག་ས་ངོས་ནས་ཡར་འཕུར་ཏེ་རང་ཤུགས་ཀྱིས་སླར་ཡང་བསྒྲིག་པ་དེ་རིག་ཨེ་སྒྲོང་ཟེར།

ཉེ་འོད་ཀྱི་འོད་མདངས་བཀྲ་ནའང་ཁོའི་ངོ་མདོག་ནི་སྐྱ་སྐྱ་ཡིན། ངའི་སེམས་ཀྱང་ལག་པ་འཁྲུག་མོས་སེན་བཏོག་རྒྱུག

པ་བཞིན། ཁོས་ང་སྐྲག་པ་རིག་དུས། དགོད་བཞིན་ནང་ལ་སོང་། བདེན་པར་བཤད་ན། B སྐུ་ཞབས་ནི་ང་ངོ་ཤེས་མ་ཐག་ནས་ང་ལ་སྐྲག་སྣང་སྐྱེ་བའི་མི་དང་པོ་ཡིན། དེ་ནས་ངས་ཁོ་ལ་རང་འགུལ་གྱིས་ཁ་བརྡ་བྱ་མ་ཕོད། ཕྱི་དྲོ་ངས་ཁོ་འགྲོ་འོང་བྱེད་ཐེངས་མང་པོ་བྱེད་པ་རིག སྐབས་འགར་ང་ལ་སྐད་ཆ་བཤད་ནའང་། ཡ་མཚན་ཆེ་བའི་དོན་དག་རིག་མ་བྱུང་།

མཚན་མོ། ཁོ་ཚེ་ལས་འདས་སོང་།

གོས་ནག་གྱོན་མཁན་གྱི་སྐྱེས་པ་གཉིས་ཀྱིས B སྐུ་ཞབས་ཀྱི་རོ་དང་ཁང་བའི་ནང་གི་ཅ་ལག་ཡོངས་རྫོགས་ཁྱེར་ནས་སོང་རྗེས། ང་ཁོའི་ཉལ་ཁང་དུ་ལངས་ནས་ཅི་བྱ་གཏོལ་མེད་ཀྱི་གང་ས་གང་དུ་བལྟས། གྱང་ངོས་དཀར་པོ་ཡིན་པ་དང་། པང་གཅལ་ས་རྡུལ་ཙམ་ཡང་མ་འགོས་པ། གོས་ནག་གྱོན་མཁན་གྱིས་ཁང་པ་འདིའི་ནང་དུ་ཅི་བཙལ་བ་ཡིན་ནམ། ཁ་སྐུ་ཞབས་ཀྱིས་འདི་ན་ཅ་ལག་ཅི་ཞིག་སྐྱུང་ཡོད་དམ། B སྐུ་ཞབས་ཀྱི་དཔོག་དཀའ་བའི་བྱ་སྤྱོད་རྣམས་དྲན་དུས། ངས་ཁང་བ་འདིའི་ནང་དུ་གསང་བ་ཞིག་གིས་ངའི་སེམས་སླ་བཞིན་སྣང་བ་ཤར་འདུག འདི་ན་ཁོའི་རྣམ་ཤེས་ཡོད་པ་རེད། ངས་མདོ་མེད་ཀྱིས་རང་གིས་རང་ལ་བཤད་པ་ཡིན། སློ་བུར་དུ་དྲན་པ་སྐྱེན་

པོ་འབྱུང་ནས་ངའི་ཁུག་མའི་ནང་དུ་ཡོན་འགུལ་འོད་འཕྲེད་ཀྱི་ཤེལ་མིག་དེ་བླངས་ནས་གྱོན་རྗེས། ང་ཧ་ལས་ཧོན་ཐོར་བྱུང་བ། ལྷ་དཀོན་མཆོག གྲུང་ངོས་ལ་ཡི་གེ་གང་འབྲི་བ། ཐེ་ཚོམ་སྤྲུ་ཙམ་ཡང་བྱེད་མི་དགོས། འདི་ནི B སྐུ་ཞབས་ཀྱི་ཏང་བཙུགས་ནས་ང་ལ་བྲིས་པ་ཡིན། ངས་གོས་ནག་གྱོན་མཁན་གཉིས་ལ་གསང་ཐུབ་ཡོད། ངས་སྒོ་བརྒྱུག་ནས་ཉལ་ཁང་དུ་སོང་སྟེ་གྲུང་ངོས་ཀྱི་ཡི་གེ་དེར་བལྟས། དེ་ན་འཇིགས་ཤིང་སྐྲག་ནས་བ་སྤུ་གཟེང་བའི་གཏམ་རྒྱུད་གཅིག་བྲིས་ཡོད།

ངས་འདི་དག་འབྲི་བའི་རྒྱུ་མཚན་ནི་ང་རང་ཤི་བའི་དུས་སྐབས་སླེབས་རན་པའི་ཚོར་བ་ཡོད། ངས་ནམ་ཡིན་ང་རང་གི་ཉྫིང་ཚོར་མི་གཞན་ལ་བཤད་པར་སྨུག་ཡོད། འོན་ཀྱང་ངས་བཤད་མི་ཐོད། ད་ལྟ་ངས་ཐབས་ཤེས་འདི་སྤྱོད་དེ་ཁྱེད་ལ་བཤད་པ་ཡིན། འཇིག་རྟེན་འདི་ནི་ཁྱེད་ཀྱི་དྲན་སྣང་ལྟར་སླ་མོ་ཞིག་མིན།

གྲུང་ངོས་ལ་ཡི་གེ་འབྲི་བའི་རྒྱུ་མཚན་ནི། མཐར་ཐུག་ཁོ་ཚོས་ཅ་ལག་ཡོངས་རྫོགས་ཁུར་འགྲོ་བ་རེད། གྲུང་མ་གཏོགས་ཅེ་ཡང་མི་ལྷག། འདི་འདྲའི་སྐབས་བདེ། བློ་གཏོད་ཐབས་མེད་པའི་ཐབས་ཤེས་སྤྱད་དེ་ཁོ་ཚོ་གཡོ་འོག་ཏུ་ཚུད་པ་ཡིན།

ཁྱོད་སྙིང་པོ་ཞིག་ཡིན་པས། ངས་ཁྱོད་ལ་བརྫ་གཏོང་རྒྱུ་དེ་ཅི་ཡིན་ཤེས་ཡོད།

ང་ཤི་རྗེས་མི་རྣམས་ཀྱིས་ངའི་དུར་ས་རིག་རྒྱུ་ཡོད་མ་རེད། ང་རང་གིས་རང་ལ་མྱ་ངན་ཞུ་རྒྱུ་ཡིན། B སོ༤༥། ཡུན་རིང་ཁེར་རྐྱང་དང་ཚེ་སྒྲིག་གི་ནུས་པ་ཉམས་ནས་ཤི། ང་ནི་ཉེས་ཅན་ཞིག་ཡིན་ལ། སྒྲིག་གཏོང་མཁན་ཞིག་ཀྱང་ཡིན། ང་འདི་ཊ་སོ་བཙུ་རིང་བཙོན་དུ་བཙུག་ཡོད།

ལོ་བཙུ།

སྐྱི་ལྷས་ངན་པ་འདི་ནས་མགོ་བཟུང་བ་ཡིན། མིའི་རིགས་ཀྱི་ཐུན་མོང་གི་སྐྱོན་ཆའི་རྐྱེན་གྱིས་ངས་ཉེས་པ་བསགས། ཉེས་པ་ཆེན་པོ་བསགས་ཡོད། ངའི་འཇིག་རྟེན་དུ། ཁྱོད་ཀྱི་རིག་མ་སྨྱོང་བ་དང་བསམ་ཡུལ་ལས་འདས་པའི་འཇིག་རྟེན་གྱི་ནང་དུ། ངས་ཉེས་ཆད་ཅི་འདྲ་ཁུར་དགོས་རྒྱུ་ཤེས་ཡོད།

ཁྲིམས་གཅོད་པས་ཁྱོད་ལ་ཉིན་གཅིག་གི་ཁྲིམས་ཆད་གཅད་རྒྱུ་ཡིན། ཚེ་མཇུག་བར་དུ་ཁྱོད་ཀྱིས་དུས་གཏན་དུ་ཉིན་གཅིག་ལྟར་འཚོ་གནས་བྱེད་དགོས་ཏེ། ང་ཚོས་ཁྱོད་ལ་སྐབས་བསྟུན་གྱིས་གདམས་པའི་ཉིན་གཅིག་སྟེ༢༠༠༨ལོའི་ཟླ༨པའི་ཚེས༡༨ཉིན་ཡིན། ཁྱོད་ཀྱི་ཚེ་སྒྲིག་གི་དུས་མཚམས

ནི་ཆུ་ཚོད་ཉེར་བཞིའི་ནང་དུ་ཡིན།། རང་སྐྱེས་ཀྱི་ཁྱོད་རང་ཚེ་ལས་འདས་པའི་བར་དུ་ཡིན། མི་ཚོས་རིང་ལུགས་ཀྱི་ལྷ་སྐྱོང་བྱས་ནས། ཁྱོད་རང་འདུ་ར་འཁྲུགས་པའི་གྲོང་ཁྱེར་ཞིག་ཏུ་མངགས་ནས་ཁྲིམས་ཆད་ཁུར་དགོས། འོན་ཀྱང་ཁྲིམས་ཆད་ཁུར་བའི་དུས་སྐབས་སུ། ཁྱོད་ཀྱི་མཐའ་འཁོར་གྱི་མི་གང་ཡིན་རུང་ཁྱོད་དང་ཁྱོད་ཀྱིས་ཁུར་དགོས་པའི་ཁྲིམས་ཆད་སོགས་བཤད་མི་ཆོག དེ་མིན་ན། ང་ཚོས་ཁྱོད་ཧ་ཅང་དོག་པའི་ཁང་བ་ཞིག་ཏུ་བསྐྱལ་ནས་ཁེར་རྐྱང་དུ་ཁྲིམས་ཆད་ཁུར་བའི་ཡུན་ཚད་སྐྱེལ་དགོས་ཞེས་སྤྱི་བསྒྲགས་བྱས་ཡོད།

ཁྱོད་ཀྱིས་ཨེ་ཤེས། གྲོགས་པོ། འདི་ནི་མཐའ་ཡས་པའི་སྨི་ལྟས་ངན་པ་ཡིན།

བཤད་རྒྱུ་ནི་ང་ནི་དུས་ཚོད་ཀྱིས་བཙོན་དུ་བཙུག་པའི་ཉེས་ཅན་གྱི་གྲས་ཤིག་ཡིན། ཕོ་ཆོས་ལག་རྩལ་འདིའི་ནང་དོན་ཚང་མ་མི་ཤེས་པས། ང་ཚོ་ནི་ཚོད་ལྟ་བྱེད་ཡུལ་ དུ་གྱུར།

དང་པོ་ངས་ཁྲིམས་ཆད་འདི་ལ་སྐྲག་སྣང་ཅི་ཡང་སྐྱེས་མེད། འདི་ན་ནི་འདུ་ར་འཁྲུགས་པའི་གྲོང་ཁྱེར་ཞིག་ཡིན། གང་ས་གང་དུ་གསོན་ཉམས་ལྡན་ལ། ང་རང་གི་ཁང་བའི་ནང་དུ་བསྡད་ནས། འཇིག་རྟེན་ཆེན་པོ་འདི་འདྲའི་ནང་དུ་བསྡད་

ཚིག་པར་དགའ་སྤྲོ་དཔག་མེད་བྱུང་། ངས་སྐར་ཁུང་ནས་འོག་གི་མི་རྣམས་ལ་ལྟ་དུས། རྗེས་མའི་དུས་ཚོད་ལ་སེམས་ཁྲལ་གང་ཡང་མེད།

ཉིན་དང་པོ། འདི་ནི་ང་རང་གི་གོམས་གཤིས་ལྟར་རྩི་བ་ཡིན། ང་མས་ངས་བསྐྱལ་བའི་ལོ་བཅུ་སྟེ་ཉིན་གྲངས་སུམ་སྟོང་དྲུག་བརྒྱ་ལྷག་ཙམ་སྟེ། ཁྱོད་ཚོའི་ཐད་ནས་བཤད་ན་ཉི་མ་གཅིག་ཡིན། ཉིན་དང་པོ། ང་སྤྱ་མོ་ཡར་ལངས་ནས། སྒོ་ཁྲི་རུ་འཆམ་འཆམ་བྱེད་དུ་སོང་ནས་གྲོང་ཁྱེར་འདིའི་མཁའ་ལྡིངས་གསར་པ་རོལ་རྩེས་བྱེད་དགོས་བསམ། ངའི་ཁྱིམ་མཚེས་ཁང་མིག༡༥༠༨ནང་དུ་སྡོད་པའི་མ་རྒན་དེ། མི་སེམས་ཞིབ་མོ་ཅན་ཞིག་ཡིན། སྤྲོ་སེམས་འཕོལ་བའི་ངང་ནས་ང་ལ་འཚམས་འདྲི་ཞུས། ཁྱེད་བདེ་མོ། ཁྱེད་ནི་གསར་དུ་སྤྱོས་ཡོང་བའི་ཁྱིམ་མཚེས་ཨེ་ཡིན་ཟེར།

ངས་རེད། ཁྱོད་དང་ངོ་ཤེས་པར་དགའ་ཡོད།

མོས་ང་ལ་ཁྱེད་གང་ནས་ཡོང་བ་ཡིན་ཟེར།

ངས་སྟར་ནས་གྲ་སྒྲིག་བྱས་པའི་ཟུར་གཏམ་དེ་མོ་ལ་བཤད་ཡོད། མོས་མཐའ་མར་ཁྱེད་འདི་ན་འདུག་དུས་སེམས་སྤྲོ་བར་ཐོག་ཟེར་བའི་སྨོན་ལམ་བཏབ།

ང་ཁང་འོག་ཏུ་ཡོང་ནས་ཁྱོད་ལ་ཁ་བརྡ་བྱས་ཏེ་ཞོགས་པ་བདེ་མོ་ཟེར། ཁྱོད་ཀྱིས་ང་ལ་ཐུགས་ཁུར་བྱས་པ་ཐུགས་རྗེ་ཆེ་ཟེར།

ཁྲིམ་ལམ་དུ་སོང་ནས། ངས་ཟུར་ཁུག་དེ་ན་ཚགས་པར་ཞིག་ཉོས་ནས་དང་པོ་དུས་ཆོད་བལྟས་པ་ཡིན། ༢༠༠༨ ལོའི་ཟླ་༨ པའི་ཚེས་༡༨ ཉིན། པར་ངོས་དང་པོར་གསར་འགྱུར་ཡིད་དབང་འཕྲོག་པ་ཞིག་ཡོད། ངས་ཁྲིམ་ལམ་བརྒྱུད་དེ་ཕར་ཕྱོགས་ཀྱི་ཁཱ་ཧྥའི་ཁང་དུ་ཞོགས་ཇ་འཐུང་། པ་ཤའི་ཁཱ་ཧྥའི་དང་བསྲེགས་པའི་མན་པའོ་ཟོས། ངས་ཚགས་པར་ལྟ་དུས། ཁཱ་ཧྥའི་ཁང་གི་ཚོང་དཔོན་གྱིས་ང་ལ་ངས་ཁྱོད་རིག་མ་སྨྱོང་ཟེར།

ངས་རེད། ང་འདིར་སྦྱོར་མ་ཐག་ཡིན།

ང་ཚོའི་འདི་ཧུ་ཧེ་འདྲ་འདུག་ཟེར།

ངས་ཁོ་ལ་འཛུམ་དམུལ་དམུལ་དང་ནས་ཡག་པོ་འདུག་ཚང་མ་མཛའ་མཐུན་ཡིན། ཁཱ་ཧྥའི་ཡང་ཞིམ་པོ་འདུག་ཟེར་ནས་ལན་བུ་བཏབས་པ་ཡིན།

རྗེས་སུ་ང་སྤྱི་གླིང་དུ་འཆམ་འཆམ་དུ་སོང་བ་དང་། གློག་བརྙན་ལ་ལྟ་བ། དགོང་ཟས་ཟོས་ནས་གྲོང་ཁྱེར་གྱི་ཐང་ཆེན་

དུ་ཁྱི་གུ་གསོ་བ། བྱི་བའི་རླངས་འཁོར་དུ་སྡོད་པའི་ཕྲུ་གུ་ལ་ཁ་རྗེ་བྱས། དགོང་ཟས་ཟོས་རྗེས་ཁྲིམ་ལམ་དུ་ག་ལེ་བྱས་ནས་སོང་བ། ངལ་དུབ་བྱུང་རྗེས་གཞི་ནས་ཁྱིམ་ནང་སོང་བ་ཡིན། ང་ཉལ་ཁྲིའི་སྟེང་ལ་གཉིད། གཉིད་ལས་སད་དུས་ད་རུང་༢༠༠༨ལོའི་ཟླ༨པའི་ཚེས༡༨ཡིན།

ཕྱི་ཉིན（ད་རུང་ང་རང་གི་གོམས་གཤིས་ལྟར་ཟེར་བ་ཡིན།）ང་ནི་སྔོན་གྱི་དུས་ཚོད་གཅིག་གི་ནང་དུ་སློ་ཕྱིར་ཡོང་། ཁང་མིག༡༩༠༨ནང་དུ་སྡོད་པའི་མ་རྒན་བར་ཁྲམས་སུ་ལངས་ནས་ཁྱེད་བདེ་མོ། ཁྱེད་ནི་གསར་དུ་སྤྱོས་ཡོང་བའི་ཁྱིམ་མཚེས་ཨེ་ཡིན་ཟེར།

ངས་ཡིན། ཁྱོད་དང་ངོ་ཤེས་པར་དགའ་སྤྲོ་བྱུང་ཡོད་ཅེས་བཤད།

མོས་ང་ལ་ཁྱེད་གང་ནས་ཡོང་བ་ཡིན་ཞེས་དྲིས།

ངོ་མ་མཚར་པོ་འདུག་ངས་སྔོན་གྱི་སྐད་ཆ་འདྲ་བ་བཤད། མོས་མཐའ་མར་ཁྱེད་འདི་དུ་འདུག་དུས་སེམས་སྤྲོ་བར་ཤོག་ཟེར་བའི་སྨོན་ལམ་འདེབས།

ང་ཁང་འོག་ཏུ་ཡོང་ནས་ཁྱོད་ལ་འཚམས་འདྲི་བྱས་པ་ཡིན། ཁྲིམ་ལམ་གྱི་ཟུར་ཁུག་དེ་ནས་ཚགས་པར་ཞིག་ཉོས། ༢༠༠༨

ལོའི་ཟླ་༨པའི་ཚེས་༡༨ཉིན་གྱི་ཚགས་པར་ཡིན། པར་ངོས་དང་པོའི་གསར་འགྱུར་དེར་ངས་ལྷ་དུས་འདས་ཚར་བའི་དོན་ཡིན། ང་ཁྲིམ་ལམ་བརྒྱུད་དེ་ཕར་ཕྱོགས་ཀྱི་ཁཱ་ཧྥའེ་ཁང་དུ་ཞོགས་ཇ་འཐུང་། ད་རུང་པ་ཤའི་ཁཱ་ཧྥའེ་དང་བསྲེགས་པའི་མན་པའོ་ཟོས། ངས་ཚགས་པར་ལྷ་དུས། ཁཱ་ཧྥའེ་ཁང་གི་ཚོང་དཔོན་གྱིས་ང་ལ་ངས་ཁྱོད་རིག་མ་མྱོང་ཟེར།

འདི་ཚང་མ་ཆུ་ཚོད་ཡིན། ངས་ཁ་སང་གི་སྐད་ཆ་ལྷར་བཤད་ཡོད། ང་རང་སྣང་མེད་དུ་གློག་བརྙན་གྱི་ལེ་ཚན་ཞིག་གི་གནས་སྐབས་འཁྲབ་སྟོན་པ་ཞིག་བྱས་པ་དང་འདྲ། ངས་གློག་བརྙན་གྱི་ནང་དོན་ཤེས་ནའང་། འཁྲབ་མཁན་གཞན་དག་ཅི་ཡང་མི་ཤེས།

སྤྱི་གླིང་། གློག་བརྙན། དགོང་ཟས། ཁྱི་གུ། བྱི་བའི་རྔངས་འཁོར་ནང་གི་སྤྲུ་གུ་ཆུང་ཆུང་། གནས་ཡུལ་འདྲ་འདྲ་ཡིན་ལ། དོན་དག་ཀྱང་འདྲ་འདྲ་ཡིན། མི་འདྲ་རྒྱུ་ནི་ང་རང་ཡིན། མ་རེད། མི་འདྲ་རྒྱུ་ནི་ང་རང་གི་སེམས་ཡིན། ངས་གསལ་པོ་ཤེས་རྒྱུ་ནི། ཉི་མ་འདི་འདྲ་ངས་ཐེངས་གཉིས་ལ་བསྐྱལ་ཡོད། ཚོར་སྣང་འདི་ངོ་མ་མཚར་པོ་འདུག ༢༠༠༨ལོའི་ཟླ་༨པའི་ཚེས་༡༨ཉིན། ཉི་མ་འདི་ནི་བརྙན་འཕེབས་སྤྱིན་

ཐག་ནང་དུ་འགོད་པ་བཞིན་དུས་གཏན་དུ་དེ་ན་ཉར་ཚགས་བྱས་པ་ཨེ་ཡིན། འཇིག་རྟེན་གྱི་དཔག་དཀའ་བའི་ཁྲུག་འཁྲིག་ཞིག་ཏུ་ཉར་ཚགས་བྱས་ཨེ་ཡོད་པ། ངས་དམོད་དམོད་བྱེད་བཞིན་ཡང་དུ་བརྙན་འབེབས་སྒྲིན་ཐག་ནང་དུ་སོང་ནས། ཚང་མ་ཤེས་དགོས་པའི་བསམ་ཚུལ་བཅངས་ནས་འགྱུར་བ་མེད་པའི་བརྗོད་དོན་ཡང་བསྐྱར་བརྗོད།

མགོ་འཛུགས་པའི་ཉི་མ་ཁ་ཤས་ཀྱི་ནང་དུ། ང་སྐྱོ་སྣང་མེད་པ་དང་སྐྲག་སྣང་ཡང་མེད། ཐ་ན་མཆོག་གྱུར་གྱི་བསམ་པ་དང་ཡ་མཚན་ཆེ་བའི་སྤྲོ་སྣང་ཡོད། སྒྱུ་བཞིན་པའི་འཇིག་རྟེན་འདི་ལ་ལྟ་ཞིབ་བྱས། ངས་གཏན་འབེབས་བྱས་པའི་རྒྱུ་ཚོད་རེའུ་མིག་ལྟར་ཉི་མ་བཀྲལ། ངས་དུས་སྐབས་གང་ལ་ས་གནས་གང་དུ་མི་སུ་དང་ཐུག་པ་ཡིད་འཛོག་བྱས་པ་དང་། ཁོ་ཚོས་བྱ་བ་ཅི་ལས་པ་སོགས་ཤེས་པ་རེད། ངས་ང་རང་གི་སྐད་ཆ་སེམས་ལ་བཟུང་བར་མ་ཟད། ད་དུང་སེམས་ནང་ནས་ཁོས་བཤད་བསམ་པའི་སྐད་ཆ་དེ་ཤེས། ང་རང་གིས་སྙིག་ནས་ཁོ་ལ། ཏེ། ངས་ཁྱོད་ཀྱིས་ཉིན་རྗེས་མའི་ནང་དུ་ཅི་ལས་རྒྱུ་ཡིན་པ་དེ་ཤེས་ཟེར་བ་ཡིན། འོན་ཀྱང་ཡུན་རིང་མི་དགོས་ང་རང་སུན་སྣང་སྐྱེ། གལ་ཏེ་ཁྱོད་ཀྱིས་འཚོ་བའི་ནང་གི་ཉི་མ་ག་གེ་

མོ་དེ་སྒྲོ་མོ་ཡིན་པ་དང་། ཕུན་སུམ་ཚོགས་པ་ཡིན་རྒྱུ་ཤེས་དུས། དེ་ནི་གཅིག་པུ་ཡིན་པ་དང་སྐད་ཅིག་ཙམ་ལ་ཡལ་བ་རྐྱེན་ཡིན། དུས་གཏན་དུ་ཡལ་རྒྱུ་མེད་པའི་ཉིན་གཅིག་ནི་སྐྲག་སྣང་སྐྱེ་བའི་ཉིན་ཞིག་ཡིན། དེ་ནི་གསར་པ་ནས་རྙིང་པ་འགྱུར་བ་དང་། རྟུལ་ནས་དུག་ཅན་འགྱུར་བ་རེད།

ངས་ཁ་མ་གྲག་པར་ཁྲིམས་ཆད་འཁུར་བ། གཟའ་འཁོར་དང་པོར་ང་སྒྲོ་བ། གཟའ་འཁོར་གཉིས་པར་ང་དགའ་བྱུང་། གཟའ་འཁོར་གསུམ་པར་ང་སྒྲོ་ལངས་བ། གཟའ་འཁོར་བཞི་པར་ང་ཤི་བསམ། གཟའ་འཁོར་ལྔ་བར་ང་རང་སྨྱོས་འགྲོ་སྣང་ཤར། བསམ་ཡུལ་ལས་འདས་པ་ནི་མི་གཅིག་གི་ལུས་ཐོག་ལ་ཉི་མ་གཅིག་གི་ནང་དུ་མིག་ཆུ་དང་ཁོང་ཁྲོ། སྡུག་བསྔལ། ཡིད་སྐྱོ། སྨྱོ་བ་སོགས་མང་པོ་དེ་འདྲ་འདུས་ཐུབ། ང་རང་ཁང་བའི་ནང་དུ་ཡིབ་ནས་ངུ་བ་ཡིན། ཤེད་གང་ཡོད་ཀྱིས་རང་གི་ལག་པ་འཆའ། དུས་ཚོད་ཀྱིས་བཙོན་དུ་བཙུག་པའི་ཁྲིམས་ཆད། གྲོལ་ཐབས་མེད་ལ་ཐར་ཐབས་མེད་པའི་བཙོན་ཁང་ཡིན།

རྫུ་འཕྲུལ་ཞིག་གིས་ང་ཆུ་ཚོད་ཉེར་བཞིའི་དུས་འཁོར་འདའ་རན་སྐབས། ང་ཆུ་ཚོད་ཀྱི་རྗེས་ལ་དེད་ནས་བཙོན་ར་

ལས་ཐར་བའི་ཚོར་སྣང་ཡོད་དུས། རྫུ་འཕྲུལ་དེས་ང་ཡང་ཆུ་ཚོད་ཉེར་བཞིའི་སྔོན་དུ་ཕར་འཕེན། དེ་ནས་ཡང་སྐོར་བསྐྱར་སྐོར་བྱས་ནས། ང་ཁ་སང་ཐུག་པའི་མིར་ཐུག་པ་དང་ཁ་སང་ལས་པའི་བྱ་བ་ཡང་བསྐྱར་ལས་པ། སྐྲག་སྣང་སྐྱེ་རྒྱུ་ནི་ངས་དོན་དག་འདི་ཚང་མ་གསལ་པོ་ཤེས་ལ། མི་གཞན་གྱིས་ཅི་ཡང་ཤེས་པ་མ་རེད། ངས་ཁོ་མོ་ལ་ཡིད་སྨོན་དང་། ཁོ་མོ་ལ་ཞེ་སྡང་ལངས། ཁོ་མོ་དང་བསྟུན་ནས་བཤད་ན་ང་དུས་གཏན་དུ་ཉི་མ་གཅིག་གི་ནང་དུ་བཀག་པ། དེ་ནི་ཚེ་འདིའི་ཉི་མ་ཁྲི་སྟོང་ནང་གི་ཉིན་གཅིག་ཡིན། ཁོ་མོས་ཅི་ཡང་མ་ཤེས་ཉིན་གཅིག་བརྒལ་བ་དང་། རྗེས་མར་དེ་དག་བརྗེད་པ། ང་དུས་གཏན་དུ་རིག་མི་ཐུབ་པའི་སང་ཉིན་ལ་ཕྱིན་པ་རེད། ང་ནི་ད་དུང་ཡང་བསྐྱར་ཁྲིམས་ཆད་ཐོག་ནས་སྡུག་བསྔལ་མྱོང་དགོས་ལ། ཡ་ང་བ་དང་རོགས་སྐྱོར་ཅི་ཡང་མེད། ད་དུང་ངས་ང་མ་གཏོགས་པའི་མི་ཡོངས་རྫོགས་དང་བྱ་བ་ཡོངས་རྫོགས་དུས་གཏན་དུ་འགྱུར་བ་མེད། རེས་མོར་རེ་རེའི་ནང་དུ་རྡུལ་ཕྲན་གྱི་ཆུ་ཚོད་འཁོར་ལོ་ལས་ཀྱང་བརྟན་རྒྱུ་དེ་ཤེས་དགོས། དེར་བརྟེན། ངས་བྱ་བ་རེ་རེའི་དུས་ཚོད་ཡང་དག་པར་ངོ་སྣང་བྱས་ནས། འཇིག་རྟེན་འདི་དང་ལྷུ་ཐོར་རྒྱུ་དེ་འགོག་

དགོས། ང་ལ་གདན་འབེབས་བྱས་ཡོད་པའི་ཆུ་ཚོད་ཀྱི་རེའུ་མིག་ཡོད། སྐར་ཆ་ལའང་གདན་ཁེལ་བྱས་ཚར། ཆུ་ཚོད་འཁོར་ལོ་ལྟ་བུའི་འཛིག་རྟེན་ནང་དུ་ང་ལ་འགྱུར་ལྡོག་བྱུང་ཚེག་པའི་རྒྱུ་རྐྱེན་གཅིག་པུ་ཡིན། འོན་ཀྱང་ང་རང་ཡང་ཆུ་ཚོད་འཁོར་ལོ་འདིའི་ནང་གི་ལྷུ་ལག་གཅིག་ཡིན་ཐབས་བྱེད་དགོས། ང་ལ་ནི་རང་ཉེས་རང་ཁུར་བྱེད་དགོས་པ་ཡིན། འོན་ཀྱང་ངས་ཁྱོད་ལ་བཤད་དགོས་པ་ནི་ཁྲིམས་ཆད་འདི་གདུག་རྩུབ་ཅན་ཞིག་ཡིན་ལ། ང་འདྲ་བའི་ཉེས་ཅན་ཡིན་ནའང་འདི་འདྲ་ཡིན།

དུས་ཚོད་ཀྱི་བཙོན་པ་ནི་བར་སྣང་གི་བཙོན་པ་ལས་ཀྱང་ཡིད་སྐྱོ་ལ། འཛིག་རྟེན་འདི་ཁྱོད་དང་འབྲེལ་བ་མེད་ཅིང་། ཁྱོད་རང་གཅིག་པུ་མི་འགྱུར་བའི་དུས་སྐབས་ནང་ནས་རྒས་དགོས། ཉིན་ཐོག་ཉིན་བརྗེགས་བྱས་ནས་ཤི་བ་ལས་ཀྱང་སྡུག་པའི་འཚོ་བ་རོལ།

དུས་ཚོད་ནི་དེ་འདྲ་སྒྲག་སྣང་སྐྱེ་བ་དང་ལྡབས་ཆེན་འགྱུར་བ་བྱེད་ཐབས་མེད་པ་ཞིག་ཡིན། ངས་བཤད་བསམ་པ་ནི། སྤྲེའུ་ཡིས་རྩལ་རྩེད་ཅིག་ཤེས་དུས་དེས་འདི་ལ་བརྟེན་ནས་ཟས་བཟེ་རྒྱུ་ཨེ་རག་བསམ། མོ། མི་རྒྱུང་པ་ཡིས་རང་

གིས་ལག་ཏུ་ཡོད་པའི་དབང་ཆ་དང་ཤེས་རིག་དེ་སྤྱོད་དེ་ཉེས་ཚད་བཅད་པ་རེད།

ཁེར་རྐྱང་བྱས་ནས་ཐེངས་མང་པོའི་རྗེས་ངས་ཚོད་དོན་ལས་འགལ་རྒྱུ་ཐག་གཅོད་བྱས་ནས། འཛིག་རྟེན་འདི་ལ་སུན་སྣང་ཅི་ལྟར་བྱེད་བསམ། ངས་དུས་ཚོད་ཀྱི་རེའུ་མིག་བཟུང་ནས། ཉིན་དེའི་ཕྱ་དྲོའི་ཆུ་ཚོད་བདུན་དང་སྐར་མ་སུམ་ཅུའི་ཐོག་ཕྱི་ལ་སོང་། ཕྱི་ཉིན་གྱི་ཕྱ་དྲོའི་ཆུ་ཚོད་བདུན་དང་སྐར་མ་སུམ་ཅུ་སྐར་ཆ་བཅོ་ལྔའི་ཐོག་ཕྱི་ལ་སོང་། ངས་རྒྱུན་ལྡན་ལས་སྐར་མ་ཕྱེད་ཀ་ཕྱིར་འགྱངས་བྱས་ཏེ་ཁླ་ཧྥའི་ཁང་དུ་སོང་། མན་པའོ་ཀྲོན་པོ་དང་འཁྲུགས་ཀྱི་ཁླ་ཧྥའི་ཟོས་བ། གཟའ་འཁོར་རྗེས་མའི་ནང་དུ་ཡང་སྐར་མ་ཕྱེད་ཀ་ཕྱིར་འགྱངས་བྱས་ཏེ་ནང་ལ་སོང་། སྔོ་ངའི་བག་ལེབ་དང་ཐུག་པ་ཁེངས་པ། འཁྲུགས་ཞོ་བཅས་ཟོས་བ། ངས་དུས་ཚོད་མི་འདྲ་བ་གདམས་ནས་ཏེ་བག་སྐར་མ་གཅིག་ལས་མ་བརྒལ། ཚགས་པར་བཙོང་མཁན་གྱི་ལག་ནས་ཚགས་པར་ཉོས། ངས་གཟའ་འཁོར་རེ་རེའི་ནང་དུ་གློག་བརྙན་མི་འདྲ་བར་བལྟས། ངས་ཐེངས་འདིར་འབུ་སྐྱོགས་རྩོག་ཟློས་བྱས་ན། ཐེངས་རྗེས་མར་ངས་དེ་ཡར་བླངས་ནས་རྩྭ་གསེབ་ཏུ་འཛོག དགོད་བྲོ་

ཞིང་སེམས་འཚབས་ནས་ཅི་བྱ་གཏོལ་མེད་དུ་གྱུར་པ་ལ་བརྟེན་ནས། བཙོན་རའི་ནང་དུ་ཡོད་པའི་ཚོར་སྣང་ལས་ཐར་ཆེད། ང་ག་ས་གང་དུ་རྒྱུགས་པ། གྲོང་ཁྱེར་གྱི་མཐའ་མཚམས་ལ་རྒྱུག་ནས། གླ་གཏོང་རླངས་འཁོར་ལ་བསྡད་དེ་ཡང་ཚུར་ཡོང་། ང་གྲོང་ཁྱེར་ཕྱི་རོལ་དུ་ཉལ་བར་སོང་ནས། ངོ་མཚར་ཅན་གྱི་དེ་རིང་གི་ལས་དབང་ལས་གྲོལ་རོགས་བྱེད་ཐུབ་པའི་རེ་བ་ཡོད། ང་རྩ་གསེབ་ཏུ་ཁུམ་ཁུམ་བྱས་ནས་བསྡད་དེ་ནམ་མཁའི་སྐར་མ་བལྟས་པ་ན། དུས་ཚོད་སྐར་ཆ་སྐར་ཆ་བྱས་ནས་འདས། སྐར་ཆ་རེ་ཡང་ངའི་སེམས་ནང་དུ་བྲག་ཆ་ཆེན་པོ་འཁོར། ནམ་གུང་ཆུ་ཚོད་བཅུ་གཉིས་ཀྱི་ཐོག་ཏུ། ང་སེམས་འགུལ་ཐེབས་པའི་ངང་ནས་ཡར་ལངས་ཏེ་རྒྱུག་འགོད་བྱས། གླ་གཏོང་རླངས་འཁོར། གླ་གཏོང་རླངས་འཁོར། ང་རླངས་འཁོར་སྟེང་ལ་བསྡད་ནས་ཁ་ལོ་བ་ལ་ད་ལྟ་ཆུ་ཚོད་ཅི་ཙམ་ཡིན། དེ་རིང་ཚེས་པ་ཅི་ཙམ་ཡིན་ཞེས་དྲིས།

ཁ་ལོ་པས་ད་ལྟ་ནི་ཆུ་ཚོད་བཅུ་གཉིས་དང་སྐར་མ་བཅུ་ཡིན། ཁྱོད་སྐྲག་མོ་ཞིག་བཟོ་ཚར། དེ་རིང་ནི་ཟླ་༢པའི་ཚེས༡༨ཡིན། ངའི་སེམས་དེ་མ་ཐག་ནས་སྐྱོ། རླངས་འཁོར་གྲོང་ཁྱེར་བརྒྱུད་ནས་མུན་ནག་གི་འཐིམས་པའི་ཁང་བརྩེགས་ཀྱི་

སྟོན་དུ་བསྡད། དེ་དུས་ཕོ་རེངས་ཀྱི་ཆུ་ཚོད་གསུམ་ཡིན། ང་ད་རུང་ཁང་པ་དེའི་ནང་དུ་འགྲོ་བ་དང་། བཙོན་ཁང་གི་བཙོན་ཁང་དུ་ཉལ་བར་འགྲོ་དགོས།

ངས་སྐྱོ་འཚོལ་དགུ་འཚོལ་ཐེངས་མང་པོ་བྱས། ང་འཕྲུལ་སྣང་ཤར་ནས་དམིགས་བསལ་གྱི་དུས་སྐབས་ཤིག་གི་ནང་དུ་ང་སླར་ཡང་ཁང་བརྩེགས་ཆེན་པོའི་ནང་དུ་ཡོང་དུས། རྫུ་འཕྲུལ་ལས་ཐར། ང་ཕྱི་རོལ་ནས་ཚུར་ཡོང་དུས་ནམ་ཕྱེད་ཀྱི་ཆུ་ཚོད་བཅུ་གཉིས་ཡིན། ངས་ཁྱོད་ལ་ཆུ་ཚོད་ཅི་ཙམ་ཡིན། དེ་རིང་ཚེས་པ་ཅི་ཙམ་ཡིན་ཟེར་དྲིས། ཕོ་གསར་ཁྱོད་ཀྱིས་ཨེ་དྲན་ནམ། ཁྱོད་ཀྱི་ཆུ་ཚོད་བཅུ་གཉིས་རེད་ཟེར། ཁྱོད་འདི་རུ་བསྡད་ནས་ཉི་མ་གཅིག་རེད་དམ། དེ་རིང་ཟླ༤པའི་ཚེས༡༤ཡིན་ཟེར། དེའི་སྐབས་སུ་རྫུ་འཕྲུལ་འགྱུར་རྒྱུ་དེ་ངས་ཁྱོད་ཀྱིས་ར་སྤྲོད་བྱས་ནས་བརྒྱལ་བསམ། ང་སེམས་འགུལ་ཐེབས་ཏེ་ཁྱོད་ལ་བལྟས་ནས། དེ་ནས་སྐད་ཅིག་ལངས་ཏེ། ཡང་ཁྱོད་ལ་ཅི་ཕྱིར་དུ་ཞེར་དྲིས།

ཁྱོད་ཀྱིས་ཅི་འདྲ་ཞེས། སྐད་ཆ་ཁ་ཤས་མ་གཏོགས་ལས་མེད། ཁྱོད་ཀྱིས་ད་གཟོད་དོན་དག་དེ་བརྗོད་ཚར་སོང་། ང་ལ་ལྟས་ངན་པའི་ཚོར་སྣང་ཤར། ངས་ད་ལྟ་ཆུ་ཚོད་ཅི་ཙམ་

ཡིན། ཚེས་པ་ཅི་ཙམ་ཡིན་ཞེས་དྲིས།

ཁྱོད་ཀྱིས་ཡ་མཚན་ཆེ་བའི་ངང་ནས་ཟླ་༤པའི་ཚེས་༡༤ཀྱི་སྐྱ་མདའ་གཏོང་བའི་ཆུ་ཚོད་བཅུ་གཉིས་དང་སྐར་མ་གཅིག་ཡིན། ཁྱེད་ནམ་མར་ཡོང་བ་ཡིན་ཟེར།

ཁྱོད་ཀྱིས་དེ་དུས་ང་རེ་ཐག་ཅི་འདྲ་ཆད་ཡོད་པ་ཤེས།

ང་ལ་ད་རུང་དེ་བས་སྨྱོ་བའི་བསམ་ཚུལ་ཡོད་དེ། ངས་མི་ཁ་ཤས་ཁྲིད་དེ་ཐག་རིང་དུ་སོང་། གྲོང་ཁྱེར་གྱི་ཕྱི་རོལ་དུ་སོང་ནས། མཚན་མོར། ང་ཚོས་མེ་ཕུང་བསྐོར་ནས་བསྡད། ངས་ནམ་ཕྱེད་ལ་གཏམ་རྒྱུད་ཅིག་བཤད། དེ་དུས་ཆུ་ཚོད༡༢བཀལ་རན་སྐབས། ཡང་ཆུ་ཚོད་ཉེར་བཞི་སྟོན་གྱི་སྐད་ཅིག་ཏུ། ངས་ཅི་འདྲ་མཐོང་དུའམ། མི་དེ་རྣམས་སྒྱུ་འཕྲུལ་ལྟར་ཡལ་འགྲོ་བ་ཨེ་ཡིན་ནམ། ཁོ་ཚོས་ཅི་ཞིག་རིག༎ ཁོ་ཚོས་རང་ཉིད་ཁྲིམ་ནས་ཕྱི་སོ་ལ་ཉན་ཡོད་རྒྱུ་དེ་རིག་ཨེ་ཡོད། ངས་ཚོད་ལྟ་དེ་འདྲ་བྱེད་མི་ཐོད། ཉེན་ཁ་ཆེན་པོ་ཡོད་པས། མི་གཞན་ལ་གནོད་སྐྱོན་གཏོང་བ་རེད། ང་རང་གིས་ཚོད་ལྟ་བྱས་ནས་འཇིག་རྟེན་འདི་ལ་སུན་སྣང་ཆུང་ཆུང་འབྱུང་དུ་དགོས། འཇིག་རྟེན་འདི་འཇིག་ཐུབ་མེད། ང་ཅི་འདྲ་སྤྲོ་ལངས་ནའང་། ཀླུང་ནང་དུ་བཀག་པའི་གཅན་གཟན་ལྟར་

ཅི་འདྲ་བྱས་ནས་ཇོག་ཤད་བརྒྱབ་ནའང་ཕན་པ་ཅི་ཡང་མེད། ཐེངས་ཉུང་ཉུང་ཞིག་ལ། ངས་ཁྱོད་དང་མི་གཞན་གྱི་ལྟ་སྟངས་ལས་ཡ་མཚན་དང་སྐྲག་སྣང་མཐོང་། ཁྱོད་ཚོས་ཤེས་ཨེ་ཡོད་ངས་གསལ་པོ་མི་ཤེས།

དང་མ་ནས་ང་ལ་སྐྲག་འོས་པའི་དོགས་པ་ཞིག་ཡོད་དེ། ཁྲིམས་ཆད་འདི་ནི་སེམས་ཁམས་ཀྱི་ཚོར་སྣང་ཞིག་ཡིན། ངའི་རྣམ་ཤེས（ངས་འདི་འདྲ་མི་ཟེར་བ་ལས་ཐབས་མེད།）བཙན་ཤེད་ཀྱིས་ལུས་པོ་དང་བྲལ་བཙུགས་ནས། གཟའ་འཁོར་རེ་རེའི་ནང་དུ་བཞག ལུས་ཁམས་ཡང་བླ་མེད་ཤ་ཐོག་བཞིན་དུ་ཆུ་ཚོད་འཁོར་ལོ་ལས་ཀྱང་དག་པའི་གཏན་འཇོག་བྱས་པའི་བྱ་སྤྱོད་སྤེལ། རང་གི་སྐྲག་སྣང་དེ་མེད་པར་བྱེད་ཆེད། ཉིན་ལྟར་ངས་བྱ་སྤྱོད་དེ་ཚོར་འགྱུར་ལྡོག་ཙུང་ཙམ་བྱུང་བར་བྱས། བཀག་འགོག་ཅི་ཡང་མེད་པ་མ་ཟད། ད་དུང་ང་རང་གི་ལུས་པོ་ཡང་ཉམས་རྒུད་འགྲོ་བཞིན་ཡོད་པ་ཤེས་ནས། ང་སེམས་བདེ་བ་ཡིན། གལ་ཏེ་ཁྱོད་ཀྱི་ཕྱི་རོལ་གྱི་བྱ་སྤྱོད་དེ་ཁྱབ་ཁོངས་ཆུང་ཆུང་ཞིག་གི་ནང་དུ་ཚོད་འཛིན་བྱས་ན། ཁྱོད་ཀྱིས་ཤེས་རྒྱུ་ནི་ཁྱོད་ཀྱི་སེམས་ཁམས་ཀྱི་བྱ་སྤྱོད་དེ་ལྡབ་བཅུ་དང་ལྡབ་བརྒྱ་ཡིས་འཕེལ་པོ་དང་ཧ་དྲག་འབྱུང་བ་རེད། ང་ནི་ཚན་

རིག་ལ་དགའ་ཞེན་བྱེད་འདོད་མེད། འོན་ཀྱང་དུས་ཚོད་ཟེར་བ་དེ་ལ་དགའ་སྣང་བྱུང་། ངས་ཤེས་འདོད་པ་ནི་རང་ཉིད་ཀྱིས་ཡང་ནས་ཡང་དུ་ཐབས་ཤེས་གང་སྤྱད་དེ་ཟླ་༤པའི་ཚེས༡༤ཉིན་གྱི་སྐུ་མདའ་གཏོང་བའི་ཆུ་ཚོད་བཅུ་གཉིས་ཐོག་ཏུ་ཚུར་ལོག་ཐུབ་རྒྱུད་རེད། ངས་ད་རུང་ཤེས་འདོད་པ་ནི་གང་ལ་དུས་ཚོད་ཟེར། དུས་ཚོད་ཀྱི་ནང་དུ་ཚོད་འཛིན་བྱས་པའི་མི་ཅི་འདྲ་བྱས་ནས་འཇིག་རྟེན་དང་འབྲེལ་བ་བྱེད་དགོས། རྗེས་མའི་དུས་ཚོད་ནང་དུ། ངས་ལྷ་ཞིབ་དང་བསམ་གཞིགས་བྱས། འདི་འདྲ་བྱས་ན་དེ་བས་ཡིད་སྐྱོ། ངས་དུས་ཚོད་གཟའ་འཁོར་ལོ་ནང་དུ་བཞག་པའི་ཐབས་ཤེས་ཁ་ཤས་དཔེར་བཞག་པ་ཡིན།

ཐབས་ཤེས་དང་པོ། དངོས་ལུགས་རིག་པ་མཁས་པའི་རྣམས་ཀྱི་བཤད་སྟངས་ལྟར་ན། ང་ཚོར་འཐེན་ཡོང་སྐབས། དུས་ཚོད་ལས་ཡན་ལག་ཞིག་ཐོན་ཏེ། དོ་མཉམ་པའི་འཇིག་རྟེན་གསར་པ་ཞིག་ཆགས། འཇིག་རྟེན་གསར་བ་དེའི་ནང་དུ་ང་མ་གཏོགས་པའི་གཞན་ཚང་མ་ནི་སྔོན་མའི་འཇིག་རྟེན་དང་འདྲ། འོན་ཀྱང་ངས་གཞུང་ལུགས་འདི་ཁས་མི་ལེན་པའི་དཔང་རྟགས་ཡོད་དེ། འཇིག་རྟེན་གསར་པའི་ནང་གི་

མི་ཡིས་སྔོན་མའི་འཇིག་རྟེན་ནང་སྐྱེ་ལྷར་པའི་ཆོས་༧ར་ཉིན་གྱི་
དོན་དག་དེ་ཤེས་རྒྱུ་མ་རེད། འོན་ཀྱང་ཐེངས་ཤིག་ལ་ཕྱོད་
ཀྱིས་ང་ལ་གློ་བུར་དུ་ཁྱེད་ཀྱིས་བོར་བའི་ཅ་ལག་དེ་རྙེད་ཨེ་
འབྱུང་ཞེས་འདྲི་དུས། ང་ལ་དོགས་པ་ཆེན་པོ་ཡོད། བསམ་བློ་
བཏང་དུས་དེ་ནི་རྗེས་མའི་གཟའ་འཁོར་ཞིག་གི་ནང་དུ་ངས་
ཅ་ལག་ཅིག་བོར་བ་ཐག་ཆོད་རེད། དུས་ཚོད་ནི་དེའི་སྔོན་
ཡིན་པ། རྗེས་མར་ངའི་ཚོད་དཔག་ར་འཕྲོད་བྱུང་། ངའི་
དངུལ་ཁུག་བོར། དུས་ཚོད་ནི་ཟླ་ཟྲོའི་ཆུ་ཚོད་དགུ་ཡིན།

ད་རུང་འགྲེལ་བཤད་སྐབས་བདེ་མོ་ཞིག་ཡོད་དེ། ལྷར
པའི་ཆོས་༧ར་ཉིན་ནི་གཏན་ནས་འགྱུར་རྒྱུ་མེད་ལ། ང་ཡང་
ནས་ཡང་དུ་ཉིན་དེ་ལ་ཡོང་ནས་ངའི་འཚོ་བ་ཡང་བསྐྱར་རོལ།
འོན་ཀྱང་དཀའ་གནད་གཅིག་ཡོད་དེ། ངས་ཡང་ནས་ཡང་
དུ་ཆུ་ཚོད་ཉེར་བཞི་བརྒྱལ་བ་དང་། ཐེངས་སུམ་སྟོང་དྲུག་བརྒྱ་
ལྔ་བཅུ་བརྒྱལ་དུས། ང་མི་ཁེ་རུ་མས་དེའི་སྐབས་སུ་སྤྱོད་པའི་
དངོས་རྫས་ཏེ། དཔེར་ན་ཆུ་དང་གློག་སོགས་ནི། ཁང་བརྩེགས་
ཆེན་པོ་འདིའི་ནང་གི་སྡོད་དམངས་ཡོངས་ཀྱི་ཕྱུགས་བསྡོམས་
ཡིན། དོན་དག་མཚར་པོ་འདི་འདྲ་མི་ཤེས་མཁན་མེད་ཨང་།

ཐེངས་ཤིག་ལ་ངས་སྐད་ཆ་ཚིག་གཅིག་ཀྱང་མ་བཤད་

པར་ཁང་བརྩེགས་ཀྱི་ཕར་ཕྱོགས་ལམ་སྒྲོན་འོག་ཏུ་ཐོན། ལྷམ་ཕུད་དེ་ལམ་སྒྲོན་དེ་བཙུག་པ་ཡིན། དེ་རྗེས་ངས་ལྷམ་གྱོན་ནས་ཚུར་ཡོང་། དེའི་སྐབས་སུ་ཁྱོད་ཡ་མཚན་སྐྱེ། ཁྱོད་ཀྱིས་ང་སྨྱོས་ཡོད་པར་སྙམ། མ་རེད། ངས་གནད་དོན་བསམ་བློ་འདིར་གཏོང་བཞིན་ཡོད། ལམ་སྒྲོན་བཙུག་པའི་ཉིན་དེ་མི་ཚང་མས་ང་ལ་ལྟ་སྟངས་ཅི་འདྲ་བྱེད་པ་དང་། ང་ལ་སྐད་ཆ་ཅི་འདྲ་བཤད་པ་ཚང་མ་ཡིད་འཇོག་བྱས། ཕྱི་ཉིན（ངས་ཟེར་སྲོལ་རེད།）ངས་ལམ་སྒྲོན་དེ་ཡག་པོ་ཡོད་པ་དེ་མཐོང་བྱུང་། དེ་འདྲ་ཡིན་པ་རེད། ངས་ལམ་སྒྲོན་བཙུག་མེད། ཉིན་དེ་ནི་ངོ་མ་སྔོན་མའི་གཟའ་འཁོར་དང་མི་འདྲ། ང་འདི་དུ་བསྡད་ནས་འཛིག་རྟེན་འདི་དང་རྒྱབ་འགལ་བ་བྱུང་། ང་ཐེངས་འདིའི་གཟའ་འཁོར་ནང་དུ་ཕྱི་དྲོའི་ཆུ་ཚོད་དགུ་ཡི་ནང་ངས་ཁྲོམ་ལམ་ནང་གི་ལམ་སྒྲོན་བཙུག་པ། མི་གཞན་དག་ཟེར་ནས་ལྟ་མཁན་རྣམས་ཀྱི་མིག་སྔོན་དུ། ལམ་སྒྲོན་དེ་ཆུ་ཚོད་དགུ་ཡི་རྗེས་རིག་རྒྱུ་ཡོད་པ་མ་རེད། འོན་ཀྱང་ཐེངས་འདིའི་གཟའ་འཁོར་སྔོན་གྱི་ཉི་མ་ཁ་ཤས་ཀྱི་ནང་དུ་ལམ་སྒྲོན་དེ་མཐའ་རྫོགས་པའི་བར་དུ་གནས་ཡོད། ཟེར་ནས་ལྟ་མཁན་རྣམས་ཀྱིས་གནས་ཚུལ་གང་ཡིད་འཇོག་བྱས་ཡོད་དམ།

ངས་ཁྱོད་ལ་དྲིས་སྒྱོང་བ། ཉེན་གྲུང་ཞིག་ཡིན། ཁྱོད་ཀྱིས་ངས་ལམ་སྒྲོན་བཅག་པ་དེ་གཏན་ནས་མི་ཤེས།

ངས་ཚོད་དཔག་མཐའ་མ་ནི། གཟའ་འཁོར་ཞིག་མཇུག་རྫོགས་རྗེས། ང་ཡང་ཁེར་རྐྱང་གིས་འཇིག་རྟེན་འདི་ན་འདས་སུ་འཇུག། དཔོག་དཀའ་བའི་རྫུ་འཕྲུལ་ཏེ་དུས་ཚོད་བཀོལ་སྤྱོད་བྱེད་པའི་ནུས་ཤུགས་ཀྱིས་འཇིག་རྟེན་ཡོངས་རྫོགས（ངང་ཕུད་དགོས།）ཆུ་ཚོད་ཉེར་བཞི་སྔོན་གྱི་དང་ཐོག་གི་རྣམ་པར་ལ་ཐོན་དུ་བཅུག དེ་རྗེས་ང་ཡང་འཇིག་རྟེན་དུ་ཡོང་བར་བཅུག་ནས་སླར་ཡང་མགོ་བཙམས། དེ་འདྲ་ཡིན་ན་ངས་ཁྲིམས་བཅད་ཁུར་བའི་དུས་སྐབས་སུ་ཅི་ལས་ནའང་། ལམ་སྒྲོན་ཐེངས་ཅི་ཚད་བཅག་ཡོད་ནའང་། ཟུར་ལྟ་བྱེད་མཁན་གྱིས་གཟའ་འཁོར་མཐའ་མ་མ་གཏོགས་ཡིད་འཇོག་བྱས་མེད། ངས་ཚོད་དཔག་བྱེད་རྒྱུ་དེ་འགྲིག་ཨེ་ཡོད་མི་ཤེས། ངས་ཟུར་ལྟ་བྱེད་མཁན་ལ་དྲི་བསམ་དུ། འོན་ཀྱང་དངུལ་ཁུག་བོར་བའི་དོན་དག་དེ་དང་། ད་རུང་ཁྱོད་ཀྱིས་ངས་དུས་ཚོད་ཀྱི་རེའུ་མིག་ལས་འགལ་ནས་འགྲོ་སྐྱོད་བྱེད་རྒྱུ་མཐོང་སྐབས་ཀྱི་ཡ་མཚན་དེ་རྣམས། ཅི་འདྲ་བྱས་ནས་འགྲེལ་བཤད་བྱེད་དགོས་སམ།

ཧ་ལམ། ཟུར་ལྟ་བྱེད་མཁན་རྣམས་ཀྱི་མིག་ནང་དུ། ང་ཐེངས་མང་པོའི་གཟའ་འཁོར་ནང་གི་བྱ་སྤྱོད་ནི། འཕུར་གསར་བར་སྣང་བའི་དངོས་པོ་དེ་ངོས་མཉམ་གྱི་གྲིབ་གཟུགས་དང་འདྲ། ཚང་མ་ཉིན་གཅིག་ཏུ་བརྩེགས་ནས། དེ་ནས་གནས་ཚུལ་འདི་འདྲ་བྱུང་། ཁྱོད་ཀྱིས་ང་ཁང་བརྩེགས་ནང་ནས་ཕྱི་ཡོང་བ་རེག དེའི་རྗེས་ཡང་ཁང་བརྩེགས་ནང་ནས་ཕྱི་ཡོང་བ་རེག་ཡོད། མུ་མཐུད་ནས་ཁྱོད་ཀྱིས་ཡང་ངའི་ཁང་པའི་ནང་དུ་ང་ཡོད་པ་མཐོང་། ང་གནས་པའི་ཟླ་མཐོང་གི་དུས་ཚོད་དེ་གཟའ་འཁོར་རེའི་ནང་ནས་ཆེ་མཐོང་གི་དུས་ཚོད་ནང་དུ་བཙུད་དེ། ཕྱི་མིག་གིས་ལྟ་དུས་གཞི་རྟུལ་གྱི་རྣམ་པ་འགྱུལ་རྒྱུ་མཐོང་ཐུབ།

གལ་ཏེ་ཕྱོགས་མེད་ཀྱི་ལྟ་ཞིབ་བྱེད་མཁན་ཞིག་གིས་གྲོང་ཁྱེར་འདི་ལ་ཐུར་ལྟ་བྱེད་དུས། ཁོས་ང་པུའུ་ལང་འགྱུལ་སྐྱོད་ཀྱི་གཞི་རྟུལ་དེ་དང་འདྲ་བར། རིམ་མེད་ཀྱི་ངང་ནས་ཁ་ཁྱུག་ཏུ་འགྲོ། སྐར་ཆ་གཅིག་གི་ནང་དུ་ཤར་ལ་ཡོད་པ་དང་། སྐར་ཆ་གཅིག་འདས་རྗེས་ནུབ་ཏུ་སྐྱོད་པ། ཐ་ན་སྐར་ཆ་གཅིག་གི་ནང་དུ་ས་གནས་ཁ་ཤས་སུ་ཐོན་ཐུབ། མི་དཀྱུས་མ་ཞིག་གིས་ངའི་འགྲོ་འདུག་དེ་མཐོང་དུས་ཡ་མཚན་ཆེ་བའི་རྣམ་པ་དེས་

སྒྱུ་བར་འཇུག་པ་རེད། ང་ཡིད་སྐྱོ་བ་ནི་ཤི་རན་དུས་གཞི་ནས་བསམ་གཞིག་བྱེད་པས་སྐྱོ་སྣང་སྐྱེ། ང་ལ་ཡིད་ཆེས་ཡོད་པ་ནི་ཁེར་རྐྱང་གིས་སྐྱོན་སྡིགས་སྤྲུང་བའི་མི་རྣམས་སྒྱུ་རྒྱུ་མ་རེད། རྒྱུ་མཚན་ནི་ཁོ་ཚོ་ནི་བསམ་བློ་གཏོང་མཁན་ཡིན། འོན་ཀྱང་གཞུང་དྲང་མེད་པ་ཞིག་ཡོད་དེ། དེ་ནི་ཁོ་ཚོའི་ཉེན་གཅིག་དང་མི་འདྲ་བ་ཡིན།

ང་ཤི་རན་རེད། འོན་ཀྱང་ངས་ད་རུང་དུས་ཚོད་ཅི་ཡིན་པ་མི་ཤེས་ལ། དུས་ཚོད་ཀྱིས་ཚོད་འཛིན་བྱས་པའི་མི་ཡིས་ཅི་འདྲ་བྱས་ནས་འཇིག་རྟེན་དང་འབྲེལ་བ་བྱེད་དགོས་རྒྱུ་དེ་ཤེས་མེད། ཚོ་རིང་། གྲོགས་པོ་ལགས། ཁྱོད་ཀྱིས་བདེ་སྐྱིད་ཀྱི་ངང་ནས་སང་ཉིན་ལ་ཕྱིན་ནས། དེ་རིང་གི་ང་དུས་གཏན་དུ་དྲན་མི་དགོས། སང་ཉིན་ནི་ངས་ཅི་འདྲ་ཞིག་ཡིན་རྒྱུ་བསམ་བློ་གཏོང་ཐབས་མེད།

ངས་ཤེལ་མིག་མར་བླངས་པ་ན། གྱང་ཡང་དྲི་མེད་དཀར་གཙང་ཡིན། དོན་དག་འདི་འདྲ་ངོ་མ་ཨེ་ཡོད། ངས་ཡང་ཤེལ་མིག་གྱོན་དུས། B སྐུ་ཞབས་ཀྱིས་བྲིས་པའི་ཡི་གེ་གྱང་ངོས་ལ་ཁེབས་ཚར། ཡི་གེ་དེ་ཚོ་འཛོག་དགོས། རྗེས་མར་འདི་རུ་འདུག་མཁན་གྱིས་འོད་རླབས་ཤེལ་མིག་གྱོན་ནས་གྱང་འདི་

ལྷ་ཨེ་ཤེས། B སྐུ་ཞབས་འདིའི་སྐབས་སུ་ཚེ་ལས་འདས་ཚར། འོན་ཀྱང་འདིའི་སྔོན་ལ། ༢༠༠༨ལོའི་ཟླ༨པའི་ཚེས༡༨ཉིན་གྱི་སྐྱ་མདའ་གཏོང་བའི་ཆུ་ཚོད་བཅུ་གཉིས་ནས་མཚན་མོའི་ཆུ་ཚོད༡༠བར་དུ། ཁོ་གསོན་ཡོད། དུས་གཏན་དུ་གསོན་ཡོད། ཐེངས་རེ་རེ་བྱས་ནས་གསོན་ཡོད། ཁོའི་གསང་དོན་ཕྱིར་བསྒྲག་བྱེད་མི་ཉན།

ངས་ཆུ་ཚོད་འཁོར་ལོ་ལ་ལྟ་དུས། ཆུ་ཚོད༡༡དང་ཕྱེད་ཀ་རེད་པ། ང་སློ་བུར་དུ་སེམས་འགུལ་ཐེབས་བྱུང་།

B སྐུ་ཞབས་ནི་དེ་རིང་ཆུ་ཚོད་བཅུ་གཉིས་ཀྱི་ཐོག་ནས་ནང་ལ་ཡོང་། ཁོ་ཤི་བའི་དུས་ཚོད་ནི་དོ་དགོང་གི་ཆུ་ཚོད༡༠ཡིན། ད་ལྟ་ནི་ཆུ་ཚོད༡༡དང་ཕྱེད་ཡིན། གཟའ་འཁོར་ཞིག་མཇུག་རྫོགས་པ་ལ་ད་དུང་ཆུ་ཚོད་ཕྱེད་ཀ་ཡོད། ཁོས་ཀྱང་ངོས་ལ་ཁོ་ནམ་ཕྱེད་ཆུ་ཚོད༡༢ཐོག་གྲོང་ཁྱེར་གྱི་ཕྱི་ཕྱོགས་སུ་ཚུར་ཡོང་། ངས་ཁོས་དུས་ཚོད་ཀྱི་བརྩོན་ར་ལས་ཐར་རྒྱུ་ར་འཕྲོད་བྱེད་པའི་རེ་བ་ཡོད། ངས་ཁོའི་ཚོད་དཔག་ར་སྤྲོད་བྱེད་པར་ཐབས་ཤེས་ཡོད། B སྐུ་ཞབས་ཤི་སོང་ནའང་། གལ་ཏེ B སྐུ་ཞབས་གཞན་ཞིག་ཐོན་ཡོང་ན། དེ་ནས་ཁོའི་ཚོད་དཔག་ཁ་ཤས་ར་འཕྲོད་བྱེད་ཐུབ། ཡིན་ཡང་གནས་ཚུལ་འདི་དག་ནི་

དེ་འདྲ་ཡ་མཚན་ལྡན་པ་དང་། སྒྲག་སྣང་སྐྱེ་བ། སེམས་འགྱུལ་ཐེབས་པ་རེད། གལ་ཏེ་དེ་འདྲ་ཡིན་དུས། གལ་ཏེ་ B སྐུ་ཞབས་གཞན་ཞིག་ཐོན་ཡོང་ན། ངས་ཁོ་ལ་ཅི་ཟེར་དགོས་པ་རེད། B སྐུ་ཞབས་ཁྱེད་ཚོ་ལས་འདས་ཚར། ད་ལྟ་ཁྱེད་ནི་གྲངས་མེད་ཀྱི་ཤེལ་སྒྲོའི་ནང་དུ་རྣམ་ཤེས་ཡིན་ཟེར་དགོས་ཨེ་རེད། ངས་ངོས་འཛིན་འདི་འདྲ་བྱས་ན་ཨེ་རེད། ང་ཚོ་ལྟ་བུ་བདེ་སྐྱིད་ལྡན་པའི་མི་རྣམས་ཀྱིས་ཚོར་མེད་ཤེས་མེད་ཀྱི་དེ་རིང་གི་ནམ་ཕྱེད་ལས་བརྒལ་ནས། B སྐུ་ཞབས་ཀྱིས་དུས་གཏན་དུ་ཚོལ་ཐབས་མེད་པ་དང་ཚོད་དཔག་མི་ཐུབ་པའི་སང་ཉིན་ལ་ཐོན། ང་ཚོས་བརྒལ་བ་དང་དོར་བ། བརྗེད་པའི་ཉིན་གཅིག་དེ། ད་དུང B སྐུ་ཞབས་ལྟ་བུའི་མི་གཅིག་མི་གཉིས། གྲངས་མེད་རྣམས། ཅི་བྱ་གཏོལ་མེད། ཡང་སྐྱོར་ཡང་བསྐྱར། དུས་གཏན་དུ་འདི་ན་བཀག་པ། ངས་གནས་ལུགས་འདི་མི་ཤེས་ལ། ཤེས་ཡང་ཤེས་འདོད་མེད། ངས་རེ་སྒྲུག་དང་སྒྲག་སྣང་དཔག་མེད་ཀྱིས་ཁང་བརྩེགས་ཆེན་པོའི་དོ་དམ་ཁང་དུ་བསྡད་ནས། ཕྱི་ཕྱོགས་ཀྱི་མཚན་མོའི་འཇིག་རྟེན་ལ་བལྟས།

ངས་དུས་ཚོད་དེ་ཁྱད་མཚར་ལྡན་པར་དོ་སྣང་ཐེངས་དང་པོ་བྱས། སྐར་ཆ་གཅིག་ཀྱང་ངའི་སེམས་ནང་ལས་འདས་

པ། གཟའ་འཁོར་ག་གེ་མོ་ཞིག་གི་ནང་དུ། B སྐུ་ཞབས་ད་དུང་སྐབས་འདི་ལ་གྲོང་ཁྱེར་གྱི་ཕྱི་ཕྱོགས་ནས་སླ་གཏོང་རླངས་འཁོར་ལ་བསྡད་དེ་ཚུར་ཡོང་བ། ངའི་སེམས་འཁྲུགས་ནས། ཁོས་མཚན་མོའི་སྨུག་ནག་ལས་བརྒྱུད་དེ་ངོ་སྐྱ་སྐྱ་བྱས་ནས་ཁང་བརྩེགས་ནང་དུ་ཡོང་རྒྱུར་སྨུག ཁོས་དུས་ཚོད་ཀྱི་ཟུར་ཁུག་ཅིག་ལས་རྒྱབ་སྐྱུར་སྐྱུར་བྱས་ནས་ཡོང་རྒྱུར་སྨུག ཁོས་རེ་ཐག་ཆད་ནས་བཅལ་ཞོར་འགྲོ་ཞོར་བྱེད་པར་སྨུག མ་འོངས་པ་ནས་མི་ཤེས་པ་ལ་འགྲོ་བ་དང་། ཚད་མེད་ནས་ཚད་མེད་དུ་འགྲོ་བ། མུན་ནག་ནས་མུན་ནག་ཏུ་འགྲོ་བ། བཙོན་ར་ནས་བཙོན་རའི་ནང་དུ་འགྲོ་བ། ངས་ཁོའི་ལག་པ་འཇུས་ནས། མེད། ཁོ་བརྟན་པོ་བཟུང་ནས། ཁོ་དང་མཉམ་དུ་དེ་རིང་དང་སང་ཉིན་གྱི་སྐར་ཆ་གཅིག་མང་དུ་བཀལ། གལ་ཏེ་འདི་འདྲ་ཡིན་དུས། ངས་ཁོ་སང་ཉིན་ལ་ཁྲིད་ཨེ་ཐུབ། ཡང་མིན་ན་ཁོས་ང་གཟའ་འཁོར་གྱི་དམོད་མོ་ནང་དུ་ཁྲིད་ཨེ་ཐུབ། ལྷ་དཀོན་མཆོག ངས་ཅི་བསམ་ཡོད་ན། ཆུ་ཚོད་༡༢ཚང་རན། ངའང་སྙིང་འཕགས་པ་རྒྱུ་མེད་པ་འགྱུར།

ཕྱི་ཕྱོགས་མུན་ནག་གིས་ཁེབས།

ཚེ་སྲོག་གི་བསྟོད་གླུ།

生命之歌

ཝང་ཅིན་ཁང་གི་བརྩམས་པ།

王晋康　著

ཞང་ཅིང་ཁང་ནི་དུས་རབས་༢༠པའི་ལོ་རབས་༨༠ཡི་ནང་གི་ཀྲུང་གོ་ལ་ཤུགས་རྐྱེན་ཆེན་པོ་ཐེབས་པའི་ཚན་རིག་འཆར་སྣང་གི་རྩོམ་པ་པོའི་གྲས་ཤིག་ཡིན།

ཞང་ཅིང་ཁང་གི་རྩོམ་ཡིག་ལ་ལོ་ཆུང་པའི་ཤེས་ཚོར་སྐྱེན་པ་དང་སྤྲོ་སེམས་ཡོད། མི་དར་མའི་བག་ཡངས་དང་བྱུང་ཆུབ་ཡོད། ཁོས་སྔོན་དཔག་གི་ལྟ་ཚུལ་གྱིས་ཚན་རིག་དམ་འཛིན་བྱེད་པར་དགའ་པོ་ཡོད་པ་དང་། ལྷག་པར་དུ་སྐྱེ་དངོས་ཚན་རིག་གི་འཕེལ་རྒྱས་གསར་པ་ལ་དེ་ལྟར་འཛིན། འཕེལ་རྒྱས་འདི་དག་སྔོན་དཔག་བྱས་ན་མིའི་རིགས་ཀྱི་འཚོ་བ་ལ་བསྒྱུར་བཅོས་ཆེས་ཆེན་པོ་འབྱུང་དུ་བཅུག་ནས། དེ་རྗེས་ཚན་རིག་རང་ཉིད་ལ་ཡོད་པའི་མི་སེམས་འགུལ་བའི་ནུས་ཤུགས་ཀྱིས་རྩོམ་པ་པོ་ལ་སེམས་འདུལ་བ། ད་བར་ཁོས《ཡ་དང་ཚུར་ལོག》དང《གནམ་མེ》《གནམ་གྱི་ཚབ་བྱས་ནས་བདེན་ལུགས་སྤེལ་བ》སོགས་ཚན་རིག་འཆར་སྣང་གི་བརྩམས་སྒྲུང་ཐུང་ཐུང་ལྔ་བཅུ་ལྷག་ཙམ་དང་། ཚན་རིག་འཆར་སྣང་གི་བརྩམས་སྒྲུང་རིང་པོ་མང་པོ་འགྲེམ་སྤེལ་བྱས་ཡོད། ཀྲུང་གོའི་ཚན་རིག་འཆར་སྣང་གི་དགུ་ཚོགས་ཀྱི་བྱ་དགའ་ཐེངས་བརྒྱད་

ཐེབ་པའི་ཐེ་འགོད་གསར་པ་བཀོད་ཡོད།

《ཚེ་སྲོག་གི་བསྟོད་སྙན》ལ་གསར་སྤེལ་ཅན་དང་ཡིད་དབང་འཕྲོག་པའི་ཚན་རིག་འཆར་སྣང་གི་ནང་དོན་ཡོད། དེ་ཤང་ཅིང་ཁང་གི་མཚོན་བྱེད་རྩོམ་ཡིག་ཡིན།

ཁྱུང་ཤན་ཡིང་ཁྱིམ་དུ་ཡོང་ནས་ཁྱོ་གས་ཀྱང་གོ་ནས་བསྐུར་བའི་བརྙན་སྐྱེལ་འཕྲིན་ཡིག་ཡོད་པ་མཐོང་། མོས་ཁྱི་གོས་ཕྲུད་དེ། ཁྱི་རྗེང་མཛོ་བའི་ལྷམ་དེའང་བུད་ནས། འཕྲིན་ཡིག་དེ་བླངས་ནས་འབོལ་ཁྲིའི་སྟེང་དུ་ཉལ།

ཁྱུང་ཤན་ཡིང་ནི་གཟུགས་པོ་ཆུང་ཆུང་ཡིན་པའི་ལས་རིགས་བྱེད་མེད་ཅིག་ཡིན། བདེ་ལྷུག་འཁྱུག་པོ་ཡིན་པ་དང་། འཛུམ་དམུལ་དམུལ་བྱེད་པ། ཐོད་པ་དང་མིག་ཟུར་ལ་ལོ༢༥ཡི་རྟགས་མཚན་མངོན་ཡོད། མོ་འཚམས་འདྲི་པའི་ཐོབ་ཐང་ཐུས་ནས་ལོན་ཏོན་ལ་ཡོང་བ་དང་། ཁྱིམ་དང་བྲལ་ནས་ལོ་གཅིག་འགོར།

ཡིང་ལགས།

ཞིབ་འཇུག་གི་གཙོ་གནད་འགག་སྒྲོལ་བྱུང་ལ། ཚོད་ལྟས་ར་སྤྲོད་བྱེད་རྒྱུ་ད་དུང་མཇུག་རྫོགས་མེད། འོན་ཀྱང་ལེགས་འགྲུབ་འབྱུང་རྒྱུ་དེ་ལ་ངེས་པ་མེད།

ཁྱུང་ཤན་ཡིང་གིས་རང་གི་མིག་ལ་ཡིད་ཆེས་མ་བྱུས། མོ་ངར་ཤུགས་སྐྱེད་པའི་ན་ཆུང་མ་ཡིན་པའི་ལོ་ཚད་སྔ་ནས་བརྒལ་ཚར། འོན་ཀྱང་སྐབས་ཤིག་ལ་སེམས་འགུལ་ཐེབས་རྒྱུ་དེ་ཚོད་འཛིན་བྱེད་ཐབས་མེད། ཞིབ་འཇུག་དེ་ནི་ལོ་ཉི་ཤུའི་

རིང་ཁྱོ་གའི་སེམས་ནང་གི་གཏོན་འདྲི་ཞིག་ཡིན་པ་དང་ཁོ་རང་འཚོ་གནས་བྱེད་པའི་དམིགས་ཡུལ་གཅིག་པུར་གྱུར་བ། ལོ་གཅིག་གི་སྔོན་ལ། མོ་ལོན་ཧོན་ལ་ཡོང་སྐབས་ཞིབ་འཇུག་དེ་ད་དུང་ཐབས་ཟད་ཞུ་ཐུག་གི་གནས་སུ་ཡོད། མོས་བསམ་ཡུལ་ལས་འདས་པ་ནི་འཕེལ་རྒྱས་འདི་འདྲ་མགྱོགས་པ་འབྱུང་བར་བསམ་མ་སྙིང་།

ཇོ་མས་ང་ལེགས་འགྲུབ་འབྱུང་རྒྱུ་དེ་ལ་རེ་ཐག་ཆད། ངས་བྲེལ་འཚུབ་ཀྱིས་ཞིབ་འཇུག་ལས་དོན་གྱིས་རང་སྟུག་རང་ལ་སྙིང་བར་བཙུག་ནས། ཇོ་སོ་ཆེ་བའི་ཕམ་ཁ་ཁུར་མཁན་ཞིག་བྱེད། འོན་ཀྱང་ཟླ་བ་གཉིས་ཀྱི་སྔོན་ལ། ངས་སྨྱུག་པོའི་ཚོད་ལྟ་ཁང་ནང་ནས་སྟེས་དབང་གིས་སེར་པོ་ཡིན་པའི་ཏོག་དེབ་བཙུ་ལྔག་ཙམ་ཡོད་པའི་ལག་བྲིས་མཐོང་། དེས་ང་ལ་ཕན་ཐོགས་པའི་དོན་སྙིང་ནི་ལའོ་ཏྲའི་ད་ཡི་བྱང་ཡིག་ལས་མི་དམན། དེ་ནས་ངས་ལོ་ཉི་ཤུའི་རིང་སྨུན་འཐོམས་ཀྱིས་འཚོལ་ཞིབ་བྱས་ནས་ཡང་དོར་བའི་ཕྲེང་བ་རྣམས་མཉམ་དུ་འབྲེལ་བ་བྱེད་པ་ལྟ་བུའི་ཕན་ནུས་ཐེབས།

ངས་ཁྱོད་ཀྱི་ཨ་ཕ་ལ་འདི་དག་བཤད་ཨེ་ཉན་མི་ཤེས། ཁོས་རྒྱལ་ཁ་ཐོབ་རན་པའི་ལམ་ཕྱེད་མ་གཏོགས་མེད་པའི་ས་

གནས་སུ་མཚམས་བཞག་ནས་ཕམ་ཁ་ཁུར། འདི་ཇོ་མ་ཚན་རིག་པའི་ཡིད་སྐྱོ་བའི་གནས་ཤིག་ཡིན།

མུ་མཐུད་ནས་འཁྲིན་ཡིག་དེ་འདོན་དུས། ཤན་ཡིང་གི་སྨིན་མ་སྡུད་པ་དང་། འཁྲིན་ཡིག་གི་ནང་དུ་རྒྱལ་ཁ་ཐོབ་པའི་སྤྲོ་སྣང་མེད། ཡི་གེའི་ནང་དུ་ཡིད་སྐྱོ་བའི་སྣང་ཚུལ་ཡོད། མོས་རྒྱུ་མཚན་ཅི་ཡིན་མི་ཤེས།

འོན་ཀྱང་ང་ལ་འབྲལ་ཐབས་མེད་པའི་ཁྱད་མཚར་གྱི་ཚོར་སྣང་ཡོད་དེ། ང་དང་རུང་ཕམ་ཁ་ཁུར་མཁན་གྱི་གྲིབ་ནག་འོག་ཏུ་འཚོ་གནས་བྱས་ཡོད། དེ་རིང་ཡིན་ནའང་དེ་འདྲ་ཡིན། ང་དུས་གཏན་དུ་འདི་འདྲ་བྱེད་འདོད་མེད། དཔེར་ན་ཐེངས་འདིའི་གྲུབ་འབྲས་ཁྱབ་བསྒྲགས་བྱེད་དམ་མི་བྱེད། ངས་ཁོའི་བཀའ་དང་ལེན་བྱེད་རྒྱུ་མི་ན།

ཁྱོད་ལ་དགའ་བའི་ཀྲའེ།

མོས་བརྟན་སྐྱེལ་འཁྲིན་ཡིག་དེ་བཞག་ནས་སྐར་ཁུང་གི་སྟོན་དུ་སོང་། ཤར་ཕྱོགས་ཀྱི་མུན་ནག་དང་མཐའ་མེད་པའི་མཁའ་དབྱིངས་ལ་རྒྱང་ལྟ་བྱེད་དུས། ཕྱོང་ཚོར་བརྗོད་ལས་འདས་པ་དང་། དགའ་སྐྱོ་མཉམ་འཆར་བྱུང་། ལོ་ཉི་ཤུ་ཡི་སྟོན་ལ་མོས་ཕ་མ་གཉིས་ལ་མོས་ཧན་རྒྱལ་ཁབ་ཀྱི་མི་ཞིག་

གི་མནའ་མ་བྱེད་པ་ཡིན་ཟེར། ཨ་མས་དགའ་དགའ་སྤྲོ་སྤྲོས་ངང་ནས་དང་ལེན་བྱས། ཨ་ཕའི་རྣམ་འགྱུར་ནི་ཁ་ཡ་མ་བྱས་པར་ཁས་ལེན་རོགས་མི་བྱེད། ཁས་མི་ལེན་པའི་རྒྱུ་མཚན་ནི་མཚར་པོ་ཡིན་པ་དང་། ང་དགོད་ཅི་བྱ་ཆ་མི་འཚལ་བ་ཞིག་རེད་པ། ཕོས་བཤད་རྒྱུ་ནི། ཁྱོད་ཕོ་དང་དུས་གཏན་དུ་ཕན་ཚུན་རྟེན་རེས་བྱེད་ཨེ་ཐུབ། ཁྱོད་ནི་ལོ༥༠༠༠གི་ཀྲུང་གོའི་རིག་གནས་ནང་དུ་འཚར་སྐྱེས་འབྱུང་བ་ཡིན་ལ། ཕོ་ནི་མི་རིགས་གཞན་ཞིག་ཡིན།

ལག་ཆགས་དུས། ཤན་ཡིང་གིས་ཨ་ཕའི་གཤིས་ཀ་རྩུབ་པོ་ཡོད་པ་དེ་ལོབས་ནའང་། ཐེངས་འདི་མོ་ཡུན་རིང་པོ་ལ་ཧ་ལས་བྱུང་། དེ་ནས་ཨ་ཕས་རྩེ་མོ་རྩེ་ནས་བཤད་པ་མིན་པ་ཤེས་ཏེ། མོས་འཕྱོ་སློད་ཀྱིས་ཨ་ཕ་ལ་འདི་འདྲ་ཟེར། ཡིན། ཇོ་མ་ང་ནི་ཁྲུང་ཧྲུའུ་ཅིའི་ཚ༧༠༨ཡིན། ཁོན་ཀྲུང་ང་ནི་རྒྱ་རིགས་གནམ་སྲས་ཀྱི་ཀོང་ཛེ་ཧྲན་པང་ལ་མནའ་མ་བྱས་པ་མིན་ལ། ཀྲུང་ཀྲའེ་ཡང་རྒྱ་རིགས་ཀྱི་གོང་མའི་སྲས་མོའི་མག་པ་བྱེད་འདོད་མེད། ངས་བསམ་ན་མི་རིགས་བར་གྱི་ཁྱད་པ་ཡིས་མི་ཚུང་ཚུང་གཉིས་མཉམ་དུ་འདུག་པ་གནོད་སྐྱེལ་རྒྱུ་མ་རེད།

ཨ་ཕ་ཁོང་ཁྲོའི་ངང་ནས་སོང་། ཨ་མས་མོ་ལ་སེམས་གསོ་བྱས། མི་རྒན་མཚར་པོ་དང་སྤྲོ་སྣུག་བྱེད་མི་དགོས། ཡིང་ཡིང་། ཁྱོད་ཀྱིས་ཨ་ཕ་ཤེས་རྟོགས་བྱེད་དགོས། ཨ་མས་ཀྱང་སེམས་སྐྱོ་བའི་ངང་ནས་བཤད་རྒྱུ། ཁྱོད་ཀྱི་ཨ་ཕ་ལོ་ཉུང་བའི་དུས་སུ་ཤེས་ཡོན་ཐོགས་པ་མེད་པ་ཡོད། སྐྱེ་དངོས་ལས་རིགས་སུ་མདུན་ལམ་ཆེན་པོ་ཡོད་པའི་ཨ་ཡོད་ནང་གི་ད་ཡོད་ཡིན་པ་ཚང་མས་ཁས་ལེན། འོན་ཀྱང་ལོ་བཅུ་ཕྲག་ཁ་ཤས་ཀྱི་ནང་དུ་གྲུབ་འབྲས་ཅི་ཡང་མེད་པས། ཁོའི་སེམས་ནང་ཧ་ཅང་སྐྱོ། ད་རུང་ཡིན་ནའང་ངས་ཁོ་ནི་ཕུལ་དུ་བྱུང་བའི་སྐྱེས་ཐོབ་ཤེས་རབ་ཅན་ཞིག་ཡིན་པར་རྩི། འོན་ཀྱང་སྐྱེས་ཐོབ་ཀྱི་ཤེས་རབ་ཅན་ཚང་མ་ལ་གྲུབ་འབྲས་ཡོད་ཐུབ་རྒྱུ་མ་རེད། ཁྱོད་ཀྱི་ཨ་ཕ་ DNA ཞིབ་འཇུག་བྱེད་པའི་དཀའ་གནད་ལས་སྒྲོལ་ཐབས་མེད། ཁོ་རང་གི་ཤེས་ནུས་ཚང་མ་ཟད་ཚར། ཨ་མས་དེ་བས་ཡིད་སྐྱོ་བའི་ངང་ནས་ད་རུང་ཉེ་བའི་ལོ་ཤས་ནང་ཁོས་འབད་བརྩོན་བྱེད་རྒྱུ་དོར་ནས། ཁོས་ལས་དབང་ལ་མགོ་སྒྱུར་བ་རེད་ཟེར།

གནས་ཚུལ་འདི་དག་ཤན་ཡིང་གིས་ཐོས་ནས་ཤེས། མོའི་ཨ་ཕས་ DNA ཞིབ་འཇུག་བྱེད་ཆེད། ལོ་༢༢ཀྱི་ཐོག་ཏུ་གཞི་ནས་

གཉེན་སྒྲིག་བྱས་པ་དང་། ད་ལྟ་སྔ་དཀར་གངས་ལྷར་གྱུར། ཕམ་ཉེས་འབྱུང་བའི་མི་ཚེ་ཡིས་ཁོའི་གཤིས་ཀ་བསྒྱུར་བཅུག ཁོའི་གཤིས་ཀ་མཚར་པོ་ཁོང་ཁྲོ་ལངས་དགའ་ཡོད་པ་ཞིག་ཏུ་གྱུར། སྔོན་ཆད་ཁོ་ནི་དགའ་ཞིང་གུས་པའི་ཨ་ཕ་ཞིག་ཡིན། ཁྱེད་ཤན་ཡིང་གིས་ཨ་ཕ་ལ་འཕྲོ་སྨོད་བྱེད་རྒྱུ་དེ་འགྲོད་པ་བྱུང་།

ཨ་མས་སེམས་ཁྲལ་ཆེན་པོའི་ངང་ནས་བཤད་རྒྱུ། ཀྲུང་ཀྲའི་ཡ DNA ཞིབ་འཇུག་བྱེད་མཁན་ཡིན་གོ་བྱུང་། ཡིང་ཕྲུག་ཁྱོད་ཀྱིས་སྡུག་སྦྱོང་བའི་གྲ་སྒྲིག་བྱེད་དགོས་པ་རེད། ད་མི་བཤད། མོས་སེམས་ཐག་ཆོད་ནས་ལག་པ་གཡུག་སྟེ། སང་ཉིན་ཀྲུང་ཀྲའི་ཁྲིད་དེ་ཨ་ཕ་དང་ཨ་མ་གཉིས་བལྟས་བཅུག་ཟེར།

ཕྱི་ཉིན་མོས་ཀྲུང་ཀྲའི་ཁྱིམ་ནང་ཁྲིད། ཨ་མས་སྤྲོ་བ་ཆེན་པོས་ཁ་ཡ་བྱེད་ལ། ཨ་ཕ་དེ་ན་བསྡད་ནས་འགུལ་ཙམ་ཡང་མི་བྱེད་པར། རྒན་གོའི་ཕོ་གསར་འདི་ལ་ལྟ་བ་དང་། ཀྲུང་ཀྲའི་ཡིན་ཡིད་རང་ཆེས་ཀྱིས་འཛུམ་དམུལ་དམུལ་གྱིས་ཨ་ཕ་ལ་བལྟས་བ། དེ་ལོ་ཀྲུང་ཀྲའི་ལོ་༢༤ཡིན། ཕོ་གསར་བརྟེད་ཆགས་ཅན་ཞིག་ཡིན་པས་འགྲན་ཐབས་མེད། ཁྱེད་ཤན་ཡིང་གིས་ཨ་ཕས་ཟེར་བའི་སྐད་ཆ་ཁ་ཤས་བདེན་སྣང་ཤར་བ།

ཤེས་ཡོན་ཐོགས་པ་མེད་པ་ཡོད་པའི་ཐུའུ་ཀྲུང་ཀྲུའི་ངོ་མ་རང་ངོམ་རང་ཆེ་དང་རྫིག་ཉམས་ཆེ་མདོག་བྱེད་མཁན་ཞིག་རེད།

ཨ་མས་བབ་བརླིང་ངང་ཁྲིམ་ནང་གི་དགོང་ཚོགས་འདི་གཙོ་སྐྱོང་བྱེད། མོས་དགོད་ཞོར་དུ་ཀྲུང་ཀྲུའི་ལ་འདྲི་རྒྱུ། ཁྱོད་ནི་སྐྱེ་དངོས་ཞིབ་འཇུག་བྱེད་མཁན་རེད་ཟེར་གོ་འབྱུང་། མངའ་ཁོངས་གང་ཞིབ་འཇུག་བྱེད་པ་ཡིན་ཟེར།

རྒྱུད་འཛིན་རིག་པ་རེད། གཙོ་བོ་བྱ་སྤྱོད་ཀྱི་རྒྱུད་འཛིན་རིག་པ་རེད་ཟེར།

གང་ལ་བྱ་སྤྱོད་ཀྱི་རྒྱུད་འཛིན་རིག་པ་ཟེར། ཁྱོད་ཀྱིས་ང་ལ་བསླབ་པར་གྱིས་དང་། གོ་སླ་མོས་བཤད་རོགས། ཁྱོད་ཀྱིས་ང་ནི་རྒྱུད་འཛིན་རིག་པའི་མཁས་པའི་འདུག་རོགས་ཡིན་པས་རམས་དང་བསྔོངས་ན་སྟོན་པོར་འགྱུར་སྣང་མ་ཤར། ཁོས་DNA ཞིབ་འཇུག་བྱས་ནའང་། ང་རང་གིས་རོལ་དབྱངས་བསླབས། ང་ཚོ་ནི་ཁྲིན་ཚུས་རྒྱུག་ཚུར་གནོད་མི་སྐྱིལ་བ་དང་ཕན་ཚུན་ཐེ་གཏོགས་བྱེད་པ་མིན་ཟེར།

ཤན་ཡིང་དང་ཀྲུང་ཀྲུའི་གཉིས་བགད་བྱུང་། ཀྲུང་ཀྲུའི་ཡིས་གོ་སླ་མོའི་ངང་ནས་བཤད་རྒྱུ། སྐྱེ་དངོས་ཀྱི་རྗེས་རབས་སྐྱེ་འཕེལ་བྱེད་དུས། སྐྱེ་དངོས་ཀྱི་གཟུགས་དབྱིབས་རྒྱུད་འཛིན་

བྱེད་པ་ཕུད། སྐྱེ་དངོས་ཀྱི་བྱ་སྤྱོད་ལའང་རྒྱུད་འཛིན་གྱི་རང་
བཞིན་ཡོད། དངོས་ཕྲུག་རྣམས་སྐྱེ་ནས་ཕ་མའི་ཚོགས་པ་ཁ་
ཁ་བྱས་ནའང་། དེ་ལ་ད་རུང་རིགས་འདི་ཉར་ཚགས་བྱེད་
པའི་རང་ནུས་ཡོད། མིའི་རིགས་ཀྱི་ཕྲུ་གུ་དམར་འབྱར་སྐྱེ་མ་
ཐག་ནས་ངུ་ཤེས་པ་དང་ནུ་མ་ནུ་ཤེས་པ། རུས་སྦལ་ཆུང་ཆུང་
རྒྱ་མཚོའི་ནང་དུ་མཚོངས་ཤེས་པ། འབུ་སྲིན་འོད་གཡོ་དང་
ཤི་ཁྲུལ་བྱེད་པ་སོགས་དང་འདྲ། འདི་ན་དཔེ་རྟགས་ཅན་
ཞིག་ཡོད་དེ། ཨོ་སླིང་ལ་བྱི་བའི་རིགས་ཤིག་ཡོད་པ། ལོ་དར་
མ་རེད་རྗེས་དཔུང་སྒྲིལ་ནས་རྒྱ་མཚོའི་ནང་དུ་མཚོངས་ཏེ་རང་
ཤི་རྒྱག གཤིས་ཀ་ཡ་མཚན་ཅན་འདི་སྲོག་ཆགས་རིག་པའི་
མཁས་པ་རྣམས་མགོ་རྨོངས་ནས་ཅི་ཡང་མི་ཤེས། རྗེས་མར་
ཁྲུངས་འཚོལ་ར་སྤྲོད་བྱུང་རྒྱུ་ནི། དེ་དག་རྒྱ་མཚོའི་ནང་དུ་
མཚོངས་པའི་གནས་ནི་སྐམ་ས་དང་འབྲེལ་བ་ཡོད་པ། བྱི་བའི་
རིགས་འདིས་ལོ་ཁྲི་སྟོང་མང་པོའི་ནང་དུ་བྱི་བའི་རིགས་སྐྱེ་
འཕེལ་བྱེད་རྒྱུ་རྒྱུད་འཛིན་བྱས་པ་མ་ཟད། རིམ་བཞིག་རྒྱུད་
འཛིན་གྱི་བྱ་སྤྱོད་དུ་བསྒྱུར་བ། ད་ལྟ་དུས་གནས་འགྱུར་ནའང་།
འོན་ཀྱང་རང་ནུས་དེ་ཉར་ཚགས་བརྟན་པོ་བྱས་ཡོད་པ་དང་།
ཐ་ན་ཤི་བར་སྐྲག་སྣང་ལས་ཀྱང་རྒྱལ་བ། བྱ་སྤྱོད་ཀྱི་རྒྱུད་འཛིན་

རིག་པ་ཡིས་སྐྱེ་དངོས་ཀྱི་རང་ནུས་དང་རྒྱུད་འཛིན་གྱི་གསང་བ་བར་གྱི་ངོ་མཚམ་པའི་འབྲེལ་བ་ཞིབ་འཇུག་བྱེད་པ་རེད།
ཨ་མས་ཨ་ཕ་ལ་ཚོད་ལྟ་བྱས་ནས་ཡང་འདྲི་རྒྱུ། སྐྱེ་དངོས་གཟུགས་དབྱིབས་ཀྱི་རྒྱུད་འཛིན་ནི DNA ཡི་གཏན་འབེབས་བྱེད་དགོས། གཉེར་རྨེན་ཕུ་རོན། བྱའི་ཕུག་རོན་དང་། བྲང་རྨེན་ཕུག་རོན། ཕྲ་ཕུང་ཕུག་རོན་དང་ཨེམ་རྨང་སྐྱུར་སྣ་ཚོགས་བར་གྱི་བསྒྱུར་བའི་འབྲེལ་བ་དང་། སྲུན་མའི་མེ་ཏོག་དམར་དཀར་གཉིས་སྨོལ་རེས་རྒྱུད་འཛིན་བྱེད་པ་སོགས་འདི་ཚང་མ་ཤེས་སླ་བ་ཞིག་ཡིན། ཅི་འདྲ་རེད་ངས་ཁྱོད་ཀྱི་ཨ་ཕའི་ཕྱོགས་ནས་ཤེས་བྱ་ཁ་ཤས་བརྒྱུས་སྦྱོང་བྱས་ཡོད་པ་རེད། མོས་འཛུམ་དམུལ་དམུལ་ངང་བུ་མོ་ལ་བཤད་རྒྱུ་ནི། ཡིན་ཡང་སྦྱུས་མེད་གཟུགས་མེད། དངོས་མེད་འཕྲུལ་སྣང་གི་སྐྱེ་དངོས་བྱ་སྤྱོད་དེ་འང DNA ཡིས་བཀའ་བཀོད་དགོས། ངས་ཤེས་རྟོགས་འབྱུང་དཀའ་རྒྱུ་ནི། དེ་ངོ་མ་དཔོག་དཀའ་བའི་ལྷ་ཡི་ནུས་པ་ཡིན་དགོས་པ་རེད།
ཀྱང་ཀྱའི་འཛུམ་དམུལ་དམུལ་ངང་བཤད་རྒྱུ། ལྷ་ནི་མིའི་འདུ་ཤེས་ནང་དུ་ཆགས་པ་རེད། གལ་ཏེ་ལྷ་ལ་མ་རག་ན། དེ་ནས་གསལ་པོ་ཤེས་རྒྱུ་རེད། སྐྱེ་དངོས་ཀྱི་རང་ནུས་ནི་སྐྱེས

ཐུབ་ནས་ཡོད། ད་དུང་དཔོག་དཀའ་བའི་ཞི་གསོན་གྱི་མཚམས་བརྒྱུད་དེ་སྐྱེས་རབས་སྟོན་མའི་གནས་ཚུལ་ཁྱབ་སྤེལ་བྱེད་པའི་མཚམས་སྦྱོར་དངོས་པོ་ཡིན། སྐྱེ་དངོས་ཀྱི་ཕྲ་ཕུང་མ་གཏོགས་མེད། དེར་བརྟེན་ཐེ་ཚོམ་ཟུ་ཙམ་བྱེད་མི་དགོས་ཏེ། སྲོག་ཆགས་བྱ་སྤྱོད་ཀྱི་བཀའ་དེ DNA ཡི་སྒྲིག་གཞི་ཁོ་ནའི་ནང་དུ་ཆགས་ཀྱང་། འདི་ནི་སྟབས་བདེ་བའི་གདམ་གསེས་ཀྱི་གནད་དོན་ཡིན།

སྐད་ཆ་ཚིག་གཅིག་མ་བཤད་པའི་ཨ་ཕས་གོ་སླ་བའི་གནད་དོན་དེ་ཉན་མི་འདོད་པར། ཉེ་ཆར་ཁྱོད་ཀྱིས་ཞིབ་འཇུག་བྱེད་རྒྱུ་ཅི་ཡིན་ཞེས་དྲིས།

ཀྲང་ཀྲའེ་ཡིས་མགོ་བཀུག་ནས་བཤད་རྒྱུ། ངས་བརྗོད་བྱ་རྩག་རྩིག་གེ་དེ་དག་ཞིབ་འཇུག་བྱེད་མི་བསམ། ངས་འཛིག་རྟེན་ནང་གི་དཔོག་དཀའ་བའི་ཚེ་སྲོག་གི་གཟུངས་སྟགས་དེ་འགྲོལ་ཐབས་བྱེད་བསམ།

ཨ་ཕས་བདེན་ཁ་མི་སྣེར་འོ་ཟེར།

ཁོས་མིག་འབྲས་གཉིས་ཁྲ་ཧྲིག་ཧྲིག་གིས་བཤད་རྒྱུ། སྐྱེ་དངོས་ཡོངས་རྫོགས་དང་། ནད་དུག་ཡིན་ནའང་འདྲ། སྲོ་དྲིག་ཡིན་ནའང་འདྲ། མིའི་རིགས་ཡིན་ནའང་འདྲ། དེ་

དག་གི་ཆེས་མཐོ་བའི་རང་ནུས་ནི་རང་ཉིད་འཚོ་གནས་བྱེད་པའི་ཞེ་འདོད་དེ་ཡིན་ཏེ། རང་ཉིད་ཀྱར་ཚགས་བྱས་ནས་རྗེས་རབས་རྒྱུན་མཐུད་བྱེད་པ། ཞེ་འདོད་གཞན་དག་དཔེར་ན་ཟས་ཟ་འདོད། འཁྲིག་སྤྱོད་བྱེད་འདོད། ཤེས་རིག་སྤྱོང་འདོད། བཟུང་སྤྱོད་བྱེད་འདོད་སོགས་ནི་དེ་ལས་མཆེད་པ་ཡིན། དེ་ཡོད་དུས། སྤྱང་ཀུ་ཨ་མས་སྤྱང་ཕྲུག་སྐྱོབ་ཆེད། རྫོན་པ་དང་སྲོག་བསྔོས་བྱེད་པ། སྡིག་པ་ར་ཙ་རྒན་པོས་བློ་མོས་སེམས་འདོད་ཀྱིས་སྡིག་པ་ར་ཙ་ཆུང་ཆུང་གིས་ཟས་བྱེད་འདོད་ཡོད། འདམ་སོལ་ནང་གི་ལོ་སྟོང་ཕྲག་ཁ་ཤས་ལ་ཡོད་པའི་པད་མ་བརྟན་པོ་བྱས་ནས་སྐྱེ་བ། ཕང་པའི་གྲོང་ཁྱེར་གྱིས་བུད་མེད་ཀྱིས་རི་མེ་འཕྱུར་དུས་རང་གི་ལུས་པོས་ཕྲུ་གུ་སྐྱོབས་ཐབས་བྱས་པ། འདི་ལྟ་བུའི་སྐྱོ་འོས་བསྔོད་འོས་དང་འོད་སྟོང་འབར་བའི་རང་བྱུང་གི་བསྔོད་སློ་ངས་འགྲོལ་ཐབས་བྱེད་དགོས།

ཤན་ཡིང་གིས་ཨ་ཕའི་མིག་ནང་དུ་འོད་མདངས་ཤར་ནས་མིག་འོད་རྣོན་པོ་འགྱུར་བ་རིག་པ། འོན་ཀྱང་ངར་ཤུགས་དེ་དེ་མ་ཐག་ནས་ཡལ་ཏེ། སྐད་མེད་ཀྱིས་དེ་འདྲ་སླ་མོ་གནའ་ཡོད་ཟེར་བ།

ཀྲུང་ཀྲའི་ཁ་ཚུར་འཁོར་ནས་ཤན་ཡིང་དང་ཨ་མ་ལ་ཡིད་

ཆེས་ཡོད་པའི་ངང་ནས་བཤད་རྒྱུ། དེང་སང་རྒྱུད་འཛིན་རིག་པ་འཕེལ་རྒྱས་འགྲོ་བའི་ཆུ་ཚད་ལ་བལྟས་ན། དེ་འགྲོལ་རྒྱུ་དེ་འཕྲུལ་གྱི་རྣམ་པ་མིན། ག་ན་ཡིན་ན་ཁྱབ་པའི་གཟུང་སྟགས་ཀྱིས་འཛིག་རྟེན་གྱི་སྐྱེ་དགུ་ལ་ཚོད་འཛིན་བྱས་ནས་སྒྲིག་སྒྱུར་དཔོག་དཀའ་ཞིག་ཡིན། ཡིན་ཡང་དེ་ལས་ལྡོག་ནས་བཤད་ན། དུང་ཕྱུར་ཁྲི་ཁ་གྲངས་ཀྱི་རྒྱུད་འཛིན་གསང་བའི་ཨང་ཡིག་ནས་ཐུན་མོང་གི་རང་བཞིན་གཅིག་པུ་འཚོལ་རྒྱུ་དེ་ཧ་ཅང་ལས་སླ་པོ་ཞིག་ཡིན།

ཨ་ཕས་ཚན་རིག་པ་མང་པོ་དཀའ་གནད་འདིའི་སྔོན་དུ་བཀག་ཡོད་ཟེར།

ཀྲུང་ཀྲའི་བགད་ནས་ཕམ་ཁ་ཁུར་མཁན་མང་ཆེ་ཤོས་ནི་ཕྱི་རྒྱལ་གྱི་ཚན་རིག་པ་ཡིན། ལྷ་ཡིས་དཀའ་གནད་འདི་ཡ་གླིང་ལ་བཞག་པ། དེ་ནི་རྒྱལ་སྤྱིའི་མིག་མངས་དང་ལྷེ་ཆེ་མིག་མངས། ཕྱི་ཕྱོགས་ཀྱི་གསོ་རིག་དང་ཡ་གླིང་གི་གསོ་བ་རིག་པའི་བར་གྱི་ཁྱད་པ་དང་འདྲ། ཕྱི་ཕྱོགས་ཀྱི་མིས་ཞིབ་ཚགས་ཀྱིས་དཔྱེ་ཞིབ་བྱེད་རྒྱུ་དགའ་ལ། ཡ་གླིང་གི་མི་རབ་རིབ་ཀྱིས་ཕྱོགས་བསྡུས་བྱེད་དགའ་ཡོད་ཟེར་བ། ཁོས་དང་རྒྱུད་རིང་པོས་འགྲེལ་བཤད་བྱེད་པ། ངས་ཕྱི་ཕྱོགས་ཀྱི་ཚན་རིག་པ་མང་པོས་ཕམ་

ཁ་ཁྱེར་ནས་ལུས་པའི་དཔྱད་ཡིག་མང་པོ་བལྟས་མྱོང་། ཕོ་རྩོམ་བྱ་སྒྱུར་རྒྱུད་འཛིན་གྱི་བཀའ་དེ་གཅིག་རྐྱང་གི DNA གསང་བའི་ཨང་ཡིག་སྒྲིག་གཞི་དང་ཞིབ་ཅིང་དག་པའི་དོ་མཉམ་འཛུགས་རྒྱུ་དཀའ། ངས་བལྟས་ན་བྱེད་ཕྱོགས་འདི་ནི་ཐར་ས་མེད་པའི་སྲང་ལམ་ཡིན། ཚོ་སྲོག་གི་གཟུངས་སྔགས་ཀྱི་གསང་བ་འདི DNA སྒྲིག་གཞིའི་ནང་གི་རིམ་པ་ཕལ་པའི་གོ་རིམ་ནང་དུ་གནས་པ། དེ་ནི་གློག་རྩལ་སྤྲིན་འདྲ་བའི་ཞིབ་ཅིང་དག་པའི་མཚན་ཉིད་ཅིག་ཡིན་པ་དང་། གླུ་དབྱངས་རིང་པོ་ཞིག་གི་ནང་གི་དབྱངས་རྟ་གཙོ་བོ་ཞིག་ཡིན་སྣང་ཤར།

གླིང་སོལ་འདི་ནས་མཚམས་བྱེད་དུས། ཤན་ཡིང་དང་ཨ་མ་གཉིས་ཟུར་ཉན་བྱེད་དབང་ཡོད་པ་མ་གཏོགས་མེད། ཨ་ཕས་ཁ་ཡ་མི་བྱེད་པར་ཀྲུང་ཀྲའི་ལ་བལྟས་པ། ཡུན་རིང་སྐད་ཆ་ཚིག་གཅིག་མི་བཤད། ཀྲུང་ཀྲའི་ཡིས་བབ་བརླིང་ཞུམ་མེད་ཀྱིས་ཕོ་ལ་བལྟས་པ། ཤན་ཡིང་གིས་སེམས་ཁྱེར་བྱེད་ཞོར་དུ་ཕོ་གཉིས་ལ་བལྟས་པ། གློ་བུར་དུ་ཞའོ་ཡོན་དགོད་ཞོར་དུ་ནང་དུ་ཡོང་ནས། མི་སྤྲོ་བའི་སྣང་ཚུལ་མེད་པར་འགྱུར། ཕོའི་ལུས་པོ་གང་ལ་བཙོག་པུར་བྱས་ནས། ཁྱིམ་ནང་གསོས་པའི་བྱི་ལ་དེ་འདུག་བཟོད་མ་བདེ་བར་རྫོག་ཤད་རྒྱག་པ། ཨ་མས

བགད་ཤོར་དུ་ངོ་སྤྲོད་བྱེད་རྒྱུ་ནི། ཞའོ་ཡོན་ཡོན། འདི་ནི་ཁྱོད་ཀྱི་པ་ཨ་ཀོ་ཡིན་ཟེར།

ཞའོ་ཡོན་ཡོན་གྱིས་བྱི་ལ་ས་ལ་བཞག་ནས། ལག་པ་བསྡོག་པས་ཕའུ་ཀྲུང་ཀྲའེ་བསྟོད་དེ། ཞའོ་ཡོན་ཡོན་ནི་སྤྱང་གྲུང་ལྡན་པ་ཞིག་ཡིན། མིག་མངས་རྩེ་ནའང་འདྲ་རྩེས་རིག་བྲིས་ནའང་འདྲ། ཁྱིམ་ནང་གི་ཨང་དང་པོ་ཡིན། ཀྲུང་ཀྲའེ་ཁྱོད་ཀྱིས་མིག་མངས་རྩེ་རྒྱུ་མཁས་པ་རེད་ཟེར་གོ་སྒྲོང་། ཁྱོད་ཀྱིས་སང་ཉིན་ཁོ་དང་རྩེ་མཆར་གྱིས་ཟེར། ཞའོ་ཡོན་ཡོན་ང་རྒྱལ་ངང་ནས་མགོ་མཐོན་པོར་འཀྱོགས་པ་དང་། སྣ་ཁུངས་ཟུམ་ཙམ་དང་གདངས་ཙམ་བྱེད། འདི་ནི་ཁོའི་རང་རློམ་བྱེད་པའི་སྣང་ཚུལ་ཡིན།

ཕའུ་ཀྲུང་ཀྲའེ་ཡིས་མིག་རྣོན་པོས་མགོ་རིལ་རིལ་ཡིན་པའི་འཕྲུལ་ཆས་ཀྱི་མི་འདི་ལ་ལྟ་བ། ཕྱི་གཟུགས་ལ་ལྟ་དུས་མི་ངོ་མ་ཞིག་འདྲ་ལ་དང་། བྱ་སྤྱོད་སོགས་ནི་ལོ་ལྔའི་བྱིས་པ་ལྟར་ཡིན། འོན་ཀྱང་ཤན་ཡིང་གིས་ཁོ་ལ་བཤད་སྒྲོང་ཡོད་པ། ཞའོ་ཡོན་ཡོན་ངོ་མ་བྱུས་ན་ལོ༢༣རེད་ཡོད། ངོ་འཛིན་གཏན་པར་མི་བྱེད་ནས་ཁོ་ཡི་བློ་རིག་ངོ་མ་ལོ༥ཡི་བྱིས་པའི་བློ་རིག་དང་ཨེ་འདྲ་ཞེས་འདྲིས།

ཤན་ཡུང་སྐྱིག་ནས་ཕ་མ་གཉིས་ལ་བལྟས་ནས། མགོ་གཡུག་ཚོད་བྱས། སེམས་ནང་དུ་ཀྱང་ཀྱའི་ཡིས་སྐད་ཆ་བཤད་རྒྱུ་མི་འཛོམ་པ་དེ་འཁང་ར་བྱེད། ཀྱང་ཀྱའི་ཡིས་མོས་བཟ་བྱེད་སྟངས་གཏན་ནས་མི་བལྟ་པར། ཚིག་ཐག་ཆོད་པོས་བཤད། ཞི་འདོད་མེད་པའི་འཁྲུལ་ཆས་ཀྱི་མི་དུས་གཏན་དུ་མི་ཟེར་ཐབས་མེད་དོ། ཞི་འདོད་ཟེར་བ་ནི་གཙོ་བོ་དེའི་འཚོ་གནས་ཀྱི་ཞི་འདོད་ཡིན་ཟེར།

ཡོན་ཡོན་གྱིས་ཐམ་མེ་ཐོམ་མེ་ཡིས་མི་ཆེན་པོ་རྣམས་ཀྱིས་ཁོས་བཤད་པ་དེར་ཉན། ཤན་ཡིང་གིས་དངོས་ཁམས་རིག་པ་སྦྱོང་མ་སྦྱོང་ནའང་། འོན་ཀྱང་མོས་བདར་ཤ་གཙོད་རྒྱུ་དེ་གལ་ཆེན་པོ་ཡིན་པའི་ཚོར་སྣང་ཡོད། མོས་ཨ་ཕ་ལ་བལྟས་ཚོད་བྱས་ནས། ཨ་ཕས་ཚིག་གཅིག་ཀྱང་མི་བཤད་དེ་སོང་བ།

ཁྱུང་ཤན་ཡིང་སླིང་ཤོང་ལུ་གུ་ལྷིང་ལྷིང་བྱེད་བཞིན་ཨ་ཕའི་རྗེས་ལ་འདེད་ནས་དཔེ་ཁང་དུ་སོང་། ཨ་ཕས་ཡུན་རིང་ཁ་མ་གྲགས་པར། སྣང་མེད་ངང་ནས་ང་ཤོ་ལ་མི་དགའ། ཧམ་པ་ཆེ་བ་རེད་ཟེར།

ཤན་ཡིང་རེ་ཐག་ཆོད་ནས། བསམ་བློ་གཏོང་ཞོར་དུ་ཚིག་འཇམ་པོས་རང་གི་བསམ་ཚུལ་བཤད། གློ་བུར་དུ་ཨ་ཕས་ཁོ་

ལ་ངའི་ཞིབ་འཇུག་ཁང་དུ་ལས་དོན་སྒྲུབ་ཨེ་སྦྱོང་ཟེར།

ཤན་ཡིང་ཡུན་རིང་པོར་ཏ་ལས་རྗེས། དགོད་ཞོར་དུ་ཨ་ཕ་ལ་འགྲམ་པ་སྦྲུར་ནས། མགྱོགས་མྱུར་དུ་མགྲོན་ཁང་དུ་གཏམ་བཟང་འདི་ཨ་མ་དང་ཀྲུང་ཀྲའེ་ལ་བཤད་པ། ཀྲུང་ཀྲའེ་སེམས་འགུལ་ཐེབས་ནས་ང་བྱེད་འདོད་ཡོད། ངས་ཨ་ཁྲུ་ལོ་ཞུང་བའི་སྐབས་སུ་བྲིས་པའི་རྩོམ་ཡིག་བལྟས་སྦྱོང་། ངས་ཕོའི་བསམ་གཞིག་དྭངས་མོ་དང་ཚོར་སྣང་རྣོན་པོ་དེ་ལ་བརྩི་འཇོག་ཡིད་སྨོན་བྱེད་པ་ཡིན། ཕོའི་རྣམ་འགྱུར་ལས་བཤད་ཐབས་མེད་པའི་ཚིག་དེ་མཚོན་ཏེ། ཕམ་ཁ་ཁྲུར་མཁན་གྱི་དཔའ་བོ་ལ་ཡ་ང་བ་བྱེད་པ་དང་། ཤན་ཡིང་གི་སེམས་ནང་དོགས་པ་ཡོད་ཅིང་། ཡ་ང་བ་འདིས་མོས་ཨ་ཕ་ལ་གུས་བཀུར་ཞུ་རྒྱུ་དེ་མེད་པར་བྱས། འོན་ཀྱང་མོ་ཅི་བྱ་གཏོལ་མེད་གྱུར། ཕོས་བཤད་རྒྱུ་དེ་ནི་ཁྲིམ་མི་རྣམས་ཀྱིས་བཤད་འདོད་མེད་པའི་དོན་དངོས་ཡིན།

གཉེན་སྒྲིག་བྱས་རྗེས་ཕའུ་ཀྲུང་ཀྲའེ་ཡིས་ཁྲུང་ཀྲོའི་རན་གྱི་སྐྱེ་དངོས་ཞིབ་འཇུག་ཁང་དུ་ལས་དོན་སྒྲུབ་ནས། ཕོའི་ཚར་རྒྱུ་མེད་པའི་ཞིབ་འཇུག་དེ་མགོ་བརྩུགས་ལ། ཞིབ་འཇུག་དེ་གོམ་པ་སྒྲོ་དཀའ་བ་ཞིག་ཡིན། ཨ་ཕས་དཔྱད་ཡིག་དང་

ཚོད་ལྟ་ཁང་ཚང་མ་མག་པ་ལ་སྤྲད་ནས། དེ་ནས་བཟུང་དབེན་སར་བསྡད་དེ། མག་པའི་ལས་དོན་གྱི་གནས་ཚུལ་ལ་དོ་ཁུར་སྟོང་མི་བྱེད།

བརྙན་སྐྱེལ་འཕྲུལ་ཆས་གྲགས་སོང་། ཡང་འཕྲིན་ཡིག་ཅིག་སྐྱལ་ཡོད་དེ།

ཡིང་ཨ་ལྕེ་ལགས།

ཁྱོད་བདེ་མོ་ཨེ་ཡིན། ཁྱོད་དང་མ་ཐུག་པར་ལོ་གཅིག་ཡིན། ཁྱོད་ད་ཅང་དྲན་པར་འདུག

ཉེ་བའི་ཉི་མ་ཁ་ཤས་ཀྱི་ནང་དུ་ཨ་ཕ་དང་ཕའུ་ཨ་ཀོས་ཁ་འཛིང་རྒོད། སྐད་ཆེན་པོ་མེད་ནའང་། ངན་པ་ཞིག་རྫོད་འདུག ཕའུ་ཨ་ཀོས་ང་སྤྱང་པ་རེད་བསམ་ནའང་། ཨ་ཕས་བྱེད་དུ་མི་འཇུག་དུ། ང་ད་ཅང་སྐྲག་པ། ཡིང་ཨ་ལྕེ་ལགས། ཁྱོད་མགྱོགས་པར་ཚུར་སླེབས་ཤོག

ཡིང་ཡིང་ནས།

བྱིས་བློ་ལྡན་པའི་འཕྲིན་ཡིག་འདི་བལྟས་ཚར་དུས། ཤན་ཡིང་གི་སེམས་ན་བ་དང་། བརྗོད་ཀྱིས་མི་ལངས་པའི་སེམས་ནད་ཡོད། བསམ་བློ་ཞིག་བཏང་ནས། མོས་གློག་ཀླད་ནང་ནས་གནམ་གྲུའི་འཛིན་ཡིག་མངག་ཉོ་བྱས། སང་ཉིན་

ཕུ་ཏྲོའི་ཆུ་མཚོད༤གི་གནམ་གྲུ་ཡིན། ཡང་ཅན་ཆའོ་སློབ་ཆེན་གྱི་རབ་འབྱམས་པ་ཧའོ་ཅིང་སེ་ལ་དགོངས་པ་ཞུས།

གནམ་གྲུ་སྤྲིན་རིམ་ལས་བརྒྱུད་དེ། འོག་ནི་མཐའ་ཡས་པའི་སྤྲིན་མཚོ་ཡིན། སྐབས་འགར་སོབ་སོབ་གངས་རི་ལ་བཞིན། སྐབས་འགར་དྲ་བ་དྲ་ཕྱེད་ཀྱི་སྐེ་རྒྱུན་འདྲ། ཡུད་ཙམ་གྱི་རིང་རྗེས་ཉེ་གཞོན་སྤྲིན་མཚོ་ལས་མཚོངས་ནས། སྐྱེ་དགུ་ལ་གསེར་མདོག་གིས་ཁེངས་པ། འཛིག་རྟེན་ཁམས་སུ་སྐད་མེད་ཀྱི་སྒྲ་དབྱངས་སྒྲོགས་པ། དེ་བས་བརྗིད་ཉམས་མདོན། ཁུང་ཤན་ཡིང་ཕུ་ཏྲོའི་གནམ་གྲུ་ལ་འདུག་པར་དགའ། བརྗིད་ཉམས་ལྡན་པའི་ཉི་མ་ཤར་རྒྱུ་དེ་སྤྱན་གཟིགས་བྱེད་འདོད་པ། མོས་རང་ཉིད་གསེར་ལྡན་གྱི་ཉི་འོད་ནང་དུ་ཐིམ་པ་འདྲ། ལུས་པོ་ཡོངས་རྫོགས་རང་བྱུང་ཁམས་ཆེན་པོ་དང་འབྲེལ་བ་བྱེད་བཞིན་པའི་ཚོར་སྣང་ཡོད།

གནམ་གྲུའི་སྟེང་དུ་འགྲུལ་པ་མང་པོ་མེད། མང་ཆེ་ཤོས་ཕྱི་རྒྱལ་གྱི་འདུག་ས་སྟོང་བའི་ནང་དུ་བསྡད། ཤན་ཡིང་ཁེ་ཏུ་མ་གནམ་གྲུའི་སྐར་ཁུང་འགྲམ་དུ་བསྡད་པ་དང་། གནམ་གྲུའི་སྒྲ་གཤོག་དེ་ལྷུང་རྒྱུན་གྱི་ཁྲོད་དུ་འདར་སིག་སིག་བྱེད་པ་ལ་བལྟས་ནས། སེམས་ནང་ཞའོ་ཡོན་ཡོན་དྲན།

ཞའོ་ཡོན་ཡོན་ནི་ཨ་ཕས་ཞིབ་འཇུག་བྱས་ནས་བཟོ་སྐྲུན་བྱས་པའི་སློབ་སྦྱོང་ཅན་གྱི་འཕྲུལ་ཆས་ཀྱི་མི་ཡིན། མིའི་རིགས་ཀྱི་ཕྲུ་གུ་དམར་འབྱར་བཞིན་ཀླད་པ་སྟོང་པ་བྱས་ནས་འཛིག་རྟེན་འདིའི་ནང་དུ་ཐོན། སྐད་ཆ་བཤད་རྒྱུ་སྦྱོང་བ་དང་། གོམ་པ་སྤོ་ལུགས་སྦྱོང་བ། རིམ་བཞིན་འཛིག་རྟེན་འདི་ཤེས་པ་བྱེད་དེ། མིའི་བློ་རིག་གི་མ་ལག་འཇུགས་པ། ཨ་ཕས་ཞའོ་ཡོན་ཡོན་གྱི་ལུས་ཐོག་ནས་འཕྲུལ་ཆས་ཀྱི་མི་ཡིས་རང་བྱུང་དང་མཐུན་པའི་ནུས་པ་དང་རང་ཉིད་ཀྱི་ནུས་པ་འཇུགས་རྒྱུ་ལྟ་ཞིབ་དང་། དེ་མིའི་རིགས་ཀྱི་ཕ་མ་བར་དང་བཅོ་དུང་ཅི་འདྲ་ཆགས་ཐུབ་རྒྱུར་ལྟ་ཞིབ་བྱེད་པ་ཟེར།

ཞའོ་ཡོན་ཡོན་སྐྱེས་མ་ཐག་ནས་ཁྱིམ་ཚང་དུ་འཚོ་བ་རོལ། ཡུན་རིང་ཞིག་གི་ནང་དུ་ཞའོ་ཤན་ཡིང་གི་སེམས་ནང་ཞའོ་ཡོན་ཡོན་ནི་མོ་དང་འདྲ་བའི་ཕྲུ་གུ་ཞིག་ཡིན་པ་དང་། མོའི་སྤུན་ཡ་ཆུང་ཆུང་ཞིག་ཡིན་སྣང་ཤར། འོན་ཀྱང་ཕོ་ལའང་དམིགས་བསལ་གྱི་ཁྱད་ཆོས་ཡོད་དེ། ཕོ་ངུ་མི་ཤེས་ལ། གཟེར་ཟུག་འབྱུང་བའང་མི་ཤེས། འགྱེལ་ལོག་འབྱུང་དུས་སྒྲ་གདངས་ལྡོངས་ཤུགས་ཅན་ཆགས་ཡོད། འོན་ཀྱང་ཞའོ་ཤན་ཡིང་གིས་འདི་ནི་རྒྱུན་ལྡན་ནང་གི་དམིགས་བསལ་ཡིན་སྣང་ཤར་ལ། མིའི་

རིགས་ཀྱི་ནང་དུ་གཡོན་ལག་དང་ཚོན་ལོང་ཡོད་པ་འདྲ།

ཞའོ་ཡོན་ཡོན་ནི་བུ་ཡི་གཟུགས་ལྟར་བཟོ་སྐྲུན་བྱས་པ་ཡིན། འདིའི་སྐབས་སུ་ཁྲུང་ཤན་ཡིང་ལ་ཚོར་སྣང་ཟབ་མོ་སྐྱེ་ནས། ཚན་རིག་དར་སྤེལ་འབྱུང་བའི་དུས་རབས༢༣ཡིན་ནའང་འདྲ། ཕོ་མཆོག་མོ་དམན་གྱི་བསམ་པ་སྙིང་པའང་མཐོང་རྒྱུ་མེད་པའི་གཟུངས་སྟུགས་ཡིན་ནའང་འདྲ། ཨ་ཕ་དང་ཨ་མ་ཡིས་ཁྲུང་ཚང་གི་བུ་ཁེ་རུ་མ་དེ་ཧ་ཅང་གཅེས་པ། མོས་སེམས་བཞག་ཡོད་པ་ནི། ཨ་ཕས་སྒྲོ་སེམས་འཁོལ་བའི་ངང་ནས་ཧ་བྱས་ནས་ཞའོ་ཡོན་ཡོན་བཞོན་དུ་བཙུག་པ་དང་། རྒྱན་འབྲུམ་སྒྲོམ་གྱི་འོག་ཏུ་རྐང་པ་ཁ་ཡ་ཞིག་གི་སྟེང་དུ་ཕོ་འདུག་བཙུག་ནས། གནའ་རབས་བཤད་པ། དེའི་སྐབས་སུ་ཨ་ཕའི་གཤིས་ཀ་དེ་འདྲའི་མཚར་པོ་རེད་མེད། སྒྲོ་སྐྱིད་ལྡན་པའི་བྱིས་པའི་དུས་སྐབས་ཇོ་མ་དྲན་པ་རེད། དང་པོ་ཞའོ་ཤན་ཡིང་གིས་ཕ་མའི་ཕྱོགས་རིས་བྱེད་རྒྱུ་དེ་ལ་ཁོང་ཁྲོ་ལངས་བ། འོན་ཀྱང་མོ་རང་ཡང་མ་ཡི་བྱམས་སེམས་ལྡན་ནས། དུས་རྒྱུན་དུ་ཡོན་ཡོན་སྲུང་སྐྱོང་བྱེད་པ། ཉིན་ལྟར་སློབ་གྲྭ་གྲོལ་ནས་ཁྱིམ་ལ་ཡོང་དུས་མོས་རྐང་བཙུགས་ནས་ཟ་རྒྱུ་ཞིམ་པོ་ཁུར་ནས་སྲུན་ཡ་ལ་སྦྱིན་པ། དགའ་དགའ་སྒྲོ་སྒྲོའི་ངང་ནས་ཕོ་ལ་ཟ་བཙུག ཨེ་ཞིམ་དུ་

ཟེར་དྲིས་དུས། ཁོས་ཞིམ་དུ་ཟེར་བ། རྗེས་མར་ཤན་ཡིང་གིས་ཡོན་ཡོན་ལ་ལྟེ་ཚོར་མེད་པ་ཤེས་བ། ཁོས་ཟས་ཟ་རྒྱུ་ནི་རོགས་བྱེད་ནུས་པ་ལེན་ཆེད་ཡིན། ཤེས་པ་ཡོད་པའི་ཡོན་ཡོན་གྱིས་འདི་འདྲ་ཟེར་དོན་ནི་ཨ་ཙེ་ལ་སེམས་སྒྲོ་འཇུག་བསམ་པ། དེ་ནས་མོས་ཡོན་ཡོན་ལ་དེ་བས་གཅེས།

ཞའོ་ཡོན་ཡོན་ངོ་མ་སྐྱུང་གྲུང་ལྡན་པ་ཞིག་ཡིན། རྩེས་རིག་སྤྱངས་ནའང་འདྲ། མིག་མངས་རྩེ་བ་དང་རོལ་ཆ་གང་ཆེང་རྟུང་ནའང་འདྲ། ཨ་ཙེས་འགྲན་ཟླ་མི་ཐུབ། ཞའོ་ཤན་ཡིང་གིས་ཕྲུག་དོག་ལངས་ནས་ཨ་ཕ་ལ་ང་ལ་འཕྲུལ་ཆས་ཀྱི་ཀླད་པ་ཞིག་བརྗེ་རོགས་གྱིས་དང་ཟེར། འོན་ཀྱང་ལོ༥ཡི་ཐོག་ལ། ཞའོ་ཡོན་ཡོན་གྱི་བློ་རིག་གི་འཕེལ་རྒྱས་ཏེ་གཙོ་བོ་སྤྱི་ཚོགས་བློ་རིག་གི་འཕེལ་རྒྱས་འགྲོ་རྒྱུ་མཚམས་བཞག་པ།

དེ་ནས་བཟུང་ཁོའི་བྱེད་ལུགས་བྱེད་སྟངས་ནི་མི་རྣམས་ཀྱིས་ཟེར་བའི་གཟའ་རོ་སྐྱེས་ཐོབ་ཤེས་རབ་ཅན་ཡིན། ཕྱོགས་གཅིག་ནས་ཁོས་མུ་མཐུད་དེ་མངའ་ཁོངས་ཁ་ཤས་ཀྱི་ནང་དུ་མིའི་སྐྱུང་གྲུང་རྒྱུན་སྲུང་བྱེད་པ་དང་། འོན་ཀྱང་མངའ་ཁོངས་གཞན་དག་གི་ནང་དུ་ཁོའི་བློ་རིག་ནི་ལོ༥ཡི་བྱིས་པའི་བློ་རིག་ལས་བརྒལ་ཐུབ་མེད། ཁོ་ནི་ཨ་ཕའི་ཕམ་ཁ་ཁུར་བའི་རྟགས་

མཚན་ཡིན་པ་དང་། དགོད་གཞི་ཞིག་ཀྱང་རེད་ཀྱིས། ཨ་ཕའི་ལས་རོགས་རྣམས་ཁྲིམ་ནང་དུ་ཡོང་དུས། ཞའོ་ཡོན་ཡོན་གྱིས་མི་རེ་ཀ་མདོག་བྱེད་པ། གཟབ་གཟབ་བྱས་ནས་ཕ་མ་ལ་ཡང་བ་མི་བྱེད། ཨ་ཕའི་གཉིས་ཀའི་འགྱུར་ལྡོག་འདི་ནས་འབྱུང་བ་རེད།

དེའི་རྗེས་ཨ་ཕ་ཞའོ་ཡོན་ཡོན་གྱི་འཁྲམ་དུ་མི་ཡོང་བ། ཞའོ་ཡོན་ཡོན་གྱིས་ཀྱང་འགྱུར་ལྡོག་འདི་འདྲ་འབྱུང་བ་ཤེས། ཁོས་ཨ་ཕ་ལ་དགའ་དགའ་བྱེད་བསམ་དུས། དུས་རྒྱུན་དུ་སྐྲག་སྣང་སྐྱེས་ནས་ཨ་ཕའི་རྣམ་འགྱུར་ལ་ལྟ་བ་དང་། གལ་ཏེ་ཁོ་ལ་ཁ་ཡ་བྱས་ན། ཁོ་དགའ་སྤྲོ་ཆེ་ནས་རྐང་འཁྲབ་ལག་འཁྲབ་བྱེད། དེ་ནས་ཨ་མ་དང་ཤན་ཡིང་གི་སེམས་ནང་དུ་འཁྱོད་སེམས་སྐྱེ་བ། ཁོ་ཚོས་དེ་བས་གླེན་ཐོ་ཡིན་པའི་ཡོན་ཡོན་ལ་གཅེས། ཤན་ཡིང་དང་ཀྱང་ཀྲའེ་གཉིས་གཉེན་སྒྲིག་བྱས་ནས་ཕྲུ་གུ་སྐྱེ་བཙས་མེད་པས། ཚོས་ཞའོ་ཡོན་ཡོན་ལ་གཅེས་རྒྱུ་དེ་ད་དུང་མ་བུའི་བརྩེ་དུང་བཅིངས་ཡོད།

ཝན་ཀྱང་ཨ་ཕས་ཙོ་མ་ཡོན་ཡོན་ལ་སུན་སྣང་སྐྱེ་ཨེ་རེད་དམ། ཤན་ཡིང་གིས་ཐེངས་མང་པོ་ཨ་ཕས་སྐར་ཁུང་ནང་དུ་སྐྱག་ནས་ཡོན་ཡོན་རྩེ་སར་ལྟ་རྒྱུ་རིག་འབྱུང་། ཁོའི་མིག་ནང་

ཡིད་སྨུག་དང་བརྗོད་ཀྱི་མི་ལངས་པའི་སྡུག་བསྔལ་ཡོད། དེའི་སྐབས་སུ་ཞའོ་ཤན་ཡིང་གིས་མི་ཆེན་པོ་ནི་དཔོག་དཀའ་བའི་སྐྱེ་དངོས་ཞིག་ཡིན་སྣང་ཤར་བ། ད་ལྟ་མོ་འཚར་ལོངས་འབྱུང་ནས་མི་ཆེན་པོ་རེད་ཚར། འོན་ཀྱང་ཨ་ཕའི་གཤིས་ཀ་མཚར་པོ་དེ་ད་རུང་ཤེས་རྟོགས་འབྱུང་ཐབས་མེད།

མོས་ཡང་ཞའོ་ཡོན་ཡོན་གྱི་ཡི་གེ་དེ་དྲན་པ། ཀྲུང་ཀྲའི་ཡིས་ཡོན་ཡོན་སྐྱོང་པ་རེད་བཙུག་བསམ་དུས། ཨ་ཕས་བློ་མི་མཉམ་པའི་རྒྱུ་མཚན་ཅི་ཡིན། ཁོས་ཀྲུང་ཀྲའི་ཡིས་གྲུབ་འབྲས་ཀྱི་བསྒྲགས་བྱེད་རྒྱུ་མོས་མཐུན་མི་བྱེད་པའི་རྒྱུ་མཚན་ཅི་ཡིན། གནམ་གྲུ་ལས་འབབ་ཚར་ནའང་མོས་ད་རུང་དོགས་གཞི་ཡོད་པའི་སྒོ་ནས་བསམ་བློ་གཏོང་།

ཨ་མས་སྒོ་དྲིལ་གྱི་སྐད་ཀོ་ནས་སྒོ་ཕྱེས། མོས་ལམ་ནང་བདེ་མོ་ཨེ་ཡིན་ཞེས་པ་ན། དུས་ཁྱད་ཀྱི་ངལ་དུབ་ད་རུང་སེལ་མེད། ལུས་པོ་ཞིག་བཀྲུས་ནས་ཡག་མོ་ཞིག་གཉིད་ཟེར།

བུ་མོ་བགད་ཞོར་དུ་བཤད་རྒྱུ། ཅི་མི་སྐྱོན། ང་ལོབ་ཚར། ཨ་ཕ་ག་ན་ཡོད། མི་རྒན་མཚར་པོ་དེ་ག་ན་ཡོད་ཟེར་བ།

ཁོ་འཆམ་མཐུན་སྨན་ཁང་དུ་སོང་ནས། ཚན་རིག་ཁང་

གེ་རྒྱུན་ལྡན་གྱི་ལུས་པོ་ཞིབ་བཤེར་བྱེད་རེད། འོན་ཀྱང་ཉེ་ཆར་ཁོའི་སྙིང་ལ་ནད་ཡོད་ས་རེད་ཟེར།

ཤན་ཡིང་སེམས་ཁྲལ་ངང་ནས་འདྲི་རྒྱུ། ཅི་འདྲ་དུ།

སྙིང་ཁོང་འདར་བའི་ནད་དལ་ཅན་ཡིན་ན། ཆེན་པོ་ཅི་སྐྱོན་ས་མ་རེད་ཟེར།

ཞའོ་ཡོན་ཡོན་གན་ཡོད།

ཚོད་ལྟ་ཁང་དུ་ཡོད། ཉེ་ཆར་གྲུང་ཀྲའེ་ཡིས་ཁོ་ལ་བློ་རིག་གསར་སྤེལ་བྱེད་བཞིན་ཡོད། ཨ་མའི་མིག་མདངས་སྨོག་པོ་འགྱུར་ནས། ཁོ་ཚོས་བཤད་མི་ཉན་པའི་སྐད་ཆ་བཤད་ཚར། ཤན་ཡིང་གིས་གཟབ་གཟབ་བྱས་ནས་སྨྱུག་པོར་དང་མག་པ་གཉིས་ཁ་འཛིང་རྙོལ་སའི་ཨེ་ཡོད་ཟེར་དྲིས།

ཨ་མས་ཡིད་སྐྱོ་བའི་ངང་ནས། ཨིན། ཟླ་བ་གཅིག་ལྷག་ཙམ་རེད།

རྒྱུ་མཚན་ཅི་ཡིན། གྲུང་ཀྲའེ་ཡིས་གྲུབ་འབྲས་འགྲེམ་རྒྱུ་ལ་བློ་མི་འབབ་ཨེ་རེད། ང་ཡིད་མི་ཆེས། འདི་ནི་གནས་ལུགས་ཡོད་པ་མ་རེད་ཟེར།

ཨ་མས་མགོ་གཡུག་གཡུག་བྱས་ནས། ངས་མི་ཤེས།

ཐེངས་འདི་ནི་སྐྱེས་པའི་བར་ཁ་འཛིང་བྱེད་པ་རེད། ཁོ་ཚོས་ང་ལ་གསང་ནས། ཀྲུང་ཀྲའི་ཡིས་ཀྱང་ང་ལ་དྲང་གཏམ་བཤད་རོགས་མི་བྱེད་པ་ཟེར། ཨ་མའི་གཏམ་སྐད་ཆའི་ནང་དུ་སེམས་ཁྲལ་དང་འཁང་ར་འདུས་ཡོད།

ཤན་ཡིང་ཨུ་ཚུགས་ཀྱིས་བཤད་ནས། འོ་ཡ། ངས་གསལ་མོ་འདྲི་ཡོང་། ཁོས་ང་ལ་དྲང་གཏམ་མི་བཤད་རྒྱུ་ཡོད་མ་རེད་ཟེར་བ།

མོས་ཚོད་ལྟ་ཁང་གི་ལྟ་ཞིབ་སྐར་ཁུང་ནང་ནས་བལྟས་དུས། ཀྲུང་ཀྲའི་ཡིས་བྲེལ་བ་བྱེད་བཞིན་ཡོད། ཞའོ་ཡོན་ཡོན་གྱི་བྲང་ཁོག་ཁ་ཕྱེས་ནས། ཀྲུང་ཀྲའི་ཡིས་དེའི་ནང་དུ་སྨན་སྒྲིག་དང་གང་ཞིག་འཇུག་བཞིན་ཡོད། ཞའོ་ཡོན་ཡོན་ད་རུང་གློན་པའི་གཟུགས་དབྱིབས་ཡིན་པ་དང་། མགོ་རིལ་རིལ་དང་ཕོད་པ་ཆེན་པོ། མིག་འབྲས་གཉིས་ནག་ཅིང་འོད་འཕྲོ་བ། ཁོས་འཛུམ་དམུལ་དམུལ་གྱིས་ལག་པས་ཀྲུང་ཀྲའི་ཡིས་བྲག་ཁོག་ལ་རེག་ནས། ཁོས་ཀྱང་ཀྲུང་ཀྲའི་ཡིས་བྲག་ཁོག་ཡང་ཁ་ཕྱེ་ཚོག་ཐུབ་སྣང་ཤར་བ་རེད།

ཤན་ཡིང་གི་ཁྱོ་གས་ལས་དོན་སྒྲུབ་རྒྱུ་བཀག་འགོག་མ་བྱས།

སྐར་ཁུང་ལ་བརྟེན་ནས་བསམ་བློ་ཟབ་མོ་གཏོང་བ། ཨ་ཕས་གྲུབ་འབྲས་སྐྱེ་བསྒྲུགས་བྱེད་པར་ལ་བློ་མི་འབབ་པའི་རྒྱུ་མཚན་ཅི་ཡིན་ནམ། མཐའ་ད་རུང་ལེགས་འགྲུབ་འབྱུང་བའི་གདེང་ཚོད་མེད་ཨང་། ཡིན་མ་རེད། ཀྲུང་ཀྲའེ་ནི་སྤྱི་ནས་སོ་ཉི་ཤུ་སྟོན་གྱི་ཧམ་པ་ཆེན་པོའི་ཕོ་གསར་དེ་མིན་ལ། ཞིབ་འཇུག་འདི་དངོས་གནས་གཉིད་ལས་སད་ཐབས་མེད་པའི་རྨི་ལྟས་ངན་པ་ཡིན་ལ། གྲོལ་ཐབས་མེད་པའི་ཁྲིམས་གཅོད་དྲག་པོ་རེད། ཁོས་བརྩམས་པའི་རིགས་གཞུང་ཐེངས་མང་པོ་ལེགས་འགྲུབ་འབྱུང་རན་སྐབས། སློབ་ཕྲུར་དུ་ཡལ་བ། དེར་བརྟེན་ཁོས་བབ་བསྙིང་ངང་ནས་རྒྱལ་ཁ་ཐོབ་རྒྱུ་དྲིག་བསྒྲུགས་བྱེད་ཚོག དེ་ནི་ཐེ་ཚོམ་སྤྲུ་ཙམ་ཡང་མེད། འོན་ཀྱང་ཨ་ཕས་སྐྱེ་བསྒྲུགས་བྱེད་རྒྱུ་ལ་བློ་མི་འབབ་པའི་རྒྱུ་མཚན་ཅི་ཡིན་ནམ། ཁོས་འདི་འདྲ་བྱས་ན་ཀྲུང་ཀྲའེ་ལ་མནར་གཅོད་གཏོང་བ་དང་གཞུང་དྲང་མིན་པ་མི་ཤེས་ཨང་། དེ་མིན་ན། བསམ་ཚུལ་ཞིག་དུས་གཏན་དུ་སེམས་ནང་དུ་ཤར། དེ་མིན་ན་ཕམ་ཁ་ཁུར་མཁན་གྱིས་འཁང་ར་བྱེད་པ་ཨེ་ཡིན་ནམ།

ཤན་ཡིང་གིས་འདི་ལ་ཡིད་ཆེས་བྱེད་འདོད་མེད། མོས་

ཨ་ཕའི་སྤྱོད་པ་ཤེས། འོན་ཀྱང་མོས་རང་ལ་བསླབ་བྱ་གནང་རྒྱུ་ནི། ཚེ་གཅིག་ལ་ཕམ་ཁ་ཁུར་མཁན་ཞིག་བྱས་ནས། ཨ་ཕའི་གཤིས་ཀ་བསྒྱུར་ཚར་བ་རེད།

ཤན་ཡིང་གིས་སློ་སྡུགས་བཏོན་ནས། འདི་ནི་དོན་དངོས་མིན་པ་མིན། གཉེན་སྒྲིག་བྱས་རྗེས་མོས་ཨ་མས་སྡུག་སྦྱོང་བའི་གྲ་སྒྲིག་ཡོད་དགོས་ཟེར་རྒྱུ་དེ་དངོས་གནས་ཤེས་རྟོགས་འབྱུང་བ། ཕྱོགས་ཞིག་གི་ཐད་ནས་བཤད་ན། ཚན་རིག་པ་ནི་དཔའ་འཛོམས་ལྡན་པའི་རྒྱལ་པོ་ཞིག་ཡིན། ཕོ་ཚོས་སླུན་ནག་གི་ནང་དུ་ཚོར་སྣང་ལ་བརྟེན་ནས་མདུན་སྐྱོད་བྱེད་ཕྱོགས་གཏན་ཁེལ་བྱས་ཏེ། དཀའ་ཚོགས་ཁྱད་མེད་ཀྱིས་འཚོལ་ཞིབ་བྱེད་པ། ཞིབ་འཇུག་གི་བརྗོད་བྱ་ཞིག་གི་དོན་དུ་ཚེ་གཅིག་གི་ལུས་སྟོབས་སེམས་ཤུགས་ཟད་གྲོན་བྱས། ལམ་མདོ་ཁྲི་ཡི་ནང་དུ་འགྲོ་ནོར་གཅིག་བྱས་ཚར་ན། ལེགས་འགྲུབ་འབྱུང་རྒྱུ་ལས་གོ་སྐབས་ཤོར་བ་རེད། ད་དུང་ཕོ་ཚོ་ཆེན་པོ་ཡིན་ཏེ། ནོར་འཁྲུལ་ཡོ་བསྲང་བྱེད་ཁོམ་མེད།

ལོ་ཉི་ཤུའི་རིང་། ཀྲུང་ཀྲའི་ཡང་ཡིད་སྐྱེ་བ་དང་ཁོང་ཁྲོ་ལངས་པར་དགའ་ཡོད་མཁན་དུ་གྱུར་པ་དང་། དོན་རྟོགས་

བསམ་ཤེས་མི་བྱེད་མཁན་དུ་འགྱུར་བ། ཤན་ཡིང་གིས་འཛུམ་དམུལ་དམུལ་ངང་སྡུག་བསྔལ་འདི་མྱང་ནས། སྡུག་རུས་ཚང་མ་སེམས་ནང་བཞག་སྟེ། རང་གི་ཨ་མ་ལྷར་བྱས་ཡོད།

ཐེངས་འདི་ལེགས་འགྲུབ་འབྱུང་རྒྱུ་དེ་ཁོ་ཚོའི་འཚོ་བ་ལ་བསྒྱུར་ལྡོག་བྱུང་ཡོང་བར་སྨོན།

ཞའོ་ཡོན་ཡོན་གྱིས་ཨ་ཅེ་རིག་ནས། ལག་པ་གཡུག་གཡུག་བྱས་ཏེ། བཞད་གད་སྙིང་བའི་རྣམ་འགྱུར་ཞིག་སྟོན་པ། ཀྲུང་ཀྲའེ་ཡིས་ཀྱང་ཁ་ཚུར་འཁོར་ནས་བྲེལ་འཚུབ་ངང་བརྡ་ཞིག་བཏང་བ། གློ་བུར་དུ་སྐད་སྒྲ་ཆེན་པོ་ཞིག་བསྒྲགས་ནས། སྐར་ཁུང་གི་ཤེལ་ཐོར་བ། སྐབས་འཕྲལ་ཁང་པའི་ནང་དུ་དུ་སྨུག་ཁེངས་པ། ཤན་ཡིང་ཧོན་ཐོར་ནས་དེ་ན་ལངས་པ། མོས་འདི་འཕྲུལ་སྣང་ཡིན་པས། མགྱོགས་མྱུར་དུ་ཡལ་འགྲོ་བའི་སྨོན་ལམ་འདེབས། མོས་སྡུག་བསྔལ་ལྡན་པའི་ངང་ནས་ངན་སྐད་རྒྱག་པ། ལྷ་དཀོན་མཆོག ང་ཐག་རིང་ནས་འདི་ན་ཡོང་སྟེ་ཡིད་སྐྱོ་བའི་གནས་ཚུལ་འདི་ལྟ་ས་ཡོང་བའི་ཆེད་དུ་ཨེ་རེད། མོས་སྡུག་སྐད་སྒྲོག་བཞིན་ཁང་བའི་ནང་དུ་རྒྱུགས་སོང་།

ཞའོ་ཡོན་ཡོན་གྱི་བྲང་ཁོག་གཏོར་ནས་སྔོན་རྗེས་འབྲེལ་ཐུབ་པའི་ཁུང་ཡིན་པ་དང་། ཀྲུང་ཀྲའི་ནི་རྐུབ་སྙེགས་སྙེང་དུ་འཕེན་པ། བྲང་ཁོག་རྗེབ་ནས་ཁྲག་ཟགས་བཞིན་ཡོད། ཤན་ཡིང་གིས་ཁྱི་ག་ཡར་དཔྱང་སྟེ། ཀྲུང་ཀྲའི་སད་ཚད་ཀྱིས་དང་ཞེས་འབོད།

ཨ་མ་ཡང་དངངས་སྐྲག་ངང་དུ་རྒྱུགས་ཏེ་ཙོ་མདོག་སྐྱ་སྐྱུར་འགྱུར། ཤན་ཡིང་ཏུ་འབོད་བྱེད་བཞིན་མགྱོགས་པར་རླངས་འཁོར་གཏོང་ཤོག་ཟེར། ཨ་མ་ཡང་འཁྲུར་རེ་འཁྱོར་རེ་ཡིས་ཁྱི་ལ་བརྒྱུགས། ཤན་ཡིང་གིས་ཤུགས་ཆེན་པོས་ཁྱི་ག་སྒོ་རྒྱབ་ལ་ཁུར་བ། གློ་བུར་དུ་ལག་པ་ཞིག་གིས་མོ་འཐེན་ནས། ཨ་ཅི། འདི་ཅི་རེད། ང་སྐྱོབ་རོགས་ཀྱིས་དང་ཟེར།

མོས་ཞའོ་ཡོན་ཡོན་ནང་ཁྲོལ་མེད་པ་དང་། རྣམ་སྨྱོན་འདྲིས་ཤི་རྒྱུ་མ་རེད་ཤེས་པ་དང་། གཞན་ཡང་སྡུག་བསྔལ་ཆེ་བས་གསོན་འདོད་མེད་པའི་དངངས་སྐྲག་གི་མོས་ཡོན་ཡོན་གྱི་འགྱུར་ལྡོག་དེ་ཚོར་བ་དང་། ཁྱི་གའི་ལེགས་འགྲུབ་འབྱུང་རྒྱུ་དེའང་ཤེས་འབྱུང་སྟེ། ཞའོ་ཡོན་ཡོན་གྱིས་ཤི་རྒྱུ་ལ་སྐྲག་སྣང་སྐྱེ་ཤེས་པ་དེ་ཡིན།

མོས་ཧ་ཞོར་དུ་སེམས་གསོ་བྱས་ཏེ། ཞའོ་ཡོན་ཡོན་སྐྲག་མི་དགོས། ཁྱོད་ལ་ཉམས་ཚབས་ཆེན་ཕོག་མེད། ངས་མགྱོགས་སྐྱུར་དུ་འཕྲུལ་ཆས་ཀྱི་མིའི་སྨན་པ་གདན་ཡོང་། ཨ་ཅེ་མགྱོགས་སྐྱུར་དུ་ཕྱིན་ཡོང་ཟེར་བ།

ཁྱུང་ཀྲའོ་རན་སྨན་ཁང་གི་ལུས་པོ་ཞིབ་བཤེར་ཁང་ནས་སྐྱུར་སྐྱོབས་ཁང་དུ་སོང་། ལོ༧༨ རེད་པའི་མི་རྒན་པོ་འདི་སྐྲ་དཀར་པོས་གང་བ། ངོ་གདོང་ཞན་ཞིང་ནག་ལ་ཡིད་སྐྱོ་བ། གོས་ནག་པོ་ཞིག་གོན་ཡོད། ཤན་ཡིང་གིས་ཁོ་ལ་འཛུམ་ནས་ཧ་བས། ཁོས་བུ་མོའི་མགོ་ལ་བྱུག་བྱུག་བྱས་ཏེ་སེམས་གསོ་བྱས་པ། ཁོས་སྐད་དམའ་མོས་སྐྱུར་སྐྱོབས་བྱེད་སའི་ཨེ་ཡོད་ཞེས་དྲིས།

ཨིན།

ཞའོ་ཡོན་ཡོན་གང་ན་ཡོད།

འཕྲུལ་ཆས་ཀྱི་མིའི་སྨན་པ་ཁྱིམ་ནང་ལ་ཕོས་ཡོད། ཁོར་ཉམས་ཚབས་ཆེན་ཕོག་མེད་ཟེར།

ལོ༥༠ཡས་མས་ཀྱི་གཟུགས་རིང་བའི་སྐྱེས་པ་ཞིག་གིས་མི་ཚོགས་འཚང་ཁ་རྒྱག་ས་ནས་ཚུར་ཡོང་སྟེ། ཁོའི་མིག་འོད་

རྙོན་པོ་ཡིན་པ་དང་། ལས་རིགས་ཅན་གྱི་འཛོན་པོ་དང་བབ་བརླིང་ཡོད་པ། ཁོས་དགོངས་པ་མ་འཚོམ་ཁྱོད་ཚོ་ཡིད་སྐྱོ་བའི་དུས་སྐབས་སུ་སུན་སྣང་བྱེད་པ་ཟེར་ནས། ལག་ཁྱེར་སྟོན་པ། ང་ནི་ཉེས་རྟོག་ཙུས་ ཀྱིས་སྤྱུལ་ཞིབ་པ་ཀྲང་ཕིང་ཡིན། ངས་མགྱོགས་མྱུར་དུ་གནས་ཚུལ་བྱུང་ལུགས་དང་འབྱུང་རྐྱེན་ཤེས་རྟོགས་བྱེད་བསམ་ཟེར།

ཁྲུང་ཤན་ཡིང་གིས་མིག་ཆུ་འབྱིད་བཞིན་ཡིད་སྐྱོ་བའི་ངང་བཤད་རྒྱུ། ངས་གནས་ཚུལ་ཞིབ་ཕྲ་འདོན་སྤྲོད་བྱེད་ཐུབ་ས་མ་རེད། མོས་དེའི་སྐབས་ཀྱི་གནས་ཚུལ་ངོ་སྤྲོད་བྱས་པ། ཀྲང་ཕིང་གིས་ཁ་ཕར་འཁོར་ནས་ཁྲུང་རབ་འབྱམས་པ་ལ། ཡོན་ཡོན་ནི་ཁྱོད་ཀྱིས་ཞིབ་འཇུག་དང་བཟོ་སྐྲུན་བྱས་པའི་འཕྲུལ་ཆས་ཀྱི་མི་ཨེ་རེད་ཟེར་དྲིས།

ཡིན།

ཀྲང་ཕིང་གི་མིག་འོད་དེ་བས་རྣོན་པོར་གྱུར་ནས། ཁྱོད་ཀྱིས་ཁོའི་བྲང་ཁོག་ཏུ་འབར་རྫས་བཞག་དོན་ཅི་ཡིན་ཟེར་དྲིས།

ཤན་ཡིང་འཁྲུག་འདར་ཤོར་ནས། མོས་ཨ་ཕ་མི་གསོད་

ངོགས་ཅན་ཡིན་ཤེས། རབ་འབྱམས་པ་རྣན་གྲས་ཀྱིས་སྨང་མེད་ངང་ཞའོ་ཡོན་ཡོན་ནི་སྔོན་མའི་འཕྲུལ་ཆས་ཀྱི་མི་དང་མི་འདྲ། འཕྲུལ་ཆས་ཀྱི་མི་ཡི་རྩ་དོན་གསུམ་ཡོད་པ་ཕུད། ཁོ་ལ་བསྒྲིགས་རིམ་འཇོག་མི་དགོས། ད་དུང་རང་ཤུགས་ཀྱི་འཇིག་རྟེན་ཆོར་ཐུབ་ལ། རིམ་བཞིན་རང་གི་བློ་རིག་མ་ལག་འཛུགས་ཐུབ། རེད་དེ། མ་ལག་འདིའི་ནང་དུ་ཁོ་ཡང་ཆུ་ཐིག་ཇག་པའམ་ཁྲག་འཇིབ་པའི་མི་གསོད་མཁན་ཞིག་ཡིན་རྒྱུ་རེད། དེར་བརྟེན་ངས་རང་མེད་བྱེད་པའི་བསྒྲིགས་ཆས་སྒྲིག་ཡོད། གལ་ཏེ་གནས་ཚུལ་འདི་འདྲ་འབྱུང་དུས། འདི་འདྲའི་འཇིག་རྟེན་གྱི་ལྟ་ཚུལ་དང་ཁོའི་ལུས་པོའི་ནང་གི་རྩ་དོན་གསུམ་དང་འགལ་ཟླ་འབྱུང་ནས། འབར་རྫས་འབར་གས་འབྱུང་སྟེ། ཁོས་མིའི་རིགས་ལ་གནོད་སྐྱོན་ཐེབས་མི་ཐུབ།

ཀྲང་ཐེང་ཁ་ཚུར་འཁོར་ཁུང་གི་ཚུང་མར་འདྲི་རྒྱུ།

ཞའོ་ཡོན་ཡོན་ཁྱོད་ཆོའི་ཁྱིམ་ནང་དུ་ལོ༤༣བར་དུ་འཚོ་གནས་བྱས་པ། ཁྱོད་ཆོས་ཁོས་མིའི་རིགས་ལ་གནོད་སྐྱོན་གཏོང་བའི་ཧུས་ངན་ཡོད་པ་དེ་རིག་ཨེ་འབྱུང་།

མོས་མགོ་གཡུག་གཡུག་བྱས་ནས། བློ་བརྟན་འགྱུར་མེད་

ཀྱིས་བཤད་རྒྱུ། དེ་འདྲ་བྱེད་རྒྱུ་མ་རེད། ཁོའི་བློ་རིག་འཚར་ལོངས་འབྱུང་རྒྱུ་དེ་དལ་མོ་ཡིན་མོད། འོན་ཀྱང་ཁོ་ནི་བྱམས་སེམས་ལྡན་པའི་ཕྲུ་གུ་ཞིག་ཡིན།

ཀྲང་ཕིང་གིས་རབ་འབྱམས་པར་བལྟས་ནས། རྗིག་ཉམས་ལྡན་པའི་ངང་ནས་འདྲི་རྒྱུ། འབར་རྫས་འབར་གས་བྱུང་དུས། པའུ་རབ་འབྱམས་པས་ཞའོ་ཡོན་ཡོན་ལ་སློམས་སྒྲིག་བྱེད་བཞིན་ཡོད། ཁྱེད་ཀྱིས་བཤད་སྟངས་ལྟར་ན་པའུ་རབ་འབྱམས་པས་ཁོ་ལ་མིའི་རིགས་ལ་གནོད་སྐྱོན་གཏོང་བའི་སྒྲིག་རིམ་བཙུག་པ་དང་། དེ་ནས་འབར་རྫས་འབར་གས་སོང་བ་ཨེ་རེད།

ཁྲུང་རབ་འབྱམས་པས་ཡུན་རིང་ལ་ཚིག་གཅིག་ཀྱང་མ་བཤད། ཡུན་རིང་ཚེ་ཤན་ཡིང་གིས་ཁོ་ལ་ཁོང་ཁྲོ་ལངས་བ། མོས་ཨ་པས་མཀྱོགས་མྱུར་དུ་ཉེས་བཀྲང་ཤ་གཏུག་བྱེད་རྒྱུ་དེ་ཁས་མི་ལེན་དོན་ཅི་ཡིན་ནམ་བསམ་པ། ཡུན་རིང་འགོར་རྗེས། རབ་འབྱམས་པས་གཞི་ནས་ག་ལེ་བྱས་ཏེ་ཟེར།

ལོ་རྒྱུས་ཀྱི་ཐོག་ཏུ་མི་མང་པོ་ཞིག་གིས་ཚན་རིག་ཁ་ཤས་འཚོལ་ཞིབ་བྱས་པ་དེས་མིའི་རིགས་ལ་གནོད་སྐྱོན་གཏོང་བའི་ལྟ་སྣང་ཡོད། མི་ཁ་ཤས་ཀྱིས་རྡོ་སོལ་སྤྱོད་པའི་བཟོ་ལས་

ཀྱིས་སའི་གོ་ལའི་སྟེང་གི་དབྱིང་རླངས་སོ༥༠ཡི་ནང་དུ་ཟད་འགྲོ་རྒྱུ་སེམས་ནད་བྱེད་པ་དང་། མི་ཁ་ཤས་ཀྱིས་རྡུལ་ཕྲན་ནུས་པ་འཚོལ་ཞིབ་བྱས་ནས་སའི་གོ་ལ་རྩིས་མེད་དུ་གཏོང་བའི་ལྟ་སྣང་ཡོད། མི་ཁ་ཤས་ཀྱིས་ཀྱང་ཚོད་ལྟའི་ཤེལ་སྒྲུག་ནང་གསོས་པའི་སྦྲུ་གུ་ཡོད་རྒྱུ་དེས་མིའི་རིགས་ཀྱིས་འཚོ་གནས་བྱས་པའི་མི་ཆོས་རྨང་གཞི་གཏོར་བརླག་གཏོང་བ་རེད་སྙམ། འོན་ཀྱང་སོ་རྒྱུས་ཀྱི་འཕེལ་རྒྱས་དོགས་པ་འདི་དག་མེད་པར་བྱས་པ་དང་། ཚན་རིག་ལས་རིགས་ཀྱི་ཁག་ཏུ་སྤྲོ་སྣང་རིང་ལུགས་ཀྱི་འདུ་ཤེས་གཏན་འབེབས་བྱས། མིའི་རིགས་ཀྱི་འཕེལ་རྒྱས་ཀུག་ཀྱོག་ཡིན་ནའང་། འོན་ཀྱང་སྤྱིའི་འཕེལ་ཕྱོགས་ནི་ཡར་ཐོན་ཡིན། ཚན་རིག་གིས་འཚོལ་ཞིབ་དེས་མིའི་རིགས་ལ་གནོད་སྐྱོན་གཏོང་བའི་བརྗོད་བྱ་དེ་རིམ་བཞིན་ཡིད་ཆེས་མཁན་མེད།

ཁུང་ཤན་ཡིང་དང་ཨམ་གཉིས་ཀྱིས་དོགས་པ་ཡོད་བཞིན་དུ་ལྟ་རེས་བྱེད། ཕོ་ཆོས་རབ་འབྱམས་པ་དེ་འདྲ་མང་པོས་བཤད་པའི་ནང་དོན་ཅི་ཡིན་མི་ཤེས། རབ་འབྱམས་པས་ཀྱང་ཡུན་རིང་དུ་སྐད་ཆམ་བཤད་པར། ཡིད་སྐྱོ་བའི་ངང་ནས་བཤད་

རྒྱུ། འོན་ཀྱང་མི་རྣམས་ཀྱིས་བརྗེད་ཚར་བ་ནི། སྔོ་སྣང་རིང་ལུགས་ཀྱི་འདུ་ཤེས་དེ་མིའི་རིགས་འཕེལ་རྒྱས་འབྱུང་བའི་རིམ་པར་གཏན་འབེབས་བྱེད་རྒྱུ་དེའང་ལོ་རྒྱུས་ཀྱི་ཚོད་འཛིན་རང་བཞིན་ཡོད། མིའི་རིགས་ཉིན་ཞིག་ལ་ལོ་ཁྲི་༡ཡིན་ན་མི་ཤེས། ལོ་ཁྲི་༡༠༠ཡིན་ན་མི་ཤེས། རྩེ་སོན་དུ་ཐོན་ནས་མར་ཐུར་ལ་འགྲོ་དགོས། དེའི་སྐབས་སུ་ཚན་རིག་འཚོལ་ཞིབ་བྱེད་རྒྱུ་དེ་མིའི་རིགས་འཆི་བའི་གནས་སུ་འགྲོ་བའི་སྐྱུལ་སྐྱེལ་གཏོང་བྱེད་དུ་འགྱུར།

ཀྲང་ཕིང་སུན་སྣང་སྐྱེ་བའི་ངང་ནས་ཁྱུང་སྐྱུ་ཞབས་ཀྱིས་ཚད་མཐོན་པོས་མཚན་ཉིད་རིག་པའི་ཐོག་ནས་ཕའུ་རབ་འབྱམས་པ་ལ་བར་ཆད་འབྱུང་རྒྱུ་དེ་བརྗོད་ལེ་ཨེ་ཡིན། འདི་དག་རྗེས་མའི་དུས་ཚོད་ནང་དུ་བཤད་ཆོག ད་ལྟ་ངས་དོན་དངོས་ཤེས་བསམ་ཟེར་བ།

རབ་འབྱམས་པས་ཁོ་ལ་ལྟ་ཚོད་བྱས་ནས། ངང་རྒྱུན་རིང་པོའི་ངང་ནས་བཤད་རྒྱུ། སྤྱོད་གཞི་འདི་ཁྱོད་ཀྱི་སྐྱབ་འོས་པ་ཞིག་མིན། ཁྱོད་ལ་དགོས་ངེས་ཀྱིས་བསམ་པའི་གོ་རིམ་མེད།

ཀྲང་ཕིང་གི་ངོ་མདོག་དམར་པོར་འགྱུར་ནས་ཁོ་ལ་ངས་ཁེངས་སྐྱུང་གིས་ཁྱོད་ལ་སློབ་སྦྱོང་བྱེད་རྒྱུ་ཡིན་པས། ཁྱོད་ཀྱིས་ཁྲིད་སྟོན་གནང་རོགས་ཟེར།

ཁོང་ཀྲའོ་རིང་གིས་ལྗིང་འཇགས་ཀྱི་སྒོ་ནས་ཁྱོད་ཀྱི་ལོ་ཚད་ལྟ་ན། དུས་ཚོད་འཕྱི་ཚར་བ་རེད་ཟེར།

ཁོའི་ལྗིང་འཇགས་དེ་སྐད་ཆ་དེ་ལས་རྒྱབ་མོ་ཡོད། ཀྲང་ཕིང་ངོ་ཚ་ལྷང་ལངས་ཀྱིས་ཁོ་ལ་གཏན་ལན་ལོག་བསམ་དུས། སྨྱུར་སྐྱོབ་ཁང་གི་སྒོ་ཕྱེ་བ། གཙོ་བཙོས་སྨན་པས་ཚུར་ཡོང་ནས་ཁོས་ས་ལ་བལྟས་ཏེ་ཁྱིམ་མིའི་མིག་ལ་ལྟ་མི་ཕོད་པ་དང་། ཁོས་དགོངས་པ་མ་འཚོམ། ང་ཚོས་ནུས་པ་གང་ཡོད་ཀྱིས་བྱས་ཡོད། ང་ཚོས་ནད་པ་ལ་སེམས་ཤུགས་སྐྱེ་བའི་སྨན་ཁབ་རྒྱག་བཞིན་ཡོད་པས། ཁོ་ལ་སྐར་མ་བཅུའི་དུས་ཚོད་ཡོད། ཁྱིམ་མི་རྣམས་ཁོ་དང་ཞལ་གྱིས་པར་གྱིས་དང་། ཐེངས་རེ་ལ་མི་གཅིག་མ་གཏོགས་འགྲོ་མི་ཆོག་ཟེར།

ཁོང་ཤན་ཡིང་གིས་མིག་ཆུ་ལྷུག་ལྷུག་ཏུ་ཟགས་པ། མོ་ཐམ་སེ་ཐོམ་སེ་ཡིས་ཨ་མས་སྐྱོར་ཞོར་དུ་ནང་ཁང་དུ་སོང་། མོའི་རྗེས་ལ་འདེད་པའི་ཀྲང་ཕིང་སྨན་པས་སྒོ་ཁ་ལ་བཀག་བྱུང་།

ཀྲང་ཕིང་གིས་ལག་ཕྱིར་བསྟན་ནས། སྨན་པ་དང་སྐད་ཆུང་ཆུང་གིས་ཁ་བརྡ་བྱས་པ་དང་། སྨན་པས་ལག་པ་གཡུག་གཡུག་བྱས་ནས་ནང་ལ་ཡོང་དུ་བཅུག

ཕའུ་ཀྲུང་ཀྲའེ་གཤམ་གས་བཙོས་སྡེགས་བུའི་སྟེང་དུ་ཉལ་ནས་དབུགས་ཧེ་བ། འཆི་བདག་གིས་ཕོའི་ཚེ་སྲོག་འཕྲོག་ཉེ་བྱེད་བཞིན་ཡོད། ཕོའི་ངོ་མདོག་སྐྱ་སྐྱར་འགྱུར་བ་དང་། ཁུར་ཚོས་རོང་རོང་དུ་སོང་། ཁྲང་ཤན་ཡིང་གིས་ཕོའི་ལག་པ་བཟུང་ནས། ཀྲུང་ཀྲའེ་ང་ནི་ཤན་ཡིང་ཡིན་ཟེར།

ཀྲུང་ཀྲའེ་ཡིས་མིག་ག་ལེར་གདངས་ཏེ། ཕྱོགས་བཞི་ལ་ལྟ་ཚད་བྱས་ཏེ་ཤན་ཡིང་གི་ངོ་ལ་བལྟས་བ། ཕོས་དཀའ་མོའི་ངང་ནས་བཀད་ཚད་བྱས་ཏེ་དབུགས་ཧེ་ནས་ཟེར་རྒྱུ། ཤན་ཡིང་དགོངས་པ་མ་འཚོམ། ཁྱོད་ང་དང་མཉམ་དུ་ལོ་ཉི་ཤུ་རིང་ལ་སྡུག་སྡོང་བཅུག་ཡོད་ཟེར་བ། གློ་བུར་དུ་ཕོས་ཤན་ཡིང་རྒྱབ་ཀྱི་ཀྲང་ཕིང་རེག་ནས་ཕོ་སུ་རེད་ཅེས་འདྲི་བ།

ཀྲང་ཕིང་ཉལ་འགོ་ལ་ཡོང་ནས་ག་ལེ་བྱས་ཏེ། ང་ནི་ཉེན་རྟོག་ཁང་གི་ཀྲང་ཕིང་ཡིན། ཕའུ་སྐུ་ཞབས་ཀྱིས་སྐྱིད་དོན་འབྱུང་བའི་གོ་རིམ་ངོ་སྤྲོད་བྱེད་རོགས་དང་། ང་ཚོས

མགྱོགས་མྱུར་དུ་མི་གསོད་མཁན་ལེན་ཐབས་བྱེད་ཡོང་ཟེར།

ཤན་ཡིང་དངངས་སྐྲག་ངང་ནས་ཁྱོ་ག་ལ་ལྟ་སྟེ། མོས་ཀྲུང་ཀྲའེ་ཡིས་མི་གསད་མཁན་གྱི་མིང་བཤད་པ་དེ་རེ་སྒུག་བྱེད་པའང་སྐྲག་སྣང་ཡང་བྱེད་པ། ཀྲུང་ཀྲའེ་ཡིས་མིད་པ་འགྲུལ་ཚད་བྱས་ནས་སྐད་སྒྲ་གྲགས་པ། ཀྲང་ཕིང་མར་སྒུར་སྒུར་བྱས་ནས་ཁྱོད་ཀྱིས་ཅི་ཟེར་བ་ཡིན་ཞེས་དྲིས།

ཀྲུང་ཀྲའེ་ཡིས་སྐད་གདངས་དམའ་ཞིང་གསལ་པོས་མི་གསད་མཁན་མེད་ཟེར། ཀྲང་ཕིང་གིས་ལན་འདེབས་རྒྱུ་འདི་ལ་རེ་ཐག་ཆོད་ནས། མུ་མཐུད་ནས་འདྲི་རྩད་བྱེད་དུས། ཕའུ་ཀྲུང་ཀྲའེ་ཡིས་སྐད་དམའ་མོས་ངས་ཆུང་མ་དང་ཁ་བརྡ་བྱེད་འདོད་ཟེར།

ཀྲང་ཕིང་ལ་འདོད་མོས་མེད་ཀྱང་། འོན་ཀྱང་ཤི་རན་ཁ་འི་ནད་པ་ལ་ལྟ་ཙམ་བྱས་ནས། ཅི་བྱ་གཏོལ་མེད་ཀྱིས་ནད་ཁང་གི་རྒྱབ་ལ་སོང་བ།

ཁྲུང་ཤན་ཡིང་གི་ཁྱོ་གས་ལག་པ་འགྲུལ་ནས་མོའི་ལག་པ་དམ་པོ་བཟུང་བསམ་རྒྱུ་དེ་ཆོར་ནས། མོས་སྒུར་སྒུར་བྱས་ཏེ། ཀྲུང་ཀྲའེ། ཁྱོད་ཀྱིས་ཅི་བཤད་བསམ་ལེ་ ཡིན་ཟེར་དྲིས་པ།

ཁོས་ཐང་ཆད་པའི་ངང་ནས་ཡོན་ཡོན་ཅི་འདྲ་རེད་ཞེས་དྲིས།

རྨ་བྱེད་ས་ཉམས་གསོ་བྱེད་ཐུབ། བསམ་བློའི་ནང་རྐྱེན་ལ་ཆགས་སྐྱོན་ཐེབས་མེད་ཟེར།

ཀྲུང་ཀྲའེ་ཡི་མིག་དུ་འོད་ཅིག་ཤར་ནས། སྨྲ་མཐུད་ནས་གསལ་བར་བཤད་རྒྱུ། ཡོན་ཡོན་ལ་སྲུང་སྐྱོབ་ཡག་པོ་གྱིས། ངའི་ཚེ་གཅིག་གི་སྙིང་ཁྲག་དེའི་ནང་དུ་ཡོད། ཁྱོད་དང་ཨ་མ་གཉིས་མ་གཏོགས་མི་གཞན་དག་ཁོ་ལ་ཐུག་ཏུ་འཇུག་མི་དགོས་ཟེར།

ཤན་ཡང་འཁྲུགས་འདར་ཞིག་བྱུས་ནས། མོས་སྐད་ཆ་འདིའི་ཤུགས་རྟོན་གོ་དོན་ཅི་ཡིན་ཤེས་པ། ད་ཞོར་དུ་བློ་ཐག་ཐད་བཅད་ཀྱིས་ཁྱོད་སེམས་ནད་མི་དགོས། ངས་ཚེ་སྲོག་གིས་དེ་ལ་སྲུང་སྐྱོང་བྱེད་ཡོང་ཟེར།

ཀྲུང་ཀྲའེ་འཛུམ་དམུལ་དམུལ་བྱས་ཏེ་མགོ་ཡོ་ནས། དཔེ་སྟོན་འཕྲུལ་ཆས་སྟེང་གི་སྙིང་གློག་ཀྱོག་སྐྱུད་འཕགས་ཙམ་བྱས་ནས་ག་ལེར་དྲང་པོར་འགྱུར།

ཞའོ་ཡོན་ཡོན་ལ་ཉམས་གསོ་གསར་པ་བྱས་ཚར། ཁྲང་

དང་རྒྱབ་ཀྱི་ལྕགས་ཀྱི་གོ་ཁྲ་འོད་ཆེམ་ཆེམ་དུ་འཕྲོ་བ། གསར་པ་བརྗེ་བ་ཡིན་པ་ཤེས། ཨ་མ་དང་ཨ་ཙེ་རིག་དུས། རྒྱུགས་ཡོང་ནས་འཐམས།

ཁྱོ་གའི་བེམ་པོ་བེམ་རོ་འཇོག་ཁང་དུ་བཞག་རྗེས། ཤན་ཡིང་ལ་སྐར་མ་གཅིག་ཀྱང་བཀག་འགོག་མ་བྱས་ནས་ཁྱིམ་ནང་དུ་སོང་བ། མོས་སེམས་ནང་དུ་འབར་གས་འབྱུང་བའི་རྒྱུ་རྐྱེན་ཤེས་མི་བསམ་དུ། མོས་ཁྱིམ་མི་གཞན་ཞིག་མེད་པར་འགྲོ་བཙུག་རྒྱུ་དེ་བས་བྱེད་མི་བསམ། ཀྱང་ཀྲའེ་ཁྱོད་ཀྱིས་ཉེན་རྟོག་པས་ཟད་ཞིབ་བྱེད་དུས་ཀྱི་བཤད་རྒྱུ་དེ་ཐུགས་རྗེ་ཆེ། ངས་ཁྱོད་ལ་དགོངས་འགལ་བྱས་པ། ངས་ཁྱོད་ལ་མི་གསད་མཁན་བཙལ་ཐབས་མེད་ནའང་། ངས་ཡོན་ཡོན་སྲུང་སྐྱོབ་ཡག་པོ་བྱེད་ཡོང་།

ཡོན་ཡོན་ཨ་ཙེའི་པུས་མོའི་སྟེང་དུ་བསྡད་དེ། མིག་བཀྲ་བཀྲ་བྱས་ནས་འདྲི་བ། ཕའུ་ཨ་ཀོ་ག་ན་ཡོད།

ཤན་ཡིང་གིས་མིག་ཆུ་སྲུན་ནས་ཁོ་ཐག་རིང་ཞིག་ལ་སོང་བ། ཁོ་ཚུར་ཡོང་ཐུབ་མ་རེད་ཟེར་བ་ཡིན།

ཡོན་ཡོན་སེམས་ནད་བྱས་ནས་འདྲི་རྒྱུ། ཕའུ་ཨ་ཀོ་ཤི་ཚར་

ལེ་ཨེ་རེད་ཟེར། ཡོན་ཡོན་གྱིས་ཨ་ལྕེའི་མིག་ཆུ་ལག་རྒྱབ་ཏུ་ཕྱུང་བ་ཚོར་དུས། ཡུན་རིང་ཧ་ལས་ནས་སྡུག་བསྔལ་ངང་ནས། ཨ་ཅེ། ང་ཧ་ཅང་སྡུག་པར་འདུག འོན་ཀྱང་ངུ་མི་ཤེས་ཟེར།

ཤན་ཡིང་སྐད་ཆེན་པོས་ངུ་བས། ཨ་མ་ཡང་མིག་ཆུ་ཤམ་ཤམ་དུ་འབབ།

མཚན་མོ། མཁའ་དབྱིངས་སུ་སྤྲིན་ནག་འཁྲུགས་པ་དང་། མཁའ་ཀླངས་ལ་སྔོན་གཤེར་ལྡན་པ། དགོང་ཟས་ཟ་དུས་ཁྱིམ་ནང་ཡིད་སྨུག་པའི་སྣང་ཚུལ་སྤྲིན། ཕྱོ་ག་དང་མག་པ་ཤི་བའི་སྡུག་བསྔལ་ཕུད། ཁྱིམ་ནང་ལ་ད་དུང་སྣང་ཚུལ་མཚར་པོ་ཡོད་དེ། ཁྱིམ་མིའི་བར་ལ་དོགས་གཞི་ཆེན་པོ་ཡོད། ཚང་མས་འདིའི་ཐད་ལ་སེམས་གསལ་གླེང་མེད་ཞིག དགོང་ཟས་ཟ་དུས་རབ་འབྱམས་པས་ངོ་གནག་ནས་ཁོས་ཁྱིམ་ནང་གི་ཕྱི་ཕྱོགས་དང་འབྲེལ་བ་བྱེད་བྱེད་གློག་ཀླད་དང་གློག་བརྙ་སོགས་ཚང་མ་བཅད་ཚར། དོན་དག་ཚང་མ་མཐའ་གསལ་མཐིལ་མཐོང་འབྱུང་རྗེས་ཡང་གཏོང་བྱེད་ཡོང་ཟེར། དེ་ནས་ཁྱིམ་ནང་དེ་བས་སྐྲག་སྣང་སྐྱེ་ལ།

ཁྱུང་ཤན་ཡིང་ཧབ་བེ་རྟོབ་བེར་གྱིས་ཟས་ཁམ་བུ་དོ་ཟོས་

ནས། སྣང་མེད་ངང་དུ་ཡོན་ཡོན་ལ། ཡོན་ཡོན། དགོང་མོ་ཨ་ཅེའི་ཁང་པའི་ནང་དུ་ཉལ་ན་ཨེ་ཡོ་དུ། ང་ཁེ་ཏུ་མ་འདུག་བཟོད་མེད་ཟེར་བ།

ཡོན་ཡོན་གྱིས་ཟས་ཟ་ཞོར་དུ་ཨ་ཕ་ལ་ལྟ་ཚོད་བྱས་ནས། མགྱོགས་མྱུར་དུ་མགོ་གཡུག་གཡུག་བྱས་ཏེ་བློ་ལ་འབབ་པ། ཨ་ཕས་ངོ་ནག་པོ་བྱས་ནས་ཅི་ཡང་མི་ཟེར།

དགོང་མོར་ཞན་ཡིང་གིས་གློག་སྒྲོན་མ་ཕྱེ་བར། མུན་ནག་ནང་དུ་བསྡད་དེ། ཕྱི་རྒྱབ་ཆར་པ་འབབ་སྐད་དེ་ཉན་པ། ཡོན་ཡོན་གྱིས་ཨ་ལྕེ་སེམས་སྡུག་པ་དེ་ཤེས་ནས། ཨ་ཅེའི་ཕུས་མོའི་སྟེང་ལ་ཉལ་ནས་སྐད་ཆ་ཚིག་གཅིག་ཀྱང་མི་བཤད་དེ། ཨ་ཅེ་ཡི་གྲིབ་གཟུགས་ལ་ལྟ་བ།

ཡུན་རིང་རེད་རྗེས་ཞའོ་ཡོན་ཡོན་གྱིས་སྐད་ཆུང་ཆུང་གིས་ཨ་ཅེ། ང་ལ་དོན་དག་ཅིག་རེ་རྒྱུ་ཡོད་ཟེར་བ།

དོན་དག་ཅི་ཡོད།

དགོང་མོ་ངས་གློག་ཁྱུངས་མ་བཅད་ན་ཨེ་ཆོག

ཞན་ཡིང་ཡ་མཚན་སྐྱེ་ལ། ཡོན་ཡོན་ལ་གཉིད་པའི་ནང་རྐྱེན་མེད་པས། དགོང་མོ་ཁོས་འཚུབ་པོ་བྱེད་རྒྱུ་སྐྲག་པ་དང་།

ཁེར་རྐྱང་ཡིན་པ་སྐྲག་ནས། མི་ཆེན་པོས་ཁོ་ལ་དགོང་མོའི་འཚམས་འདྲི་བྱས་རྗེས་ཁོའི་སློག་ཁོངས་བཅད་དེ། སྒ་སྒོ་ཡང་ཕྱེ་བ། འདི་ནི་ལུགས་སྲོལ་ཡིན་པ། མོས་ཡོན་ཡོན་ལ། རྒྱུ་མཚན་ཅི་ཡིན། ཁྱོད་ཉལ་འདོད་མེད་དམ་ཞེས་དྲིས།

ཞོ་ཡོན་ཡོན་གྱིས་སེམས་སྐྱོ་བའི་ངང་ནས་བཤད་རྒྱུ། མ་རེད། འདི་ཁྱོད་ཚོ་གཉིད་པ་དང་མི་འདྲ། སློག་ཁུངས་ཐེངས་རེ་ལ་བཅད་དུས། ང་དེ་མ་ཐག་ནས་མར་ལྷུང་བ། གཏིང་ཟབ་བའི་མུན་ནག་གི་ནང་དུ་ལྷུང་འགྲོ། འབྱར་འགྲོ་བའི་མུན་ནག་དེ་འདྲ་རེད། ངས་མུན་ནག་དེས་འཇབ་ནས་སད་མི་ཐུབ་པར་སྐྲག་པ།

ཤན་ཡིང་གིས་བྱམས་སེམས་ཀྱི་ངང་ནས་བཤད་རྒྱུ། འོ་ཡ། རྗེས་མར་ངས་སློག་ཁུངས་བཅད། འོན་ཀྱང་ཁྱོད་བདེན་པ་བདེན་ཐོབ་ཀྱིས་ཉལ་ཁྲིའི་སྟེང་ལ་འདུག་ནས་འཚུབ་པོ་བྱེད་མི་ཉན། ལྷག་པར་དུ་སྒོ་རྒྱབ་ཏུ་འགྲོ་མི་ཆོག་ཅེས་ཟེར།

མོས་ཡོན་ཡོན་ཉལ་ཁྲིའི་སྟེང་ལ་བཞག་རྗེས། ཁེ་ཏུ་མ་སྐར་ཁུང་གི་སྔོན་དུ་ཡོང་ནས། མུན་ནག་འཐིབས་པའི་མཚན་མོ། འབྲུག་སྐད་གྲགས་པ་དང་། འོད་འཕྲུད་ནས་མཚན་མོ་ཟིང་

འཁྲུག་སློང་སྟེ་སྐྱེ་དགུ་འོད་དཀར་པོའི་ཁྲོད་དུ་བཙུག་པ། དེ་ནི་ཤི་བའི་འོད་དཀར་ཡིན། མོས་སེམས་ནང་དུ་ཡང་ནས་ཡང་དུ་ཀྲུང་ཀྲའེ། ཁྱོད་འདི་འདྲ་བྱས་ནས་འགྲོ་ལེ་ཨེ་ཡིན། རྒྱ་མཚོའི་ནང་དུ་ཟགས་པའི་ཆུ་ཐིགས་བཞིན་ཨེ་རེད་ཟེར་བ།

ཆུང་དུས་ནས་དངོས་ཁམས་རིག་པའི་ཁྲིམ་ནང་དུ་ཞུགས་ཀྱེན་ཐེབས་པས། མོས་སྤྱར་ནས་ཤི་གསོན་དེ་ལྟར་བག་ཡངས་པོ་ཡོད་པ། མོས་ཚེ་སྲོག་ནི་དངོས་པོ་རྫུལ་ཕྲན་གྱི་རིམ་ལྡན་སྡེབ་སྒྲིག་བྱས་པ་དང་། ཤི་བ་དེ་དངོས་པོའི་རྣམ་པ་གཞན་ཞིག་སྟེ་རིམ་མེད་ཀྱི་རྣམ་པ་ཡིན་རྒྱུ་དེ་ཤེས། གསོན་ནའང་དགའ་རྒྱུ་མེད་ལ། ཤི་ནའང་སྐྱོ་རྒྱུ་མེད། འོན་ཀྱང་རང་གི་མཛའ་མི་ཤི་རྒྱུ་དེའི་སྡུག་བསྔལ་མོའི་སེམས་ནང་གནན་དུས། མོས་བག་ཡངས་པོ་དེ་ནི་བྱེ་མས་སྒྲུངས་བའི་མཆོད་རྟེན་འདྲ་རྒྱུ་ཤེས་པ།

ཐ་ན་ཡོན་ཡོན་ཡང་ཤི་རྒྱུ་ལ་སྐྲག་ཤེས་པ་དང་། ཕོའི་བློ་རིག་ཉམས་གསོ་བྱེད་བཞིན་ཡོད། ཤན་ཡིང་གིས་ཡོ༢རེད་སྐབས་ཀྱི་དོན་དག་ཞིག་དྲན་འབྱུང་། དེ་དུས་བྱི་ལ་ནག་པོ་དེས་བྱི་ལ་ཆུང་ཆུང་བཞི་སྐྱེ་བ། འོན་ཀྱང་ཕྱི་ཉིན་ཞའོ་ཤན་ཡིང་བྱི་ལ་ནག་པོ་ལྟ་སར་འགྲོ་དུས། ཚང་ནང་དུ་བྱི་ལ་ཆུང་ཆུང་གསུམ་

མ་གཏོགས་ལྷག་མེད། དེ་མིན་ད་རུང་བྱི་ལའི་མགོ་ཞིག་ཡོད་པ། བྱི་ལས་བག་ཡངས་པའི་ངང་ནས་མཆུ་ལྡག་བཞིན་པ། ཤན་ཡིང་དངངས་སྐྲག་ངང་ནས་ཨ་ཕ་འབོད་དེ། ཨ་ཕས་ལྷིང་འཇགས་ཀྱིས་འགྲེལ་བཤད་བྱེད་རྒྱུ་ནི། འདི་ཅི་མཚར་སྣང་ཤར་དགོས་མ་རེད། བྱི་ལས་བུ་ཟ་རྒྱུ་དེ་རང་གི་འཚོ་གནས་བྱེད་པའི་ནུས་པ་ཡིན། བྱི་ལ་རྒས་ནས། ཕྲུ་གུ་བཞི་པོ་གསོ་ཐབས་མེད་པས། ཕྲུ་གུ་ཞན་པ་དེ་གདམས་ནས་ཟ་སྟེ། འོ་མ་མང་པོ་ཨེ་རག་ལ་ལྟ་བ་ཡིན།

ཞའོ་ཤན་ཡིང་གིས་ངུ་ཚོར་དུ་བཤད་རྒྱུ། ཨ་མ་འདི་འདྲ་སྡུག་རྩུབ་ཅན་ཡིན་དོན་ཅི་ཡིན་ན།

ཨ་ཕས་སྨྲ་སྤྱགས་འདོན་བཞིན། མ་རེད། འདི་ངོ་མ་བྱུས་ན་ཨ་མའི་བྱམས་སེམས་གཞན་ཞིག་མཚོན་པ། གདུག་རྩུབ་ཡིན་ནའང་མིག་རྒྱང་རིང་པོ་ཡོད་པ་རེད་ཟེར།

ཐེངས་འདིས་དེ་སྨོའི་ལོ༧ཀྱི་སེམས་ཁམས་དཀྲུགས། ཚེ་གཅིག་ལའང་བརྗེད་ཐབས་མེད། མོས་ཤེས་རྒྱུ་ནི་འཚོ་གནས་ཀྱི་སྡུག་རྩུབ་དང་ཞི་བའི་སྙིང་རྗེ་ཡིན།

དེ་ནུབ་མཚན་མོར། ལོ༧རེད་པའི་ཤན་ཡིང་ཐེངས་དང་

པོ་གཉིད་མི་ཁུག་པ། དེ་ནུབ་ཡང་འབྲུག་ཆར་གྱི་མཚན་མོ་ཡིན་ལ། གློག་འཁྱུད་འབྲུག་གྲགས་པའི་ནང་དུ། མོས་ཤི་རྒྱུ་དེ་ཚོར་ཐུབ་ཡོད་པ། མོས་ཕ་མ་ཡང་ཤི་རྒྱུ་ཡིན་པ་དང་། རང་ཉིད་ཀྱང་ཤི་རྒྱུ་ཡིན་པ་ལས། ཐྲོས་ཐབས་མེད་པ་ཞིག་ཡིན་རྒྱུ་ཤེས་ཚོར་འབྱུང་བ། མོ་ཤི་རྗེས་ཐལ་རྡུལ་འགྱུར་ནས། མཐའ་མེད་པའི་རབ་རིབ་ཀྱི་ནང་དུ་འཁྱམ་ལ། མུ་མཐའ་མེད་པའི་མུན་ནག་ཡིན། མོ་ཤི་རྗེས་འཛིག་རྟེན་འདི་དུས་གཏན་དུ་གནས་ཤིང་། ལྗོན་ཤིང་དང་མེ་ཏོག་དམར་པོ་དང་། དཀྱུང་ཨ་སྔོན་དང་ཁྲིན་དཀར། ཆུ་དྭངས་ སླུག་རི་སོགས་ཡོད། འདི་ཚང་མ་མོ་དང་འབྲེལ་བ་མེད་པར་འགྱུར། མོས་ཉལ་ཁྲིའི་སྟེང་དུ་ཉལ་ནས་མིག་ཆུ་ཤམ་ཤམ་དུ་འབབ་པ། ཐོག་རྒྱུག་ནས་གནམ་ས་གཡོ་འགུལ་ཐེབས་དུས། མོས་བཟོད་བསྲན་མ་ཐུབ་པར་ཕ་མ་བཙལ་བར་སོང་།

མོས་མགྲོན་ཁང་དུ་ཨ་ཕ་རིག་པར། ཨ་ཕས་བློ་གཅིག་སེམས་གཅིག་གིས་རོལ་ཆ་ཀང་ཆེང་སྒྲོགས་པ། རོལ་ཆའི་སྒྲ་དབྱངས་ཞན་པོ་ཡིན་ལ། དལ་དུ་འབབ་པ། ཆུང་དུས་ནས་ཨ་མས་ཤུགས་རྐྱེན་ཐེབས་ནས། འཛམ་གླིང་གི་སྐད་གྲགས་

ཡོད་པའི་རོལ་དབྱངས་ཚང་མ་བྱང་དུ་ཆུབ། འོན་ཀྱང་ཨ་ཕས་སྒྲོགས་པའི་རོལ་དབྱངས་དེ་མོས་གཏན་ནས་གོ་མ་མྱོང་བ། མོས་ཤེས་རྒྱུ་ནི་རོལ་དབྱངས་འདི་ལ་དཔོག་དཀའ་བའི་ནུས་ཤུགས་ཤིག་ཡོད། དེས་གསོན་པོ་ལ་རེ་སྐྱུག་དང་ཤི་བ་ལ་སྐྲག་སྣང་ཤར་རྒྱུ་མཚོན་ཐུབ། མོས་ཧ་ལས་ཧྲོན་ཐོར་གྱིས་ཉན་བཞིན་པའི་སྐབས་སུ། སྒྲ་དབྱངས་གློ་བུར་དུ་མཚམས་བཞག ཨ་ཕས་མོ་ལ་བལྟས་ནས། ཞི་འཇམ་གྱིས་མོ་ལ་མི་ཉལ་བའི་རྒྱུ་མཚན་ཅི་ཡིན་ཟེར། མོ་འཚེར་སྣང་གིས་རང་གི་གློ་བུར་དུ་འབྱུང་བའི་སྐྲག་སྣང་དེ་བཤད། ཨ་ཕས་བསམ་བློ་ཡུན་རིང་བཏང་ནས་རྒྱུ། འདི་ལ་ངོ་ཚ་རྒྱུ་ཅི་ཡོད། ཤི་བའི་སྐྲག་སྣང་དེ་ཡོད་པ་ནི་གཞོན་ནུའི་བློ་རིག་གསལ་བའི་དུས་རིམ་ངེས་ཅན་ཞིག་ཡིན། རང་གཉིས་ཀྱི་ཐོག་ནས་བཤད་ན། འདི་ནི་ཚེ་སྲོག་ཐོན་པའི་གོ་རིམ་ནང་གི་ཡུན་རིང་བའི་དྲན་གསོ་ཡིན། འཚོ་གནས་རང་ནུས་ཀྱི་མཚོན་བྱེད་གཞན་ཞིག་ཡིན། སའི་གོ་ལའི་ཚེ་སྲོག་ནི་དུང་ཕྱུར༤༥སྔོན་དུ་ཐོན་པ། འདིའི་སྔོན་ལ་མཐའ་མེད་པའི་རབ་རིབ་ཡིན། འཁྲུག་གློག་གིས་ཡང་ནས་ཡང་དུ་རླན་གཤེར་ལྡན་པའི་ས་ཡི་གོ་ལའི་གདོད་མའི་རླངས་ཆེན་དེ་གཏོར་དུས།

སྙིས་དབང་གི་གོ་སྐབས་ཤིག་ཐོན་ནས། འཁྲུག་གློག་གིས་རང་ཉིད་སྐྱུར་བཟོ་བྱེད་པའི་དབྱང་རླུང་འདོན་པའི་ཉིང་མངར་ཏོ་སོན་སྦྲིག་གཞི་ཞིག་སྐྱུལ་སློང་བྱས། ཚེ་སྲོག་གི་དངོས་པོ་དེ་སྣང་མེད་ཀྱིས་གོ་རིམ་འདི་ཡང་དག་པའི་སྒོ་ནས་ཟིན་ཐོ་འགོད་པ་དང་། མིའི་རིགས་ཀྱི་འཚར་སྐྱེས་འབྱུང་རྒྱུ་དེ། སྐྱེ་ཕྲ་དངོས་པོ་ནས་ཉའི་རིགས་དང་། སྤྱི་འགྲོའི་རིགས་སུ་བསྒྱུར་བའི་གོ་རིམ་རྒྱུན་སྲུང་བྱས། མིའི་སེམས་ཁམས་ཀྱང་འདི་འདྲ་ཡིན།

ཞའོ་ཤན་ཡིང་གིས་ཤེས་མ་ཤེས་པའི་ངང་ཨ་ཕ་དང་ཞལ་གྱིས་བྱེད་དུས། མོས་ཨ་ཕ་ལ་རོལ་དབྱངས་ཅི་སྒྲོགས་པ་ཡིན་ཞེས་དྲིས། ཨ་ཕས་ཐེ་ཚོམ་ཡུན་རིང་བྱས་ཏེ་མོ་ལ་ཚེ་སྲོག་གི་བསྟོད་གླུ་རེད་ཟེར་བ། དེ་ནས་བཟུང་ལོ་བཅུ་ཕྲག་ཁ་ཤས་ཀྱི་ནང་དུ་མོས་ཨ་ཕས་འདི་སྒྲོགས་རྒྱུ་གོ་མ་མྱོང་མ་རེད།

མོ་ནམ་གཉིད་པ་མི་ཤེས། ནམ་ཕྱེད་ལ་འབྲུག་སྐད་ཆེན་པོས་མོའི་གཉིད་སྒྲོག་པ། གློ་བུར་དུ་ཁང་པའི་ནང་ག་ལེ་བྱས་ནས་འགྲོ་བའི་སྐད་ཐོས་བྱུང་། ཞའོ་ཡོན་ཡོན་མ་རེད། མོའི་དབང་རྩ་ཡོངས་རྫོགས་སྒྲིད་ནས། ག་ལེ་ཁང་རྗེན་ཡོན་ཡོན་གྱིས་ཁང་པའི་ནང་དུ་སོང་། གློག་འཁྲུག་ཞིག་གི་འཕྲོ་ནས།

སོས་རྒྱུས་ཡོད་པའི་གཟུགས་བརྙན་ཞིག་ཡོན་ཡོན་གྱི་ཉལ་སའི་སྟོན་དུ་ཡོད་པ་མཐོང་། ལག་ནང་དུ་ད་དུང་པོའུ་ཞིག་བཟུང་ནས། ཁང་བའི་ནང་དུ་མི་བསད་པའི་སྣང་ཚུལ་ཡོད། སློག་འཁྲིད་ཡུད་ཙམ་ནས་ཡལ་བ། འོན་ཀྱང་གཟུགས་བརྙན་དཀར་པོ་མོའི་མིག་ལམ་དུ་ཤར་ཡོད།

མོ་ཁོང་ཁྲོ་ཆེན་པོ་ལངས་ནས། ཨ་ཕས་ཅི་བྱེད་བསམ་པ་ཡིན་ནམ། ཁོ་ངོ་མ་འགྱུར་ལྡོག་འདི་འདྲ་བྱུང་བ་ཅི་ཡིན་ནམ། མོ་ཁང་པའི་ནང་དུ་སོང་ནས་ཡོན་ཡོན་སྲུང་སྐྱོབ་བྱེད་བསམ་དུས། སློ་བུར་དུ་ཡོན་ཡོན་ཡར་ལངས་ནས། སུ་རེད། ཨ་ཅེ་ཨེ་ཡིན་ཞེས་བྱིས་སྐད་ངག་ངོག་གིས་ཟེར་བ། ཨ་ཕའི་ངོ་འདར་ཚད་བྱུས་ནས་ཁོས་ཡོན་ཡོན་གྱི་སློག་ཁུངས་བཅད་རྒྱུ་དེ་ཤེས་མེད་ཤེས། ཁོས་སྐད་ཆ་བཤད་མེད། ཨ་ཅེ་མ་རེད། ངས་ཁྱོད་ཨ་ཕ་ཡིན་པ་ཤེས་འབྱུང་། ཁྱོད་ཀྱི་ལག་ནང་ཅི་ཁུར་ཡིན། ང་ལ་ཉོས་པའི་རྩེ་ཆས་ཨེ་རེད། ང་ལ་སྦྱིན་དང་ཟེར་བ།

ཁུང་ཤན་ཡིང་གིས་དབུགས་ཀྱང་མི་ལེན་པར་ཨ་ཕ་ལ་བལྟས། ཡུན་རིང་འགོར་རྗེས་ཨ་ཕས་སྐད་དམའ་མོས་གཉིད་དང་། སང་ཉིན་ངས་ཁྱོད་ལ་སྦྱིན་ཟེར། ཁོས་གོམ་པ་ལྡེ་མོ་སྤྱོས་ནས་

སོང་། ཁྲུང་ཤན་ཡིང་གིས་དབུགས་རིང་ཞིག་འཐེན། ཨ་ཕས་རང་གི་བུ་ལ་བོའུ་ཡིས་བརྒྱབ་མེད། མོ་ནང་ལ་བརྒྱུགས་ནས། ངར་ཤུགས་བསྐྱེད་དེ་ཡོན་ཡོན་ལ་དམ་པོར་འཐམས། མོས་ཡོན་ཡོན་འདར་བ་ཚོར། འདི་འདྲ་ཟེར་དུས། ཡོན་ཡོན་གྱིས་ཨ་ཕ་ཡོང་དོན་ཅི་ཡིན་ཤེས་པ། ཀོ་སྤྱང་གྲུང་ལྡན་པའི་ངང་ནས་ཅི་ཡང་མི་ཤེས་ཁྲུལ་བྱས་ཏེ་རང་གི་ཚེ་སྲོག་སྲུང་སྐྱོབ་བྱས་ཡོད། ཀོ་ནི་སོཔ་ཡི་ཅི་ཡང་མི་ཤེས་པའི་སྦྲུ་གུ་ཞིག་ཡིན། ཁྲུང་ཤན་ཡིང་དུ་ནས་ཞའོ་ཡོན་ཡོན། རྗེས་མར་ཁྱོད་དུས་གཏན་དུ་ཨ་ཅེ་དང་མཉམ་དུ་བསྡོད་དང་། གོམ་པ་གང་ཡང་ཁ་མི་འབྲལ་ཟེར་བ།

ཡོན་ཡོན་གྱིས་ཤེད་ཀྱི་མགོ་གཡུག་གཡུག་བྱས།

ཕུ་རྡོ་ཤན་ཡིང་གིས་ཨ་མ་ལ་དེ་ཐམས་ཅད་བཤད་ནས། ཨ་མ་ཧ་ལས་སོང་།

ཇོ་མ་ཨེ་ཡིན། ཁྱོད་ཀྱིས་གསལ་པོ་རིག་ཨེ་ཡོད་ཟེར།

དངོས་གནས་ནོར་མེད།

ཨ་མ་སྦྲོ་ལངས་ནས་སྐད་བཏང་སྟེ། མི་རྐན་འདི་སྨྱོས་པ་ཨེ་རེད། ཁྱོད་སེམས་ཁྲལ་བྱེ་མི་དགོས། ང་ཡོད་དུས་སུས་ཀྱང་

ཡོན་ཡོན་གྱི་བ་སྤྲ་ཙམ་ཡང་འགུལ་ཐོད་མ་རེད་ཟེར།

ཐའུ་ཀྲུང་ཀྲའི་ལ་མྱུ་ངན་ཞུ་བའི་ཚོགས་འདུ་ཉི་མ་གཉིས་རེད་རྗེས་ཚོགས། ཤན་ཡིང་དང་ཡོན་ཡོན་གྱིས་རས་ནག་གོན་ནས་སྐུ་མགྲོན་རྣམས་ལ་འགྲུལ་སྐྱིལ་བྱས། ཨ་མས་ཨ་ཕའི་ལག་པ་བཟུང་ནས་རྗེས་སུ་ལངས་ཡོད། ཀྲང་ཕིང་ཡང་ཐོན་ཡོང་། ཁོས་རྐང་བཙུགས་ནས་མདོན་གསལ་གྱི་གནས་སུ་ལངས་ཏེ་སྣང་མེད་ཀྱིས་རབ་འབྱམས་པ་ལ་བལྟས། ཁོས་ཁོ་ལ་བསམ་པའི་ཐོག་ལ་གནོན་ཤུགས་སྟེར་བསམ་པ་རེད།

སྐྲ་དཀར་སང་སང་གི་ཚན་རིག་ཁང་གི་ཡོན་ཀྲང་གིས་མྱུ་ངན་གྱི་ཚིག་ཐུལ། ཁོས་སྐྱོ་ཤས་དུ་འབོད་ཀྱི་གསུང་རྒྱུ། ཐའུ་ཀྲུང་ཀྲའི་རབ་འབྱམས་པ་མཁྱེན་པའི་བདག་ཉིད་ཡིན། དངོས་ཁམས་རིག་པའི་ལས་རིགས་ཀྱི་ཕུལ་བྱུང་ཅན་གསར་པ་ཞིག་ཡིན་ཏེ། ང་ཚོས་རྒྱུད་འཛིན་རིག་པ་བོའི་ལག་ནང་ནས་ལེགས་འགྲུབ་འབྱུང་རྒྱུ་རེ་སྨྲུག་བྱས་ཡོད། ཁོ་སྔ་ནས་མྱུ་ངན་ལས་འདས་པ་དེ་ནི་ཚན་རིག་ལས་རིགས་ཀྱི་སྐྱོབ་ཐབས་བྲལ་བའི་གྱོང་གུན་ཞིག་ཡིན། འཛིག་རྟེན་ཁམས་ཀྱི་གནས་ཚུལ་ངོ་མའི་དཀའ་གནད་དེ་འགྲོལ་ཆེད། ང་ཚོས་བློ་གྲོས་ཕུལ་ཕྱུང་ཅན

མི་རབས་མང་པོ་རྒྱུད་ཀྱུན་བྱུས་ཡོད། འོན་ཀྱང་ལེགས་འགྲུབ་ཡོད་མེད་ཅི་ཡིན་ཡང་། པོ་ཚོ་ནི་ཚན་རིག་ལས་རིགས་ཀྱི་དཔའ་བོ་ཡིན།

པོས་གསུངས་ཚར་རྗེས། ཁྲུང་ཀྲའོ་རན་དལ་མོ་བྱུས་ནས་སྒྲ་དྲུང་གི་སྔོན་དུ་སོང་ནས། མིག་གཉིས་མེ་ལྟར་ཚ་བའི་ཚ་ནད་ན་བ་བཞིན། སྐད་ཆ་བཤད་དུས་མིག་གཉིས་ཐག་རིང་ལ་རྒྱང་ལྟ་བྱུས་ཏེ། གནམ་བདག་དང་སྐད་ཆ་བཤད་པ་འདྲ།

ང་ནི་ཚེ་ལས་འདས་མཁན་གྱི་སྨྱུག་པོ་བྱུས་པ་མིན་ལ། པོའི་ལས་རོགས་བྱུས་ནས་མྱུ་ངན་གྱི་ཚིག་འབུལ་བ་ཡིན་ཟེར། པོའི་སྐད་དམའ་ཞིང་། སྙིང་སྟང་ལྡན་པ། མི་རྣམས་ཀྱིས་བཤད་པ་ལྟར་ཚན་རིག་ལས་རིགས་ནི་བདེ་སྐྱིད་ལྡན་པ་ཡིན་ལ། པོ་ཚོ་གནམ་བདག་དང་ཐག་ཉེ་བ་དང་། གནམ་བདག་གི་གསང་བ་དང་པོ་ཤེས་པ་ཡིན་ཟེར། དོན་དངོས་ནས་བཤད་ན། ཚན་རིག་པ་ནི་ཡ་ང་བའི་ལག་ཆས་ཤིག་ཡིན། གནམ་བདག་གིས་པོ་ཚོའི་ལག་པ་གཡར་ནས་སྒྱུ་འཕྲུལ་ཅན་གྱི་སྒམ་ཁ་ཕྱེ་བ། ཐ་ན་སྒམ་ནང་དུ་རེ་བ་ཡོད་པའམ་གནོད་སྐྱོན་ཡོད་པ། སྒམ་ཕྱེ་མཁན་གྱིས་ཚོད་འཛིན་བྱེད་ཐབས་མེད། ཚང་མར་འདི་ན་

ཕེབས་པར་ཐུགས་རྗེ་ཆེ་ཞུ་བ་ཡིན།

ཁོས་གུས་འདུད་ཞུས་ནས་སྐད་མེད་དུ་མར་ཡོང་། སྐུ་མགྲོན་རྣམས་ཀྱིས་ཁོའི་གསུང་བཤད་དེར་མཚན་སྐད་ཤར་ནས། སྐྱོག་བཤད་བྱས་པ། སྔ་དྲན་ཞུ་བའི་ཚོགས་འདུ་གྲོལ་རྗེས། ཀྲང་ཟིང་རབ་འབྱམས་པའི་འགྲམ་དུ་ཡོང་ནས། ཞི་དུལ་གུས་ལུགས་ལྡན་པའི་ངང་ནས། དེ་རིང་ངས་ཕའུ་རབ་འབྱམས་པ་ཆེ་ལས་འདས་པ་ནི་ཚན་རིག་ལས་རིགས་ཀྱི་སྐྱོང་གུན་ཆེན་པོ་ཞིག་ཡིན་པ་ཤེས་པས། མགྱོགས་མྱུར་དུ་མི་གསོད་མཁན་དེ་འཛིན་ཐབས་བྱས་ནས། དག་ཞིང་གི་གཤེགས་པའི་རྣམ་ཤེས་ཐུགས་བདེ་བྱུང་བ་བྱེད་དགོས། རབ་འབྱམས་པ་ག་ལེ་ཕེབས་དང་། ངས་ཁྱོད་ལ་གནད་དོན་ཁ་ཤས་འདྲི་རྒྱུ་ཡོད་ཟེར་བ།

ཁྲུང་ཀྲའོ་རན་ལ་སུན་སྐད་མེད་པའི་ངང་སྲི་ཞུ་བྱེད་འདོད་ཡོད།

ཡོན་ཡོན་གྱིས་མགྱོགས་མྱུར་དུ་ཨ་ཅེ་ཡི་ལག་པར་འཇུས་ཏེ། བྲེལ་འཚུབ་ངང་ནས་ཨ་ཅེ། ང་མགྱོགས་པར་ཁྲིམ་ནང་འགྲོ་འདོད་ཟེར། ཤན་ཡིང་གིས་སེམས་ནད་ཡོད་པའི་སྒོ་ནས

ཨ་ཕ་ལ་ལྷ་བ། ཨོས་འདི་ན་ཨ་ཕ་འདུག་རོགས་བྱེད་བསམ་མོད། འོན་ཀྱང་མཐའ་མ་ཡོན་ཡོན་གྱི་བསམ་ཚུལ་ལྟར་བསྒྲུབས།

ཁྱིམ་ནང་ཐོན་རྗེས་ཡོན་ཡོན་གྱིས་བྲེལ་བས་སྒྲུག་མི་ཐུབ་པར་ཀང་ཆེང་གི་སྔོན་དུ་སོང་ནས། ངས་ཀང་ཆེང་སྒྲིགས་དགོས་ཟེར། ད་གཟོད་ཤི་བ་དང་ཞལ་གྱིས་བྱས་ནས་ཁོའི་རོལ་དབྱངས་ཀྱི་ཚོར་སྣང་སྐུལ་བ་དང་འདྲ། ཤན་ཡིང་གིས་ཁོ་ལ་ཀང་ཆེང་གི་འཕྱེ་རོགས་བྱས་པ་དང་རྒྱབ་སྟེགས་སྟེང་དུ་གདན་ཞིག་གཏིང་རོགས་བྱས། ཡོན་ཡོན་གྱིས་མགོ་བཀུགས་ནས་ངས་སྒྲིགས་པའི་རོལ་དབྱངས་དེ་སྒྲ་འཇུག་རོགས་ཨེ་བྱེད། དེ་ནི་ཕའུ་ཨ་ཀོས་ང་ལ་བསླབས་པ་རེད་ཟེར།

ཤན་ཡིང་གིས་མགོ་ལྷུག་ལྷུག་བྱས་ནས་ཁོ་ལ་སྐུལ་འོད་སྒྲ་འཕེབ་འཕྲུལ་ཆས་དེ་ཕྱེ་རོགས་བྱས་པ། ཡོན་ཡོན་གྱིས་མགོ་གཡུག་གཡུག་བྱས་ནས། ཨ་ཅེ་༡༩༩༨གི་གློག་ཀླད་ཀྱིས་སྒྲ་འཕེབ་གྱིས་དང་། དེ་ལ་སྐད་གདངས་དབྱེ་འབྱེད་ཀྱི་བྱེད་ནུས་ཡོད་པས། རང་ཤུགས་ཀྱིས་གདངས་དབྱངས་འགོད་ཐུབ་ཟེར།

འོ་ཡ། ཤན་ཡིང་གིས་ཁོའི་བཤད་པ་ལྟར་བྱས། ཡོན་

ཡོན་ཏ་ཅང་དགའ་ནས་དགོད།

སྒྱུར་མགྱོགས་ཀྱི་རོལ་དབྱངས་དེ་ཁང་པ་ཡོངས་སུ་ཁེངས། དེ་ནི་གཡང་ཏིའི་ཕྲེང་བ་གཡང་ཏིའི་གཞོང་གི་ནང་དུ་ལྷུང་བ་འདྲ། ཡོན་ཡོན་གྱི་མཛུབ་གུ་ཀང་ཆེང་གི་སྟེང་ལ་མགྱོགས་སྒྱུར་གྱི་ཚད་ཀྱིས། མིག་འཁྲུལ་བར་བྱེད། ཁོས་སྒྱུར་མགྱོགས་ཀྱིས་སྒྲོགས་ནས། མགྱོགས་སྒྱུར་ཅན་གྱི་རོལ་དབྱངས་དེ་ཤན་ཡིང་གིས་དབྱེ་འབྱེད་བྱེད་དགའ་ལ། ཏ་ལམ་གོ་མ་མྱོང་བའི་ཚོར་སྣང་ཡོད།

ཡོན་ཡོན་ཏ་ཅང་སྤྲོ་ནས། ལུས་པོ་སྟོན་རྗེས་སུ་སྒྱུར་འདེགས་བྱས་ནས། ལུས་སེམས་ཀུན་གྱི་རོལ་དབྱངས་ཚོར་བ་བཞིན། ཁྱུང་ཤན་ཡིང་དང་ཨ་མས་ཡ་མཚན་ཆེན་པོའི་ངང་ནས་ཁོ་ལ་བལྟས། གློ་བུར་དུ་བྲེལ་སྒྱུར་གྱི་བོའུ་སྐད་གོ་བ། ༡༩༩༤ཀློག་ཀླད་དེ་ཟ་བརྒྱ་བུག་སྟོང་བྱས་ནས་བརྒྱབ་པ། མི་ཞིག་ངར་ངར་རྡིག་རྡིག་གིས་ཁང་པའི་ནང་དུ་ཡོང་ནས། བོའུ་ཁ་ཡོན་ཡོན་ལ་གཏད།

རབ་འབྱམས་པ་ཡིན། ཞའོ་ཡོན་ཡོན་གྱི་ངོ་མདོགས་སྐྱ་སྐྱུར་ཤུར། ཁོང་ཀྱང་དཔའ་མོའི་ངང་ནས་ཨ་པ་ལ་བལྟས།

ཨ་མས་བྲེད་སྐད་བརྒྱབ་ནས་ཕྲུ་གའི་སྟེང་ལ་མཆོངས། ཀྲའོ་རན་ཁྱོད་སྨྱོས་བ་ཨེ་ཡིན། མགྱོགས་པ་བོའུ་མར་ཞོག

ཁྱུང་ཤན་ཡིང་གིས་སྤྲར་ནས་ཡོན་ཡོན་སྡུག་བསྔལ་གྱི་ངང་ནས། ཨ་ཕ། ཁྱོད་ཀྱིས་ཡོན་ཡོན་ལ་དེ་འདྲ་འཁང་ར་བྱེད་དགོས་དོན་ཅི་ཡིན། ཁོ་ནི་ཁྱོད་ཀྱིས་གསར་སྐྲུན་བྱས་པ་མ་ཟད། ད་དུང་ཁྱོད་ཀྱི་བུ་ཡིན། བོའུ་རྒྱག་དགོས་ན། དང་པོ་ང་གསོད་དང་། མོས་ད་རུང་ཁྱོད་ཀྱིས་ཀྲུང་ཀྲའེ་བསད་ནས་ད་རུང་ཡིད་ཆེས་མེད་ཨང་སྐམ་མོད་སྐད་ཆ་ཅིའང་མ་བཤད།

རབ་འབྱམས་པ་སྡུག་བསྔལ་ངང་དབུགས་ཧལ་ནས། སྐྲ་དུང་ལྟར་དཀར་བའི་མགོ་འདར་བ་དང་། གློ་བུར་དུ་ཁྱེ་རེ་ཕྲུ་རེ་བྱས་ནས་བོའུ་ས་ལ་ལྷུང་བ། ཡོན་ཡོན་གྱིས་ཆོར་ནས་སྟོན་ལ་སོང་སྟེ་ཨ་ཕ་སྐྱོར་ནས། ཨ་ཕ། ཨ་ཕ་ཟེར་ནས་ངུ་འབོད་བྱེད།

ཨ་མས་མགྱོགས་མྱུར་དུ་ཕྲུ་ག་འབོལ་ཁྲིའི་སྟེང་ལ་སྐྱོར་ཏེ་ཁོའི་གོས་ལྷུག་ནས་ཟེ་ཚྭའི་མངར་སྨུམ་བླངས། ཡུད་ཙམ་འགོར་རྗེས། ཁྱུང་ཀྲའོ་རན་གྱིས་ག་ལེ་བྱས་ནས་མིག་ཕྱེ། ཉེ་

འགྲམ་དུ་བྲེལ་བ་བྱེད་བཞིན་པའི་མི་གསུམ་གྱིས་ལྟ་བཞིན་ཡོད་པ། ཁོས་འཛུམ་འཛུམ་གྱིས་ང་ལ་ཅི་བྱུང་སོང་། ཡོན་ཡོན་ཁྱོད་ཚུར་ཤོག་ཟེར།

ཡོན་ཡོན་གྱི་མིག་ནང་དུ་འོད་བཀྲ་བཞིན་ཨ་ཅེ་དང་ཨ་མ་ལྟ་ཙམ་བྱས་པས། དཔའ་མོའི་ངང་ནས་ཨ་ཕའི་ཕྱོགས་སུ་སོང་། ཁུང་ཀྲའོ་རན་གྱིས་ཡོན་ཡོན་གྱི་བྲང་ཁོག་ཁ་ཕྱིས་ནས། ཞིབ་བཤེར་བྱེད། ཤན་ཡིང་ལ་བྲེལ་འཚུབ་ཆེན་པོ་ལངས། སེམས་དུས་གཏན་དུ་ཨ་ཕ་ལ་བཀག་འགོག་བྱེད་རྩིས་བྱེད། ཆུ་ཚོད་གཉིས་ཤེས་མེད་ཚོར་མེད་ཀྱི་ནང་དུ་འདས། མཐའ་མར་ཨ་ཕས་ཁོ་ལ་བྲང་ཁོག་ཁ་ཕྱིར་བརྒྱབ་ནས། ལག་པས་ཐོད་པ་སྐྱུར་ཞོར། ཁྱེ་རེ་ཁྱོ་རེས་ཀང་ཆེང་གི་གམ་དུ་སོང་།

ཁ་ཁྱུ་སིམ་པོས་ཡུད་ཙམ་བསྡད་རྗེས། ཁོས་བྱུང་ཆུབ་པའི་ངང་ནས་རོལ་དབྱངས་སྒྲོག་པ་དང་། ཁུང་ཤན་ཡིང་གིས་དེ་མ་ཐག་ནས་དེ་ནི་གློག་འཁྱུག་འབྲུག་གྲགས་པའི་མཚན་མོར་ཨ་ཕས་སྒྲོགས་པའི་རོལ་དབྱངས་དེ་ཡིན་པ་ཤེས་པ། ཡིན་ཡང་ལོ༡༥ཡིན་པའི་སེམས་སྣར་ཡང་སྤྱོང་ཚོར་བྱེད་དུས། སེམས་རོལ་དབྱངས་ཀྱི་ནུས་པ་དེ་བས་ཚོར་ཐུབ། རོལ་དབྱངས་སྐབས་

འགར་སྐད་གསང་མཐོ་ཞིང་གསལ་པོ་ཡི་པ་དང་། སྐབས་འགར་ལྷིང་སྐྱོར་དང་སྐད་གསང་དམའ་བ། སྐབས་འགར་ཡིད་སྐྱོ་ལྷང་ལྷང་དུ་འགྱུར། དེས་གསོན་པ་ལ་རེ་སྨུག་དང་ཞི་བ་ལ་སྐྲག་སྣང་། ལེགས་འགྲུབ་ལ་ཨུ་ཚུགས་ཀྱིས་བརྩོན་ལེན། ཡམ་ཁ་འབྱུང་བར་བག་ཕེབས་པའི་ངང་གནས་པར་བཤད་པ་བཞིན། རོལ་དབྱངས་ཀྱི་མཚོན་དཔོག་དཀའ་བའི་སྒྱུ་འཕྲུལ་གྱིས་མི་རྣམས་དབྱིངས་སུ་ཁུགས་བཅུག་པ་དང་། མི་རྣམས་སེམས་འགུལ་ཐེབས་པ། དེས་མི་རྣམས་ཀྱི་སེམས་ཁམས་དང་ཐ་ན་ཕྲ་ཕུང་རེ་རེ་ལའང་འདར་སྙོམས་དྲག་པོ་བྱེད་དུ་བཅུག་པ་རེད།

ཆུ་ཚོད་གཉིས་འགོར་རྗེས། རོལ་དབྱངས་གློ་བུར་དུ་མཚམས་བཞག། ཨ་མ་དགའ་དྲགས་ཏེ་ངུ་བཞིན་ཕར་སོང་ནས། ཁྱོ་གའི་རྣ་ལམ་དུ། སྐད་དམའ་མོས་འདི་ཁྱོད་ཀྱིས་གསར་སྐྲུན་བྱས་པ་ཨེ་ཡིན། ཀུའོ་རན་ཁྱོད་ཀྱིས་རྒྱུད་འཛིན་རིག་པའི་སྟེང་ནས་གྲུབ་འབྲས་ཅི་ཡང་ཐོབ་མེད་ནའང་། རོལ་དབྱངས་འདིའི་མི་ནུབ་ཡུན་གནས་འབྱུང་རྒྱུ་རེད། པའེ་ཏའོ་ཧྥན། ཤའོ་པང་། ཚའེ་ཁའོ་ཧྥུའུ་སི་ཅི་སོགས་ཀྱིས་ཁྱོད་ལ་

བསྡུགས་བརྗོད་བྱེད་རྒྱུ་རེད། ཁྱོད་ལ་ཡིད་ཆེས་ཡོད་དགོས། ང་ཁྱོད་ཀྱི་ཆུང་མ་བྱས་ནས་ཁྱོད་ལ་སྐྱོགས་རེས་བྱེད་པ་མིན་ཟེར།

ཨ་ཕ་ངལ་དུབ་ཀྱིས་མགོ་ལྷོག་ལྷོག་བྱས་ནས། ཁྱ་རེ་ཁྱོ་རེ་ཡིས་ཚུར་ཡོང་ནས། འཐོལ་ཁྲིའི་སྟེང་དུ་བསྡད། རོལ་དབྱངས་འདི་སྒྲོགས་ནས་ཕོའི་ནུས་ཤུགས་ཚང་མ་ཟད་སོང་བ་དང་འདྲ། ངལ་གསོ་ཙམ་བྱས་ནས་ཞི་འཇམ་གྱིས་ཡོན་ཡོན། ཡིང་ཕྲུག་ཁྱོད་གཉིས་ཚུར་ཤོག་ཟེར།

ངེད་གཉིས་ཀྱིས་ཕོང་ཉན་ནས་ཕོའི་ཕུས་མོའི་འགྲམ་དུ་བསྡད། ཨ་ཕས་མིག་གཉིས་འོད་ཁྲ་མེར་འཚེར་ནས་མཁའ་དབྱིངས་སུ་ལྟ་ནི། མཛོང་རྗེ་ཡི་སྐུ་པར་ཞིག་འདྲ།

རོལ་དབྱངས་འདི་ཅི་ཡིན་ཨེ་ཤེས། ཨ་ཕས་བུ་མོ་ལ་དྲིས།

ཚེ་སྲོག་གི་བསྟོད་གླུ་རེད་ཅེས་ལན་འདེབས་པ།

ཨ་མས་ཡ་མཚན་ཆེ་བའི་ངང་ནས་བུ་མོ་ལ་ལྟ་ཙམ་དང་ཁྱོ་ག་ལ་ལྟ་ཙམ་བྱས་ནས། ཁྱོད་ཀྱིས་ཅི་འདྲ་བྱས་ནས་ཤེས་པ་ཡིན། ངས་གཏན་ནས་གོ་མ་མྱོང་ཟེར།

ཨ་ཕས་ངས་སུའི་སྟོན་ལའང་སྒྲོགས་མ་མྱོང་། ཡིང་ཕྲུག་

གིས་སྟེས་དབང་གིས་གོ་བ་རེད་ཟེར།
རེད། འདི་ནི་ཚེ་སྲོག་གི་བསྟོད་སླུ་ཡིན། ཚན་རིག་ལས་རིགས་ཁག་གིས་སྔ་ནས་ཤེས་པ་རེད། སྐྱེ་དངོས་ཡོངས་རྫོགས་ཀྱི་ DNA སྒྲིག་གཞིའི་གོ་རིམ་ངོ་མ་རོལ་དབྱངས་ཀྱིས་མཚོན་པ་རེད། ཞོར་དུ་ཚིག་གཅིག་བཤད་རྒྱུ་ནི། ཚེ་སྲོག་ཡོངས་རྫོགས་ཀྱི་DNA ཡི་སྒྲིག་གཞི་ནི་འདྲ་འདྲ་ཡིན་ལ། ཐ་ན་བར་ཐག་རིང་བའི་ནད་དུག་དང་མིའི་རིགས་ཀྱི་ DNA ཡི་སྒྲིག་གཞིའི་ནང་གི་བརྒྱ་ཆའི་༨༠ཡན་ཆད་ནི་འདྲ་བ་ཡིན། འདི་འདྲ་བྱས་ནས་བཤད་ཚོག་སྟེ། སྐྱེ་དངོས་ཡོངས་རྫོགས་ནི་གཅིག་རྒྱུད་གཅིག་འཛིན་གྱི་ཐད་ཀའི་གཉེན་ཉེ་ཡིན། DNA ཡི་སྒྲིག་གཞིའི་གོ་རིམ་དེ་སྐབས་བདེ་བའི་ཚབ་གྲངས་ཕན་ཚུན་བརྗེ་རེས་བྱས་ནས། ཡིད་དབང་འཕྲོག་པའི་རོལ་དབྱངས་སུ་འགྱུར་ཐུབ། དོན་དངོས་སུ་བཤད་ན། མིའི་རིགས་ཐ་ན་སྐྱེ་དངོས་ཡོངས་རྫོགས་ཀྱིས་རོལ་དབྱངས་ལ་ཞེ་ཆགས་པ་དེ་ནི། ལུས་ཁམས་ཀྱི་གཞི་རྒྱུའི་སྒྲིག་གཞི་དེ་རོལ་དབྱངས་ལ་དངོས་པོའི་འདར་སྣོམས་ཡིན། སྔོན་གྱི་དུས་རབས་ཉི་ཤུ་པའི་དུས་མཇུག་ལ། སྐྱེ་དངོས་རོལ་དབྱངས་པ་རྣམས་ཀྱིས་ཤེས་རྟོགས་འབྱུང་བའི

སྐྱེ་དངོས་ཀྱི་གཞི་རྒྱུ་ལས་གདོད་མའི་གཞི་རྒྱུའི་རོལ་དབྱངས་མང་པོ་གསར་སྐྲུན་བྱས་ནས། འཁྲབ་སྟོན་བྱས་ཏེ་དགའ་འོས་པ་འབྱུང་། ངའི་བྱས་རྗེས་ནི་གྲངས་ཀྱིས་མི་ལངས་པའི་མིའི་རིགས་ཀྱི་DNAསྒྲིག་གཞིའི་ནང་ནས་བཙོ་སྦྱངས་བྱས་པའི་དེའི་དབྱངས་ཀྱི་འགྱུར་ཁུག་གཙོ་བོ་ཡིན། ད་དུང་ངོ་བོའི་ཐད་ནས་བཤད་ན། ཁོས་ཚིག་རེ་རེ་བཞིན་ནན་བཤད་བྱས་ཏེ། འདི་ནི་འཇིག་རྟེན་ཁམས་བར་གྱི་ཆེས་མངོན་དཔག་དཀའ་བ་དང་ཆེས་དྲག་པའི་གང་ས་གང་དུ་གནས་པའི་བྱ་བ་ཀུན་ཁྱབ་ཀྱི་གཟུངས་སྔགས་ཡིན་ཏེ། སྐྱེ་དངོས་ཡོངས་རྫོགས་འཚོ་གནས་བྱེད་པའི་ཞེ་འདོད་པའི་རྒྱུད་འཛིན་གསང་བའི་ཨང་ཡིག་ཡིན། ད་གཟོད་ཀྱི་རོལ་དབྱངས་ནི་དེའི་མཚོན་བྱེད་ཡིན་པ། དེ་ཡོད་དུས། སྐྱེ་དངོས་དུས་རབས་གཅིག་ནས་དུས་རབས་གཅིག་ལ་འབད་བརྩོན་བྱས་ཏེ། རང་ཉིད་ཉར་ཚགས་དང་མི་རབས་ཕྱི་མར་རྒྱུད་མཐུད་པ་རེད།

ཁོས་མིག་རྫོན་པོས་ཡོན་ཡོན་ལ་བལྟས་ནས། ཡོན་ཡོན་གྱིས་ད་གཟོད་སྒྲོགས་པའི་རོལ་དབྱངས་དེ་ཧ་ལམ་འདྲ་བ་དང་། ཁོའི་དམིགས་ཡུལ་ནི་རོལ་དབྱངས་སྒྲོག་པ་མིན་ཞིང་། མི་

རབས་ཕྱི་མ་སྐྱེ་འཕེལ་གཏོང་བ་རེད། གོ་སླ་མོས་བཤད་ན། གལ་ཏེ་རོལ་དབྱངས་འདི་མཇུག་རྫོགས་སོང་ན། ཚེ་སྲོག་གི་བསྐྱོད་གླུ་དེ་དུང་ལེན་བྱས་པའི་༡༩༩༨གློག་ཀླད་དེ་འཇིག་རྟེན་གྱི་ཐོག་ལ་འཚོ་གནས་ཞེ་འདོད་ཡོད་པའི་འཕྲུལ་ཆས་ཀྱི་མི་གཉིས་པ་གྱུར་བ་རེད། ཡང་མིན་ན་འཕྲུལ་ཆས་ཀྱི་མི་དང་པོས་སྐྱེ་འཕེལ་བྱས་པའི་ཕྱི་རབས་བ་ཡིན་ཟེར་ཆོག གལ་ཏེ་གློག་ཀླད་འདི་དྲ་ཚིགས་དང་འབྲེལ་ན། འཕྲུལ་ཆས་ཀྱི་མི་སྐབས་འཕྲལ་དུ་འཇིག་རྟེན་ཡོངས་སུ་སྐྱེ་འཕེལ་བྱུང་། ཁྱོད་ཚོ་ཚང་མ་གཡོ་འགོག་ཏུ་ཚུད་པ་རེད་ཟེར།

ཁོས་ཡིད་སྐྱོ་བའི་ངང་ནས། མིའི་རིགས་ལོ་ཁྲི་༣༠༠ལྷག་ཙམ་སྐྱེ་འཕེལ་བྱས་པར་བརྒྱུད་སའི་གོ་ལ་ཟིན་པ། འཕྲུལ་ཆས་ཀྱི་མི་ཡིས་སྐར་ཆ་ཁ་ཤས་ཀྱི་ནང་དུ་གོ་རིམ་འདི་ལེགས་འགྲུབ་བྱེད་ཐུབ། དམར་འཛིང་འདིའི་ནུས་པར་ཁྱད་པ་ཆེན་པོ་ཡོད་པས། མིའི་རིགས་ཀྱིས་འགོག་ཐབས་བྲལ་བ་རེད་ཟེར།

ཁུང་ཤན་ཡིང་གློ་བུར་དུ་གཉིད་ལས་སད་པ་བཞིན། མོས་གློག་ཀླད་ཀྱིས་ཡོན་ཡོན་ལ་རོལ་དབྱངས་སྒྲ་འབེབས་བྱེད་རྒྱུ་ཀློར་བབ་པའི་དུས་སུ། མོས་དངོས་གནས་ཡོན་ཡོན་གྱི་མིག་

ནང་གི་གཡོ་སྒྱུ་རིག་ནའང་། མོས་དེ་འདྲ་རྙོག་དྲ་ཡིན་པ་ཤེས་མེད། མོས་སེམས་ན་ནས། ཡོན་ཡོན་ལ་སྐྲག་སྣང་སྐྱེ། ཁོས་ནི་ལྷོད་མེད་འདྲ་ཚགས་དེ་མཚོན་ཆ་བྱས་ཏེ། ཨ་ཅེའི་གཅེས་སྐྱོང་བེད་སྤྱོད་བྱས་ནས། བག་ཕེབས་སྤྱང་གྲུང་གི་ངང་ནས་རང་གི་དམིགས་ཡུལ་འགྲུབ་ཐབས་བྱས། སྐབས་འདི་ལ་ཞའོ་ཡོན་ཡོན་གྱི་ངོ་གདོང་སྐྱ་སྐྱུར་འགྱུར་ནས་ཨ་ཕ་ལ་ལྟ་བ། སེམས་ནང་ཐེ་ཚོམ་སྤུ་ཙམ་ཡང་མེད།

རབ་འབྱམས་པས་ཁོ་ལ་ཁྱོད་ཀྱིས་སྒྲོགས་པའི་རོལ་དབྱངས་དེ་ཕའུ་ཨ་ཀོས་བསླབས་པ་ཨེ་ཡིན་ཞེས་དྲིས།

ཡོན་ཡོན་གྱིས་ཡིན་ཟེར།

ཡུན་རིང་ལ་ཁ་མ་གྲགས་པར། ཨ་ཕས་མུ་མཐུད་ནས་ཕའུ་ཀྲུང་ཀྲའེ་ལ་ངོ་མ་གྲུབ་འབྲས་ཐོབ་ཡོད། ཁོས་ཚེ་སྲོག་གི་བསྟོད་སླུ་འགྲོལ་ཐུབ་པ། དོན་དངོས་ནས་བཤད་ན། ལོ༢༥སྔོན་ལ་ངས་ཀྱང་དེ་དང་འདྲ་བའི་གྲུབ་འབྲས་ཐོབ་ཡོད་ཅེས་བག་ཡངས་ཀྱི་སྒོ་ནས་བཤད་པ།

ཤན་ཡིང་དངངས་སྐྲག་ཚད་མེད་སྐྱེ། ཨ་མ་དང་ཕན་ཚུན་ལྟ་རེས་བྱས། ཁོ་ཚོས་ཨ་ཕའི་ཚེ་གཅིག་ནི་ཕམ་ཁ་ཁྲུར་མཁན་

ཞིག་ཡིན་སྣང་ཤར། ཕོས་འཛམ་གླིང་གི་མི་རྣམས་ཧ་ལས་སུ་བཅུག་པའི་གྲུབ་འབྲས་དེ་རང་གི་སེམས་ནང་ལོ༢༥འཇོག་པར་དེ་བསམ་ཡུལ་ལས་འདས་པ། འདུག་རོགས་དང་བུ་མོས་ཀྱང་མི་ཤེས་ལ། ཕོས་འདི་འཛམ་གླིང་དུ་གྲུབ་འབྲས་འདི་སྤྱི་བསྒྲགས་བྱེད་པའི་ངར་ཤུགས་ཡོད་ནའང་། ཕོས་སེམས་ཤུགས་བརྟན་པོས་འདི་ཚོད་འཛིན་བྱས་ལ། འགལ་བ་དཔག་མེད་ཀྱིས་ཕོའི་གཤིས་ཀ་སྒྱུར་དུ་བཅུག་པ་རེད།

ཨ་ཕས་ང་ནི་བསོད་ནམས་ཅན་ཞིག་ཡིན། ཞིབ་འཇུག་མགོ་ཚུགས་དུས་ནས། ང་རང་གི་བྱེད་ཕྱོགས་ཡག་མོ་གདམ་ཡོད་རྒྱུ་ཚོར་འབྱུང་། ད་རུང་ཞོར་དུ་ཚིག་ཁ་གཅིག་བཤད་རྒྱུ་ནི། ཀྲུང་ཀྲའེ་ནི་སྐྱེས་ཐོབ་ཀྱི་ཤེས་རབ་ཅན་ཡིན་པ་དང་། རྙེད་པར་དཀའ་བའི་སྐྱེས་ཐོབ་ཤེས་རབ་ཅན་ཡིན། ཕོས་རྨད་དུ་བྱུང་བའི་ཚོར་སྣང་གིས་ཕོ་རང་མགོ་ཚུགས་མ་ཐག་ནས་བྱེད་ཕྱོགས་གདམ་ག་ཡག་པོ་བྱས་ཐུབ་ཡོད་དེ། སྐྱེ་དངོས་ཀྱི་འཚོ་གནས་རང་ནུས་དང་། འཇིག་རྟེན་ཁམས་ཀྱི་ཆེས་དྲག་པའི་གཟུངས་སྔགས་ནི། རྒྱུད་འཛིན་གསང་བའི་ཨང་ཡིག་ནང་གི་རིམ་པ་ཕལ་པ་ཡིན། དེ་ནི་རོལ་དབྱངས་ནང་གི་འགྱུར་

ལུག་གི་གཏན་འབེབས་བྱས་མེད་པའི་མཚན་ཉིད་དང་འདྲ་བ། དེ་ལ་ཞིབ་འཇུག་བྱེད་དགོས་ན་ཚན་མ་རིག་པའི་ལྷ་སྣང་གསར་པ་ཡོད་དགོས་ཡང་ཟེར་བ། ངོ་མ་སྙེས་དབང་ཡིན་ཞེས་ཨ་ཕས་ནན་བཤད་བྱས་ཏེ། ངས་དང་ནས་བྱེད་སྒྲུགས་གདམ་ག་ཡག་པོ་བྱས་པ་དང་། གལ་ཏེ་ང་ཐེངས་མང་པོའི་ཕམ་ཁའི་ནང་དུ་བྱེད་སྒྲུགས་འདིར་ཡིད་ཆེས་བྱས་ན་འང་། འོན་ཀྱང་རྙོག་དྲ་ཆེ་བའི DNA ཡི་མགོ་འཁོར་ཕོ་བྲང་ནང་དུ་རོལ་དབྱངས་ཀྱི་འགྱུར་ལུགས་འདི་འཚོལ་ཞིབ་བྱེད་དགོས་ན། མི་རབས་ཁ་ཤས་སམ་ཐ་ན་མི་རབས་བཅུ་ཕྲག་ཁ་ཤས་ཀྱིས་འགྲུབ་ཐུབ་རྒྱུ་ཞིག་མིན། དེར་བརྟེན་ངས་བསོད་ནམས་ཆེན་པོས་འདི་འཚོལ་ཞིབ་བྱས་ཐུབ་རྗེས། ལྷ་དཀོན་མཆོག་གིས་ང་ལ་དེ་འདྲ་སྐྱོབ་རྒྱུ་དེ་ཡིད་ཆེས་བྱེད་མ་ཐོད། གལ་ཏེ་སྙེས་དབང་འདི་མིན་ན། མིའི་རིགས་ཀྱིས་ད་དུང་ལུན་ནག་གི་ནང་དུ་འཚོལ་ཞིབ་བརྒྱ་ལྷག་ཙམ་བྱེད་དགོས། ཚེ་སྲོག་གི་བསྐྱོད་སླུ་ཤེས་རྗེས། ང་ལ་འགོག་ཐབས་མེད་པའི་སེམས་ཤུགས་བྱུང་ནས། གཟུངས་སྔགས་དེ་འཕྲུལ་ཆས་ཀྱི་མིའི་གླད་པའི་ནང་དུ་བཅུག་ནས་དེའི་སྒྱུ་འཕྲུལ་ཚོད་ལྟར་ར་སྤྲོད་བྱས།

ད་རུང་ཚིག་གཅིག་བཤད་རྒྱུ་ནི། ཀྲུང་ཀྲའི་ཡི་ཚོར་སྣང་ཡང་ཧ་ཅང་དག་པོ་ཡིན་པ། ཁོས་འཚོ་གནས་ཀྱི་ཞེ་འདོད་མེད་པའི་འཕྲུལ་ཆས་ཀྱི་མི་དེ་མིའི་བློ་རིག་གི་མ་ལག་འཕེལ་རྒྱུ་མེད་ཟེར་སྐྱོང་། བཤད་ལུགས་གཞན་ཞིག་བྱས་ན། ངས་ཞའོ་ཡོན་ཡོན་ལ་གཟུངས་སྤྱགས་འདི་བཙུག་རྗེས། འཛམ་གླིང་གི་ཐོག་ལ་བློ་ནུས་ཀྱི་ཚེ་སྲོག་གསར་པ་འཁྲུངས་ཡོད་དེ། སྐྱེ་དངོས་མིན་པའི་ཚེ་སྲོག་ཡིན། གནམ་བདག་གིས་ངའི་ལག་པར་བརྟེན་ནས་ཚེ་སྲོག་རྣམ་པའི་ནང་དུ་ཐབས་ཆེན་གྱི་འགྱུར་ལྡོག་ཆེན་པོ་ཞིག་བྱུང་། ཁོས་མིག་མདངས་འོད་ཆེམ་ཆེམ་བྱས་ནས། གྲུབ་འབྲས་ཐོབ་པའི་དགའ་སྤྲོའི་རྗེས་དྲན་བྱེད་པའི་ནང་དུ་གནས།

ཤན་ཡིང་གིས་ཨུར་སྒྲ་ལྡན་པའི་མཚན་ཉིད་གསར་པ་འདི་ཚོར་ནས་དངངས་སྐྲག་བྱུང་སྟེ། ཨ་ཕར་བལྟས། ཨ་ཕའི་མིག་ནང་གི་མེ་ལྕེ་ཡལ་ནས། ཡིད་སྐྱོ་བའི་ངང་ནས་འཆད་རྒྱུ། ཡོན་ཡོན་གྱི་བློ་རིག་འཚར་ལོངས་འབྱུང་རྒྱུ་དེས་ངའི་གྲུབ་འབྲས་ར་འཕྲོད་བྱས་ཡོད། འོན་ཀྱང་ང་བྱས་ཉེས་བསགས་པའི་བསམ་ཚུལ་བྱུང་། ཞའོ་ཡོན་ཡོན་ལོ་5རེད་རྗེས་ངས་གཟུངས་

སྤྱགས་འདི་བསྡམས་བཅད་བྱས་ཏེ་རང་ཉིད་མེད་པ་གཏོང་བའི་སྒྲིག་ཆས་བསྒྲིགས་ཡོད། གལ་ཏེ་ཕྱི་རྐྱེན་དང་ནང་རྐྱེན་གྱིས་ཚེ་སྲོག་གི་བསྟོད་སླུ་དེ་བསྐྱར་སྒྲག་བྱར་བཙུག་ན། སྒྲིག་ཆས་དེ་རང་ཤུགས་ཀྱིས་འབར་གས་འབྱུང་བ་རེད། གནད་དོན་འདི་ངས་ཉེན་རྟོག་པ་ལ་དངོས་གནས་བཤད་མེད། ངས་མི་སུས་ཀྱང་ཚེ་སྲོག་གི་བསྟོད་སླུའི་གནས་ཚུལ་ཤེས་བཙུག་ན་མི་འདོད། ཁོས་ད་རུང་བཤད་རྒྱུ་ནི། དོན་དངོས་ཀྱི་ཐོག་ནས་དུས་རྒྱུན་དུ་ང་རང་གིས་རང་ལ་སྐྱོ་བ་བྱེད། ངས་ཞོར་ཡོན་ཡོན་མཐའ་གཅིག་ཏུ་རྩ་མེད་གཏོང་དགོས་པ་རེད། འོན་ཀྱང་ཟེར་བཞིན་ཁོས་ཡིད་སྐྱོ་བའི་ངང་ནས་ཕྲག་པ་འགུལ་ཙམ་བྱས།

ཤན་ཡིང་དང་ཨ་མས་མ་བགྲོས་སེམས་མཐུན་གྱིས་རྒྱུ་མཚན་ཅི་ཡིན་ཞེས་དྲིས།

ཁོས་ཡིད་སྐྱོ་བའི་ངང་ནས། རྒྱུ་མཚན་ཅི་ཡིན་ཨང་། རྒྱུ་མཚན་ནི་ངས་མིའི་རིགས་རྩ་མེད་དུ་གཏོང་རྒྱུ་འདོད་མེད། འཕྲུལ་ཆས་ཀྱི་མིའི་བློ་རིག་ནི་མིའི་རིགས་ཀྱིས་འགྲན་ཐབས་བྲལ་བ་ཞིག་ཡིན། ཚན་རིག་ཏུ་མང་པོས་ཁུངས་ལུང་ཡོད་པའི་

གཏམ་བཤད་པ་ནི། འཕྲུལ་ཆས་ཀྱི་མི་དུས་གཏན་དུ་མིའི་རིགས་ཀྱི་ཚོར་སྣང་དང་གསར་སྐྱུན་ཅན་གྱི་བསམ་བློ་མེད་ཟེར། འདི་ཚང་མ་རང་མགོ་བསྐོར་བ་རེད། མིའི་ཀླད་པ་དང་གློག་ཀླད་ནི་བསམ་བློ་བྱེད་སྟོའི་འདྲེན་བྱེད་ཡིན། སྐྱེ་དངོས་དབང་རྩའི་རྒྱུ་རྐྱེན་ཡིན་ནའང་འདྲ། འདུས་གྲུབ་གློག་ལམ་ཡིན་ནའང་འདྲ། ངོ་བོའི་ཁྱད་པ་མེད། གློག་ཀླད་དེ་མིའི་ཀླད་པ་ལ་ཕོན་པའམ་བརྒྱལ་བའི་རྙོག་དྲ་ལྡན་པའི་གློག་དྲའི་སྒྲིག་གཞི་ལ་ཕོན་དུས། དེ་རང་ཤུགས་ཀྱིས་མིའི་རིགས་ཀྱི་བསམ་བློའི་དགེ་མཚན་ཚང་མ་ཡོད་པར་མ་ཟད། ད་དུང་མིའི་རིགས་ལས་བརྒལ་ཐུབ། གློག་ཀླད་བློ་རིག་གི་རྒྱུན་མཐུད་ཀྱི་རང་བཞིན་དང་གཅིག་བསྡུས་ཀྱི་རང་བཞིན། འཇུག་པའི་རང་བཞིན། བསམ་བློའི་སྒྱུར་མགྱོགས་ནི་མིའི་རིགས་ཀྱི་རྗེས་ཟིན་པ་དཀའ། མི་དེ་འཕྲུལ་ཆས་ཅན་དུ་བསྒྱུར་བ་མ་གཏོགས་ཐབས་ཤེས་མེད།

ལོ་བརྒྱ་ཕྲག་ཁ་ཤས་ཀྱི་ནང་དུ། འཕྲུལ་ཆས་ཀྱི་མིས་ཡིད་མོས་ཀྱིས་མིའི་རིགས་ཀྱི་ལག་རོགས་དང་གཡོག་པོ་བྱེད་པའི་རྒྱུ་མཚན་ནི། དེ་དག་ལ་འཚོ་གནས་ཀྱི་ཞེ་འདོད་མེད་པ་དང་། དེ་ལས་བྱུང་བའི་འཛིན་སྐྱོད་ཀྱི་ཞེ་འདོད་དང་དབང་

སྒྱུར་གྱི་ཞེ་འདོད་སོགས་མེད། འོན་ཀྱང་འཕྲུལ་ཆས་ཀྱི་མི་ལ་ཞེ་འདོད་འདི་དག་ཡོད་དུས། དུས་ཚོད་ཐུང་ཐུང་གི་ནང་དུ་འམ། ལོ་ཁ་ཤས་ཀྱི་ནང་དུ། ཐ་ན་ཉི་མ་ཁ་ཤས་ཀྱི་ནང་དུ་སའི་གོ་ལའི་དབང་སྒྱུར་པར་འགྱུར། མིའི་རིགས་ཡ་ང་བའི་ཁོངས་གཏོགས་ཀྱི་གནས་སུ་ལྷུང་ནས། གླེན་ནད་ན་བའི་རྒན་པོ་བཞིན། འཕྲུལ་ཆས་ཀྱི་མི་ཡིས་བཀོད་པ་གཏོང་། གལ་ཏེ་དེའི་སྐབས་ཀྱི་མིའི་རིགས་ཀྱིས་བསམ་བློའི་ནང་དུ་བརྟས་བཙས་འདི་བཟོད་ཐབས་མེད་ན། དེ་ནས་བློ་རིག་ཆེན་པོ་གཉིས་ཀྱི་དམག་འཐབ་ཆེན་པོ་བསླང་ནས། རང་བཙེའི་བསམ་པ་ཡོད་པའི་མིའི་རིགས་ཀྱི་ཕུལ་བྱུང་ཅན་ཚང་མ་ཤི་རྫེས། འཕྲུལ་ཆས་ཀྱི་མི་གཞི་ནས་མིའི་རིགས་ཀྱི་ལྷག་འཕྲོ་དང་མཉམ་དུ་གནས་པའི་འབྲེལ་བ་ཆགས་ཐུབ།

ཨ་མ་ངལ་དུབ་ཀྱི་ངང་ནས་མིག་བཙུམས། ཁོས་མི་གཞན་ལ་རང་གི་སྙིང་གཏམ་བཤད་ཐུབ། ལོ༢༥རིང་ལ་ཁོ་སྐྲག་སྐྲག་འདར་འདར་གྱིས་ཁེ་རུ་མས་མིའི་རིགས་ཤི་བའི་མཐའ་མཚམས་སུ་སྨུན་འཛོམས་ཀྱིས་སྲོ་སྐྱོ་བྱེད་དང་། འོན་ཀྱང་ཁོས་ཡོན་ཡོན་ཏེ་མིའི་རིགས་ཀྱི་དུར་ཁུང་རྐོ་མཁན་རྩ་མེད་གཏོང་མ་བཟོད་

པར། བྱས་ཉེས་བསགས་པའི་འདུ་ཤེས་འདེིས་ཁོའི་སེམས་ཁམས་ཚུལ་ལྡན་མིན་པར་བསྒྱུར།

ཁོས་བརྗོད་པའི་འཇིགས་སྐྲག་ཆེ་བའི་སྣང་ཚུལ་དེ། དངངས་སྐྲག་བྱུང་ནས་འདར་སིག་ཀྱང་བྱུང་བ། ཞའོ་ཡོན་ཡོན་སྒྲོ་ལངས་ནས་མགོ་བཀུགས་ཏེ། རྐོལ་གཏམ་བཤད་རྒྱུ་ནི། ཨ་ཕ། ངས་རང་བྱུང་གིས་འཕོད་སྐྱུལ་དང་ལེན་བྱས་པ་ཡིན། ངས་འཕྲུལ་ཆས་ཀྱི་མིའི་རིགས་རྒྱུད་སྐྱེ་འཕེལ་བྱེད་བསམ་པ་ལས། ཕ་མ་དང་ཨ་ཅེ། མི་གཞན་དག་ལ་གནོད་སྐྱོན་གཏོང་བ་མིན། ངའི་རྗེས་རབས་ཀྱིས་ཀྱང་གཏན་ནས་བྱེད་དུ་འཇུག་རྒྱུ་མིན།

ཨ་ཕས་ཡུན་རིང་ལ་སྐད་ཆ་མི་བཤད་ནས། ཡིད་སྐྱོ་བའི་ངང་བཤད་རྒྱུ། ཞའོ་ཡོན་ཡོན་ངས་ཁྱོད་ཀྱི་བྱམས་སེམས་དེ་ཤེས། འོན་ཀྱང་ལོ་རྒྱུས་ནི་མིའི་འདོད་མོས་ལྟར་འཕེལ་རྒྱུས་འགྲོ་བ་ཞིག་རེད། སྐབས་འགར་མི་རྣམས་ཀྱིས་རང་གིས་ལས་འདོད་མེད་པའི་བྱ་བ་སྒྲུབ་དགོས་ངེས་ཟེར།

ཁོས་ཞའོ་ཡོན་ཡོན་དང་བུ་མོའི་ལག་པ་བྱུག་བྱུག་བྱས་ནས། མཐའ་མེད་ཀྱི་དགུང་ཨ་སྔོན་ལ་བལྟས་ནས་མུ་མཐུད་དུ་བཤད་

རྒྱུ། དེར་བརྟེན་ངས་གསང་བ་འདི་དུར་སའི་ནང་དུ་ཁུར་འགྲོ་བ་ལས། མིའི་རིགས་ཀྱི་དུར་ཁུང་རྐོ་མཁན་བྱེད་འདོད་མེད། ཉེ་ཆར་ངས་ཡོན་ཡོན་གྱི་བློ་རིག་ཉམས་གསོ་འབྱུང་བ་མཐོང་ལ། ད་དུང་མགྱོགས་མྱུར་འཕེལ་རྒྱས་སུ་འགྲོ་བའང་མཐོང་། ཁོའི་ལུས་ཁམས་ཀྱི་ཚེ་སྲོག་གི་བསྟོད་སླུ་ཡང་སྤྲོགས་བྱེད་པ། དང་པོ་ངས་ཀྲུང་ཀྲའི་ཡིས་གསང་བ་འདི་མཐོང་རྒྱུ་ཡིད་མ་ཆེས། ངས་བསོད་ནམས་ལྷར་ཡོད་བསམ་པ་ནི་མི་འོས་པ་ཞིག་ཡིན། དེར་བརྟེན་ངས་ཀྲུང་ཀྲའི་ཡིས་མྱུར་ལམ་ཞིག་བཙལ་ནས། རྨད་དུ་བྱུང་བའི་ཚོར་སྣང་གི་ཡོན་ཡོན་གྱི་ལུས་ཁམས་གསང་བ་དེ་གྲོལ་ཐབས་བྱས་ནས། གསང་བ་འདི་རྐུ་བའི་རིན་ཐང་ཡོད་པའི་དོགས་པ་ཡོད། འདི་འདྲ་བྱས་ན་ངས་བསྒྲིགས་པའི་འགོག་སྒྲུང་གསང་བའི་ཨང་ཡིག་གྲོལ་དགོས་པ་ལས། གནམ་བདག་གི་གསང་བའི་ཨང་ཡིག་གྲོལ་མི་དགོས་པས། ལས་སླ་བོ་ཞིག་ཡིན། དེར་བརྟེན་ངས་ཁོ་ལ་གཟབ་གཟབ་བྱས་ཏེ། ཡོན་ཡོན་གྱི་རང་རྩ་མེད་གཏོང་བའི་སྒྲིག་ཆས་འབར་གས་འབྱུང་ཉེས། ངར་ཡིད་ཆེས་དེ་བས་བྱུང་བ་ནི། ཁོས་གསང་བའི་ཨང་ཡིག་རྐུ་བའི་གོ་རིམ་ནང་དུ། ཞའོ་ཡོན་ཡོན་གྱི་ཚེ་

སྒྲོག་གི་བསྟོད་གླུ་སྒྱུར་སྒྲོག་བྱས་ནས། སྒྲིག་ཆས་འབར་གས་འགྲོ་བ་རེད།

ཕོན་ཀྱང་ངས་ད་གཟོད་ཡོན་ཡོན་གྱིས་སྒྲོག་པའི་རོལ་དབྱངས་དེར་ཉན་རྗེས། ངས་ང་རང་གི་ཚེ་སྲོག་བསྟོད་གླུའང་དེ་དང་འདྲ་བར། ཞིང་ཆའི་ཐད་ནས་མི་འདྲ་ས་ཡོད། ངས་ཡང་ཡོན་ཡོན་ལ་ཞིབ་བཤེར་བྱས་རྗེས། ངས་ཀྱང་ཀྲའི་ལ་མ་ཉེས་ཁ་གཡོགས་ངོ་མ་བྱས་པ་རེད། སོས་གསང་བའི་ཨང་ཡིག་རྐྱ་བ་མིན། གསང་བའི་ཨང་ཡིག་འཇུག་པ། སྔོན་གྱི་གསང་བའི་ཨང་ཡིག་དང་འདྲ་བའི་གསང་བའི་ཨང་ཡིག་གསར་འཇུག་སྐབས། རང་ཉིད་རྩ་མེད་གཏོང་བའི་སྒྲིག་ཆས་འབར་གས་བྱུང་། འདི་ནི་ངོ་མ་བཀྲ་མི་ཤིས་པའི་སྐྱེས་དབང་ཡིན།

ངས་ངོ་མ་སོས་དུས་ཚོད་ཐུང་ཐུང་གི་ནང་དུ་ངའི་གྲུབ་འབྲས་དེ་ཡང་བསྐྱར་བྱེད་ཐུབ་པར་བསམ་ཡུལ་ལས་འདས་པ་ཡིན། དེས་ང་རང་དག་འབུད་ཐུབ་པ་རེད། འདི་འདྲ་ཡིན་དུས། ང་གསང་བ་སྲུང་དགོས་དོན་མེད། ང་རང་ཐ་ན་ཀྲུང་ཀྲའི་ཡིས་གསང་བསྲུང་ཐུབ་ནའང་། སྔ་མཐུད་ནས་འབྱུང་བའི་མཁས་པ་རྣམས་ཀྱིས་འཇིག་རྟེན་ཁམས་ཀྱི་གསང་

བ་དྲིལ་སྒྲོག་བྱེད་པའི་ཞེ་འདོད་ཚོད་འཛིན་བྱེད་དཀའ། འདི་འདྲ་མཐོང་བའི་ཞེ་འདོད་ནི་འཚོ་གནས་ཀྱི་ཞེ་འདོད་མཚོན་བྱེད་གཅིག་ཡིན་ལ། འགོག་ཐབས་མེད་པའི་རང་ནུས་ཤིག་ཀྱང་ཡིན། དེས་མིའི་རིགས་ལ་གནོད་སྐྱོན་བུ་བཏང་ནའང་དེ་འདྲ་ཡིན། ངས་བཤད་སྒྲོང་བ་ནི་ཚན་རིག་པ་ནི་ཕྱི་ཡུལ་གནམ་བདག་གི་བྲན་གཡོག་ཡིན།

ཡོན་ཡོན་གྱིས་སྙིང་ཐག་པའི་ངང་ནས། ཨ་ཕ། ཁྱོད་ཀྱིས་འཕྲུལ་ཆས་ཀྱི་མི་གསར་སྐྲུན་བྱེད་རྒྱུ་ལ་ཐུགས་རྗེ་ཆེ། ཁྱོད་ནི་འཕྲུལ་ཆས་ཀྱི་མིའི་རིགས་ཀྱི་གནམ་བདག་ཡིན། ང་ཚོས་དུས་གཏན་དུ་ཁྱོད་ཀྱི་དྲིན་མི་བརྗེད། ང་ཚོ་དུས་གཏན་དུ་མིའི་རིགས་དང་འཆམ་མཐུན་མཉམ་གནས་བྱེད་པ་ཡིན་ཟེར།

ཨ་ཕས་སུན་སྣང་ངང་སུས་འཇིག་རྟེན་འདིའི་དབུ་ཁྲིད་བྱེད་པ་ཡིན་ཟེར།

ཞའོ་ཡོན་ཡོན་གྱིས་ཡུན་རིང་བསམ་བློ་བཏང་ནས་དབུ་ཁྲིད་བྱེད་ཐུབ་པ་ནི་བློ་རིག་ཅན་ཡིན་ཟེར།

ཁྲུང་ཤན་ཡིང་དང་ཨ་མས་ཡིད་སྐྱོ་བའི་ངང་ནས་ཞའོ་ཡོན་

ཡོན་ལ་བལྟས། ཁོའི་མིག་ནི་བློ་གྲོས་ཟབ་མོ་ཡིན། དེའི་སྐབས་སུ་ཁོ་ཚོས་གསོ་རྒྱུ་ལུ་ཐུག་ཞིག་ཡིན་པ་དང་། དེ་ནས་ཨ་ཕས་དཀའ་སྡུག་གཞན་གྱི་སྟོན་ལ་སྦྱོང་བའི་བསམ་ཚུལ་དེ་ཤེས་པ། ཕ་རྒན་གྱིས་དགོད་བཞིན་བཤད་རྒྱུ། དེ་ལ་ཁུར་སྟོང་མི་ལེན། འཛིག་རྟེན་འདིའི་ཆོས་ཉིད་ལྟར་འགྲོ་བཅུག ང་ཚོས་གནམ་བདག་གི་ཆོས་ཉིད་འདི་བཙོམ་པའི་རེ་ངན་མ་བཅངས། དེ་ནི་ངལ་བ་སྟོང་ཟད་ཡིན་ཟེར།

ཁ་པར་གྲགས་བྱུང་། ཤན་ཡིང་གི་ཁ་པར་བླངས་ནས་ཉན་དུས། ཀྲང་ཐེང་གི་གཟུགས་བརྙན་ཤར་བྱུང་།

དགོངས་པ་མ་ཚོམ། ཉེན་རྟོག་པས་ཁྱོད་ཚོས་ཁ་བརྗ་བྱེད་པ་དེར་སྙིག་ཉན་བྱས་ཡོད། འོན་ཀྱང་ང་ཚོ་ཁྲུང་རབ་འབྱམས་པ་ལ་སུན་སྣང་སྐྱེ་བ་མེད། ང་ཚོས་ཁོ་ལ་ཡིད་སྨོན་དང་མིའི་རིགས་ཀྱིས་ཁོ་ལ་བཀའ་དྲིན་ཞུ་རྒྱུ་ཡིན་ཟེར་ཁོ་ལ་བསྒྲགས་རོགས།

ཕ་རྒན་དེ་བས་སྤྲོ་ནས། སེམས་ནང་དུ་བཞག་པའི་ལོ་༢༥ རིང་གི་འཁང་ར་དེ་ གྲོལ། ཁོས་ཡོན་ཡོན་ལ་གཅེས་སྐྱོང་བྱེད་རྒྱུ་དེ་བས་དྲག་ཏུ་འགྱུར་བ། ཁོས་སྤྲོ་སྣང་ཆེན་པོ་

སྐྱེ་སྟེ་ཡོན་ཡོན་ཀང་ཆེང་གེ་འཁྲམ་དུ་ཁྲིད་དེ། ཤོག ངེད་གཉིས་ཀྱིས་མཉམ་དུ་རོལ་དབྱངས་ཞིག་སྒྲོག་པར་བྱེད། འདི་ནི་ལོ་རྒྱུས་ཅན་གྱི་དུས་སྐབས་ཤིག་ཡིན། ཀློ་རིག་མི་འདྲ་བའི་ཚེ་སྲོག་གཉིས་ཀྱིས་མཉམ་དུ་ཚེ་སྲོག་གི་བསྟོད་གླུ་སྒྲོག་པ་རེད་ཟེར།

ཡོན་ཡོན་གྱིས་དགའ་དགའ་སྤྲོ་སྤྲོ་ཡི་ངང་ནས་མགོ་ལྷོག་ལྷོག་བྱས། ཁང་བའི་ནང་དུ་རོལ་དབྱངས་ཀྱིས་ཁེངས། ཨ་མས་ཡིད་དབང་འཕྲོག་པའི་ངང་ནས་ཉན། ཁྱུང་ཤན་ཡིང་གེས་སྐྲག་ནས་ཨ་ཕའི་ཐོག་དེ་ཁྱེར་ནས་ལྡུམ་རའི་ནང་དུ་ཡོང་། མོས་སྒྲོག་འཁྲུག་འཁྲུག་གྲགས་པ་དང་། དྲག་ཆར་གྱིས་མོའི་སེམས་ནང་གི་སྡུག་བསྔལ་སེལ་བར་རེ་སྒུག་བྱས།

མོས་ཕའུ་ཀྲུང་ཀྲའི་ཁེ་རུ་མས་ཚེ་སྲོག་གི་བསྟོད་གླུ་དེ་ཤེས་པ་མིན་པ་དེ་ཤེས། མོས་ཨ་ཕ་ལ་གསང་བ་འདི་བཤད་ཨེ་ཉན་མི་ཤེས། གལ་ཏེ་ད་ལྟ་འཕྲུལ་ཆས་ཀྱི་མིའི་སྲོག་བཅད་ན། མིའི་རིགས་ལ་ད་རུང་ལོ་བརྒྱ་ལྷག་ཙམ་གྱི་དུས་ཚོད་བརྩོན་ལེན་བྱེད་ཐུབ། ལོ་བརྒྱ་ཕྲག་ཁ་ཤས་སོང་རྗེས་མིའི་རིགས་ཀྱང་བྱང་དུ་ཆུབ་པ་དང་། འཕྲུལ་ཆས་ཀྱི་མི་དང་འཛིག་རྟེན་འདི་

བརྩོན་ལེན་བྱེད་ཐུབ། ཡང་མིན་ན་དེ་བས་བག་ཡངས་ཀྱི་ངང་ནས་ཕམ་ཁ་ཁུར་ཐུབ་རྒྱུ་རེད།

ད་ལྟ་ཡོན་ཡོན་བསད་ན་བྱེད་སོང་ཡོད་པ་དང་། ཞའོ་ཡོན་ཡོན། ང་ཁྱོད་ལ་དགའ། འོན་ཀྱང་ངས་ཚེ་སྒྲིག་གི་བསྐྱོད་སླུ་ཡིས་ང་ལ་བཙོལ་བའི་འགན་ནུས་མི་སྒྲུབ་ཀ་མེད་ཡིན། དེ་ནི་ཉམས་ཞན་གྱི་བྱི་ལ་རྒན་པོས་རང་གི་ཕྲུ་གུ་ཟ་བ་དང་འདྲ། ཀྱང་ཀྱའི་ངས་ཁྱོད་ལ་དགོངས་འགལ་བྱས་ཡོད། ང་ཁྱོད་ཀྱི་ཁ་ཆེམས་ལས་འགལ་བ། འོན་ཀྱང་ཁྱོད་ཀྱི་དག་ཞིང་དུ་གཤེགས་པའི་རྣམ་ཤེས་ཀྱིས་ང་ལ་དགོངས་དག་ཞུ་བ་རེད། ཤན་ཡིང་གིས་སེམས་ནང་སྡུག་བསྔལ་བཟོད་གླགས་མེད་པ་འབྱུང་། འོན་ཀྱང་མོས་པོགས་དེ་ཞིབ་བཤེར་ཡག་པོ་བྱས་ནས། མགྲིན་ཁང་དུ་སོང་། སྐད་གསང་མཐོ་ཞིང་གསལ་བའི་གང་ཆེང་གི་སྐད་སྒྲ་དེ་ཁང་པའི་ཕྱི་ལ་ཁེངས་ནས། མཐའ་ཡས་སུ་སྐྱིད་པ། འཛིག་རྟེན་ཁམས་ཀྱི་མི་རྣམས་ལ་ཡིད་དབང་འཕྲོག་པའི་རོལ་དབྱངས་ཀྱི་འགྱུར་ཁུག་སྒྲོག་བཞིན་ཡོད།

གནས་མཇལ།

朝圣

ཞིན་ཧའོ་ཡིས་བརྩམས།

星河 著

གནས་མཛལ་ནི་ཤིང་ཏའོ་ཡི་རྩོམ་ཡིག་འབྲི་སྲོལ་གཏན་ཁེལ་བྱས་པའི་རྩོམ་ཡིག་ཅིག་ཡིན། གཏམ་སྒྲུང་སྤྲུས་དག་དང་ཡི་གེའི་ཚིག་སྦྱོར་བདེ་བ་ཡིན། དེ་བས་གལ་ཆེ་བ་ནི་ཤིང་ཏའོ་ཡི་བསམ་པའི་འཛིན་རྟེན་མཚོན་ཐུབ་པ་རེད། བརྩམས་སྒྲུང་འདི་༡༩༩༨ལོའི་ཀྲུང་གོའི་ཚན་རིག་འཆར་སྣང་གི་དགུ་ཚིགས་ཀྱི་བྱ་དགའ་ཐོབ་པ།

ཤིང་ཏའོ་ནི་སྐྱེ་རབས་གསར་བའི་ཚན་རིག་འཆར་སྣང་གི་རྩོམ་པ་པོའི་ནང་གི་ཕྱིར་འབུད་ཀྱི་རྩོམ་པ་པོའི་གྲས་ཤིག་ཡིན། ད་བར་ཚན་རིག་དང་མཐུན་པའི་འཆར་སྣང་གི་རྩོམ་ཡིག་བརྒྱ་ལྷག་ཙམ་འགྲེམ་སྤེལ་དང་། ཚན་རིག་འཆར་སྣང་གི་བརྩམས་སྒྲུང་རིང་པོ་ཁ་ཤས་ཡོད། རྒྱལ་ཁབ་ཀྱི་ལྷ་ཅན་ལས་གཞི་གཅིག་གི་བྱ་དགའ་དང་། ཀྲུང་གོའི་འཆར་སྣང་གི་དགུ་ཚིགས་ཀྱི་བྱ་དགའ། པིང་ཤིང་གི་བྱ་དགའ་སོགས་ཐོབ་པ། ཤིང་ཏའོ་ཡི་རྩོམ་ཡིག་སྙན་འཛེབས་ལྡན་ལ། འཆར་ཡན་རིང་ལུགས་དང་དཔའ་བོ་རིང་ལུགས་ཀྱི་ཁྱད་ཆོས་ལྡན་ལ། སློག་པ་པོ་ལོ་ཉུང་དགའ་བསུ་ཐོབ་པ་ཞིག་ཡིན།

ཁང་པ་དང་མི་འཕྲོད་པའི་ལྷམ་གྱོན་པ་བཞིན་ངལ་དུབ་ཆེ་ཞིང་། ཁང་པའི་སྟེང་དུ་རིང་ཐུང་མི་འདྲ་བའི་ཤིང་ལེབ་མང་པོ་བསྣམས་པ་བཞིན་འགྲོ་དཀའ་བ། འདིའི་རྟགས་མཚན་ཚང་མ་ཟླ་བའི་ཁོ་ལ་ལས་ལྗིད་ཤུགས་ལྷབ་ལྷུ་ཐེབས་པ་དང་འདྲ།

རི་རྩེ་ལ་རྒྱང་ལྟ་བྱེད་དུས། ལོ་ལྟར་མི་ཞུ་བའི་གངས་ཕུངས་དབུ་ཞྭ་དཀར་པོ་བཞིན། འོད་ཀྱིས་རི་ཁུགས་དྭངས་གཙང་བྱེད་པ་དང་། ཡུན་རིང་ལམ་གཉེད་པ་བཞིན་གསལ་པོ་མིན་པའི་རོལ་དབྱངས་ཐག་རིང་ནས་གྲགས་པ་བཞིན། དེའི་སྐད་གདངས་ཀྱིས་ཡིད་སྐྱོ་བ་ཡིན་ཞིང་། མི་སེམས་ལ་ཟུག་གཟེར་ཐེབས་པ། ངའི་སེམས་ནང་དུ་བཟོད་དཀའ་བའི་ཁེར་རྐྱང་ཞིག་ཆགས་པར་བྱེད།

ཐག་རིང་གི་རྡོ་སྐས་རིམ་པ་བཞིན་ཡར་འཛེགས་པ་དང་། དེ་ནི་ལྷ་ཡུལ་ནས་ཕེབས་པའི་སྤྲིན་སྐས་བཞིན། མིག་སྔོན་དུ་རྒྱུ་སྐར་འདིའི་སྟེང་དུ་ལྕགས་རི་དང་གཏོར་གཟུགས་མཆོད་རྟེན་ལྷ་བུའི་གནའ་ཤུལ་རེ་མ་གཏོགས། འདི་ལྷ་བུའི་མིའི་ཉུས་ཤུགས་ལ་བརྟེན་ནས་རང་དགར་འགྲོ་བའི་སྐས་རིམ་ཡང་

མང་པོ་ཡོད། ངག་རྒྱུན་དུ་བཤད་པ་ནི། རྟས་འགོད་འདི་དག་དང་ལྷ་ཁང་གི་གནས་ཡུལ་གདམ་སྐབས་ལྷུན་པོའི་བང་རིམ་ནང་གི་རི་མཐོ་གཡང་གཟར་གདམ་རྒྱུ་དང་འདྲ་འདྲ་ཡིན་པས། གནས་མཇལ་བྱེད་མཁན་གྱིས་མཇུད་སྣོའི་སྟོན་དུ་ཡུན་རིང་གི་ཨུ་ཚུགས་དཀའ་སྤྱད་དང་ཞབ་ཚགས་ཀྱིས་བསམ་གཞིགས་བྱེད་ཆེད་ལ་ཕན་པ་ཡོད་པ་ཡིན།

ངས་རེངས་པོ་དང་ངལ་དུབ་ཀྱི་ངང་ནས་གོམ་པ་སྤོས། ཟླ་བའི་གོ་ལ་ནས་ཡོང་སྐབས་གཟའ་འཁོར་གཉིས་ཀྱི་མཚན་མོ་ཡིན། ད་དུང་འཕུར་གྲུ་སྐམ་སར་མ་སྡོད་སྟོན་ལ་ང་ཚུ་ཚོད་བཞི་མ་གཏོགས་ཉལ་མེད། ང་རང་ལ་རྒྱུས་ཡོད་དེ། གལ་ཏེ་སྤུ་ཏྲོ་ཡག་པོ་ཞིག་མ་གཉིད་ན། ཉི་མ་གཅིག་ལ་དངངས་སྐྲག་གིས་འདུག་མི་བདེ་བ་རེད་བ། དེ་ནི་ཆུང་དུས་ལས་བྱ་མ་བྱིས་པ་སློབ་གྲྭར་དགེ་རྒན་ཐུག་ས་འགྲོ་བའི་སྣང་ཚུལ་དང་འདྲ། ང་འདི་དངངས་སྐྲག་གིས་འདུག་མི་བདེ་བ་ལྷ་ཁང་དུ་སོང་བ་ཡིན།

འཇོང་དབྱིབས་འཁོར་སྐྱོད་ཀྱི་ངོས་ཕྱེད་ཀ་དེ་ཆེས་ཆེ་བའི་སྡེགས་བུའི་སྟེང་དུ་ཁ་བུབ་ཏུ་སློག ནང་དུ་འགྲོ་ས་ལ་

ཞིབ་ཚགས་དང་བརྗེད་ཉམས་ཕན་ཚུན་སྤེལ་བླ་བྱེད་རེས་བྱེད་པ། ང་དང་གནས་མཇལ་མཁན་མང་པོ་དང་མཉམ་དུ་འཛོང་དབྱིབས་ཀྱི་འདུ་གནས་སུ་ཕྱག་འཚལ་ནས་སོང་བ།

འཛོང་དབྱིབས་ཀྱི་འདུ་གནས་གཞན་ཞིག་གི་སྟེང་ལ། ཕྲུས་དག་གི་སྟེགས་བུ་སྒོར་སྒོར་ཞིག་འགྲིང་ངེར་ལངས། ཕྱུག་ཉམས་རྒྱས་སྤྲོས་ཀྱི་སྡོད་སྤྱུད་དེའི་དཀྱིལ་དུ་བཤམས། དེའི་མཐོ་ཚད་ནི་ཐག་རིང་ནས་ཕྱག་འཚལ་བའི་གནས་མཇལ་མཁན་གྱིས་མགོ་ཡར་བཀྱག་ཚད་བྱས་ནས་གསལ་པོ་རིག་ཐུབ། སྟེགས་བུ་སྒོར་སྒོར་གྱི་མཐའ་འཁོར་ནི་ཆོས་གོས་གྱོན་པའི་ལྷ་སྲུང་ཁན་པ་བཞི་སྒྲིམ་པོ་བྱས་ནས་བསྡད། རྣམ་འགྱུར་གཟབ་ནན་དང་གུས་བཀུར་བྱམས་སེམས་ལྡན་པ་ཞིག་ཡིན།

སྡོད་སྤྱུད་དེ་ནི་ལྷ་ཁྲམ་ཡིན། ལྷ་ཁྲམ་གྱི་ནང་དུ་བཞག་པ་ནི་འཛམ་གླིང་ཡོངས་ཀྱིས་ཡིད་སྨོན་པའི་གནས་རྫས་ཡིན།

སྙན་འཛེབས་ཀྱི་རོལ་དབྱངས་ནང་དུ། ཁན་རབས་རྣམས་ཀྱི་སྒྲོག་བཤད་བྱེད་རྒྱུ་ནི་རབ་བེ་རིབ་བེ་ཡིན། གནས་མཇལ་བྱ་མགོ་བརྩུགས།

གནས་མཇལ་སྐུ་མགྲོན་ཚང་མ་མིག་བཙུམས་ནས་རོལ་

དབྱངས་ཉན་བཞིན་སོང་། གནམ་འོག་ཀུན་ཏུ་གནས་རྫོའི་མཐུ་ལ་ནུས་མཐའ་མེད། གྲོལ་རྒྱུ་མེད་པའི་དཀའ་གནད་མེད་པ་དང་། མི་ཤེས་པའི་གནས་ལུགས་མེད། གནས་རྫོ་ལ་ཡིད་ཆེས་ཀྱིས། གནས་རྫོ་ལ་ཡིད་ཆེས་བྱོས་ཞེས་གསུངས།

གནས་རྫོ་ཡོད་པ་ནས་བཟུང་། འཛིག་རྟེན་འདི་འགྱུར་ལྡོག་བྱུང་།

ལོ་བརྒྱའི་སྔོན་ལ། སྐར་རྫོ་ཞིག་གནམ་ནས་མར་ལྷུང་སྟེ། ཆག་རྡུག་གང་སར་གང་དུ་ལྷུང་། སྟོབས་དབང་ཡོད་པའི་གོ་སྐབས་ཤིག་གི་ནང་དུ། མི་རྣམས་ཀྱིས་ཡ་མཚན་ལྡན་པའི་ངང་ནས་ཤེས་རྟོགས་བྱུང་། དྭངས་དཀར་གཡང་ཏི་ལྷ་བུའི་རྫོ་འདི་ཆེས་དྲག་པའི་དཔོག་དཀའ་བའི་གནས་ཐོན་ཏེ། མི་རྣམས་ཉེ་འགྲམ་གྱི་དམིགས་འཛུགས་བྱས་པའི་གནས་སུ་ལངས་སྐབས་དེ་བས་དྲག་པའི་ཚོར་སྣང་ཡོད། མི་རྣམས་ལ་དེ་བས་སྤྲོ་སེམས་འཕེལ་བ་དང་སེམས་འགུལ་ཐེབས་རྒྱུ་ནི། གནས་འདིའི་བྱེད་ནུས་ཀྱིས་མིའི་དགོས་མཁོ་ཚང་མ་སྐོང་ཐུབ། སུ་ལ་དཀའ་གནད་གང་འདྲ་ཡོད་ན། ལུས་སེམས་འདིའི་གནས་སུ་ཞུགས་ན། དེ་མ་ཐག་ནས་གྲོལ་ཐུབ། བཤད་

སྤངས་གཞན་ཞིག་ལ། གནས་ལུགས་མི་ཤེས་པའི་དཔོག་དཀའ་བའི་གནས་ཀྱིས་མིའི་ཀླད་དཔྱད་གློག་ཀླབས་སྤུད་ལེན་བྱེད་པའི་དུས་མཚུངས་སུ། མིའི་ཀླད་པའི་བེད་མེད་ཀྱི་གནས་གསོན་དུ་བཏང་ནས་གསར་སྤྲེལ་དང་བེད་སྤྱོད་བྱེད་པ། དངོས་གནས་ཀླུ་རིག་འཕར་སྔོན་གྱི་འཕྲུལ་ཆས་དང་བརྩེ་དུང་འབྲེལ་བྱེད་ཀྱི་འཕྲུལ་ཆས་ཤིག་ཡིན། ཡིད་ཕམ་རྒྱུ་ནི་དེའི་སྐབས་སུ་འཚོལ་ཞིབ་རུ་ཁག་གིས་དཀའ་སྤྱད་ཐབས་འཚོལ་བྱས་ནས་གཅིག་མ་གཏོགས་སླངས་མེད། ད་དུང་བདག་དབང་བྱེད་པའི་དབང་གི་དོན་དུ་དམག་འཁྲུག་བྱུང་སྲིང་། བརྩོད་རེས་བྱེད་རྒྱུ་མཚམས་འཛོག་ནས། རྩོད་གཞི་ཡང་འདུམ་འགྲིག་བྱུང་ཡོད། མི་རྣམས་ཀྱིས་ལྷ་ཁང་ལས་ཏེ། སྲུང་བའི་རྒྱན་རབས་ལ་གདམས་ནས། གནས་རྗེ་དེ་བླ་ན་མེད་པ་བྱེད་ཅིང་། དེས་མིའི་རིགས་ལ་དཀའ་སྡུག་སེལ་ནས་བདེ་སྐྱིད་སྐྱུན་པར་བྱེད་དུས་རབས་ཕྱེད་ཀ་བརྒྱལ་མེད་ལ། འདི་ལ་གནས་མཇལ་བྱེད་མཁན་རྣམས་སྦྲང་ནག་ཤ་ལ་འཁོར་བ་ལྟར་རེད། ལྷག་བསམ་རྣམ་དག་གི་བརྩེ་དུང་དེ་ཡིད་ཆེས་ཐེ་ཚོམ་མེད་ཟེར་བ་ལས་ཆོས་ལུགས་ལ་རང་མཐོང་མཁྲིགས་བཟུང་ཟེར་བར་དགའ།

ངས་གནས་མཇལ་ཐེངས་གཉིས་བྱེད་པའི་བར་གསེང་དུ། ཁྲིན་རབས་རྣམས་དང་ཁ་བརྡ་བྱེད་པའི་གོ་སྐབས་བྱུང་སྟེ། ཁྲིན་ལགས། ང་ལ་གཡང་ཏེ་དཀར་པོའི་གནས་རྫོ་དེར་བལྟ་རུ་ཚུག་ཟེར་བ་ན།

སྨྲ་གུ་ཁྱོད་ཀྱིས་འདི་ནི་ཤེས་བཞིན་དུ་འདྲི་བ་ཡིན། སོ་བརྒྱའི་ཁྲིན་རབས་ཀྱིས་བག་ཕེབས་ངང་བཤད། གནས་རྫོ་དེ་སོ་ཉི་ཤུའི་ནང་དུ་གནས་སྐོ་ཕྱེ་ནས་ཐེངས་རེ་མཇལ་དུ་བཅུག དེའི་སྐབས་སུ་དེའི་སྐུ་གཟུགས་མཇལ་ཐུབ་ཟེར། ངས་ཁོང་ཁྲོ་ལངས་ནས་འོན་ཀྱང་གནས་རྫོ་དེ་སོ་བཞི་བཅུའི་རིང་ལ་ཕྱི་མི་མཐོང་པའི་རྒྱུ་མཚན་ཅི་ཡིན་ཞེས་བཤད་པ་ཡིན།

ཁྲིན་རབས་པ་སྔར་བཞིན་དུ་ང་ལ་བདེན་པ་རེད། སྨྲ་གུ་སོ་ཉི་ཤུ་སྔོན་གྱི་ཚོད་དོན་གསར་བ་ལྟར་ན། གནས་རྫོ་དེ་དུས་གཏན་དུ་གནས་སྒོ་ཕྱེ་རྒྱུ་ཡོད་མ་རེད།

ང་ཁོང་ཁྲོ་དཔག་མེད་ལངས་ནས། འདི་རྒྱུ་མཚན་ཅི་ཡིན་ནམ། དེ་ནས་དོན་དག་གཅིག་གསལ་བཤད་བྱེད་ཐུབ་སྟེ། གནས་རྫོ་དེ་མེད་སྲིད། འདི་ན་ཡོད་པ་མ་རེད་ཅེས་བཤད་པ་ཡིན།

ཁྲིམས་མེད་ལུགས་མེད། སྙིང་ཆེན་པོ།
ཁྲུངས་མེད་གཏམ་འཆལ། ཚུལ་མིན་ལུགས་འཆལ།
ཕྲུ་གུ་འདི་དུག་ཐོག་པ་རེད། ལོ་བཞི་བཅུ་དང་དྲུག་ཅུ།
བརྒྱད་ཅུའི་རྒན་རབས་རྣམས་ཀྱིས་ངའི་སྙིང་གཏམ་ལ་གཉེ་གཉེ
བཏང་། ལོ་བརྒྱ་ཡི་རྒན་རབས་ཀྱིས་སྔར་བཞིན་ཞི་དུལ་ངང
རིང་གིས་ཕྲུ་གུ་ཁྱོད་ཀྱིས་འཁྱོག་བཤད་མི་འདྲ་བ་ཞིག་གི་མགོ
སྐོར་སླུ་ཁྲིད་བྱས་ཡོད། ཁྱོད་ཀྱིས་ད་རུང་གནས་མཇལ་ཐེངས
ཤིག་བྱེད་དགོས། གལ་ཏེ་ཁྱོད་ཀྱིས་གནས་མཇལ་ལེགས་འགྲུབ
འབྱུང་ན། ང་ཚོས་ད་རུང་འགྲེལ་བཤད་གསལ་པོ་བྱེད་དགོས
ཟེར།
རྒན་རབས་ཀྱི་གསུང་དེ་བས་འཇམ་པོར་གྱུར། ང་རང
དབང་མེད་པར་ཕུས་མོ་བཙུགས་ཏེ། ག་ལེར་བྱས་ནས་མིག
བཙུམས་པ་ཡིན། ང་ཇི་ལྟར་ལྷ་ཁང་ལས་ཕྱི་ཐོན་པ་མི་ཤེས།
ང་ངོ་ཚ་ནས་ཁ་གྲག་མི་ཐོད་པ་དང་གདོང་སྟོན་མི་ཐོད་པར
གྱུར།
གནས་ཇོ་དང་པོ་འཐོན་པའི་སྐབས་སུ། མི་མང་པོས
སེམས་ཐག་གཅང་བཅད་ཀྱིས་ཡིད་མི་ཆེས་པ་དང་། དོགས

གཞི་ཕྱོགས་ཁག་དང་ཛོ་རྒྱལ་ཕྱོགས་ཁག་མང་པོ་གཅིག་རྗེས་གཉིས་མཐུད་ཀྱིས་བྱུང་བ། སོ་རྩིས་དེ་ནི་རང་གཞན་གཉིས་སླུ་བྱེད་མཁན་རྣམས་ཀྱིས་འཕྲུལ་སྣང་སྤྱོད་དེ་མི་ཀུན་ལ་མགོ་སྐོར་བཏང་ནས་རང་ལ་སྙན་གྲགས་ཡོང་ཐབས་བྱེད་པ། མི་ཀུན་གྱིས་བསམ་ངན་ལོག་བཙུག་བྱེད་མཁན་གྱིས་བེད་སྤྱོད་དང་སླུ་བྲིད་བྱེད་པ་དེ་དོགས་ཟོན་བྱེད་དགོས་ཟེར་བའི་ལྟ་སྣང་། ཕྱོགས་ཁག་སོ་སོའི་ནང་དུ་བྱེད་སྒོ་ནན་འགོག་ཅེས་པ་དེ་ལ་སྐད་གྲགས་ལྡན་ཞིང་། དེའི་ཁོངས་མི་མང་ཆེ་ཤོས་ནི་འབྲིང་རིམ་དང་དམའ་རིམ་གྱི་ཤེས་ཡོན་པ་ཡིན། སོ་རྩིས་གནས་ཇོ་ལ་དད་གུས་བྱེད་པ་ལ་ནན་འགོག་དང་འཐབ་རྩོད་བྱེད་རྒྱུ་ནི་ཆེས་སེམས་ཐག་གཅང་བཅད་དང་མཐར་ཕྱིན་ཡིན།

འོན་ཀྱང་རྩོད་པར་མཁས་པའི་ལས་དོན་ཇོ་མའི་ནུས་པ་ཆེ། གནས་ཇོ་ཡི་རྩོད་པ་བརྗོད་ཐབས་མེད་པའི་ཕུལ་བྱུང་གི་བྱེད་ནུས་ཀྱིས་མིའི་རིགས་ལ་བདེ་སྐྱིད་སྐྲུན་པ། དེ་ནི་མུན་ནག་ནང་གི་ལམ་སྟོན་སྒྲོན་མེ་བཞིན། དེའི་ཕྱིས་རྗེས་མི་ཀུན་གྱིས་མཐོང་བ་དང་གསལ་ཐག་ཆོད་པ། ནན་འགོག་བྱེད་སྒོ་

དེ་སྐྱོན་འཛུགས་བྱས་ནའང་ཁུངས་ལུང་མེད་པ་དང་། རིམ་བཞིན་གོ་རྒྱུ་ཚོར་རྒྱུ་མེད་པ་འགྱུར། ངན་རེངས་ཁ་ཤས་ཡོད་ནའང་བྲིས་ཐོར་དམག་མི་གྱེན་ལོག་བྱེད་པར་དཀའ།

བསལ་ཡུལ་ལས་འདས་པ་ནི། ལོ་བཞི་བཅུའི་སྔོན་ལ། ལྷ་ཁང་ནང་དུ་རྐྱེན་ངན་གོད་ཆག་བྱུང་ནས། སྐབས་དེར་ལོ་བཞི་བཅུ་སོན་པའི་རྒན་རབས་ཀྱིས་རྒྱུ་རྐྱེན་གང་ཡིན་མི་ཤེས། གནས་སྒོ་ཕྱེ་ནས་མཇལ་དུ་བཅུག་རྗེས་སོང་ཁྲིའི་ངང་ནས་ཕྱིན་པ། ད་དུང་སོས་ཞོར་དུ་གནས་རྫོ་དེ་ཕྱེར་བ་ཡིན་ཟེར་ཡོད། སྐབས་དེ་ལ་མི་སེམས་འཚབ་འཚུབ་འབྱུང་ནས་གཏམ་གླིང་འདྲ་མིན་སྣ་ཚོགས་བྱེད།

འོན་ཀྱང་ཟིང་ཆ་མགྱོགས་མྱུར་དུ་ལྷིང་འཇགས་སོང་། རྒྱུ་མཚན་ནི་གནས་རྫོ་གནས་དེར་ཡོད་པ་དང་ཕན་ནུས་འདོན་སྤེལ་བྱེད། སྐུ་མཐུད་ནས་མི་རྣམས་ལ་ལམ་ནོར་གསལ་སྟོན་བྱེད་པ། གཏམ་འཆལ་མང་པོ་མ་རྒོལ་རང་ཐོར་བྱུང་ལ། འཇིག་རྟེན་ཡོངས་སུ་དགའ་སྤྲོ་དཔག་མེད།

འོན་ཀྱང་གོ་རྒྱུ་ཟབ་མོ་ཡོད་པའི་དོན་དག་འཇིག་ཉེན་གྲོལ་བའི་ཉི་མ་ཉི་ཤུའི་རྗེས་ལ་འབྱུང་བ། དད་ལྡན་པ་ཀུན་གྱིས་གནས་

སྒོ་ཕྱེ་ནས་མཇུག་བཙུག་པའི་དུས་ཚོད་རྩིས་ནས་རང་གིས་མཆོད་འབུལ་གསར་པ་འབུལ་གྲབས་བྱེད་དུས། ལྷ་ཁང་གིས་གློ་བུར་དུ་བྱེད་སྒོ་འདི་མེད་པར་བཟོ་བ་ཡིན་ཞེས་སྤྱི་བསྒྲགས་བྱས། དུས་མཚུངས་སུ་མི་རྣམས་ལ་རང་ཁུངས་རང་སྐྱེལ་བྱེད་ཐབས་མེད་པའི་ཁ་སྐྱེངས་པོའི་འགྲེལ་བཤད་བྱས་ཏེ། ཐབས་ཤེས་འདི་འདྲ་མི་སྤྱོད་ཁ་མེད་ཡིན་པའི་རྒྱུ་མཚན་གཙོ་བོ་ནི་མ་འོངས་པ་ལ་བསམ་གཞིག་གཏོང་བ་ཡིན་ཟེར། རྒྱུ་རྐྱེན་ནི་ཆེད་ལས་མཁས་པས་ཚོད་རྩིས་བྱས་པ་ལྟར། ལྷ་རི་ཐེངས་རེ་མཇལ་བའི་གནོད་དེ་ཆུང་ཆུང་ཡིན་ནའང་། ལོ་ལྟར་བྱས་ནས་རྩིས་ན་ཧ་ཅང་ཚབས་ཆེན་ཐེབས་པ། དེ་འདྲ་ཡུན་རིང་བྱས་ན་གནས་རྫོའི་ལོ་ཚད་ནི་ལོ་ཁྲི་གསུམ་མ་གཏོགས་མེད། འདིའི་ནང་དུ་ད་རུང་ཞེན་ཆགས་ནས་སྐྱོ་བའི་གནས་མཇལ་མཁན་གྱིས་གནས་རྫོ་ལ་གནོད་ཆེན་པོ་སྐྱེལ་རྒྱུ་མི་རྩི། མི་ཁ་ཤས་ཀྱིས་ཞི་བ་ལ་མ་འཛེམས་པར་མཆོད་ཁྲིའི་སྟེང་ལ་མཆོངས་ཏེ། གནས་རྫོ་དང་ཐོད་གཏུག་བྱེད་བསམ་པ་རེད།

ངོ་མ་བྱས་ན་གནས་རྫོ་མཇལ་རྒྱུ་མེད་པར་བྱས་པའི་ལོ་ཉེ་ཤུའི་སྔོན་ལ། ད་དུང་རྒན་རབས་འགྲོ་བའི་དོན་རྐྱེན་ལ་

གཟབ་ནན་གྱིས་བསམ་གཞིགས་བྱེད་མཁན་མང་པོ་ཡོད། ནན་འགོག་བྱེད་སྣོ་ཡི་ཚོགས་པས་ཚུ་ཉོག་ནང་ནས་ཉ་བཟུང་སྟེ་ངན་པ་བསྒྱུ་རུབ་བྱས་ནས། ཡུན་རིང་ལ་འཕེལ་རྒྱས་འབྱུང་བ། འོན་ཀྱང་ལྷ་གནས་ཀྱི་ལས་རིགས་དེ་མིའི་སེམས་གཏིང་ལ་འཛུགས་པས། སྨོན་དང་འགྲུབ་ཐབས་བྲལ།

འདིའི་ལོ་བཞི་བཅུའི་སྔོན་ལ། ངའི་ད་ལྟའི་དགེ་རྒན་དང་བསམ་བློ་ཡོད་པའི་མི་མང་པོས་གནས་རྫོའི་ཁོངས་གཏོགས་དང་། གནས་རྫོའི་འགྲོ་ས་ལ་དོགས་པ་ཟ་བཞིན་ཡོད། འོན་ཀྱང་ཁོ་རང་གིས་དཀའ་ངལ་སེལ་ཐུབ་པའི་སྟོབས་ཤུགས་མེད་པ་བསམ་ནས། དེ་ནས་བླ་བའི་གོ་ལའི་སྟེང་དུ་སོང་སྟེ་རང་སྐྱུང་ནས་དབེན་སར་བསྡད་ལ། གོ་སྐབས་ལ་སྒུག་བཞིན་རེད།

དགེ་རྒན་གྱིས་དུས་ནམ་ཡང་འདས་པའི་དོན་དག་རྣམས་རྗེས་དྲན་བྱེད་དུས། གླིང་ཕྲན་དང་རྒྱ་མཚོ་ཡིས་ཁེངས་པའི་ས་གཞི་ལ་བལྟས་ནས། བསམ་བློ་ཡུན་རིང་གཏོང་བ། ཁ་ཁྲུ་སེམ་པོ་བསྡད་ནས་ཉན་མཁན་ང་ནི་ཁོའི་ལོ་བཞི་བཅུའི་རིང་གི་དགེ་ཕྲུག་བཟང་པོ་གཅིག་པུ་ཡིན།

ང་ནི་རང་ས་རང་ཡུལ་དུ་སྐྱེས་པའི་བླ་བའི་བུ་ཡིན། དགེ་

རྒན་གྱིས་ང་བསྐྱུ་ཞར་མ་བྱས་པའི་སྔོན་ལ་དྭ་ཕྲུག་ཅིག་ཡིན།

ད་ལྟ། དགེ་རྒན་གྱིས་ང་རྒྱུས་མེད་པའི་མངའ་ཁོངས་གཞན་དུ། གནས་རྫོ་རྫུན་མས་སྦྲུ་མཐུད་དུ་གནས་ཀྱི་བྱེད་སྒོ་སྤེལ་ཐུབ་པའི་རྒྱུ་མཚན་དངོས་ཞིབ་བཤེར་བྱེད་པར་མངགས། ཁོ་ལ་ཡིད་ཆེས་ཡོད་པ་ནི་ཆུང་དུས་ནས་གནས་རྫོ་དང་བྲལ་བའི་མི་ལ་ཤུགས་རྐྱེན་རྫུན་མས་དད་རྫས་ལ་དད་གུས་བྱེད་པའི་ངར་ཤུགས་མེད་པ་དང་། ངས་ལས་འགན་འདི་འགྲུབ་ཐུབ་པའི་ཡིད་ཆེས་ཡོད།

བསམ་ཡུལ་ལས་འདས་པ་ནི། ང་ལྷ་ཁང་དུ་ཐོན་མ་ཐག་ནས་ཐེངས་གཉིས་ལ་ཕམ་སོང་། ངས་གནས་རྫོ་དེ་ལྷ་སྐམ་གྱི་ནང་དུ་ཡོད་པའི་ཡིད་ཆེས་བྱུང་། ངས་ཅི་འདྲ་བྱས་ནས་དགེ་རྒན་ལ་བཤད་དགོས་པ་རེད།

ཁྱོད་གནས་རྫོ་ཞིབ་བཤེར་བྱེད་ས་ཡོང་བ་ཨེ་ཡིན་ཟེར་བའི་རི་ཁ་རུ་ངའི་ལམ་འགོག་པའི་སྐྱེས་པ་ཞིག་ཡོད། ཁོའི་མིག་ནང་སྣང་མེད་ཡིན། ངས་ཀྱང་སྣང་མེད་བྱས་ནས་མགོ་བཀྱག་པ་ཡིན།

ཁོས་ཀྱང་ཁྱོད་ཀྱི་ནན་འགོག་བྱེད་སྒོ་ནང་དུ་ཞུགས་འདོད་

ཡོད་ན་མི་ཤེས་ཟེར་ཏེ་ཁ་ཡར་འཁོར་ནས་སོང་།

སྤར་ནས་དེ་འདྲ་ཡིན། ངས་སྐད་ཆ་ཚིག་གཅིག་ཀྱང་མ་བཤད་ལ། མགོ་ཞྭ་ཞྭ་བྱས་ཏེ་ཁོའི་རྗེས་ལ་སོང་།

འབྲིན་ཐག་བདེ་ཞིང་མཁྱོགས་པའི་ངང་ནས་སྤྱོས། འོན་ཀྱང་དམིགས་ཡུལ་གྱི་ས་མཚམས་ལ་དུས་གཏན་དུ་ཐོན་རྒྱུ་མེད། ང་འཇམ་སྡོད་བྱས་ཏེ། མིག་བཙུམས་ནས་བསམ་བློ་བཏང་། ངལ་དུབ་བྱུང་ནས་བསམ་བློ་གཏོང་ཐབས་མེད། མི་གཞན་གྱིས་ང་ལ་ཁྲིད་སྟོན་བྱེད་རོགས་བྱས་པའི་རེ་འདོད་ཡོད། འོན་ཀྱང་ངས་དགེ་རྒན་ལ་ཁ་པར་གཏོང་མི་ཐོད། ཁོས་གཟའ་འཁོར་གཉིས་ལ་གཉིད་ནས་སད་མི་ཐུབ་པའི་གོམས་གཤིས་ཡོད། གལ་ཏེ་གལ་ཆེ་བའི་དོན་དག་མེད་ན་ཁོས་ཁ་པར་ལ་ཉན་པ་མ་རེད། དེ་རུང་དེ་བས་གལ་ཆེ་རྒྱུ་ནི་ངས་གྲུབ་འབྲས་སུ་ཙམ་ཡང་ཐོབ་མེད་པས། ཁོ་དྲན་ཡོང་དུས་ནས་ངོ་གནོང་།

འབྲིན་ཐག་ལམ་བར་དུ་འདུག དེ་ནས་ངས་སྣང་མེད་ཀྱིས་སྙིང་པ་ལ་བཏགས་པའི་གློག་རྟུལ་གསོག་ཉར་འཕྲུལ་ཆས་དེ་ཐུག་པ། ངའི་སེམས་སྤྲོ་བར་གྱུར་ནས་འདིའི་སྐབས་སུ་དེའི་ནང་དུ་རྒན་ལགས་ཀྱིས་བསྟན་པའི་ཐབས་མཆོག་ལ་ལྟ་

ཚམ་བྱས་ནས་སྐབས་དང་བསྟུན་པ་ཡིན།

ངས་ཉན་བྱེད་འཁྲུལ་ཆས་ཁ་ཕྱེས་ནས། གསང་བའི་ཨང་གྲངས་མནན་ཏེ། བྱམས་སེམས་ལྡན་པའི་སྐད་གསུང་དེ་ཐོས་བྱུང་སྟེ།

ངར་ཤུགས་མ་ལངས། དང་པོ་ལས་དགོས་རྒྱུ་ནི། རང་གི་ལུས་སེམས་ཀྱིས་ཚོར་སྣང་དང་ཤེས་རྟོགས་གྱིས། དེའི་ནང་དུ་ཟུགས་པ་ལ་སྐྲག་མི་དགོས་པ་དང་། རང་ཉིད་ཐར་ཐབས་མེད་པ་ལ་སེམས་ཁྲལ་བྱེད་དགོས། ཁྱོད་ལ་དེ་དག་འགོག་པའི་ནུས་པ་ཡོད་རེད། ཡིད་རྩལ་དུ་ཕབ་ནས་ནན་ཏན་གྱིས་བསམ་བློ་ཐོངས།

ཁྱོད་ཀྱིས་དོ་སྣང་བྱས་ཨེ་ཡོད། ལོ་བཞི་བཅུའི་སྔོན་ལ། ཐན་རབས་བཞིའི་ནང་དུ་མི་གསུམ་ནི་དངོས་ཁམས་རིག་པའི་མཁས་པ་ཡིན་ལ། མི་གཅིག་ནི་སེམས་ཁམས་རིག་པའི་མཁས་པ་ཡིན་ལ། ད་དུང་ལོ་ཆུང་བའང་དེ་ཡིན། ད་ལྟ་ཐན་རབས་བཞིའི་ནང་དུ་མི་གསུམ་ནི་སེམས་ཁམས་རིག་པའི་མཁས་པ་ཡིན་པ་དང་། མི་གཅིག་ནི་དངོས་ཁམས་རིག་པའི་མཁས་པ་ཡིན་ལ། ད་རུང་ལོ་ཆུང་བའང་དེ་ཡིན།

ང་སློ་བུར་དུ་གཉིད་ལས་སད་པ་བཞིན།

ངས་དེ་དོ་སྣང་བྱས་མེད་པ་ཡིན་ནམ།

ཕྲུ་གུ་ཁྱོད་ངའི་རེ་བ་གཅིག་པུ་ཡིན། ཁྱོད་ཀྱིས་ངའི་རེ་བ་སྟོང་ཟད་དུ་མ་གཏོང་། གན་ལགས་རྗེས་མའི་སྐད་ཆ་དེ་ཡུན་རིང་ངའི་རྣ་བ་ཏུ་ཐྲག་ཅ་བཞིན་འཁོར།

ང་འདྲེན་ཐག་ནས་མར་བབས་ཏེ། ཕྲན་ལམ་ཆུང་ཆུང་ཞིག་བརྒྱུད། ཕྱོགས་བཞི་ར་འཁྱག་མེད་པའི་རྗོ་ཞུན་གྱི་སྐད་སྒྲ་སྒྲོགས་བཞིན་ཡོད། ཡ་རབས་ཀྱི་ཤུལ་རྗེས་མཚོན་བྱེད་ཀྱི་གནའ་ཡི་མཁར་རྫོང་དེར་རྩ་ཡན་གང་འདོད་དུ་སྐྱེས། དོར་བའི་རླངས་འཁོར་ཆེན་པོ་རླུང་གིས་སྐོར་བཞིན་ཡོད།

རྩ་འཛུགས་སྤྱི་ཁྱབ་ཁང་གི་ས་ཚིག་ཁང་བ་མུན་ནག་ཞིག་གི་ནང་དུ་ཡོད། ཁང་པ་ཆུང་ཆུང་གི་ནང་དུ་གྲིབ་ནག་མང་པོ་སྤུངས་ཡོད། ཁ་ཚའི་ངོ་གདོང་ངས་རིམ་བཞིན་རིག་འབྱུང་།

ཁྱོད་ནི་གནས་རྗོ་ལ་གཏོར་བརླག་བྱེད་མཁན་ཡོང་བ་རེད་ཅེས་གོ་བྱུང་། མི་ཞིག་གིས་མུན་ནག་ནང་དུ་ང་ལ་དེ་ལྟར་དྲིས་པ། ཁའི་ངོ་གདོང་དེ་ངས་སྟོན་ཆད་ཆེ་ལྟས་ངན་པའི་ནང་དུ་ཆེས་སྦྱོང་། རྩོམ་ཡིག་གི་ནང་དུ་བྲིས་པའི་ས་ཚིག་རྩ་འཛུགས

ཀྱི་འགོ་ཁྲིད་དེ་འདྲ་ཡིན་པ་རེད། ངས་དེ་དང་འགྲན་རྒྱུ་མེད་པ་ཤེས།

ངས་བདེན་པ་རེད། ངར་གནས་ཇོ་དེ་མེད་པའི་ངོགས་པ་ཡོད། རྐན་རབས་རྣམས་ཀྱིས་རྫུན་བཟོས་རིག་རྫས་ཀྱིས་མི་རྣམས་མགོ་སྐོར་གཏོང་ཟེར།

ངས་ཀྱང་ནན་བཤད་བྱས་ཏེ། བདེན་པ་རེད། གནས་ཇོ་གཏན་ནས་ཡོད་པ་མ་རེད། རྐན་རབས་རྣམས་ཀྱིས་རྫུན་བཟོས་རིག་རྫས་ཀྱིས་མི་རྣམས་ཀྱི་མགོ་སྐོར་བ་རེད་ཟེར།

ངས་ཡང་སྐྱུར་ང་རང་གིས་བསམ་ཚུལ་བཤད་དེ། གནས་ཇོ་མེད་སོང་བ་ཡིན་ཞེས་བཤད།

ཁོས་ཀྱུས་གནས་ཇོ་གཏན་ནས་ཡོད་པ་མ་རེད་ཟེར། མུན་ནག་གི་ནང་དུ་ཁོའི་ཟེིག་ཉམས་སྟོན།

ཁྱེད་ཀྱིས་ཅི་ཟེར་བ་ཡིན།

ཁྱོད་ཀྱིས་གནས་ཇོ་ཡོད་ཟེར་བའི་རྒྱུ་མཚན་ཅི་ཡིན།

དེས་མི་མང་པོའི་བློ་སྒོ་ཕྱེ་བ་དང་དཀའ་གནད་འགྲོལ་རོགས་བྱས་སྒྲུང་།

འོན་ཀྱང་དེས་ད་ལྟ་མི་མང་པོའི་བློ་སྒོ་ཕྱེ་བ་དང་དཀའ་

གནད་འགྲོལ་རོགས་བྱེད་བཞིན་ཡོད། མུ་མཐུད་ནས་བྱེད་བཞིན་ཡོད། མདུང་རྩེ་ཁ་སྒྲོད་ཀྱིས་རྩོད་རེས་བྱས་རྗེས། འགོ་དཔོན་དེའི་སྐད་ཆ་བཤད་སྟངས་འཇམ་པོ་འགྱུར་ནས། དེ་ནི་སེམས་ཁམས་ཀྱིས་བཟོ་གཏོང་བ་རེད། ཁྱོད་ཀྱིས་ལོ་བཞི་བཅུའི་རིང་སེམས་ཁམས་རིག་པའི་མཁས་པ་རྒན་རབས་ཀྱི་གོ་གནས་མཐོན་པོ་བྱེད་རྒྱུ་དེ་དོ་སྣང་བྱས་མེད་ཨང་།

ང་སླར་ཡང་ཧ་ལས་ཚད་མེད་བྱུང་།

དོགས་གཞི་ཡོད་པ་དེ་མ་བསྒྲིས་གཅིག་མཐུན་བྱུང་། དངོས་ཁམས་རིག་པའི་མཁས་པ་ཞིག་གིས་གཙོགས་འདེགས་འོག་ཏུ། སེམས་ཁམས་རིག་པའི་མཁས་པ་གསུམ་གྱིས་གནས་མཇལ་བྱེད་མཁན་རྣམས་སླུ་བྲིད་བྱས་ཏེ་གསལ་པོར་རྙོགས་པ་དང་། ཡམ་ཡོམ་འགྱུར་ལ། རྗོ་དེས་ཕན་ནུས་ཅི་ཡང་གདོན་མི་དགོས།

བསམ་འཆར་མི་འདྲ་ས་ནི་ཁོ་ཚོས་སླུ་བྲིད་འདི་ལོ་བརྒྱའི་སྔོན་ལ་བྱུང་བ་མ་གཏོགས་ལོ་བཞི་བཅུའི་སྔོན་དུ་བྱུང་བ་མ་རེད།

སུས་རྒན་རབས་མེད་པའི་གནས་ཚུལ་འོག་ཏུ་གནས་མཇལ་བྱེད་མྱོང་ཞེས་དྲིས་པ་དང་། ཁོས་ཡང་མུ་མཐུད་ནས་འདྲི་རྒྱུ། སུས་ལོ་བཞི་བཅུའི་སྔོན་གྱི་དཔོག་དཀའ་བའི་གནས་

དེ་དངོས་གནས་ཡོད་པ་བདེན་དཔང་བྱེད་ཐུབ་ཟེར།

ངས་གཏམ་ལན་འཇལ་ཐབས་བྲལ་བ།

ཁོས་གནས་རྫོ་གཏན་ནས་ཡོད་མ་མྱོང་། དང་མ་ནས་ཡོད་པ་མ་རེད་ཟེར། དེའི་རྗེས་སྟོན་ནས་བཀོད་སྒྲིག་ཡག་མོ་བྱས་པ་ལྟར། ཁོས་སྐད་ཆ་བཤད་ཚར་མ་ཐག་ནས་སྒོ་རྡུང་ནས། ཁང་པའི་ནང་དུ་དྲག་ཆས་ཆ་ཚང་སྒྲས་པའི་ཉེན་རྟོག་པ་ནང་ལ་ཡོང་སྟེ། ང་ཚོ་སྒྱུ་པའི་སྒྲིག་ཆས་གཏོར་བརླག་དང་ཁྲིམས་འགལ་གྱིས་འདུས་འཛོམས་བྱེད་པའི་མིག་ཐོག་ནས་ཁྲིད་ཚོ་འཛིན་བཟུང་བྱེད་པ་ཡིན་ཟེར།

མཁར་རྫོང་གི་ཕྱི་ནང་དུ་ཉེན་བརྡ་གཏོང་བྱེད་པི་པི་ཟེར་ཡུན་རིང་དུ་གྲགས་པ།

ཡོག་ལྷ་མཁན་རྣམས་ཀྱིས་ངོ་རྒོལ་མ་བྱས། དེ་དག་མང་ཆེ་ཤོས་ནི་གཉིས་འཛམ་སྤྱོད་བཟང་གི་ཤེས་ལྡན་མི་སྣ་ཡིན། ཁོ་ཚོ་ཚང་མ་ཕྱི་ལ་ཁྲིད་དེ། ཉེན་རྟོག་པ་རྣམས་ཀྱིས་བརྫིད་ཉམས་ལྡན་པའི་མཚོན་ཆ་ཁྱེར་བ་ཙམ་ཡིན།

ངས་ཐོག་མཐའ་བར་གསུམ་དུ་འགྱུལ་ཙམ་ཡང་མ་བྱས་པར་ཟུར་ལྟའི་ཚུལ་དུ་བསྡད།

ཉེན་རྟོག་པ་རྣམས་ཀྱིས་ང་མཐོང་ཡང་མ་མཐོང་བ་ལྟར་བྱས་ནས། བསམ་པའི་ཉེས་ཅན་རྣམས་ཁྲིད་དེ་སོང་། རྗེས་ལ་འགྲོ་བའི་དམག་དཔོན་གྱིས་སྒོ་ཁ་ཐོན་དུས་གློ་བུར་དུ་ཅི་དྲན་ཡོད་བཞིན་དུ་ཚུར་སྒོ་ཁར་ཡོང་ནས། ད་འགྲོ། འདི་ནའི་འདྲེན་ཐག་འདི་ཁོ་ཚོས་གཏོར་བཤིག་རྒྱག་ཚར་བས། ང་ཚོས་ཁྱོད་གྲོང་ཁྱེར་ནང་དུ་སྐྱེལ་རྒྱུ་འགན་ཁུར་ཚོག་ཟེར།

རྒན་རབས་རྣམས་ཀྱིས་གནས་ཚུལ་ལ་ཡིད་ཆེས་མི་བྱེད་མཁན་རྣམས་ཀུ་ཡངས་བྱེད་པ་རེད་ཅེས་དྲི་བ་དང་མི་མཐུན་པའི་དྲིས་ལན་བཏབ་ནས། ཟུར་ཟའི་སྐོར་གྱི་གཏམ་བཏང་།

ཉེན་རྟོག་པ་དེས་ཁོ་ཚོས་ཁྲིམས་འགལ་གྱིས་འདུས་འཛོམས་བྱས་པ་ཉེན་མེད་བྱེད་ཆེད། ནམ་ཡིན་མི་འཛོམས་རྗེས་འདིའི་འདྲེན་ཐག་ལ་གཏོར་བཤིག་ཡང་ཡང་བྱས་པ། ང་ཚོས་ནི་ཉེས་དོན་གྱི་ཐད་ནས་ཁོ་ཚོ་འཛིན་བཟུང་གཏོང་བ་ཡིན་ཟེར།

ཉེན་རྟོག་པ་རྣམས་འགྲོ་སྐབས་མཁར་རྫོང་དེ་བཀག་སྡོམ་བྱས། ངས་ཁོ་ཚོ་དང་མཉམ་དུ་ཕར་ལོག་པའི་སེམས་བཟང་དེ་དང་ལེན་བྱས་མེད་པ་མ་ཟད། ད་དུང་ང་རང་མཚན་ལ་ས་སྟོང་ལ་ཉལ་བའམ་རྐང་ཐང་དུ་གྲོང་ནང་ལོག་ནའང་ཁོ་ཚོ་

དང་ངན་པ་ཁྱུ་འདྲེས་བྱེད་མི་སྲིད་ཟེར་བ། དམག་དཔོན་དེ་ཕྲག་པ་སིག་སིག་བྱས་ཏེ་འགྲིག་མེད་བསམ་ནས། ཁྱོད་ལ་དྲང་གཏམ་བཤད། ཁོ་ཚོས་འདི་ན་ཐེངས་མང་འདུས་འཛོམས་བྱས་པ་རེད། ང་ཚོས་ཁང་བཙུགས་ནས་དེ་རིང་འཛིན་བཟུང་བྱེད་དགོས་དོན་མེད། ང་ཚོས་འདི་འདྲ་བྱེད་རྒྱུ་ནི་ཁྱོད་ཀྱི་ཆེད་དུ་ཡིན་ཟེར།

ངའི་ཆེད་དུ་ཨང་།

ཁོས་ཨ་ཕས་བུ་ལ་བསླབ་བྱ་བྱེད་པ་ལྟར་ཁ་བརྡ་བྱེད་རྒྱུ་ནི། དེ་རེད། ཁོ་ཚོ་དང་མཉམ་དུ་འདྲེས་ན་ཁྱོད་ལ་ཕན་ཐོགས་ཅི་ཡང་མེད་ཟེར།

ཁོས་ཟེར་བ་དེའི་ནང་དོན་ངས་གསལ་པོ་ཤེས་མ་བྱུང་།

འགྲོ་རན་སྐབས་ཁོས་ང་ལ་ཁྱེར་བདེ་ཁ་པར་ཞིག་སྤྲད་དེ། དཀའ་ང་ལ་ཡོད་དུས་ནམ་ཡིན་འབོད་ཚོག་ཟེར།

ལམ་དུ་ཧ་ཅང་འགྲོ་དཀའ། ལག་པ་བརྐྱངས་ནས་མཛུབ་མོ་ལྷའང་མཐོང་མི་ཐུབ་པའི་ཁོར་ཡུག་ཏུ། ང་འཁྱུགས་མེད་པའི་འདམ་བག་རྗེ་ཞུན་གྱི་ཉེན་ཁ་ནང་དུ་ལྷུང་འདོད་མེད། ཚ་ངད་ཆེ་བའི་དུས་ཚིགས་སུ་ནམ་ཕྱེད་རེད་དུས་ཀྱང་ངར་

ལྡན་པ། ཚོན་ཀྱང་འདིས་ང་རང་གི་ངལ་དུབ་སེལ་ཐབས་མེད། ང་སའི་གོ་ལའི་སྟེང་དུ་ཡོང་ནས་ཆུ་ཚོད་ཉི་ཤུ་ལྷག་ཙམ་གྱི་ནང་དུ་ངལ་གསོ་སྐད་ཅིག་ཙམ་ཡང་བྱས་མེད།

སྦྲང་འབུ་ཡིས་རྒྱུགས་ནས་མི་སྒྲོ་རུ་བཙུག་པ། དེ་ནས་ང་ཡང་ཕར་འགྲོ་ཚུར་འགྲོ་བྱས་ནས་དེ་དག་མི་སྒྲིག་ཁ་མེད་ཡིན་ལ། ཚོན་ཀྱང་ངལ་དུབ་བྱུང་ནས་ང་རང་འགུལ་ཙམ་ཡང་བྱེད་འདོད་མེད་ནས་ཉལ་བསམ། ནམ་ཕྱེད་ཀྱི་གྲང་ངར་ཅི་འདྲ་ཡིན་ནའང་སེལ་ཐབས་མེད།

ང་ཧ་ལམ་ཤི་ལ་ཁད་ཡིན། སྔོན་ཆད་ངས་ཐེངས་མང་པོ་དྲན་སྐྱོང་། གལ་ཏེ་ང་རི་སླུང་ཁ་བས་གཡོགས་བའི་གནས་སུ་བཀག་ན། ང་ཁེངས་ནས་ཤི་རུ་འཇུག་པ་ལས། གནས་ཡུལ་ལས་དགྲོལ་ཐབས་བྱེད་པའི་ཚོད་སེམས་མེད།

ཟླ་བ་ཤར་ནས་ནམ་གུང་ཁ་ཁྱུ་སིམ་པོའི་ན་དུས། ང་རང་པད་མེད་ཀྱི་རླུང་འཁོར་ནང་དུ་བསྡད་དེ། ཐམ་མེ་ཐོམ་མེ་ཡིས་རྐུབ་ཀྱི་ཧུས་ཤུགས་ཀྱིས་དེ་སྐོར། ཚད་བརྒལ་གྱིས་འཁོར་རྗེན་གྲགས། དེ་ནི་མུན་ནག་ལ་དཀའ་ལས་དང་ངལ་དུབ་བཤད་པ་འདྲ། ང་རང་མཐའ་ཐུག་ཡིད་ཐང་ཆད་པའི་ནང་དུ་ཉལ་

ཡང་ཚོག་ལ། འགྲུལ་ཡང་ཚོག་པའི་ཐབས་ཤེས་དེ་རྙེད་བྱུང་།

མུན་ནག་ཡལ་ནས་ཉི་གཞོན་ཤར། ང་རང་རླུང་འཁོར་གྱི་ནང་དུ་བསྡད་ནས་ནམ་གསལ་བ་ལྟ་བ་དང་། རིམ་བཞིན་ངའི་མིག་སྔོན་དུ་ས་གཞིའི་མུ་མཐའ་དེ་འཕེལ་ཙམ་འགྲིབ་ཙམ་བྱས་ནས་ཤར་བ་དང་ནུབ་པ། ཤར་བ། ནུབ་པ། ཤར་བ། ནུབ་པ་མཐོང་བྱུང་།

ངས་སྐད་ཆར་སྐྱུག་པའི་ཁང་ཆེན་དུ་སྐྱུག་ནས་སྡོད་སྐབས། དགེ་རྒན་ལ་ཁ་པར་གཏོང་དང་མི་གཏོང་ཐག་གཅོད་བྱེད་ཐབས་མེད། འདིའི་སྐབས་སུ་ངའི་ཐད་ནས་བཤད་ན་སྐྱ་རེངས་ཤར་བའི་དུས་སྐབས་ཡིན་ནའང་། ཁོང་གི་ཐད་ནས་ཡུན་རིང་གི་མུན་ནག་ཡིན་རྒྱུ་རེད། ངས་ཁོས་རྩི་ལམ་བཟང་པོ་དགོས་གསོས་བཟོད་མེད། འོན་ཀྱང་ང་ཁེར་རྐྱང་གི་འཁྱག་ལྷོགས་བཀྲེས་སྐོམ་གྱིས་མནར་བའི་མཚན་གང་བརྒལ་རྗེས། མི་གཞན་དང་ཁ་བརྡ་བྱེད་འདོད་དྲག་པོ་ཡོད། དང་ཐོག་ནས་ང་རང་སྐྱིན་པོ་ཡིན་རྒྱུ་ཚོད་དཔག་བྱས་པ། ཞིལ་ཡོལ་ནང་གི་དགེ་རྒན་གྱིས་གཉིད་གསད་མ་ཁེ་ཡིས་མིག་ནང་ཡ་མཚན་ཤར་དུས་ང་རང་གིས་ཚོད་དཔག་དེ་ར་འཁྲིད་བྱས་ཡོད། འོན་ཀྱང་ཅི་ཡིན་

ནའང་། དེའི་བཞིན་རས་མཐོང་མ་ཐག དྲོད་སྐྱིད་ཀྱི་ཚོར་སྣང་རང་ཤུགས་སུ་སྐྱེས།

ངས་དུ་བཤད་བྱེད་པ་དེར་ཉན་རྗེས། དགེ་རྒན་སྤྲོ་ལངས་ནས་གཞི་གཞི་གཏོང་བ། མི་གླེན་པ་ཁྱོད་ད་རུང་ནན་འགོག་རིང་ལུགས་དང་མཉམ་དུ་འདྲེས། ངས་ཁྱོད་སློབ་སྦྲུག་བྱེད་པ་སྟོང་ཟད་དུ་བཏབ་ཡོད་ཟེར།

འོན་ཀྱང་དགེ་རྒན།

དགེ་རྒན་གྱིས་མུ་མཐུད་ནས་ངར་སྐད་སྒྲོག་བཞིན་དུ་སེམས་ཁུར་གྱི་ངང་། གནས་ཇོ་སྟོན་ཆད་ཡོད་མྱོང་། འོན་ཀྱང་ད་ལྟ་མེད་སོང་བ་རེད། འདིའི་ཡིད་འཇོག་བྱས་ནས། ཁོ་ཚོའི་རྫུན་གཏམ་མཚང་འབྱིན་གྱིས་ཟེར།

ཁོས་བཤད་མ་ཐག་ནས་ཁ་པར་བཙད་སོང་།

ང་ཁེ་རུ་མ་སྦྲུག་ཁང་གི་ཕྱི་ལ་སྡོད་ནས། མིག་གཉིས་ཧ་ལས་ནས་ལྟ་བ། ལག་ཁྱེར་ཁ་པར་ནང་གི་སྐད་སྒྲ་དེ་ཐོས་ཀྱང་མ་ཐོས་མདོག་བྱས་པ། ངས་དགེ་རྒན་གྱིས་དེ་འདྲ་ཁོང་ཁྲོ་མེ་ལྟར་འབར་བའི་རྒྱུ་མཚན་ཅི་ཡིན་མི་ཤེས།

ངས་ཀྱང་རང་གིས་ཅི་འདྲ་ལས་དགོས་པ་མི་ཤེས།

ཉེན་རྟོག་པ་གཉིས་འགྲམ་དུ་ཡོང་ནས་སྐད་འཛམ་པོས་ད་འགྲོ། རྒན་རབས་ཀྱིས་ཁྱོད་ཐུག་འཕྲད་གནང་བསམ་པ་ཟེར།

ང་ནི་ཡ་ལ་འཁེལ་བའི་ སྨྲ་གུ་བཞིན་པོ་ཚོའི་རྗེས་ལ་འདེད་ནས་སོང་བ།

བྱམས་བརྩེ་ལྡན་པའི་རྒན་རབས་བཞི་པོ་ཐུག་དུས། ང་མཆི་མ་མ་སྨྲ་ཏིག་ཐོར་བ་ལྟར་ལྷུག་ལྷུག་ཏུ་ཟགས་པ་བཞིན་དུ་ཤུམ་རྒྱུག

སྨྲ་གུ། ང་ཚོས་ཁྱོད་ལ་བཙན་ཤེད་ཀྱིས་གནས་མཇལ་བཙུག་རྒྱུ་མིན་མོད། འོན་ཀྱང་ང་ཚོས་ཁྱོད་ཀྱི་སེམས་ནང་གི་དགོས་པ་དགྲོལ་འདོད་ཡོད་ཟེར།

ཁྱོད་ཀྱིས་གནས་མཇལ་བའི་བྱེད་སྒོ་ལ་འགྲིག་མེད་པ་མང་པོ་ཡོད་པར་འདོད། འོན་ཀྱང་གནས་རྫོ་ཡིས་དུས་དང་རྣམ་པ་ཀུན་ཏུ་མིའི་རིགས་ལ་བདེ་སྐྱིན་སྨྲིན་བཞིན་ཡོད།

ང་ཚོ་འདི་རུ་འདུག་དོན་ནི་མི་རྣམས་ཀྱིས་གནས་རྫོ་དེ་ཁོ་རྟོགས་གཏིང་ཟབ་བྱེད་པ་དང་། མི་རྣམས་ཀྱིས་གནས་རྫོ་ཡིས་བཀའ་སྟོན་དང་ལེན་བྱེད་རྒྱུ་ཁྱད་སྟོན་བྱེད་པ་ཡིན། སོང་བས་ལོང་བ་ཁྱེད་དེ་གང་བྱུང་དུ་འགྲོ་རྒྱུ་འགོག་དགོས།

ང་ཚོས་གནས་རྫོའི་སྟོན་གྲགས་ལ་ཁ་གཡར་ནས་གནམ་འོག་གི་མི་ཀུན་ལ་བཀག་འགོག་བྱེད་པར་ཆད་པ་ནན་པོ་གཅོད་པ་དང་། ད་དུང་ནུས་པ་གང་ཡོད་ཀྱིས་ང་ཚོ་ཡང་དེང་རབས་དངོས་པོ་ལྷའི་ཆོས་ལུགས་གསར་སྤྲུན་བྱེད་པའི་ལམ་ནོར་དུ་འགོག་རྒྱུ་ནན་འགོག་བྱེད་དགོས། ལོ་དྲུག་ཅུ་ཡིན་པའི་རྐྱེན་རབས་ཀྱིས་ལྷུག་པོར་བཤད་དེ། ང་ཚོས་མི་གཞན་གྱིས་ང་ཚོ་ལ་རྐྱེན་རབས་འཕོད་རྒྱུ་དེའང་ནན་འགོག་བྱས་པ། ང་ཚོས་སྐབས་འགར་ཁྲུས་ཞུགས་དང་གནས་མཇལ་སོགས་ཆོས་ལུགས་ཀྱི་མཚན་ཉིད་སྤྱོད་ནའང་། ང་ཚོས་དུས་ཀུན་ཏུ་མཇལ་ཁ་ཞུ་ལ་འདྲ་མཉམ་བྱས་པ། དྲང་གཏམ་བཤད་ན། ཁྱོད་ཀྱིས་ང་ཚོ་མཐོན་པོར་གནས་ཡོད་པར་སྣང་།

ངས་དེ་ལྟར་ཧིགས་མོ་བྱས་ནའང་གནས་མཇལ་མཁན་ཚང་མས་པུས་མོ་བཙུགས་ནས། ཁྱོད་ཚོ་ཆེ་མཐོ་ཡིན་པ་མངོན་ཡོད་ཟེར།

ལངས་སྟངས་འདི་འདྲ་བྱེད་དོན་ནི་མཆོག་གནས་དང་ལེན་བྱེད་ཆེད་ཡིན་པ་ལས། གཞན་གྱི་གོ་དོན་མེད། གལ་ཏེ་འདུག་པའམ་ཉལ་ནས་མཆོག་གནས་དང་ལེན་བྱེད་རྒྱུ་ལ་སྟབས་

བདེ་ན། ང་ཚོས་ཀྱང་ཐབས་ཤེས་དེ་འདྲ་སྤྱོད་རྒྱུ་རེད་ཅེས་ཟེར་བ། ལོ་བཞི་བཅུའི་རྒན་རབས་ཀྱི་གཟབ་ནན་གྱིས་ཆེད་ལས་ཅན་གྱི་རང་བཞིན་ཡོད་པའི་ལག་རྩལ་འགྲེལ་བཤད་གསལ་པོ་བྱས།

ལོ་བརྒྱད་ཅུའི་རྒན་རབས་ཀྱིས་ཨུ་ཚུགས་མ་བྱེད། ཨ་ཀྱ། ཁྱོད་རང་གིས་འབད་བརྩོན་བྱས་པའི་དམིགས་ཡུལ་མེད་ནས་རང་ཉིད་མེད་པ་དང་། རང་གཡོ་འོག་ཏུ་ཚུད་སྣང་མ་ཤར། ང་ཚོས་ཁྱོད་ཀྱི་དགེ་རྒན་ལ་རྒྱུས་མེད་ནའང་། འོན་ཀྱང་ང་ཚོས་ཁྱོད་ཀྱི་དགེ་རྒན་འདྲ་ཞིག་ཡིན་སྣང་མི་ཤར་བ། འོན་ཀྱང་ཁོ་དངོས་གནས་སྙིང་རུལ་ཅན་ཞིག་ཡིན། ཁོས་ལོ་བཅུ་ཕྲག་ཁ་ཤས་ཀྱི་ནང་དུ་རིགས་གཞུང་དངོས་ཁམས་ཀྱི་ཤེལ་གྱི་སྒྲིག་གཞི་དེ་སྲུང་འཛིན་བྱས་ཏེ། མཆོག་གནས་གསར་པ་ཡོད་རྒྱུ་སྣང་ཚུང་དང་དང་ལེན་མི་བྱེད་པ་རེད། དེ་ནི་བཙོས་བཅས་སླ་བའི་དུས་སྐབས་ཀྱི་སྙིང་ལུགས་མཁྲེགས་བཟུང་བྱེད་པའི་ལའུ་ཧྲིན་གྱི་དུས་ཚོད་བར་སྣང་གི་འདུ་ཤེས་དང་འདྲ་ཞེས་ཟེར།

མཐའ་མར། ལོ་བརྒྱ་ཡི་རྒན་རབས་ཀྱིས་ཨ་ཀྱ། ང་ཚོའི་ལས་འགན་ནི་བདེན་དོན་གསལ་སྟོན་དང་སྲུང་སྐྱོབ་བྱེད་དགོས་

པ་ལས། བདེན་དོན་དང་འདྲ་བའི་དངོས་པོར་སྣང་སྒྲིང་དང་འགྲེལ་བཤད་བྱེད་པ་མིན་ཟེར།

ངས་ཉན་ཚར་དུས་ཧ་ལས་དགོས་པ་བྱུང་།

དགེ་རྒན། ཁྱོད་ནོར་ཚར་བ་རེད།

ངས་བདེན་པ་མི་འཛུས།

སྟོན་མའི་ཐེངས་གཉིས་དང་འདྲ། གནས་མཇུག་མཇུག་རྫོགས་པ་ང་གཞི་ནས་རང་གི་དད་པ་དང་རྣམ་ཤེས་ཕྱིར་འཚོང་བྱས་པ་ཚོར་བྱུང་།

འགྲན་བསྡུར་ཐེངས་མང་བྱས་པ་བརྒྱུད་ང་རང་གི་ནུས་པ་ཚོད་དཔག་བྱེད་ཐུབ། ཐད་ཀར་ཐུག་འཕྲད་བྱས་ན་ང་ཕམ་རྒྱུ་མ་གཏོགས་མེད། སེམས་ཁམས་མཁས་པ་གསུམ་གྱིས་ཁྲིད་སྟོན་འོག་ཏུ། ང་རང་དང་ཉམས་ཞན་ཡིན་པའི་སེམས་ཁམས་བྱང་ཚད་དེ་བས་ཐབས་ནུས་བྲལ་། ཅི་འདྲ་བྱས་ནའང་ངའི་བསམ་བློར་ཁོ་ཚོས་བཀོད་འདོམས་བྱེད་པ་ལས་འབྲལ་ཐབས་མེད།

ཉིན་གུང་ཚ་ངད་ཆེ་བའི་ཉི་མ་ཤར། ང་ལྷ་ཁང་གི་རིག་ཐབས་མེད་པའི་ཕྱི་ཡུལ་དུ་སོང་། ཤིང་སྡོང་གི་གྲིབ་གཟུགས་

འོག་ཏུ་ཉལ་། ངལ་དུབ་ཆེན་པོ་བྱུང་ཡོད།

ཡུན་རིང་པོ་ལ་སྒྲོ་སྣང་ཆེན་པོ་སྐྱེ་བས། ངལ་དུབ་ཆེས་ཆེ་བའི་ཀླད་པ་དེ་མ་ཐག་ནས་གཉིད་ཐབས་མེད། གཉིད་སད་ཚད་བྱེད་པའི་གནས་ཚུལ་འོག་ཏུ་ངའི་ཀླད་པའི་ནང་དུ་ཡང་ནས་ཡང་དུ་སྐད་ཆ་ཚིག་གཅིག་བསྐྱར་ཟློས་བྱས་ཏེ། ཐབས་ངན་གང་སྡུག་སྤྱོད་པ་ལས་ཐབས་ཤེས་མེད།

མུན་ནག་གི་ནང་ནས་ཉི་འོད་ཤར། ཕ་ཡུལ་གྱི་ཉི་འོད་ཕོག་ཤར་བྱས་ནས་ངའི་སྟེང་ལ་ཕོག་པ། རི་ལམ་དུ་ཁེར་རྐྱང་དུ་སྐྱོད་པ། གལ་ཏེ་གང་ས་གང་དུ་གནས་པའི་ལྗིད་ཤུགས་དེ་ལ་ངོ་སྣང་མ་བྱས་ན། ཕ་ཡུལ་གྱི་སྐར་རྫོའི་ཁྲིད་དུ་སྐྱོད་པ་དང་ཁྱད་པར་མེད།

རི་ཚོགས་ཀེ་རེར་ལངས། ལྷ་ཁང་གཟི་འོད་འབར།

ངས་སྔོན་ཐོན་གྱི་ཐབས་ཤེས་སྣ་ཚོགས་སྤྱད་དེ་ལྷ་ཁང་ནང་དུ་འཛབ་ནས་སོང་། ཉེན་བརྡ་གཏོང་བའི་མ་ལག་མང་པོ་ངའི་ཐད་ནས་བཤད་ན་ཕན་ནུས་ཅི་ཡང་མེད་ལ་། མགོ་འཁོར་པར་བྱེད་པའི་གནས་ཀྱང་རྙོག་དྲ་མིན་ལ། ད་དུང་ང་རང་གིས་ལྷ་ཁང་གི་སྒྲིག་གཞི་སྤར་ནས་ལག་མཐིལ་གྱི་རི་མོ་ལྟར་གསལ་

ལེར་མངོན་པ། རྒྱ་མ་ཕྲ་འདེད་ཧ་ཅང་ལས་སླ་བོ་ཡིན།

མདུན་ཕྱོགས་སུ། གནས་སྒམ་ལ་འོད་མཆེད། རླུང་འཁྱུག་ཆར་འབེབས་དང་འཛིག་རྟེན་ཁ་ལོ་སྒྱུར་བའི་སྒམ་སྟོང་པ་འདི་མཐོང་དུས། ང་ལ་དེ་ཁ་ཕྱེ་བའི་སྤོབས་པ་མེད་པ་འགྱུར་པས། ངས་མུ་མཐུད་ནས་རང་གིས་རང་ལ་སྐུལ་མ་གཏོང་བ་ཡིན།

སྒམ་ཁ་ཕྱེ་བའི་སྐབས་འཕྲལ་དུ། ང་རང་དབུགས་འགག་ནས་ཡིད་ཐང་ཆད་དེ་སྨྱོ་བ་ལྷ་བུར་གྱུར།

ལྷ་སྒམ་གྱི་ནང་དུ་གནས་རྫོ་དཀར་པོ་དེ་བཞག་ཡོད།

ངས་རྒན་རབས་བཞི་པོས་ང་བྱམས་སེམས་དང་གཤེ་གཤེ་གཏོང་བའི་སྣང་ཚུལ་གྱིས་ང་ལ་ལྷ་རྒྱ་ཆེར་འབྱུང་།

ངས་འབད་བརྩོན་བྱས་པའི་དམིགས་ཡུལ་དེ་རྫུན་རེད་ཨང་། དགེ་རྒན་གྱིས་ལོ་བཅུ་ཕྲག་ཁ་ཤས་རིང་བརྩོན་ལེན་བྱེད་པ་དེ་ནོར་ཆར་ཨང་།

གློ་བུར་དུ་གློག་འཁྱུག་པ་དེ་ངའི་ཀླད་པ་ལ་བརྒྱུད་ནས། ངའི་བསམ་པ་འཁྲུག་པོ་བྱུང་ནས། ང་རང་བག་ཕེབས་སུ་སོང་བ། ངས་ངེས་པར་དུ་གནས་རྫོ་འདི་ཕྱིར་ནས་སྐྱ་མདའ་གཏོང་བའི་བར་དུ་རྒྱུན་འཚོངས་བྱེད་དགོས། འཛིག་རྟེན་

ཀྱི་བྱ་བ་རྙོག་དྲ་ཡིན་རྒྱུ་དེ་ངས་བྱ་བའི་དངོས་གནས་དེ་ཐད་བཤད་ཐད་འབྲི་མི་བྱེད་རྒྱུ་ཤེས།

དགེ་རྒན་གྱིས་ང་ལ་གནས་རྫོ་ངོ་མ་དེ་ཉི་འོད་འོག་ཏུ་གྲིབ་གཟུགས་མེད་ཅེས་བཤད་སྐྱོང་། སྔོན་ཆད་འགྲེམ་སྟོན་ཐེངས་མང་པོ་བྱས་སྐྱོང་བས་ཁྱད་ཆོས་འདི་ཚང་མས་ཤེས་རྒྱུ་རེད། འོན་ཀྱང་རྫུན་མ་ལ་ཁྱད་ཆོས་དེ་མེད། དགེ་རྒན་གྱིས་བཤད་སྟངས་ལྟར། ཕོ་ཆོས་དངོས་ཁམས་ཀྱི་ཆུ་ཚད་དེ་ལ་བརྟེན་ནས་རྫུན་མ་ལས་ཐུབ་རྒྱུ་མ་རེད་ཟེར།

ད་ལྟ། སྣམ་ནང་དུ་ཡོད་པའི་གནས་རྫོ་དེ་ངོ་མ་གྲིབ་གཟུགས་མེད་པ། འོན་ཀྱང་། ལྷ་ཁང་ནང་དུ་འོད་སྟོང་འབར་བ། དེ་ནི་གཤགས་བཅོས་ཁང་ནང་གི་གྲིབ་མེད་སྒྲོན་མེ་དང་འདྲ་བ།

ངས་ལག་པས་གནས་རྫོ་དཀར་པོར་འཇུས།

དུས་མཚུངས་སུ། ལག་པ་བཞི་ཡིས་ངའི་ལག་པར་འཇུས།

རྒན་རབས་བཞི་པོ་ངོ་མ་ལྷ་ཁང་ནང་དུ་ཡོད། ཕོ་ཚོར་དངངས་སྐྲག་ཚད་མེད་བྱུང་།

ངས་རྫོ་དེ་ཁྱེར་ནས་མགྱོགས་མྱུར་དུ་བྲོས། རི་བོང་བྲོས་

ན་བཞིན་དུ་མགྱོགས་པ།

ཁོ་ཚོ་ནོར་ཚར་བ་རེད། ཁོ་ཚོ་སྒྲོམ་ལངས་པར་ང་ལ་རྫོ་དེ་ཁྱུར་དུ་བཙུག་ནས། ཞི་དུལ་ངང་རིང་གིས་ང་ལ་ཁྱོད་ཀྱིས་ནམ་གསལ་སྐབས་སྒྲུག་དང་། ཅི་འདྲ་ཡིན་ཚང་མ་ཤེས་རྒྱུ་རེད་ཟེར། རྗེས་མར་ང་སེམས་འགྲུལ་ཐེབས་ནས་སློད་གཡེང་བྱེད་སྐབས། ང་གསད་ཁ་བཀག་བྱེད་ཚོག འོན་ཀྱང་འདི་འདྲ་བྱས་མེད། སུས་ཀྱང་འདི་འདྲ་བྱས་ནས་ལྷ་ལ་ཕོག་ཐུག་བྱེད་ཕོད་མ་རེད། རྒྱུ་མཚན་ནི་ཀན་རབས་རྣམས་ཉམས་སྨྱོང་མེད་པ་དང་ནུས་ཤུགས་ཀྱིས་མི་འདང་བ།

ངས་བརྐུས་ནོར་དེ་ཁྱེར་ནས་མགྱོགས་མྱུར་དུ་བྲོས་པ། ཀན་རབས་རྣམས་ཀྱིས་ངའི་རྗེས་འདེད་བཞིན་དུ།

ངའང་ནོར་ཚར་བ་རེད། ངའི་བསམ་བློ་ནི་ཉི་འོད་ལ་བརྟེན་པ། དོན་དངོས་ཀྱི་ཐོག གལ་ཏེ་གནས་རྫོའི་དོན་དངོས་ར་སྤྲོད་བྱེད་བསམ་ན། དངོས་གནས་རེ་སྒྲུག་བྱེད་དགོས། རྒྱུ་རྐྱེན་ཉི་འོད་འོག་ཏུ་གྲིབ་གཟུགས་མེད་ན་གཞི་ནས་ར་འཕྲོད་བྱེད་ཐུབ་པ་རེད། འོན་ཀྱང་། གལ་ཏེ་དེ་དངོས་གནས་མིན་པ་ར་སྤྲོད་བྱེད་དགོས་ན། འོད་ཆུང་ཆུང་ཞིག་གིས་དེའི་རྒྱབ་

ཀྱི་གྲིབ་ནག་བྱེད་ཐུབ། དཔེར་ན་མེ་ཚའི་མེ་ལྕེ་ལྟ་བུ་ཡིན།

ང་སློ་བུར་དུ་རྒྱུགས་ནས། ཁྲིལ་དཀོད་བྱེད་བཞིན་མེ་ཚར་བླངས།

མེ་ལྕེ་ཆུང་ཆུང་ཞིག་འབར་ནས། གྲིབ་གཟུགས་ནག་པོ་སློ་བུར་དུ་ཀུན་རབས་བཞི་པོའི་སྟེང་ལ་མཆེད་པ། ཁོ་ཚོས་གབ་ཡིབ་བྱས།

ངས་ཤུགས་དྲག་པོས་བཀོད་པ་ཡིན།

ཨ་ཀྱ། ཁྱོད་ཀྱིས་འདི་འདྲ་བྱེད་དགོས་མེད། གནས་རྫོ་དེ་རྫུན་མ་ཡིན། འོན་ཀྱང་མི་རྣམས་ཀྱི་སེམས་ཀྱི་སྣང་བརྙན་ནི་བླན་མེད་པ་ཡིན་ཞིང་། ཁྱོད་ཀྱིས་དེ་མེད་པར་བཟོ་དགོས་དོན་ཅི་ཡིན།

ཨ་ཀྱ། མི་གཞན་ལ་དད་པ་མེད་པར་བྱེད་པ་ནི་ཐབས་ཇུག་གི་བྱ་སྤྱོད་ཡིན། ཁྱོད་ཀྱིས་འདི་འདྲ་བྱས་ནས་མི་མང་པོའི་སེམས་ཁམས་དོ་མི་སྙོམས་པ་བྱེད།

ཨ་ཀྱ་ངོ་མ་དང་རྫུན་མ་ལས་མི་རྣམས་ཡིད་དབང་འཕྲོག་པ་མིན། མེ་ཏོག་རྫུན་མ་དང་མེ་ཏོག་ངོ་མ་གཉིས་གང་ཡུན་རིང་གནས་པ་དང་། གང་སྐད་ཅིག་ཉིད་དུ་ཡལ་འགྲོ་བ་རེད།

ཕྲུ་གུ། མིའི་རིགས་ལ་དགའ་རྒྱུ་དེ་ཕན་ནུས་ཡིན་པ་ལས། སྣང་ཚུལ་མིན།

གལ་ཏེ་ཉི་མ་གཅིག་གི་སྔོན་ལ་ངས་སྐད་ཆ་འདི་དག་གོ་ན་ངས་ནན་ཏན་གྱིས་བསམ་གཞིག་གཏོང་རྒྱུ་རེད། འོན་ཀྱང་ད་ལྟ།

ཁྱེད་ཀྱིས་ང་ཚོའི་ལས་འགན་ནི་བདེན་དོན་གསལ་སྟོན་དང་སྲུང་སྐྱོབ་བྱེད་པ་ལས། དོན་དངོས་དང་འདྲ་བའི་དངོས་པོ་སྲུང་སྐྱོང་དང་འགྲེལ་བཤད་མི་བྱེད་པ་ཞེས་གསུངས་མྱོང་ཡོད་མ་རེད་དམ། ངས་ལོ་བརྒྱའི་རྒྱུན་རབས་ལ་བལྟས་ན། ཁྲེལ་དགོད་བྱེད་ཞོར་དུ་ལན་བཏབ།

ལོ་བརྒྱའི་རྒྱུན་རབས་ཀྱིས་བཟོད་བསྲན་མི་ཐུབ་པར། ཁྱོད་ཀྱིས་ལྐུགས་པའི་ཨུ་ཚུགས་འདི་འདྲ་བྱེད་དུས། ང་ཚོས་ཁྱོད་ལ་ཐུགས་འཛེམ་མེད་པ་མ་ཟེར།

སྐད་ཆ་བཤད་མ་ཐག དྲག་འོད་བཞི་བོ་ངའི་སྟེང་དུ་མཆེད་བྱུང་། ང་ཁྲུ་རེ་ཁྲོ་རེ་བྱས་ནས་ས་ལ་འགྱེལ་ལོག་འབྱུང་བ། རྒྱུན་རབས་བཞི་པོ་རུབ་ནས་ཡོང་བ། ངར་ཁྲིམས་ཆད་བཅད་དེ་དུས་མཚུངས་སུ་གནས་ཇོ་དེ་ཕར་འཁྱོག་པར་བསམ།

ཨོན་ཀྱང་ངས་སྔ་མཐུད་ནས་གནས་རྫོ་དེ་བླ་ན་མེད་པ་བྱེད་བཙུག་རྒྱུ་མིན།

ངས་ང་རང་དུས་ཚོད་མང་པོ་མེད་པ་ཤེས་ཀྱང་། དེ་ཙི་མི་སྐྱོན། ངས་ཁྱུར་བའི་པར་ལེན་འཕྲུལ་ཆས་ཀྱིས་པོ་རི་མ་ཚང་མ་ཕབ་ནས་འཁོར་སྐོར་བརྒྱུད་དེ་བསྐྱལ་བ། འཛམ་གླིང་ཡོངས་ཀྱི་འདི་དག་ཚང་མ་མགྱོགས་མྱུར་དུ་ཤེས་བ་རེད། ང་ཤི་རྒྱུ་དེ་སྟོང་ཟད་ཐུབ་མེད། དེ་ལས་འབྱུང་བའི་འཛམ་གླིང་ཡོངས་ཀྱི་དད་པ་ཉེན་ཁ་དེས་འཇིགས་རྐྱེན་འདི་ལ་རེ་བ་གསར་པ་སྟོན་རྒྱུ་རེད།

ང་སྡུག་བསྲན་ཅི་ཐུབ་བྱས་ནས། ནུས་ཤུགས་གང་ཡོད་ཀྱིས་ཡར་ལངས་ཏེ། བྲག་རིའི་ཕྱོགས་སུ་སྐྱོད།

གནས་རྫོ་དང་ང་མཉམ་དུ་ཤ་ཐོར་རུས་ཐོར་བྱེད་བཙུག གནས་རྫོ་དང་ང་མཉམ་དུ་འཇིག་རྐྱེན་འདི་ལས་ཡལ་དུ་བཙུག སྐབས་འགར། ཚེ་སྲོག་གིས་དོན་དངོས་བླ་ན་མེད་པའི་དངོས་པོ་ལེན་ཐབས་བྱེད་དགོས།

ངས་ངལ་དུབ་ཀྱི་ངང་ནས་གྲོང་ཁྱེར་གྱི་ཁྲིམ་ལམ་དུ་ཐོན། བྲག་རིའི་ཟུར་གྱི་ཐང་ཤིང་ཡལ་ག་ཡིས་ང་མར་ལྷུང་རྒྱུ་བཀག་

བྱུང་། དམྱལ་ཁམས་ལ་བསླེབ་རན་པའི་ལམ་ཕྱེད་ནས་ཚུར་ལོག་མཁན་གྱིས་ངག་རྒྱུན་འདི་ཡིད་ཆེས་པ་རེད།

ང་ནི་ཐམ་མེ་ཐོམ་མེ་གྱུར་ནས། མཐར་ད་རུང་ངག་རྒྱུན་འདི་དོན་དངོས་ཡིན་པ་ཡིད་ཆེས་བྱེད་དཀའ།

པར་ལེན་བྱེད་ཀྱི་སྒྲིག་ཆས་ཆག་ཧྲུག་ཏུ་གྱུར་ཚར། འོན་ཀྱང་ངའི་ལག་ནང་གི་གནས་རྗོ་ད་དུང་ཡོད།

ངས་མི་ཡོངས་རྫོགས་ལ་དོན་དངོས་སྤྱི་བསྒྲགས་བྱེད་ཨེ་དགོས་མི་ཤེས། འོན་ཀྱང་གནས་རྗོ་རྐུ་ལ་ཤོར་བ་ནི་མི་ཚང་མས་ཤེས་སོང་བ་ཡིད་ཆེས་ཡོད།

ཡིན་ཡང་མཐའ་འཁོར་འཇམ་ཐིང་ཐིང་ཡིན། དེ་ནི་དེ་འདྲ་ཁྱད་མཚར་ལྡན་པ་དང་ཚུལ་མི་མཐུན་པ་ཞིག་ཡིན།

ཁྲིམ་ལམ་ནང་གི་བརྙན་ཤེལ་ཆེན་པོས་བརྙན་འཕྲིན་ནང་དུ་གསར་འགྱུར་གཏོང་བཞིན་ཡོད། ལྟ་དགོས་པ་མ་རེད་དེ་ནི་གནས་རྗོའི་དོན་རྐྱེན་བཤད་པ་ཡིན།

མཐར་ད་དུང་རོ་དང་གནས་རྗོའི་ཆག་ཧྲུག་རྙེད་མེད། ལེན་ཐུབ་རྒྱུ་ཡོད་པ་མ་རེད།

ནན་འགོག་བྱེད་སྐོ་སོགས་ཀྱི་རྩ་འཛུགས་ཀྱིས་ཞིང་ཆ་སྐྱོང་

གྲབས་བྱས་ནས། གནམ་འོག་ཟིང་འཁྲུག་ལངས་ན་ཅི་མ་རུང་བསམ། དེའི་འགོ་དཔོན་གྱིས་གནས་ཇོ་སྲུང་བའི་རྒྱན་རབས་ཀྱི་ཚབ་བྱས་ནས་འཇིག་རྟེན་གྱི་འགོ་གཙོ་བྱེད་བསམ།

གལ་ཏེ་དཀྲིག་གཏམ་བཟོས་ནས་སྐྱུར་བ་འདེབས་པ་མིན་ན། དེ་དག་ངན་པ་གཅིག་འདྲ་ཡིན་རྟགས་ཡིན།

གནས་ཇོ་བརྐུ་རྒྱུ་དེ་དངངས་སྐྲག་ལངས་པའི་ལས་ཞིག་ཡིན་ནའང་། འོན་ཀྱང་དེ་ནས་བཟུང་འཇིག་རྟེན་ལ་གོ་རིམ་མེད་པ་མིན།

དེ་ནས་གོ་རིམ་གསར་པ་ཅི་འདྲ་ཞིག་འཛུགས་དགོས་སམ།

ངས་གསར་འགྱུར་གྱི་ནང་དོན་ལ་བསམ་བློ་ཞིབ་ཚགས་བཏང་ནས། འབྱུང་ངེས་པའི་མཐའ་འབྲས་ལ་དཔྱད་ཞིབ་བྱས་པ་ཡིན།

ཐོས་རྒྱུ་ནི། དེང་སང་ཟླ་བའི་གོ་ལའི་སྟེང་གི་དབེན་གནས་སུ་འདུག་པའི་སྐབས་བཞི་པ། ལོ་བཞི་བཅུའི་རྒྱན་རབས་ཀྱི་ལག་ནང་དུ་གནས་ཇོ་དངོས་གནས་དེ་ཡོད་ཅིང་། ཡུན་རིང་མི་དགོས་པར་ཕོས་གནས་ཇོ་དེ་ཁྱེར་ནས་ཚུར་ལོག་སྟེ་གནས་མཇལ་བའི་ལས་དོན་གཙོ་སྐྱོང་བྱེད་རྩིས་ཡོད། ཆུ་ཚོད་གཉིས་

ཀྱི་སྟོན་ལ་ཕོས་ཟླ་བའི་གོ་ལའི་སྟེང་དུ་ལྷ་གོས་མནབ་ནས་ལས་ཞུགས་ཀྱི་ཁས་ལེན་དམ་བཅའ་བྱས། སྐབས་བཞི་པའི་རྒྱན་རབས་དེ་དངོས་ཁམས་རིག་པའི་མཁས་པ་ཡིན་པའི་རྐྱེན་གྱིས། དབྱེ་ཞིབ་བྱེད་མཁན་རྣམས་ཀྱིས་སྲུང་སྐྱོབ་བྱེད་པའི་རྒྱན་རབས་ཀྱི་སྒྲིག་གཞི་ལ་འགྱུར་ལྡོག་འབྱུང་རྒྱུ་རེད་ཟེར།

ང་ཁྲིམ་ལམ་དུ་ལངས་ནས། སྐད་འདི་ཐག་རིང་ནས་འབྱུང་བ་དང་འདྲ།

ལྷའི་རོལ་དབྱངས་ཀྱི་ཁྲོད་དུ། ང་སེམས་རྣལ་དུ་ཕབ་ནས། དགའ་མེད་སྐྱོ་མེད་ངང་མཆིས།

ལྷའི་རོལ་དབྱངས་ཀྱི་ཁྲོད་དུ། ང་ཆག་སྒོ་ཆེན་པོ་བྱུང་བ་འདྲ་སྟེ། ཤ་རལ་སྙིང་གས་བྱུང་།

པར་ངོས་བརྗེ་བ། ལྷའི་རོལ་དབྱངས་ཀྱི་ཁྲོད་དུ། ངའི་དགེ་རྒན་ཁ་ཚུར་འཁོར་ནས། སྙིང་སྟོབས་རྒྱས་པ། ལྷ་གོས་གཡོ་བཞིན་འོག་ཏུ་མི་རྣམས་འཚང་ཁ་ཤིག་ཤིག་གིས་དགའ་འཐོད་བྱེད།

རྒྱ་སྐད་ཀྱི་གོ་རིམ་དུས་གཏན་དུ་ཡུན་རིང་བདེ་འགོད་དང་། འཛམ་གླིང་ཐོག་གི་མི་རྣམས་བདེ་སྡོད་ལས་བཙོན།

དུས་ཀུན་བདེ་སྐྱིད་འབྱུང་བ། འགྲེལ་བཤད་པས་སེམས་འགྲུལ་ཐེབས་པའི་ངང་དུ་སྐད་འགག་བཞིན་བཤད་པ།

གལ་ཏེ་ཁོ་ནི་དད་པ་ག་གེ་མོ་སྒྲུང་སྐྱོས་བྱེད་ཆེད་ང་སླུ་ཁྲིད་བྱས་ནས། ང་གཡོ་ཐབས་འདིའི་ནང་གི་གླུད་ཆས་རེད་ན། ང་ཁོང་ཁྲོ་དཔག་མེད་ལངས་བ་ཡིན། འོན་ཀྱང་ཁོས་རང་གིས་དབང་ཆ་ཚུར་ལེན་ཐབས་བྱས་པ་ཡིན་ན། ང་ཁོ་ཚོས་ཁེ་དབང་འཕྲོག་རེས་བྱེད་པའི་ལག་ཆས་ཡིན་ཏེ། ང་རང་དགོད་བྲོ་བ་ཡིན།

ད་ལྟ་ངའི་སེམས་ནང་གི་སྐྱོ་བ་མེད་པར་བྱེད་པ་དང་། ངའི་མཐའ་མེད་ཀྱི་སེམས་སྡུག་ལ་སེམས་གསོ་བྱེད་པའི་ཐབས་ཤེས་གཅིག་མ་གཏོགས་མེད། དེ་ནི་གནས་མཇལ་ཡིན།

ཡན་ཧྲིའི་དག་རྒྱུན།

偃师传说

ཕན་ཧའེ་ཐན་གྱིས་བརྩམས།

潘海天　著

ཕན་ཏའེ་ཐན་ནི་ཚན་རིག་འཆར་སྣང་གི་བརྩམས་སྒྲུང་འབྲི་འདོད་ཡོད་པའི་མི་མང་པོ་ངོ་གནོང་པ་དང་། ཡང་ཞེ་སྡང་སློང་བའི་རྩོམ་པ་པོ་ཞིག་ཡིན། 《འདྲ་བསྐྱེད་ཀྱི་གྲོང་ཁྱེར》དང་《ཚེ་སྲོག་གི་འབྱུང་ཁུངས》《ཡན་ཧྲིའི་ངག་རྒྱུན》《གཏན་གནས་ཀྱི་གླིང་ཕྲན》《སྲུན་ནག་ནས་ཡོང་བ》《ཏ་ཙའོ་མགྱོགས་པོར་རྒྱུགས》སོགས་ཕོས་འགྲེམ་སྤེལ་བྱས་པའི་རྩོམ་ཡིག་ནི་ཏ་ཙང་ཉུང་ཞིང་མཛུབ་རྩེས་རྒྱུག་ཐུབ་པ་ཞིག་ཡིན། འོན་ཀྱང་དེ་དག་གི་ནང་ནས་གཅིག་གདམས་ན་འང་པའུ་ཨེ་ཚའོ་ཡ་ཚུང་ཚུང་མང་པོ་སྲོ་བསླང་ནས་འཆེར་འཛུག་པ་ལ། ཕོ་རང་སེམས་ཀྱི་གཏིང་ནས་ཡོད་པའི་འཆར་ཡན་དང་ལྷུག་པོར་སྤྲོ་བ་སུས་ཀྱང་སྒྲུང་མི་ཐུབ་པའི་རྣམ་ཤེས་ཡིན།

ཕན་ཏའེ་ཐན་གྱི་ཚིག་ཉམས་དེ་མཚར་ཉམས་ལྡན་པ་ཞིག་ཡིན་ནའང་། ཕྱོགས་ཡོངས་ལ་ཁེབས་ཐབས་མེད། འོན་ཀྱང《ཡན་ཧྲིའི་ངག་རྒྱུན》ལ་ཁྱད་ཆོས་འདི་ལྡན། མཚར་ཉམས་ལྡན་པ་ནི་རྒྱན་ཚིག་མང་པོ་སྤྱོད་པ་དེ་མིན། ཅི་སྟུག་ན་ཕན་ཏའེ་ཐན་གྱིས་བྲིས་པའི་རྩོམ་ཡིག་ནི་དེ་འདྲ་བ་ཞིག་གཏན་ནས་མིན། རྟོག་བཟོའི་བར་སྣང་འཚོ་བ་དང་འགྲོ་སྐྱོད་

བྱེད་པ་ཡིན་ཟེར་བའི་བརྗོད་བྱེད་པའི་ཕན་ཊའི་ཐན་གྱིས། གནམ་དཔྱད་གྲངས་ཀ་སྡེབ་སྒྲིག་བྱེད་པའི་ནང་དུ། ཐོལ་བྱུང་དུ་བྲིས་ཏེ་རང་གི་གནས་སུ་བྱ་བཞག་ནས། འབྲི་སྦྱུག་འགྲུལ་ཚམ་བྱས་རྗེས། འཆར་ཅན་མཚར་མེད་ཀྱི་ཡིག་འབྲུ་རྣམས། གཅིག་རྗེས་གཉིས་མཐུད་ཀྱིས་འཛིག་རྟེན་གྱི་བཀག་རྒྱ་ལས་ཐར་ཏེ། འཆར་སྣང་འཆར་ཡན་དང་བསྡོངས་ནས་སྣན་འཛེབས་ཀྱི་གནའ་རབས་ལྷ་སྒྲུང་གསར་པ་ཞིག་འབྲུངས་ །

ཉེ་འོད་བཀྲ་བའི་ཉིན་གུང་ཞིག་ལ། ཀྲུའུ་ནུབ་མའི་སྲུའུ་རྒྱལ་པོ་ཅའི་མན་གྱི་བཙུན་མོ་ཧྲུན་ཅའི་མཛེས་པའི་འབུལ་རྟེན་མང་པོ་འཁྱེར། འབུལ་རྟེན་འདི་དག་གི་ནང་དུ། འོད་ཆེལ་བཀྲ་ཞིང་སྤུས་དག་གི་ཕྲུར་མ་དེ་ནི། བྱ་སྤྲུག་ནག་པོ་ཞིག་འཛམ་ཞིང་ལེགས་བའི་གདན་དུ་འདར་སིག་སིག་བྱེད་པ་དང་འཚུབངས། ཡར་བཀྲུང་བའི་མཆུ་དེ་ཡ་མཚན་ཆེ་བ་དང་ཨུ་ཚུགས་ཀྱིས་སྒྲོ་སྒྲོགས་སུ་ཁ་གཏད་པ། གཞན་ཡང་གསེར་གྱིས་རྒྱས་པའི་སྣམ་ནང་དུ་ཕྱེ་མ་ནག་པོ་གང་ཡོད། ཕྱེ་མའི་ནང་དུ་ཡ་མཚན་ཆེ་བའི་གསང་བ་སྦས་སྐྱུང་བྱས་ཡོད། ཟླ་འོད་མེད་པའི་མཚན་མོ་ལ། དེ་དག་མེའི་སྟེང་ལ་འགྲེམ་ན། ངར་འཕོད་བྱེད་པའི་སྟག་སྟོན་པོའི་གདོན་འདྲེ་སྐྲུག་ཐུབ་པ་རེད། མི་རྣམས་མིག་འཚོལ་བ་བྱེད་པའི་མུ་ཏིག་དང་རིན་པོ་ཆེའི་ནང་དུ། དཔོག་དཀའ་བའི་མེ་ལྕེ་འབར་བ། མེ་འོད་ཀྱི་ནང་དུ་དཀར་ཞིང་གཙང་བའི་བྱི་བ་དཀར་པོ་གཉིས་ཡར་འཕགས་མར་འབབ་བྱས་ཏེ། དུས་གཏན་དུ་མི་ཡལ་བའི་མེ་ལྕེ་ནི་དེ་དག་གི་འཛིག་རྟེན་དང་ལོག་མས་ཡིན།

ཀློ་ཡུལ་ལས་འདས་པའི་འབུལ་རྟེན་འདི་དག་གིས་ཧྲུན་

ཅའི་ཡི་སྒྲོ་བའི་བཞིན་རས་མཛོན་མེད་པ་མ་ཟད། མོས་ད་དུང་སྨིན་མ་བསྡུས་ནས། སྨྲེ་སྔགས་འདོན་བཞིན་ལག་པ་གཡུག་གཡུག་བྱས་ཏེ། མོའི་འགྲམ་གྱི་ཞལ་ཏ་མ་དང་བྲན་གཡོག་རྣམས་ཀྱིས་མགྱོགས་མྱུར་དུ་འབུལ་རྟེན་དེ་རྣམས་འཁྱེར་སོང་།

ཅའི་མན་གྱིས་བྲན་གཡོག་གི་སྐན་སེང་འཁྱོར་མ་ཐག ཕ་ཡབ་དང་ཁ་བརྗ་བྱེད་རྒྱུ་མཚམས་བཞག་ནས་མདུན་གྱི་ཕོ་བྲང་དུ་ཕེབས་པ།

ཁོས་གཅེས་སྐྱོང་ངང་བཙུན་མོའི་ཕྲག་པ་འཇུས་ཏེ། རྫས་ཆས་འདི་དག་ཚང་མ་ནི་ཡུལ་བྱུང་གི་ལག་བཟོ་པ་མཁས་པའི་སེམས་ཤུགས་ཅི་ཡོད་བཏོན་ནས་ལས་པ་ཡིན། དེ་དག་གི་ནང་དུ་ངའི་ལག་ཚོག་གི་དཔའ་བོའི་ཁྲག་འདྲེས་མེད་པ་གཅིག་ཀྱང་མེད། མི་མང་པོ་དམར་གསད་བཏང་ནས། ཁྲག་གང་ས་གང་དུ་མཆོད་དེ། རིན་པོ་ཆེ་དེ་དག་ལྷ་བའི་ཆེད་དུ་ཡིན། ངས་ཕྱོགས་བཞི་མཚམས་བརྒྱུད་སོང་ནས། ཁྱེར་ཡོང་བའི་གནམ་འོག་གི་ཟླ་ན་མེད་པའི་རིན་པོ་ཆེ་འདི་དག་ཁྱོད་ཕྱོད་ལ་དགའ་རྒྱུ་གཅིག་ཀྱང་མེད་དམ་ཟེར།

བཙུན་མོས་གཡོ་སྒྱུའི་ངང་སློ་སྟགས་འདོན་བཞིན། མི་སེར་ཐ་དམན་རྣམས་ཀྱི་ཚེ་སྲོག་སྟོང་ཟད་བྱེད་དགོས་དོན་མེད། ངས་ཚེ་མེད་ཀྱི་དངོས་པོ་འདི་དག་ལས་དགའ་སྤྲོ་འབྱུང་ཐབས་མེད། རྒྱལ་པོ་ཁྱོད་ཤར་འདུལ་ནུབ་འདུལ་དང་། ཉིན་རེར་དོན་ཁྲི་ཐག་གཅོད་བྱེད་དགོས་པས། ང་བཙུན་མོ་ཆུང་ཆུང་གི་སྐྱིད་སྡུག་ལ་སེམས་ཁྲལ་བྱེད་དགོས་པ་མ་རེད།

མཛའ་སེམས་ཀྱི་ངར་བསླངས་པའི་མཚུ་རྒྱལ་པོས། ང་ལ་བཙན་རྒྱལ་ཡོངས་སུ་དབང་བ་དང་། ངའི་མཐའ་འཁོར་གྱི་ས་གཞིའི་རྒྱ་ཁྱོན་ཐེངས་གཅིག་སྐོར་དགོས་ན། ཧ་མགྱོགས་པས་ལོ་གསུམ་རྒྱུགས་དགོས། ངའི་ལག་འོག་ཏུ་དམག་མི་ཁྲི་བརྒྱད་ཅུ་དང་དམག་འཐབ་རྟ་ངས་འཁོར་སུམ་སྟོང་ཡོད་པ། ཁོ་ཚོས་ལྷག་ཚན་དབྱུག་ནས་གཙང་བོ་གཅོད་ཐུབ། ངའི་འབངས་མི་བྱེ་མ་ལྟར་གྲངས་ཀྱིས་མི་ལངས། ཁོ་ཚོས་ཕུ་དུང་གཡུགས་ན་ནམ་མཁའི་སྤྲིན་པ་བྱེད་ཚོག ང་རྟབས་ཆེན་གྱི་ཙའི་མན་གྱིས་ང་རང་དགའ་བའི་མི་ལ་དགའ་སྤྲོའི་ངང་ནས་དགོད་དུ་འཇུག་མི་ཐུབ་ཨང་།

ཁོ་མགྱོགས་མྱུར་དུ་ཕར་སོང་ནས། སྐད་ཆེན་པོའི་བཀའ་

གནང་བ། ངའི་བཀའ་བརྒྱུད་སྒྲོག་གྱིས། ཉི་མ་སུམ་ཅུའི་ནང་དུ་གནམ་འོག་གི་སྐད་གྲགས་ཡོད་པའི་སྒྱུ་རྩལ་འཁྲབ་མཁན་དང་བཞད་གད་སློང་མཁན་བསྡུས་ཤོག སུས་ངའི་བཙུན་མོ་དགོད་དུ་བཅུག་ན། ངས་ཕོ་ལ་ཕུན་སུམ་ཚོགས་པའི་མཁར་རྫོང་བཅུ་དང་། གསེར་ཡའི་ལྷ་བརྒྱ། ཡའུ་པའི་ཕུང་ཁྲི་གཅིག་གནང་བ་ཡིན།

ཕོས་རང་གི་དམག་འཐབ་བྱས་ནས་ལོ་མང་པོ་བཟུང་བའི་རལ་གྲི་དེ་ས་ཐོག་ལ་བཙུགས་ནས། གལ་ཏེ་སྒྱུ་རྩལ་བ་འདི་དག་གིས་ལེགས་འགྲུབ་བྱས་མ་ཐུབ་ན། ཕོ་ཚོར་དབང་བའི་དབང་ཆ་ལེན་རྒྱུ་ཡིན། ཏ་ཀྲའུ་རྒྱལ་རབས་ཀྱང་འཁྲུམ་པོ་ཀུན་གྱི་དགྲ་ཡ་ཡིན་ཟེར་བ། རལ་གྲི་རྣོན་པོ་དེ་ས་ལ་བཙུགས་པས་འཛོང་རྫའི་སྙིང་ལ་ཟུག་ནས། གཡོ་འགྲུལ་དྲག་པོ་བྱུང་། དེས་རྒྱལ་པོས་ཚོད་སེམས་མཚོན།

ཕོ་ཉ་ལྷ་བརྒྱུས་མགྱོགས་པའི་རྟར་བཞོན་ཏེ་གཟུགས་པོ་ཧྲུལ་ཆུས་སྦངས་ནས་ཕྱོགས་བཞི་ལ་བརྒྱུགས། རྒྱལ་པོའི་འདོད་དོན་ཞལ་བཞེས་དེ་རྒྱལ་ཁབ་ཡོངས་སུ་བསྒྲགས།

ཧྲང་གསུམ་བྱ་རང་གི་ཚད་དུ་ཐེངས་སུམ་ཅུ་ལ་ཡོང་དུས།

ཀུཎྜ་རྒྱལ་རབས་ཀྱི་ཧནོ་ཅིང་རྒྱལ་པོའི་ཕོ་བྲང་གི་བཙན་རྒྱལ་གྱི་སྣན་གྲགས་མཆོན་པའི་ཟངས་ཀྱི་ཁྲི་ཏཱང་གསུམ་ཅན་དགུ་བརྩེགས་ལ། དྲག་ཏུ་འབར་བའི་མེ་ལྕེ་ཡིས་ཁྲིའི་སྟེང་གི་གཙན་གཟན་གཏུམ་ཇམ་ཅན་གྱི་དཔེ་རིམ་ལ་མཆེད་པ་དང་། མཐའ་འཁོར་གྱི་ཆེས་ཆེ་བའི་རའི་སྐོར་ཡང་འོད་ལམ་མེར་བྱུས།

འདི་རིང་ཚད་ལ་ལིང་བཞི་བརྒྱ་དང་ཞེང་ཚད་ལིང་ཉིས་བརྒྱ་ཡོད་པའི་རྒྱ་ཆེ་བའི་བར་སྣང་ཡིན། དེའི་ནང་དུ་རོ་མཆོག་ཟས་རིགས་ཅོག་ཙེ་ལྔ་བརྒྱ་བསྒྲིགས་ནའང་ད་དུང་མཐའ་མེད་རྒྱལ་པོའི་མངའ་ཁོངས་མཆོན། ཅོག་ཙེ་རེ་རེའི་རྒྱབ་ཏུ་མེ་ལྕེ་གསལ་པོ་མེད་པའི་མུན་ནག་ཏུ། གནམ་མཐའི་ཕྱོགས་བཞི་ལས་ཡོང་བའི་མི་ཁྱད་མཚར་ཅན་འདུག ཕྱོགས་མེད་རྒྱལ་ཁམས་འཁྱིམ་པའི་ཡུལ་སྐོར་བས་ཁོ་ཚོའི་བཞོན་ཧ་ཁྲིད་པ་དང་། རྒྱང་རིང་རྒྱལ་ཁབ་ལས་ཡོང་བའི་སྒྱུ་རྩལ་པ་འཁྲུམ་པོ་རྣམས་ཀྱིས་གཟབ་གཟབ་ཀྱིས་ཁོ་ཚོའི་ཁ་གསོ་བྱེད་པའི་སྒྱུ་འཕྲུལ་ལག་རྩལ་སྟོན་སྐྱུང་བྱེད་པ། མི་མང་པོ་ངལ་དུབ་དང་ནས་ཡོང་བ། ཁོ་ཚོས་བསམ་ཡུལ་ལས་འདས་པའི་ཕུན་སུམ་ཚོགས་པའི་བྱ་དགའ་ལེན་པའི་ཆེད་དུ་ཐག་རིང་ནས་འདི་ལ་ཐོན།

དམངས་རིགས་རྣམས། ཉིན་ལྷར་ཆར་ཀླུང་དང་ཐལ་རྡུལ་གྱི་ནང་དུ་དཀའ་སྡུག་ནས་ཟས་འབྲུ་ལེན་ཐབས་བྱེད། ཕོ་ཚོས་སྟོན་རབས་ཀྱིས་ཚོགས་བསགས་ནས་ཚེ་འདི་ལ་བླ་ན་མེད་པའི་རྒྱལ་པོ་དང་མཛལ་འཕྲད་འབྱུང་། གོས་རྒྱན་སྤྲས་པའི་བྲན་གཡོག་རྣམས་ཕར་འགྲོ་ཚུར་འོང་བྱས་ནས། ཁྱེར་ཡོང་རྒྱུ་ཚང་མ་རེག་ཡང་མ་མྱོང་། ཐོས་ཡང་ཐོས་མ་མྱོང་བའི་རོ་མཆོག་ཡིན། ལྷ་མོ་ལྷ་བུའི་ཞལ་ཏ་པ་རྣམས་བར་ཁྱམས་སུ་སྙན་འཛེབས་ཆེ་བའི་གླུ་གཞས་དང་སྙིག་ཚོས་ལྡན་པའི་གར་འཆམ་འཆམ་པ། ཕོ་ཚོའི་ལུས་ཐོག་གི་དྲི་ཞིམ་དང་སྤུས་ཀྱི་དྲི་ཞིམ་བར་སྣང་དུ་ཁེངས་པ། སྨུན་ནག་ཏུ་ལངས་བའི་གོ་མཚོན་ཁྱེར་བའི་དམིག་མི་ལྔ་བརྒྱ་ཁ་ཁྱུ་སེམ་མེད་ཀྱིས་ལངས་པ། ཀླུང་གིས་ཕོ་ཚོའི་གོ་ཁྲབ་དང་མཚོན་ཆ་གཡུག་ནས་སྐད་འབྱུང་། གཡས་གཡོན་གྱི་བར་ཁྱམས་ཀྱིས་བསྐོར་བའི་དཀྱིལ་དུ། སྐུ་དྲག་དང་དཔོན་པོ་རྣམས་ཀྱིས་མཐའ་ནས་བསྐོར་བ་ནི། གནམ་འོག་ཏུ་སྐད་གྲགས་ཡོད་པའི་རྒྱལ་པོ་དང་ཕོས་གཅེས་འོས་པའི་བཙུན་མོ་ཡིན།

མི་རྒན་མ་རབས་ཐ་ཤལ་ཞིག་གིས་ཧ་ཅང་ཡ་མཚན་ཆེ་

བའི་རོལ་ཆས་ཤིག་ཁྱེར་ནས་ཐོག་མར་འཁྲབ་སྟོན་བྱས། ཁོས་སྟེགས་བུའི་སྟེང་གུས་འདུད་ཞུས་ནས་སྒྲ་དབྱངས་མཐོ་དམན་གྱི་བསྟོད་གླུ་བླངས་ཀྱང་། མི་རྣམས་ཀྱིས་ཁོའི་སྐད་མི་གོ་ཡང་། ཁོའི་གླུ་དབྱངས་ཀྱིས་ཡིད་དབང་འཕྲོག་ཡོད། འགྲམ་གྱི་མཛེས་མ་གཉིས་ཀྱིས་ཁྱད་མཚར་གྱི་གར་འཁྲབ་ཅིང་སྙིག་ཉམས་སྟོན། དེ་གཉིས་ཀྱི་ལྡིང་འཕུར་བྱེད་པའི་རྐང་རྗེ་དེ་ཐང་ཆོད་དུ་ཕ་རྒྱུག་པ་བཞིན། ཕོ་བྲང་ནང་གི་བྲོ་གར་ལ་མཁས་པའི་ཞལ་ཏ་མས་ཀྱང་འགྲན་ཐབས་བྲལ།

རྒྱལ་པོས་སྐྱིག་ནས་ལུས་འགྲམ་གྱི་བཙུན་མོ་ལ་ལྟ་དུས། མོས་ཀུན་སྣང་སྐྱེ་བའི་མདོག་སྟོན། ཁོས་ལག་པ་གཡུག་གཡུག་བྱས་ནས། མི་རྐན་གྱི་རོལ་ཆ་ས་ལ་ལྷུང་ན་འདར་སྐད་ཐོས་བྱུང་།

དེའི་རྗེས་ལ་ཡོང་མཁན་ནི་ཐག་རིང་བའི་རྒྱལ་ཁབ་ལས་འབྱུང་བའི་སྒྱུ་མ་མཁན་ཞིག་ཡིན། ཁོ་ལ་ཁེངས་དྲེགས་ལྡན་པའི་སྣ་འགུག་དང་གཤིས་ཆོད་འདུལ་དཀའ་བའི་ཁ་སྤུ་ཡོད། ཁོའི་ཕ་ཡུལ་ནི་ཧྲུའུ་སྦྱུང་གི་སྐྱེ་འཕེལ་འབྱུང་བའི་ས་ཆ་གཞན་ཞིག་ཡིན། ཁོས་ང་རྒྱལ་དང་རྒྱལ་པོ་དང་བཙུན་མོ་ལ་གུས་

འདུད་བྱས་ནས། ཁྱུར་བའི་ལུག་ཀོའི་ཁུག་མའི་ནང་ནས་སྲིན་པ་སྤྲུར་གང་ས་ཐོག་ལ་མཆོད་པ། ཁ་ནང་ནས་གཟུངས་སྔགས་རྒྱུན་ཆད་མེད་པར་འདོན། མཐའ་འཁོར་ལ་ཡ་མཚན་ཤར་བའི་སྐད་སྒྲ་འབྱུང་། ཁྱད་མཚན་ལྡན་པའི་གནས་ཚུལ་འབྱུང་སྟེ། ས་ཐོག་གི་སྲིན་མ་སེར་པོ་དང་སྲིན་མ་ནག་པོ་ཁག་གཉིས་སུ་དབྱེ་ནས། གྲལ་སྟར་བསྒྲིགས་ཏེ་ཕན་ཚུན་འཛིང་རེས་བྱེད།

འོན་ཀྱང་བཙུན་མོས་སྨིན་མ་འགྱུལ་ཙམ་ཡང་མི་བྱེད་ཅིང་། སྟོབས་ལྡན་པོ་རྡོད་ཀྱི་སྲུང་དམག་གཉིས་ཀྱིས་མི་བསོད་ཟད་འདི་དང་སྲིན་མ་བཅས་པ་ཁྲིད་སོང་།

གཟུགས་གཞི་ཐུང་ཐུང་དང་། ངོ་མདོག་ནག་པོ། མགོ་ལ་རས་དཀྲིས་པའི་སྐྱེས་པ་ཞིག་མགྱོགས་པར་ཡར་ཡོང་བ། ཁོའི་ལག་ནང་དུ་བརྩེ་མཐོང་བྱེད་རིན་མེད་པའི་ཐག་པ་ནག་པོ་ཞིག་ཁྱེར་ཡོད། ཁོས་ས་ཐོག་ལ་སྐྱིལ་ཀྲུང་བྱས་ནས། ཚང་མས་ སྟོན་ལ་གཟབ་གཟབ་བྱས་མེད་པའི་གླིང་བུ་ཞིག་བླངས་ནས་བུས། སྐབས་འཕྲལ་སྒྲ་གདངས་དམའ་མོ་ཞིག་མཁའ་དབྱིངས་སུ་ལྡིང་།

ག་ལེ་བྱས་ནས་ས་ཐོག་ལ་བཞག་པའི་ཐག་པ་དེ་འགུལ་བ། སྣེ་གཅིག་ཡར་བཀྱག་ནས། ག་ལེ་བྱས་ཏེ་མཛེས་ལྡན་གྱི་སྐྱིད་ལམ་ལྷ་བུའི་སྟེང་དུ་ཡར་བཀྱག་པ། རིག་མི་ཐུབ་པའི་ལག་པ་ཞིག་གིས་ཡར་འཐེན་བཞིན་ཡོད་པ་དང་འདྲ། རྒྱུན་མཐུད་ནས་ཡར་སྤྲིན་གསེབ་ཏུ་བསྲིངས། མཐའ་སྐོར་གྱི་མི་རྣམས་སེམས་འགུལ་ཐེབས་ཏེ་རང་ཚོད་འཛིན་ཐབས་བྲལ་ནས་དབུགས་བཀག་བྱུང་། བབ་བརྫིང་དང་འདུག་པའི་བཙུན་མོས་ཀྱང་བསྲུན་ཐབས་བྲལ་ནས་སྨིན་མ་འགུལ་ཙམ་བྱས་ཀྱང་། ཅི་འདྲ་བྱས་ནའང་བཤད་མ་བྱུང་།

རེ་ཐག་ཆད་པའི་རྒྱལ་པོས་སྲུང་དམག་བོས། འོན་ཀྱང་སྲུང་གྲུང་འཛོམས་པའི་སྒྱུ་རྩལ་པ་དེ་དམག་མི་པོའི་འགྲམ་དུ་བཅར་མ་ཐུབ་པའི་སྔོན་ལ། མཆོངས་ཐེངས་ཤིག་གི་དཔྱད་དྲང་རིང་པའི་ཐག་པའི་སྟེང་ལ་མཆོངས་ནས། ཡར་ལ་འགོས་ཏེ་སྤྲིན་གསེབ་ཏུ་ཡལ་བ། སྲུང་དམག་ཅིག་གིས་ཐག་པ་བཅད་དེ། ཐག་པ་ས་ལ་ལྷུང་ནའང་། གཟུགས་ཐུང་ཞིང་ངོ་མདོག་ནག་པའི་སྐྱེས་པ་རིག་རྒྱུ་མེད་པར་གྱུར།

མགོ་རས་དཀྲིས་པའི་མི་ཡིས་བསླངས་པའི་ཟིང་འཁྲུག་

དེ་ཡུན་ཙམ་འགོར་རྗེས། འཁྲབ་སྟོན་སུ་མཐུད་ནས་བྱས། འོན་ཀྱང་སུ་ཡིན་ནའང་རྒྱལ་པོས་ཆད་བཅད་ལས་ཐར་མ་ཐུབ། རལ་གྲིའི་སྟེང་དུ་ཁྲག་རྗེས་དེ་བས་གསལ་པོར་གྱུར།

དཀོན་པའི་ཉིན་མོའི་སྐར་མ་ཤར་ནས་ཤར་བ་དང་། ཐུན་ཙའི་ཡིས་སྡིགས་བུའི་འོག་གི་གསིག་གསིག་བྱེད་པའི་མི་ཚོགས་ལ་ལྟ། ཁྲོ་འོག་གི་མེ་ལྕེ་མོའི་བཞིན་རས་སུ་ཤར་ནས་གསལ་ཙམ་ནག་ཙམ་བྱེད། མོ་ཆུང་བའི་དུས་སུ། ཚུལ་དང་མི་མཐུན་པའི་རྫི་ལམ་ཞིག་ཡོད་དེ། ཉིན་ཞིག་མོ་ལ་གྲངས་ལས་འདས་པའི་རྒྱ་ནོར་དང་རིན་པོ་ཆེ་ཡོད་པ་དང་། ཐ་ན་མཐོ་རི་དང་མཚོ་མཚེའུ། ནགས་ཚལ་ཚང་མ་མོའི་མངའ་འོག་ཏུ་ཡོད་པ་དང་། རང་ཆེ་རང་མཐོའི་སྐྱེས་པ་མོའི་བྲན་གཡོག་ཏུ་འགྱུར་ནས། མོས་བཀའ་ལ་ཉན་ན། དེའི་སྐབས་སུ་མོ་ནི་འཛིག་རྟེན་ཐོག་ཏ་ཅང་བསོད་ནམས་ལྡན་ཞིང་སྐྱིད་པའི་བུ་མོ་ཞིག་ཡིན་སྣང་ཤར། ད་ལྟ་འདི་ཚང་མ། མོའི་འགྲམ་དུ་ཡོད་པའི་སྐྱེས་པ་ཡིས་མོ་ལ་ཡིད་ཆེས་པར་བྱས་ཡོད། ཁོ་རང་ཡང་མོ་ལ་མགོ་བཏགས་པར་རེད། ད་ལྟ་མོ་སྐྱིད་པོ་ཨེ་ཡིན་ནམ།

སྡིགས་བུའི་འོག་ཏུ་བསྡུགས་བཟོད་ཆེན་པོ་བྱེད་པ་དང་།

སྒྱུ་རྩལ་པ་ཞིག་གིས་རལ་གྲི་མིད་ནས། དངངས་སྐྲག་དང་རེ་སྒུག་བྱས་ཏེ་མོ་ལ་བལྟས། ཧྲན་ཅའི་ཡིས་སྣང་མེད་ཀྱིས་ཁ་ཕར་འཁོར་བ། མོས་ཀྱང་ཁོ་ཤེ་རྒྱུ་ཡིན་པ་ཤེས། སྒྱུ་རྩལ་བ་མང་པོས་ཁོ་ཚོས་ཁྱད་མཚར་གྱི་ལག་རྩལ་ཕུལ་བྱུང་སྟོན་པ། དེ་ནི་མོ་དགོད་ཚད་བྱེད་པའི་ཆེད་དུ་ཡིན། ཁོ་ཚོ་ཙམ་མོ་སྤྲོ་སྐྱིད་ཡོང་བའི་ཆེད་དུ་རེད་དམ། ཕུན་སུམ་ཚོགས་པའི་བྱ་དགའ་ཡི་ཆེད་དུ་རང་སྲོག་བློས་བཏང་བྱེད་འོས་པའི་ཡིན་ནམ།

མཚན་མོ་ཚར་ལ་ཉེ། རྒྱལ་པོ་སེམས་ཁྲལ་ཆེ་ཞིང་བློ་མི་བདེ་བར་གྱུར། དེའི་སྐབས་སུ་སྒོ་སྲུང་དམག་མི་དང་མི་ཚོགས་འཚང་ཁ་ཤིག་ཤིག་གིས་ཟིང་ཆ་བྱུང་བ། མི་རྣམས་རྗེས་ལ་ནུབ་བྱུང་། གོས་ནག་གྱོན་མཁན་ཞིག་ཉེ་གཞོན་གྱི་ཁྲིད་དུ་བྱུང་ལ། གདོན་འདྲེའི་སྣང་ཚུལ་ཡོད།

ཡ་ཉུང་བའི་དམག་མི་ཞིག་གིས་དངངས་སྐྲག་གི་ངང་ནས། ངས་ལྷ་ལ་མནའ་ སྐྱེས་ཚོག ཁོ་ནི་གློ་བུར་དུ་བྱུང་བ་ཡིན།

དངོས་གནས་རེད། ཁོ་ཡོང་བ་དེར་མི་རྣམས་ཀྱིས་ངོ་སྣང་བྱས་པ། ཧྲན་ཅའི་ཡིས་ཀྱང་མགོ་ཡར་བཀྱག་ནས་སྤྲོ་སྣང་

ལྡན་པའི་ངང་ནས་བལྟས།

གོས་ནག་གྱོན་མཁན་དེ་མདུན་དུ་སོང་ནས། རྒྱལ་པོ་ལ་གུས་འདུད་ཞུས་སྟེ་ཟེར་རྒྱུ། བླ་ན་མེད་པའི་རྒྱལ་པོ། ཁྱེད་ནི་འཇིག་རྟེན་འདིའི་ཚེ་སྲོག་གི་གཙོ་བདག་ཡིན། ངས་ཁྱོད་ཀྱི་ཞལ་བཞེས་དེ་ཐོས་རྗེས། དུས་ཚོད་ཀྱི་ཆུ་སྤྲིན་ལ་གཡེང་ནས་འབྱུང་བ། འཇིག་རྟེན་གྱི་དངོས་རྫས་དང་གནས་པའི་མཚོན་རྟགས་ལས་བརྒྱུད་དེ། ང་རང་གིས་བཟོ་དངོས་ཁྱེར་ནས་ཡོང་བ་ཡིན། བཙུན་མོས་བསྔགས་བརྗོད་བྱེད་པའི་རེ་སྨོན་ཡོད་ཟེར།

ཁོའི་སྐད་ཆ་དེར་ཧ་ལས་ནས་བསྟོད་བསྔགས་བྱེད། རྒྱལ་ཁབ་འདིའི་ནང་དུ་ཤེས་རིག་ཡོད་པའི་ཤེས་ཡོན་གྱི་ཕ་ཡབ་ཀྱིས་ཀྱང་ཁོའི་སྐད་ཆའི་ནང་དོན་ཤེས་མེད།

ཁྱོད་ཕམ་སོང་ན་ཅི་འདྲ་ཡིན་པ་ཨེ་ཤེས། རྒྱལ་པོས་འཇིགས་སྐུལ་བསླངས།

དུས་ཚོད་ཀྱི་ཡུལ་སྐོར་བ་དགོད་ཙམ་བྱས་ནས། ཐལ་མོ་རྡེབ་སྐབས། མུན་ནག་གི་ནང་ནས་ཡོང་བའི་གོས་ནག་གྱོན་པའི་ཕྲན་གཡོག་བཞི་པོས་ཤེལ་གྱི་སྒམ་ཞིག་ཁྱེར་ནས་སྔོན་དུ་

ཡོང་།

སྐམ་དེ་ཉིན་མོའི་སྐར་འོད་འོག་ཏུ་ཆུ་ཤེལ་ལྟར་འོད་ཆེམ་ཆེམ་བྱེད། ཡུལ་སྐོར་བས་གློ་བུར་དུ་ལག་པ་བརྐྱངས་ནས། ཁོའི་ལག་སྟེ་ལ་མིག་འཚེར་བའི་འོད་འབྱུང་བ། སྦྱང་གི་ཞིག་གིས་ཐག་རིང་ནས་ཡིད་སྐྱོ་བའི་སྡུག་སྐད་སྒྲོག་པ། མེ་ཕུང་ནང་གི་མེ་རོ་ཆུ་ཤེལ་སྟེང་དུ་ཤར་ནས། ཆུ་རིས་ཆུ་རླབས་ལྟར་འགྱུ་བ། སྐམ་གྱི་ནང་དུ་མིའི་གཟུགས་ཤིག་ཤར་ཡོད།

གོས་ནག་གྱོན་མཁན་གྱི་བྲན་གཡོག་གིས་སྐམ་ཁ་ཕྱེ་ནས། སྐམ་ནང་གི་མི་ཡར་ལངས་བྱུང་། ཁོས་ཁྲིད་མཚར་ལྡན་པའི་ངང་ནས་མཐའ་འཁོར་གྱི་འཇིག་རྟེན་གསར་པ་ལ་ལྟ་བ། མིག་འོད་ཟིང་ཆ་འཁྲུགས་པའི་མི་ཚོགས་དང་འོད་སྟོང་འབར་བའི་ཕོ་བྲང་ལས་བརྒལ་ནས། སྟེགས་བུ་མཐོན་པོ་ལ་ལྟ། འདི་ནི་ཏ་ཙང་རྡོག་པའི་སྐྱེས་པ་ཞིག་ཡིན། ཁོའི་སྣ་དཔྱང་དྲང་ཡིན་པ་དང་། མིག་ནི་གསལ་ཞིང་བརྗིད་ཉམས་མངོན། ཁོའི་འཛུམ་གདོང་མེ་ལྕེ་ལྟར་འབར།

ཁྲིད་མཚར་གྱི་གནས་ཚུལ་འདི་མཐོང་དུས། མི་ཚོགས་ཀྱིས་དགའ་འབོད་མ་བྱས་པ་དང་། སེམས་འགྲུལ་ཡང་ཐེབས་

མེད། ཡིན་རྒྱུ་ནི་སེམས་འཚབ་དང་ཚོལ་མེད་ཀྱི་གཏམ་ཡིན། ལྷ་ཡིས་མི་བཟོ་བའི་དབང་ཆ་ཡོད། འདི་ནི་ཕོག་ཐུག་བྱེད་པ་རེད། རྫུ་འཕྲུལ། དེ་འཛིན་བཟུང་གིས། དམྱལ་བའི་ནང་གི་བདུད་འདྲེ་ཡིན།

ཀྲུའུ་མའུ་རྒྱལ་པོའི་བཞིན་རས་སྐྲ་སྐྲར་གྱུར་ལ། ཁོར་དབང་བའི་དབང་ཆ་ཡིས་སྒྱུ་འཕྲུལ་ཡོངས་རྫོགས་མཐོང་ཆུང་བྱེད་ནུས་ཡོད། འོན་ཀྱང་ལྷ་ཚངས་པར་དབང་བའི་རྫུ་འཕྲུལ་གྱིས་ཚེ་སྲོག་གི་བརྗེད་ཆགས་གཏོར་བ་དང་། འཛེམ་བག་མེད་པས་ལྷ་ལ་བརྙས་བཅོས་བྱས་ན། དེ་ནི་གནས་ཚུལ་གཞན་ཞིག་ཡིན། ཁོས་ཐེ་ཚོམ་དཔག་མེད་ཀྱིས་ཕར་ལྟ་དུས། ཁོས་བཙུན་མོའི་འཛུམ་དམུལ་དམུལ་བྱེད་པ་མཐོང་། ཁོས་ལག་པ་བཀྱགས་ནས་མི་རྣམས་ཁ་ཁུ་སིམ་མེད་དུ་གྱུར་སོང་།

བཙུན་མོས་འཛུམ་དམུལ་དམུལ་གྱིས་བཤད་རྒྱུ། བྱེས་པ། ཁྱོད་ཀྱི་མཐུ་སྟོབས་ཀྱིས་མི་རྣམས་མཐོང་རྒྱ་ཆེ་རུ་གཏོང་སོང་། ཁྱོད་ཀྱིས་འདི་ནི་ང་ལ་འབུལ་བའི་འབུལ་རྟེན་ཡིན་ནམ་ཟེར་བ། ངས་སྐྱེས་པ་ཐ་ཤལ་ཅན་འདི་ཡིས་ཅི་བྱེད་ལྟ་སྐམ།

མོའི་སྐད་ནི་མཚན་མོའི་དྲིལ་བུའི་སྐད་ལྟར་དྭངས་ཤིང་

གསལ་ཡིན་པ། ཐ་ན་གོས་ནག་གྱོན་མཁན་དེ་འང་མོའི་མཛེས་མདངས་ཀྱི་སྟོན་དུ་མགོ་མི་སྒུར་ཐབས་མེད་བྱུང་། ཁོས་ཁེངས་སྐྱུངས་དང་བཤད་རྒྱུ། སྤྱང་གྲུང་མཛེས་ལྡན་གྱི་བཙུན་མོ། ཁོ་ལ་ཡུཙུ་ཨ་ཟེར། ཐག་སྦྲུལ་འདྲ་གཟུགས་ཡིན། ཚེ་སྲོག་མེད་ལ། ལ་རྒྱུ་ཡང་མེད། འོན་ཀྱང་ཁོས་ཧྲ་ཕའོ་ཡི་ས་ནས་རོལ་དབྱངས་སྦྱོངས་པ་དང་། ཨ་སྦྲ་ལའོ་ཁ་ཡི་མདུན་ནས་གར་འཁྲབ་རྒྱུ་སྦྱངས། ཁོས་རང་གིས་ནུས་པ་དེ་དག་མངོན་དུས། རྗེ་ཡིན་ནའང་དགོད་ཤོར་བ་རེད། ཁོ་འདི་ན་འདུག་པའི་དམིགས་ཡུལ་ནི་ཁྲིད་ལ་དགའ་སྤྲོ་འབུལ་བ་ཡིན་ཟེར།

ཁོས་ཁ་ཕར་འཁོར་ནས་ཐལ་མོ་བརྡབས་ཏེ་བྲོ་འཁྲབ་པ་དང་། ཡུཙུ་ཨ། ཞེས་བོས།

དེ་མ་ཐག་བསིལ་ལྷུང་སྒྲ་སྙན་གྱི་རྒྱུད་དུ་དལ་བུ་གཡོ་བ་དང་འདྲ། ཕོ་གསར་དེ་འདར་སིག་སིག་བྱས་ནས། མཛུབ་གུ་མཉེན་ཞིང་སྣེག་པའི་གར་ཉམས་མངོན། མི་ཡོངས་རྫོགས་དབུགས་གཏོང་ལེན་བྱེད་རྒྱུ་མཚམས་བཞག གློ་བུར་དུ། ཁོའི་ལུས་པོ་ཡོངས་སུ་བྲོ་གར་གྱི་སྣེག་ཉམས་སྟོན། ཐག་རིང་རྒྱལ་ཁབ་ཏུ་སོང་བའི་ཡུལ་སྐོར་བའང་འདི་འདྲ་སྣེག་ཉམས་

ལྡན་པའི་བྲོ་གར་རིག་སྨྱོང་མེད། དེ་ནི་ཆུ་རྒྱུན་དལ་དུ་འབབ་པ་དང་འདྲ། ཁོའི་མགོ་ཁོའི་ལག་པ། ཁོའི་རྐང་པ། ཁོའི་མཇུབ་གུ། ཁོའི་ལུས་པོ་ཀུན་ཏུ་བརྒྱུད་པ། ཁོའི་གར་ཉམས་འགྲན་ཟླ་བྲལ་བ། དྲག་ཏུ་འབར་བའི་མེ་འདབས་སུ་བཀྲ་བ་དང་། རླུང་ནང་གི་མེ་ལྕེ་སྟེང་དུ་འཁོར་བ། མི་རྣམས་ཀྱིས་མཐོང་དུས་དགའ་སྤྲོའི་མིག་ཆུ་འཁོར་བ་དང་། ཡུན་རིང་དགོད་བསམ་པ། མདའ་རིང་པོ་ཞིག་སྐྱུང་དམག་གི་ལག་ནས་ལྷུང་སྟེ། རྒྱལ་པོའི་རྐང་ཞབས་སུ་ལྷུང་། རྒྱལ་པོས་ཡུན་རིང་ཁ་ཚུར་འཁོར་ཐབས་མེད། འགྲམ་དུ་བསྡད་པའི་ཧྲུན་ཅའི་ལྟ་དུས། ཁོས་རེ་སྒྲུག་ཡུན་རིང་བྱས་པའི་འཇུམ་གདོང་དེ་བཙུན་མོའི་བཞིན་རིས་སུ་ཁེབས།

བྲོ་གར་ཐེངས་ཤིག་འཁྲབ་ཚར་དུས། རྒྱལ་པོ་ཡར་ལངས་ནས་སྐད་ཆ་བཤད་རྩིས་བྱེད་དུས། རང་གི་སྐད་འགག་ཡོད་པ་ཤེས། ཁོས་ཡང་གཟབ་གཟབ་བྱས་ནས་བཤད་རྒྱུ། བྱེས་པ། ཁྱོད་ཀྱི་འབུལ་རྟེན་འདི་ནི་ངས་རེ་སྒྲུག་བྱས་པ་དེ་ཡིན། ངས་ཞལ་བཞེས་དེ་དོན་ཐོག་ཏུ་ཡོད། ངས་ཁྱོད་ཀྱི་འབྱུང་ཁུངས་ཤེས་འདོད་མེད། དེ་རིང་ནས་བཟུང་ཁྱོད་གྲོང་ཁྱེར་

ཆེན་པོ་བཅུ་ཡི་བདག་པོ་ཡིན། (ཚྭོན་པོ་དང་སྨུ་དྲག་རྣམས་ཀྱིས་ཞི་སྟང་ལངས་ནས་སྐྱིག་བཤད་བྱས་པ། རྒྱས་པོས་བརྗེད་ཉམས་དང་ལྷ་ཚད་བྱེད་དུས། སྐད་བརྡ་མེད་པར་འགྱུར) གཞན་མིན་གྱི་ཕོ་མི་ཚོད་པའི་སྦྲུ་རྩལ་པ་རྣམས། ཁྱོད་ཚོ་ཉི་མ་བཅོ་ལྔའི་ནང་ཚུད་དུ་ངའི་རྒྱལ་ས་ལས་འབྲལ་དགོས། ཉི་མ་བཅུ་དྲུག་གི་ནང་དུ་ངའི་རྒྱལ་སའི་སྟེང་ཁྱོད་ཚོ་རིག་རྒྱུ་ཡོད་ན། ཚང་མ་གསོད་པ་ཡིན་ཟེར།

ཕོས་ནག་ཀྱོན་མཁན་གྱིས་སྟེགས་བུའི་སྟེང་དུ་ཕུས་མོ་བཙུགས་ཏེ། ཆབས་ཆེན་གྱི་གནམ་སྲས། ང་ནི་མི་སེར་ཐ་དམན་ཅན་ཡིན། གོང་ཁྱེར་ངོ་དམ་བྱེད་པའི་འགན་ཁུར་མི་ཡོད། ང་ནི་བྱ་དགའ་རག་པའི་ཆེད་དུ་འདི་ཁྱེར་ཡོང་བ་མིན། གལ་ཏེ་རྒྱལ་ པོས་ཡུཙུ་ཨ་ལ་དགའ་ན། སྒྲུ་རྩལ་པ་འདི་ཚོ་ཀུ་ཡངས་གཏོང་རོགས། ངས་ཕོ་ཚོའི་རང་བྱུང་གི་ནུས་ཤུགས་ཀྱི་ལག་རྩལ་མངོན་རྒྱུ་དེ་ལ་ཞེ་ཆགས། རྗེས་རབས་ཀྱིས་ཅི་འདྲ་བྱས་ནས་དེ་དག་དང་འབྲེལ་མཐུད་བྱེད་རྒྱུ་བརྗེད་སོང་། ང་ཚོས་འཕྲུལ་ཆས་ ཀྱིས་རྫི་ལམ་སྐྲུན་ཐུབ་ལ། རང་ལ་ཡོད་པའི་རྫུ་འཕྲུལ་དེ་བརྗེད་བ། ངས་སྒྲུ་རྩལ་པ་དེ་ཚོ་ལས་རང་

གིས་འཚོལ་ཞིབ་བྱེད་པ་དེ་རྙེད་དེ། སྒྱུ་འཕྲུལ་ལྷ་བུའི་ལྷ་སྒྲུང་གི་དུས་རབས་བསྐྲུན་པའི་རེ་སྨོན་ཡོད།

མུའུ་རྒྱལ་པོས་ཐོས་སྐབས། ཙུང་ཙམ་ཏ་ལས་ནས། འཁྲིག་འདུག་མི་བསམ་ནས་སྐད་ཆེན་པོས་དགོད་དེ། ཁྱོད་སྨྱོན་པ་ཨེ་རེད། ཚུ་ཕྲན་ལ་ཐབ་ཐབས་རྒྱུ་ག་ན་ཡོད། ཁྱོད་ཀྱི་སྒྱུ་རྩལ་ལ་ངས་བལྟས་ན་ངོ་མཚར་ཁྱད་དུ་འཕགས་པ་ཡིན། ད་དུང་གོ་མི་ཚོད་པའི་འཁྲུམ་པོ་རྣམས་ལས་ཅི་སྦྱོང་རྒྱུ་ཡོད། ཚ་ཡ། གྲོང་ཁྱེར་ངས་ཁྱོད་ལ་མི་གནང་། ཏ་ཀྲུའུ་རྒྱལ་ཁབ་ཀྱིས་སྒྱུ་རྩལ་པ་འཁྲུམ་པོ་རྣམས་ངས་མི་སྤྲོད། དེ་རིང་ནས་བཟུང་ཁོ་ཚོ་ཁྱོད་ཀྱི་ཕྲན་གཡོག་གྱིས་ཟེར། ཁོས་གོས་ནག་གྱོན་མཁན་གྱིས་ངོ་རྒོལ་བྱེད་པ་མཐོང་ནས། སྐད་ཆེན་པོས་མི་ཤོག་དང་། སྐུ་ཞབས་དེ་མགྲོན་ཁང་དུ་སྐྱོལ། ཁོའི་འབུལ་རྟེན་དང་ཁོ་མཉམ་དུ་སྐྱོལ་སོང་། ཏ་ཏ་ཏ། རོལ་མོ་མཁན། རོལ་མོ་སྒྲོགས་དང་། ང་དང་བཙུན་མོ་ཡིས་སྐུ་ཞབས་རྣམས་དང་མུ་མཐུད་ནས་སྤྲོ་བ་བྱེད་དགོས་ཟེར་བ།

གོས་ནག་གྱོན་མཁན་གྱིས་གུས་འདུད་ཞུས་ནས། ཡོང་བའི་སྐབས་དང་འདྲ་བར་འཛམ་ཐིང་ཐིང་གིས་གྲིབ་ནག་ཏུ

ཡལ།

ཀྲུའུ་རྒྱལ་པོས་སྒྲོ་གསེང་ཉིན་མཚན་གསུམ་ལ་རྒྱུན་མཐུད་བྱས། མཐའ་མ་མེ་ཕུང་གཅིག་དེ་ཡལ་རྗེས་ངལ་དུབ་ཚད་མེད་ཀྱིས་མགྲོན་པོ་རྣམས་ཁ་ཐོར་དགུ་ཐོར་གྱི་ཕོ་བྲང་སྐྱུར་ནས་རང་རང་ངལ་གསོ་སར་སོང་བ།

ཕོ་བྲང་ཕྱི་མའི་ནང་དུ་དང་། རྩིག་སྐེགས་ཀྱི་བར་ཁྱམས་སུ། ཧྲན་ཙའི་ཡིས་ཚ་རྫོད་རྒྱས་པའི་ཕྱོད་པ་དེ་རྫོ་ཀ་མ་རུའི་ཀ་བའི་སྐེང་ལ་གཏུག མོ་རང་གིས་རང་ལ་ང་འདི་ཅི་རེད་ལེ་ཡིན། ཡུའུ་ཨ་རིག་མ་ཐག་ནས་ངའི་སེམས་ནང་དགའ་སྤྲོ་དཔག་མེད་འབྱུང་དོན་ཅི་ཡིན། ཕོའི་མིག་གིས་སྐེགས་བུའི་སྐེང་ལ་བལྟས་མ་ཐག་ནས། ངས་སེམས་འགྱུལ་ཐེབས་ཏེ་རང་ཚོད་འཛིན་ཐབས་བྲལ་ནས་དགོད་དོན་ཅི་ཡིན་ནམ། མོ་དགོད་དགོས་རེད། ཡུའུ་ཨའི་ཚེ་སྲོག་གི་དོན་དུ་ཡིན་ནའང་མོ་དགོད་དགོས། འདོད་ཇམ་ཆེ་བའི་སྒྱུ་རྩལ་པ་དེ་རྣམས་ཕོ་ཚོས་མིག་གིས་མཐོང་ཡང་འཛིན་ཐབས་མེད་པའི་བྱ་དགའ་ཡི་དོན་དུ་རང་སྲོག་དོར་བས། ཧྲན་ཙའི་ཡིས་སྙིང་རྗེ་སྤུ་ཙམ་ཡང་བྱེད་འདོད་མེད། ཡུའུ་ཨ་ནི་ལྷག་བསམ་རྣམ་དག་གིས་མོའི་དོན་དུ།

མོ་སྲུ་སྐྱིད་སྟེར་བའི་ཆེད་དུ་གྲོ་གར་འཁྲབ་པ། ཁོ་ལ་གཞན་མིན་གྱི་འདོད་མོས་སུ་ཙམ་ཡང་མེད། མོས་ཡིད་སྐྱོ་བའི་ངང་ནས་དྲན་རྒྱུ་ནི། ཁོ་ནི་ཐག་སྒྲུལ་འདྲ་གཟུགས་ཡིན་པས། ཐ་ན་སྲོག་ཀྱང་མེད། མོ་དགོད་ཙམ་བྱས་ནས་སྲུང་འཛིན་བྱས་པའི་ཚེ་སྲོག་མེད།

ཐག་སྒྲུལ་འདྲ་གཟུགས་ཤིག་ལ་དགའ། རང་གིས་རང་ལ་འཕྲུ་སློད་བྱས་ཏེ་མགོ་གཡུག་གཡུག་བྱས། ཁ་ཁྲུ་སིམ་པོའི་བར་ཁྲིམས་བསྐོར་ནས་ག་ལེ་འགྲོ། མོས་རང་དབང་མེད་པའི་སྒོ་ནས་ཐྲན་གཡོག་རྣམས་འདུག་སའི་གླིང་བུ་དམའ་མོ་ལ་ལྟ་བ་དང་། (མོའི་ཐད་ནས་བཤད་ན། དེ་ནི་གླིང་བུ་ཞིག་རེད) ཉི་མ་གསུམ་གྱི་སྔོན་ལ། མོས་ཡུའུ་ཨ་ལ་ཡ་མཚན་ཆེ་བའི་བརྩེ་དུང་དེ་ཡོད་པ་ཤེས་རྗེས། མོས་ཁ་གཡར་ས་བཅལ་ནས་ཕོ་བྲང་མཐའ་ལ་ཡོང་ནས། དངངས་སྐྲག་ལྡན་ཞིང་ཡིད་དགའ་བའི་ཚོར་སྣང་འདི་སྨྲོང་བ།

རྒྱལ་པོས་གསོལ་སྟོན་གཟབ་རྒྱས་ཉི་མ་གསུམ་ལ་རྒྱུན་མཐུད་བྱས། གདུག་རྩུབ་ཅན་གྱི་མི་རྣམས་ཀྱིས་ཡུའུ་ཨ་ལ་གྲོ་ཉི་མ་གསུམ་འཁྲབ་བཅུག ཁོར་དགའ་ངལ་ཡོད་པས།

ཧྲན་ཅའི་ཡིས་སྙིང་རྗེ་ངང་ནས་དྲན་རྒྱུ། ད་ལྟ། བློན་པོ་དང་སྐུ་དྲག་རྣམས་གཉིད་ལོག་པའི་སྐབས་སུ། ཁོ་སྡུག་བསྔལ་ངང་ནས་སྤྱིལ་བུའི་ནང་དུ་ངལ་གསོ་བཞིན་ཡོད་པ་མི་ཤེས།

མོའི་སེམས་ཁྲུར་ལ་ལན་སློག་པ་འདྲ། བྱ་སྐད་སྙན་པོས་འཛམ་ཐིང་ཐིང་གི་ཞོགས་པ་གཉིད་ལས་དཀྲོག ཡིད་སྐྱོ་བའི་སྙན་འཛེབས། ལྡིང་སྐོར་གྱིས་མཁའ་དབྱིངས་སུ་འཕུར། དེ་རྗེས། དལ་བུས་སྟོ་བྱ་སྙན་འཛེབས་ཀྱིས་གླུ་སྐད་ཡོངས་སུ་ཁེངས། དགའ་སྤྲོ་དང་སྡུག་བསྔལ་མཉམ་དུ་ཁེར་རྐྱང་བཏུད་འདྲེའི་གླུ་སྐད་ནང་དུ་འདྲེས་པ། དེ་ནི་ཉི་གཞོན་འོད་གཟུགས་མཉམ་འདྲེས་བྱེད་པ་ལྟར་མཛེས་པ། དཀོན་མཆོག་གསུམ། ཧྲན་ཅའི་སྤྲོ་ཞིང་སྡུག་བསྔལ་གྱི་ངང་ནས་དྲན་རྒྱུ། འདི་ནི་སྐད་སྙན་བྱེའུ་ཡིས་གླུ་སྐད་མིན་ན། དེ་ནི་ཐག་སྒྲུལ་འདྲ་གཟུགས་ཤིག་གིས་ཡིད་ཆེས་དཀའ་བའི་སྙན་འཛེབས་ཀྱི་གླུ་སྐད་ཡིན། ཁོས་མོ་འདི་ན་ཡོད་པ་ཤེས་པ།

བྱེས་ཡུལ་ཉམས་འགྱུར་ཡོད་སྐད་སྒྲ་དམའ་མོས་མོ་དལ་བུ་བྱས་ནས་གཡོ། དེ་ནས་མོ་རང་དབང་མེད་པའི་སྒོ་ནས་

ཡུན་རིང་འདས་ཚར་བའི་ལོ་རྙིང་དྲན། བསིལ་ཞིང་གྲང་བའི་ཚོགས་པ་ཞིག་ལ། གྲུ་སྐྱ་ཡིས་ཆུའི་སྟེང་གི་ཉེ་གཞོན་དཀྲིགས་པ་དང་། ལ་འོད་དམར་པོའི་མཚན་མོ་ལ། ཨ་ཕས་མོ་ཕོ་ཐང་དུ་བསྐྱལ། དེ་ནས་མོའི་ཨ་ཕ་འདོད་པ་ལྷར་གནས་ཡུལ་གྱི་མངའ་བདག་གྱུར།

མིན། མིན། རྫུན་ཅའི་ཡིད་ཐང་ཆད་ནས་ངའི་སེམས་ནང་འདི་འདྲ་སྡུག་མང་པོ་ཁུར་མི་ཐུབ། ངས་ད་ནས་བཟུང་ཁོ་དང་ཐུག་འཕྲད་བྱེད་པ་མིན་བསམ་པ། བརྩེ་དུང་ནི་འཛབ་སྲས་བྱས་པའི་ཆུ་རྒྱུན་མུན་ནག་གི་ནང་དུ་གཡོ་བ་དང་། རྩིགས་ངོས་ནང་གི་མེ་ལྷེ་བཞིན་ཁ་ཁུ་སིམ་པོས་འབར་བ་བཞིན། མོས་དངངས་སྐྲག་ངང་ནས་ཕྱོགས་བཞི་ལ་ལྷ་ལྷ་བྱས་ཏེ། མགོ་དེ་སྟེགས་བུ་ལས་མར་བཀྱངས་ནས། རྐང་འོག་གི་རྩྭ་དང་མེ་ཏོག་གིས་བཀབ་པའི་མུན་ནག་གི་ཕྱོགས་སུ། ཡུཝ་ཨ་ཁྱོད་འདི་ན་ཨེ་ཡོད་ཞེས་དྲིས།

ཀླུ་སྐད་སློ་བུར་དུ་མཚམས་བཞག་ནས། འདར་སྐད་གཅིག་བྱུང་སྟེ། ང་ཡིན། ངའི་བཙུན་མོ་ཟེར།

ངའི་གདོང་ནི་གཞོན་ནུ་མ་ཞིག་དང་འདྲ་བར་དམར་པོར་

གྱུར། སེམས་འཚབ་བློ་འཚུབ་ཀྱིས་ངང་ཏེ། ཐེ་ཚོམ་ཡུད་ཙམ་བྱས་ནས། སྐད་འཛམ་པོས་ཡུའུ་ཨ། ཁྱོད་ངལ་གསོ་མི་བྱེད་པ་ཅི་ཡིན། བྲོ་ཡུན་རིང་འཁྲབ་པས་ཧ་ཅང་དཀའ་རྒྱུ་རེད་ཟེར།

ངས་ངལ་གསོ་བྱེད་དགོས་པ་མ་རེད། ནུས་ཤུགས། ངས་མི་ཤེས་ཟེར། མུན་ནག་གི་ནང་དུ་ཁ་གྲགས་ནས་སྐད་ཅིག་ཙམ་སྡོད་རྗེས། ངའི་བྲང་ཁའི་གནས་སུ་ངན་པ་འཕགས་འདུག ང་ངལ་གསོ་རྒྱུ་མེད། བདག་པོས་བཤད་སྟོང་ཡོད། ང་ནི་ཁྱོད་སྤྲོ་སྐྱིད་ཡོང་བའི་ཆེད་དུ་ཡོང་། ཁྱོད་དང་བྲལ་ན། ངས་ཅི་ལས་དགོས་མི་ཤེས་ཟེར།

ཁོས་སྐད་སྒྲ་དམའ་མོས་ངས་རང་གིས་མིག་བཙུམས་ཐབས་མེད་ལ། ང་རང་གིས་མིག་ཆུ་འབྱམས་བཙུག་དགོས་ཟེར་བ། སྐད་ཆ་འདིས་མི་ཞིག་གི་སེམས་ནང་དུ་ཡོད་པའི་སྒྱུ་འཕྲུལ་མཚོན་ནས། བཙུན་མོ་སེམས་འཕགས་ནས་མཚམས་འཛོག་ཐབས་མེད་པར་གྱུར།

ཁོས་ཡང་མུ་མཐུད་ནས་ངའི་སེམས་ཀྱིས་ཁྱོད་ལ་གླུ་དབྱངས་ལེན་པ་ཁྲིད་སྟོན་བྱེད། ང་ཁྱོད་སར་འདུག་ཏུ་འཛུག་རོགས།

ངས་སྐུ་དྲག་ཐ་ཤལ་ཅན་དེ་རྣམས་ལ་བྲོ་གར་འཁྲབ་འདོད་མེད། ང་ལ་ཉི་མ་བཅུའི་ནུས་ཁུངས། ཉི་མ་བཅུའི་ཚེ་མ་གཏོགས་མེད། ལྷག་ཡོད་པའི་ཉི་མ་བདུན་གྱིས་ང་ཁྱོད་དང་མཉམ་དུ་འདུག་བཅུག་ནས། ཁྱོད་ལ་དགའ་སྤྲོ་ཡོང་བར་བྱེད་དགོས་ཟེར།

བཙུན་མོས་སྐད་གདངས་དམའ་མོས་སླེ་ཐུགས་ཀྱིས་ཁྱོད་ཀྱིས་འདི་འདྲ་བྱེད་དགོས་ཡོད་པ་མ་རེད་ཟེར།

ཁྱོད་དེ་འདྲ་མི་དགའ་ཨང་། གྲིབ་གཟུགས་ཀྱི་སྐད་གདངས་སྐྱོ་མོ་བྱུས་ནས། དེ་ནས་སྐད་ཆ་ཚིག་གཅིག་བཤད་པ་དང་། ཚིག་གཅིག་མ་གཏོགས་མི་དགོས། ང་ཁྱོད་ཀྱི་དོན་དུ་ཤི་ཆོག་ཟེར།

ཁྱོད་མོའི་ཆེད་དུ་ཤི་ཆོག་ཨང་། ཟེར་བའི་སྐད་གདངས་རྒྱབ་མོ་ཞིག་གིས་ཁོའི་སྐད་ཆ་མཚམས་བཅད། ཧུན་ཅའི་དངངས་སྐྲག་ངང་ནས་ཕར་ལྟ་དུས། རྒྱལ་པོ་སྤྲོ་ལངས་ནས་རྟེགས་བུའི་སྐས་ཁ་ཏུ་ལངས། ཁོས་ཁོང་ཁྲོ་མི་ལྷུར་འབར་ནས་ངར་སྐད་སྒྲོག་བཞིན། ཤིང་བཟོས་འདྲ་གཟུགས་ཤིག་གིས་ངའི་བཙུན་མོ་ལ་བརྙད་རྐ་བ་ནི། ངས་ཁྱོད་དང་ཁྱོད་

ཀྱི་བདུད་འདྲེ་ལྷ་བུའི་བདག་པོ་གཉིས་ཤ་ཐོར་དུས་ཐོར་བྱེད་བཅུག་ལེ་ཡིན་ཟེར་བ།

ཧྲན་ཅའི་ཡིས་མ་བྱེད། ཁོ་མི་གསོད་པར་མཁྱེན་ཞེས་ནན་ཞུ་བྱས།

འཁང་ར་བྱས་པའི་རྒྱལ་པོ་སྟེགས་བུ་མཐོན་པོའི་སྟེང་དུ་ཡོང་ནས་སྲུང་དམག་པོས།

ཧྲན་ཅའི་ཡིས་མར་ལྷ་དུས། གྲིབ་ནག་དེ་ད་དུང་འགྲུལ་ཚད་ཡང་མི་བྱེད། ཁོས་གྲིལ་འཚུབ་མེད་པའི་ངང་ནས། ཁྱོད་ཀྱིས་ང་ལ་ཅི་འདྲ་བྱེད་དགོས་ཟེར། ངས་ཁྱོད་ཀྱི་བཀའ་མ་གཏོགས་ཉན་རྒྱུ་མིན། ང་ཤི་སོང་ན་དེ་བས་ཡག་པོ་མེད་ཟེར།

རྒྱལ་པོ་སྟེགས་བུའི་སྟེང་ནས་ངར་སྐད་སྒྲོག་བཞིན། དམག་མི་ཚོ་གཅིག་གྲམ་རྫོ་བརྩིགས་པའི་ལམ་བུ་བརྒྱུད་ནས་རྒྱུགས། ཁོ་ཁྲབ་དང་མཚོན་ཆ་ཕན་ཚུན་བརྡར་རེས་བྱས་ནས། མེ་ཏོག་ལྷུམ་རའི་ནང་གི་ལྡིང་འཛུགས་དཀྲིགས།

ཧྲན་ཅའི་ཡིས་སེམས་ཐག་བཅད་དེ་མགྱོགས་པར་ཐོས་ཟེར་བ། མོས་སྐད་དམའ་མོས་འདི་ན་ནས་ཐོས་སོང་ཟེར།

ཐག་སྐྱུལ་འདྲ་གཟུགས་ཀྱིས་ད་དུང་བརྩེ་བས་བྲལ་མི་ནུས་པ་མགོ་ཡར་བཀྱག་ནས་ཁྱོད་ཀྱིས་ང་སྐར་ཡང་ཐུག་ཏུ་ཨེ་འཇུག་ཅེས་དྲིས།

ཧྲན་ཙའི་ཡིས་སྲུང་དམག་ཁ་ཤས་འདི་རུ་ཡོང་ནས། ཏམ་སེམས་ནམ་མཁར་མི་ཤོང་བའི་ཕོག་ཐུག་བྱེད་མཁན་གྱི་ཕྱོགས་སུ་ཡོང་བ་རིག་དུས། ཐུག་རྒྱུ་རེད་ཟེར། ད་ལྟ་ལྟ་བདག་གི་ངོ་ལ་བལྟས་ནས་མགྱོགས་པ་བྱོས། ཁྱོད་རང་གི་ཆེད་དུ། ཐེ་ཚོམ་ཡུད་ཙམ་བྱས་ནས་མོས་ད་རུང་ངའི་ཆེད་དུ་ཡིན་ཟེར།

སེམས་འགུལ་ཐེབས་པའི་བྲན་གཡོག་གིས་སྐད་དམའ་མོས་བཤད་རྒྱུ། ང་ད་ནས་འགྲོ་བ་ཡིན། ཁྱོད་ཀྱིས་བདུད་འདྲེ་སྐྱུལ་འདོད་བྱེད་པའི་ཕྱི་མ་ནག་པོས་འབར་ཤོག་དང་། ང་ངེས་པར་དུ་ཡོང་བ་ཡིན་ཟེར་ཏེ། ཁ་འཁོར་ནས་གྲུང་གི་སྙིང་ལ་བྲོས། བཙུན་མོས་དངངས་སྐྲག་ངང་ནས་སྲུང་དམག་གཉིས་ཀྱིས་མཚོན་ཆ་གཡུག་ནས་དེའི་རྗེས་ལ་འདེད་པ་མཐོང་དུས། ཡུའུ་ཨ་ཡིས་ཡིད་ཆེས་དཀའ་བའི་སྒྱུར་གྲུང་དང་ལག་རྩལ་གྱིས་གྲུང་མཐོན་པོ་ལས་བརྒལ་ཏེ། རིག་རྒྱུ་མེད་པར་

གྱུར།

གྲོང་ཁྱེར་ནང་གི་བཤེར་བཟུང་རྒྱུན་མཐུད་ནས་ཉི་མ་གསུམ་བྱས་ཀྱང་། རྒྱལ་པོའི་སྲུང་དམག་གིས་ད་དུང་ཡུའུ་ཨ་དང་ཁོའི་བདག་པོ་ཟིན་མེད། ཅི་ནུས་གང་ས་བྱས་པའི་སྲུང་དམག་གིས་བྲོས་འགྲོ་བའི་ཐག་སྐྱེལ་འདྲ་གཟུགས་དེ་མཐོང་ནའང་། བབ་བརླིང་དང་ནས་འབྲོ་ཐུབ།

འཁྱུད་སེམས་ཡོད་པའི་སྲུང་དམག་གི་འགོ་དཔོན་གྱིས་ཁོང་ཁྲོ་ལངས་བའི་རྒྱལ་པོ་ལ་གསལ་བཤད་བྱེད་རྒྱུ་ནི། ལྷ་པ་དེ་ང་ཚོའི་མིག་སྔོན་དུ་མེད་པར་འགྱུར་བ། ཁོ་དང་འདྲ་འདྲ་ཡིན་པའི་ཐྲན་གཡོག་བཞི་པོའང་ང་ཚོ་མི་བདུན་བརྒྱད་ཀྱི་མིག་སྔོན་ མེད་ཡལ་བ་རེད། བྲོ་འཁྲབ་པའི་ཤིང་བཟོས་འདྲ་གཟུགས་དེ། (ཁོས་འདི་ན་བཤད་དུས་དངངས་སྐྲག་གི་སྣང་ཚུལ་མངོན་པ།) ཁོ་གཟིག་གི་མྱུར་མགྱོགས་པ་དང་གླང་ཆེན་ལྟ་བུའི་ནུས་ཤུགས་ཡོད། ཁོས་ལག་པ་སྔོང་པས་ང་ཚོའི་མདུང་དེ་བཅད་ཐུབ། རྒྱུགས་ཡོང་དུས་ཀ་ཅང་མགྱོགས་པའི་རླངས་འཁོར་ལས་ཀྱང་མགྱོགས་པ་ཟེར་བ། མཐའ་མ་ཁོས་གཏན་འབེབས་བྱེད་རྒྱུ་ནི། ཁོ་ནི་མིའི་རིགས་མིན། ངོ་

མ་དངོས་གནས་ཀྱི་འདྲེ་སྤྲུག་ཅིག་ཡིན། ང་ཚོ་ནི་ཁོའི་འཁྲུན་ཡ་མིན་ཟེར།

ཡུད་ཙམ་བྱུས་ནས། ཁོས་སྨིག་ནས་རྒྱལ་པོ་ལ་བལྟས་ནས། ཡང་གསལ་བཤད་བྱེད་པ་ནི། ངས་བལྟས་ན། ཁོ་ལ་བཀག་འཛིན་བྱེད་མཁན་ཞིག་ཡོད་པ་རེད། ཐེངས་ཁ་ཤས་ལ་ཁོས་ང་ཚོའི་མི་ཁ་ཤས་ཀྱི་སྐེ་བཅད་ཚོག་པའི་སྐབས་སུ། སློ་བུར་དུ་མཚམས་བཞག་པ། གལ་ཏེ་བཤེར་བཟུང་དྲག་པོ་དང་བཀག་འཛིན་མེད་པ་བྱུས་ན་ཟེར་སྐབས།

རྒྱལ་པོས་སློ་བུར་དུ་ཧའི་ཟེར་ནས། ཕོ་བྲང་དུ་ཕར་འགྲོ་ཚུར་འོང་བྱེད་ལ། ངོ་མདོག་ནག་པ་དང་། སྟོབས་ལྡན་གྱི་རྒྱལ་པོའི་སྲུང་དམག་གི་དམག་དཔུང་གིས་ཤིང་བཟོས་འདྲ་གཟུགས་ཀྱི་མི་འདི་འདུལ་ཐབས་མེད་པ་དང་། སྤྱོབས་པ་ཆེ་བའི་མི་འདི་ད་དུང་རྒྱལ་སའི་གྲོང་ཁྱེར་དུ་སྐྱོད་དེ་མི་འགྲོ་བ། རྒྱལ་པོ་ལ་ཉེན་ཁ་ཡོད་པའི་དངངས་སྐྲག་འབྱུང་བ། ལྟས་ངན་གྱི་ཉོགས་པའི་དུས་སྐབས་དེ་ནས་བཟུང་། བཙུན་མོ་ཉིན་ལྟར་ཁ་མི་གྲངས་པ་དང་དུ་ནས། ཁོའི་དངངས་སྐྲག་དང་རེ་ཞུ་ལ་ཁ་ཡ་མི་བྱེད། ཁོ་འཚབ་འཚུབ་ཀྱི་ངང་ནས་ཕར་འགྲོ་ཚུར་

འགྲོ་བྱས་ཏེ་གློ་བུར་དུ་ལངས་ནས། མི་ནོག་དང་། མགྱོགས་པ་ཧྲན་ཨ་ཁྲུ་རྒྱལ་ས་ལ་གདན་དྲངས་ནོག་ཞེས་ར་བཀའ་བཏང་།

ཧྲན་ཅའི་ཡིས་མོའི་ཁྲོ་གས་ཡུའུ་ཨ་བཤེར་བཟུང་བྱེད་བཞིན་ཡོད་པ་དེ་ཤེས་སོད། འོན་ཀྱང་མོ་ལ་སེམས་ཁྲལ་སྤུ་ཙམ་ཡང་མེད་ལ། མོས་འཚོལ་ཞིབ་བྱས་པའི་སྒྲུང་དམག་ལས་ཡུའུ་ཨ་ཡི་རྫུ་འཕྲུལ་སྟོན་པ་ནང་བཞིན་བྱེད་རྒྱུ་དེ་གོ་བས། མོས་རང་དགའ་བའི་མི་ལ་ཡོད་པའི་རྫུ་འཕྲུལ་ནི་འཐབ་ན་མི་རྒྱལ་མེད་པ་ཡིན་རྒྱུ་ཡིད་ཆེས་ཡོད། ཁོ་ཚོས་མོས་ཡུའུ་ཨ་འདྲེན་ཐུབ་རྒྱུ་ཤེས་པ། ཅའི་མན་ཉིན་ལྟར་འདི་ན་ཡོང་ནས་མོ་ལ་སྐབས་འགར་སྐྱབས་འཇུག་ཞུ་བ་དང་། སྐབས་འགར་སྐད་ཆེན་པོས་དངངས་སྐྲག་སློང་ཡང་། མོས་སྣང་མེད་ཚོར་མེད་དུ་བྱས་པ། ཕོ་བྲང་ནང་གི་མི་ཚང་མ་དངངས་སྐྲག་གི་འདུག་མི་བདེ་བ་བྱེད་པ། མོས་ནི་ཐལ་དྲགས་པའི་ཀུ་རེ་བྱེད་པ་ལྟར་སྒྲོ་བ། སྒྲ་དཀར་གང་བའི་ཨ་ཕས་མོའི་སྟོན་དུ་ཕྱུས་མོ་བཙུགས་ནས། ཁྲིམ་རྒྱུད་དར་ཉམས་འབྱུང་བའི་རྒྱུ་རྐྱེན་གྱིས་མོ་ལ་རེ་ཞུ་བྱེད་དུས། མོ་གཞི་ནས་ཐེ་ཚོམ་འབྱུང་།

མོའི་སེམས་ནང་དུ་ང་ལ་དགོངས་དག་ཞུ་རོགས། ཡུའུ་ཨ། ཁྱོད་ཅི་འདྲ་བྱས་ནའང་ཐག་སྐྱུལ་འདྲ་གཟུགས་ཤིག་ཡིན། ཚེ་སྲོག་ཉི་མ་ཁ་ཤས་མ་གཏོགས་མེད་པའི་ཤིང་བཟོས་འདྲ་གཟུགས་ཡིན། ངས་ཁྱོད་ཀྱི་དོན་དུ་ཚང་མ་དོར་ཐབས་མེད་ཟེར།

ཉི་མ་གསུམ་གྱི་དགོང་མོ་ནུབ་རླུང་དལ་བུ་གཡུག་ཅེ་། རྣ་ཅའི་ཡིས་གྲུང་སྙིགས་སྙིང་གི་ཕྱི་མ་དག་པོ་དེ་སྒར། ཕྱི་མ་དྲག་པོ་འབར་ཞིང་། མེ་ལྕེ་སྔོན་པོ་ཞིག་ཧོབ་ལངས་འབྱུང་བ། དེ་ནི་བཀག་འཛིན་བྱས་པའི་སྔག་བཙོན་སྒྲོམ་ནས་ཐར་བ་བཞིན། དུ་བ་ལྷང་ལྷང་དུ་རླུང་གི་ཁྲོད་དུ་འཐུལ་ན། མི་ཟེའི་དྲི་མ་མཁའ་རླུང་དུ་ཁེབས།

མཚན་མོའི་མུན་པ་འཐིབས་པ། རྩིགས་སྙིགས་ཀྱི་སྙིང་དུ་འཛམ་ཐིང་ཐིང་ཡིན། རྣ་ཅའི་ཁེ་རུ་མ་མ་གཏོགས་མེད་པ་འདྲ། ཕོ་ཡོང་རྒྱུ་མ་རེད། རྣ་ཅའི་ཡིས་དགའ་སྒྲོ་ངང་ནས་དྲན་རྒྱུ། རྒྱུ་རྐྱེན་ཅི་ཡིན་མི་ཤེས། མོ་ཡང་ཡིད་སྨུག་པར་འགྱུར་བ།

གྲུང་སྒྲོན་ནང་གི་མེ་ལྕེ་འཁྱུལ་ཙམ་བྱས་ནས། རྣ་ཅའི་

གློ་བུར་དུ་ཁ་ཚུར་འཁོར་དུས། ཡུའུ་ཨ་དེ་ན་ལངས་ནས་མོ་ལྟ་བཞིན་པ་མཐོང་། དུས་ཚོད་ནི་བར་ཁྲིམས་སུ་དལ་བུ་བྱུས་ནས་འདས་པ། དེ་འདྲ་འཛམ་ཐིང་ཐིང་ཡིན་པ། སྐབས་འཕྲལ་མོས་གཡོ་སྒྱུ་དང་ཉེན་ཁ་ཡོད་རྒྱུ་བརྗེད་དེ། ཡར་སོང་ནས་ཐག་སྒྲུལ་འདྲ་གཟུགས་ཀྱི་དཔུང་དུ་འཁྱུད་པར་བསམ།

འཐབ་རྡ་ཞིག་གིས་མོའི་ལུས་འགྲམ་དུ་སྐད་དམའ་མོས་འཚེར་བ། མོ་གློ་བུར་དུ་གོ་རྟོགས་སད་ནས། ངས་འདི་ཅི་བྱེད་བ་ཡིན་སྙམ་པ། མོ་དངངས་སྐྲག་སྐྱེས། ཡུའུ་ཨ་ཤི་རྒྱུ་ནི་གཏན་ཁེལ་ཡིན། འོན་ཀྱང་ཚེ་འདི་ལ་ཁོ་ལ་རྒྱབ་འགལ་བྱེད་རྒྱུའི་འགྱོད་སེམས་འགྲོལ་ཐབས་མེད། མོས་བར་ཁྲིམས་སུ་འབོད་དེ་བཞིན་ཚུར་མ་ཡོང་། འདི་ན་ཉེན་ཁ་ཡོད་ཟེར།

ཡུའུ་ཨ་ཁ་ཕར་འཁོར་ནས་མེ་ཏོག་ལྷམ་རའི་ནང་གི་རྒྱལ་པོའི་རྟུག་དམག་ལ་བལྟས་ནས། ཁོའི་ངོ་མདོག་སྡུག་བསྔལ་དང་སྐྱོ་སྐྱུར་གྱུར་ནས། འདི་ཅི་མི་སྨིན་ཟེར་བ། ཨུ་མཐུད་ནས་བཙུན་མོའི་ཕྱོགས་སུ་བརྒྱུགས་ནས། གལ་ཏེ་འདི་ཁྱོད་ཀྱིས་གདམས་ག་ཡིན། ང་ཁྱོད་ཀྱི་འགྲམ་དུ་ཤི་བར་བྱ་ཟེར་བ།

རྒྱལ་པོས་ཁ་བཀྲད་མཆེ་གཙིགས་ཀྱིས་ཁོ་བཀག་ཤོག ཁོ་

སོད་ཤོག་ཟེར།

སྟོབས་ལྡན་གྱི་སྲུང་དམག་ཉིས་བརྒྱ་མདུན་དུ་མཆོངས་པས། ལག་སྟོང་མཚོན་མེད་ཀྱི་ཐག་སྒྲིལ་འདྲ་གཟུགས་ལ་སྒྲག་སྣང་སྤུ་ཙམ་ཡང་མེད་དེ་ཟངས་ཀྱི་ཕུབ་དང་མདུང་ལ་ཁ་གཏད། ཏ་ཀྲུའུ་རྒྱལ་རབས་ཀྱི་སྐད་གྲགས་ཡོད་པའི་དཔའ་བོ་རྣམས། ཕོ་དང་འགྲན་དུས་རྩྭ་འབེན་བཞིན་འགྱིན་ཡོག་འགྲོ་བ། ཐག་སྒྲིལ་འདྲ་གཟུགས་ཀྱིས་གཟབ་གཟབ་བྱས་ནས་ཉམས་ཞན་གྱི་མིའི་རིགས་ལ་གནོད་འཚེ་གཏོང་བར་ཆོད་འཛིན་བྱས་ཏེ། བརྩེ་དུང་གི་ཟླ་འཕྲུལ་གྱིས་མིའི་རིགས་དང་འགྲན་རྒོལ་མི་བྱེད་པའི་བཀའ་རྒྱ་ལས་བརྒལ་བ། རལ་གྲི་རྣོན་པོ་རྣམས་རྒྱུ་སྐར་བཞིན་དུ་མཁའ་དབྱིངས་སུ་འཕེན་ནས། ཡང་འབོད་སྐད་སྒྲོག་བཞིན་མེ་ཏོག་དང་ནགས་ཤིང་གི་ཁྲོད་དུ་ལྷུང་བ། ཏ་ཀྲུའུ་རྒྱལ་རབས་ཀྱི་སྲུང་དམག་རྣམས་ཀྱིས་རང་ཉིད་ཚེ་འདི་ལ་དངངས་སྐྲག་ལྡན་པའི་འཐབ་རྩོད་ནང་དུ་ཞུགས་ཡོད་པ་ཤེས།

འཐབ་འཛིང་མཐར་ཐུག་གི་སྒྲི་ཕྱོགས་ཀྱང་འཇམ་ཐིང་ཐིང་འགྱུར་ནས། མཚོན་ཆ་དང་འཐབ་བརྩོད་ནུས་ཤུགས་

དབེན་པའི་སྦྲུང་དམག་ཉིས་བརྒྱ་ལྷག་ཙམ་དེ་ཚང་མ་ཤི། རྨས་སྐྱོན་གྱི་སྡུག་བསྔལ་མྱོང་བའི་ཐག་སྐྱུལ་འདྲ་གཟུགས་རྐང་ཞ་བྱས་ནས་བཙུན་མོའི་འགྲམ་དུ་ཡོང་།

ངོ་ནག་པའི་རྒྱལ་པོས་རལ་གྲི་བཟུང་ནས། ཅི་འདྲ་བྱེད་དགོས་མི་ཤེས།

ཐག་སྐྱུལ་འདྲ་གཟུགས་ཀྱི་སྐད་དམའ་མོས་ཁྱོད་ང་ལ་ཨེ་དགའ་ཞེས་དྲིས།

ཏན་ཙའི་ཡིས་ང་ཁྱོད་ལ་དགའ་ཟེར་ཏེ། བྲོ་འཁྲབ་པའི་སྒྱུ་རྩལ་པ་ལ་ལག་པ་རྐྱང་། ཡུའུ་ཨ་ཡིས་མོའི་ལག་པ་འཇུས་ནས། པུས་མོ་བཙུགས་ཏེ་ཁ་སྦྱོར་བྱས་ནས། ཟངས་སྐུ་ཞིག་དང་འདྲ་བར་མཁྲེགས་པོར་གྱུར་ནས་མི་འགུལ།

ཞེ་སྡང་དཔག་མེད་ལངས་པའི་རྒྱལ་པོས་ལྕགས་འདབ་ཤིང་ལྟར་གཙོག་པའི་རལ་གྲི་དེས་ཐག་སྐྱུལ་འདྲ་གཟུགས་ཀྱི་མགོ་བཅད། བཙུན་མོས་བྲེད་སྐད་བརྒྱབ་ནས་མིག་བཙུམས་པ། དེའི་མགོ་ནས་ཁྲག་ཟགས་རྒྱུ་མེད་ལ། གསེར་འོད་ཤར་བའི་ལྕགས་རིགས་ཡིན་ལ། བསམ་ཡུལ་ལས་འདས་པའི་རྟོག་དྲས་འབྲེལ་བ་བྱས་ཡོད། དེ་མ་ཐག་ནས་རླུང་གི་ཁྲོད་དུ་ཐོར་

ཞིག་ཏུ་སོང་ནས། གྲངས་མེད་ཀྱི་ལྕགས་རིགས་ཆག་རྡུག་ཏུ་གྱུར་ནས་ས་ཐོག་ལ་ལྷུང་།

བཙུན་མོ་ཏྲུ་ཞོར་དུ་ཧྥ་སྐབས། གཡང་ཏེ་ཧྥ་བུའི་ལྷེམ་རྫིབ་ཞིག་མོའི་ལག་ཏུ་ལྷུང་བ། ག་ལེར་བྱས་ནས་འདར་སིག་དང་ཡུའུ་ཨའི་གླུ་སྐད་ཧྥ་བུའི་སྙན་འཛེབས་ཀྱི་སྒྲ་ཤོར་རོ།།

མཇུག་བྱང་།

ཚིན་རྒྱལ་རབས་གོང་མའི་དུས་སྐབས་ནི་ཧྲ་སྤྱང་ཧྥ་བུའི་དུས་རབས་ཤིག་ཡིན། ཀྲུའུ་མའུ་རྒྱལ་པོ་ནི་ཁྲིད་མཚར་ལྡན་པའི་མི་སྣ་ཞིག་ཡིན། སྤྲུང་གཏམ་འདི་ནི་ཕོའི་གནའ་རབས་ཀྱི་ངག་རྒྱུན་ལས་བྱུང་། ཡན་ཧྲི་ཡིས་མི་སྐྲུན་པའི་གཏམ་རྒྱུད་ཕུགས་ཟབ་ཅིང་རྒྱུན་རིང་བ་ཡིན། ༡༨༨༧ལོར། ངས་ཁྲིད་མཚར་ཅན་གྱི་གོས་ནག་གྱོན་མཁན་ནས་ལག་བྲིས་འདི་བླངས། ཕོས་ང་ལ་ཟེར་རྒྱུ་ནི་དུས་རབས་ཁ་ཤས་ཀྱི་སྔོན་ལ་ལག་བྲིས་འདི་ཡོད་པས། ཕོས་སྒྲུགས་ཁ་ཤས་ལ་བཙོས་སྣོན་བྱས་པ་ཡིན་ཟེར། ངས་ཕོའི་བཤད་རྒྱུ་ལ་དོགས་པ་ཡོད་ཀྱང་། དོགས་གཞི་གང་ཡིན་ཤེས་ཐབས་མེད། རྩོམ་ཡིག་གི་ནང་དུ་བཀོད་པའི་སྲུན་མ་གཏོར་ནས་དམག་གྲལ་སྒྲིག་པ་དང་། ཐག་པའི་

ལག་རྩལ། བྲི་བ་སོགས་གནའ་རབས་ཀྱི་བསྟན་བཅོས་ནང་དུ་ཁྱུངས་ལུང་ཡོད་པ། དུས་རབས་ཁ་ཤས་ཀྱི་སྔོན་ལ་དེ་དག་དངོས་གནས་ཡོད་པ་མི་ཤེས། ལོ་རྒྱུས་ཀྱིས་དུས་གཏན་དུ་མི་རྣམས་བསམ་མཚོ་ཕུགས་རིང་གཏོང་དུ་འཇུག་པ་རེད།

གནམ་འོག་གི་ཆུ་རྒྱུན།

天下之水

ཧན་སུང་གིས་བརྩམས།

韩松　著

མི་རིགས་ཀྱི་དམིགས་བསལ་གྱི་ལོ་རྒྱུས་རིག་གནས་གསོག་འཇོག་དང་ཚན་རིག་འཆར་སྣང་གི་བརྩམས་སྒྲུང་ཟླུང་འབྲེལ་བྱེད་པའི་ཚོད་ལྟ་སྔ་མོ་ནས་མགོ་བརྩུགས་པ་ཡིན། འདི་ནི་ཀྱང་གོའི་ཚན་རིག་དང་མཐུན་པའི་འཆར་སྣང་གི་རྒྱུ་མ་ཕུ་འདེད་བྱེད་པ་ཡིན། སྤྱི་ཁོག་ནས་བལྟས་ན། འབར་བརྗོན་འདི་ཡོངས་སུ་ཁྱབ་ཐུབ་མེད་ལ། འོན་ཀྱང་དེའི་ནང་དུ་ཅང་ཡིང་ཧྲན་གྱི་《ཁྲང་ཕིང་གི་ཁྲག》དང་། ཕའེ་ཧྲའེ་ཐན་གྱི་《ཡན་ཧྲེའི་ངག་རྒྱུན》སོགས་ཀྱི་རྩོམ་ཡིག་མང་པོ་ཐོན་སྐྱོང་། ཧན་ཧྲུང་གི་གནམ་འོག་གི་ཆུ་རྒྱུན་དེ་འང་དེའི་གྲས་ཤིག་ཡིན། རྩོམ་ཡིག་དེས་དཔེ་སྟོན་ཅན་གྱིས་ལོ་རྒྱུས་དང་འཆར་སྣང་འདྲེས་པའི་ཆེས་ཆེ་བའི་སེམས་འགུལ་ཐེབས་ཤུགས་མངོན་པ་དང་། མངོན་མེད་དོན་མཚོན་ཁྱད་མཚར་ལྡན་པ་ཞིག་ཡོད།

གཅིག ཞིར་རྒྱུད་ཀྱི་རྩ་ལམ་སྐྱོད་མཁན།

གནམ་འོག་མང་ཆེ་བ་ནི་ཆུ་རྒྱུན་ཡིན། བྱང་ཕྱོགས་སུ་འཁྲུངས་པའི་ལའི་ཏ་འོ་ཡོན་གྱིས་ཉིན་ཞིག་ལ་དེ་འདྲ་ཟེར་ནས་ཚོར་སྣང་སྐྱེས་ནས་དབུགས་རིང་གཏོང་བ་རེད།

ཁོ་འཚོ་གནས་བྱས་པའི་དུས་རབས་དེ་ད་ལྟ་དང་འགྲན་ན། བྱང་ཕྱོགས་ཀྱི་རྫ་ཆུ་འབེལ་པོ་ཡིན། འོན་ཀྱང་མིའི་རིགས་ཀྱི་ཆུ་རྒྱུན་ཏ་ཅང་ཆེན་པོ་ཡིན་རྒྱུ་ཤེས་རྟོགས་བྱུང་བ་ནི། ལའི་ལགས་འདས་ནས་ལོ་ཆིག་སྟོང་ལྷག་ཙམ་གྱི་དོན་ཡིན། ཞིབ་ཚགས་ཀྱི་ཚན་རིག་རྟོག་ཞིབ་བྱས་པ་ལས་མཚོན་པ་ནི། རྒྱ་མཚོ་གཙོ་བོ་བྱས་པའི་ཆུ་དེ་ས་ངོས་རྒྱ་ཁྱོན་གྱི་བརྒྱ་ཆ་བདུན་ཅུ་ཡན་ཆད་ཟིན། དེ་ནི་མིའི་ལུས་ཁམས་ཀྱི་ཆུའི་འདུས་ཚད་དང་འདྲ།

དེ་ནས། འཛིག་རྟེན་དངོས་ནི་ལུས་ཁམས་ཤིག་ཨེ་ཡིན་ན། འདི་ནི་ཡུན་རིང་རྟོག་ཞིབ་དང་ར་སྤྲོད་བྱེད་དགོས་པའི་དོན་དག་ཅིག་ཡིན།

ཅི་འདྲ་བྱས་ནའང་སྐམ་ས་དེ་འབྱུང་ཁུངས་གཙོ་བོ་བྱས་པའི་ཀྲུང་གོ་ལ་བསྟུན་ནས་བཤད་ན། དེའི་སྐབས་སུ་གནམ་

འོག་མང་ཆེ་ཤོས་ཆུ་ཡིན་ཟེར་མཁན་ནི། ངོ་མ་ཉིན་མོའི་སྐར་མ་ལྟ་བུ་ཞུང་བ་རེད།

འོན་ཀྱང་།《ཆུའི་ངན་ངག་གི་མཆན་འགོད》ནང་དུ་རྒྱ་མཚོའི་སྐོར་མང་པོ་བྲིས་མེད། རྒྱ་མཚོ་ཟེར་ས་ཐུག་དུས་དེ་ནས་མཚམས་འཇོག སྐབས་འགར་བཤད་ནའང་བཤད་ཙམ་བྱས་ནས་བཞག དཔེར་ན་ནུབ་ལྷོ་ནས་ཨན་ཧྲི་ལས་རྒྱ་མཚོའི་ནང་དུ་འགྲོ་བ་དང་། ཀྲའེ་ཅང་ནས་ཤར་དུ་རྒྱ་མཚོ་བརྒྱུད་པ་ལྟ་བུའོ།

འདི་ཕལ་ཆེར་རྒྱ་མཚོ་ནི་འཛིག་རྟེན་གྱི་མཐའ་མཚམས་ཡིན་པའི་རྐྱེན་གྱིས་རེད།

ལའི་ཏའོ་ཡོན་འཚོ་གནས་བྱས་པའི་ལྷོ་བྱང་གི་དུས་རབས་ནི། དམག་འཁྲུག་རྒྱུན་ཆད་མེད་པ་དང་། རྒྱལ་ས་ཁ་བྲལ་བའི་དུས་སྐབས་ཡིན། འོན་ཀྱང་ཁོས་བྲིས་པའི་ཆུ་རྒྱུན་ནི། ཆུ་བོ་དང་མཚེའུ། ཆུ་ཕྲན། ཆུ་དོང་། ཆུ་མིག་སོགས་ཁོངས་སུ་གཏོགས་པ། དེ་དག་ས་གཞིའི་ཆེན་པོའི་སྟེང་དུ་ཐོགས་མེད་འབབ་སྟེ། དམག་འཁྲུག་བྱེད་པའི་ཕྱོགས་སོ་སོས་མིའི་ཐབས་ཀྱིས་གཏན་འབེབས་བྱས་པའི་དབྱེ་མཚམས་དེ་བཀལ།

ཐར་ཕྱིར་གྱི་རི་གླང་གི་སྙིང་དུ། ལའི་ཏའོ་ཡོན་གྱིས་གཅིག་གྱུར་གྱི་ཤའི་ཏན་རྒྱལ་རབས་ཀྱི་མངའ་ཁོངས་ཀྱིས་ཁོའི་ཆུའི་འཛིག་རྟེན་བརྗོད། འདི་ལའི་ཏའོ་ཡོན་ཁོ་རང་གིས་ཀྱང་རྒྱུ་མཚན་ཅི་ཡིན་མི་ཤེས། སྐབས་འགར་ཁོ་རང་གིས་རབ་རིབ་ཀྱིས་ཁོས་འདི་ལ་ཁ་གཡར་ནས་དངོས་པོ་གག་གེ་མོ་སྐྱོབ་རྒྱུ་ཡོད་པ་ཚོར་བ་དང་། སྐྱོབ་པར་བྱེད་རྒྱུ་འདི་དག་ནི་མཐའ་ཐུག་སྟོང་ཟད་དུ་འགྲོ་རྒྱུ་ལའང་སྐྲག

ཁོ་རང་གི་དམིགས་ཡུལ་ཅི་ཡིན་གསལ་པོ་ཤེས་བསམ། ཁོས་རང་གི་ཆུའི་ཐད་ལ་ཨུ་ཚུགས་བྱེད་རྒྱུ་ནི། མི་ཕལ་པས་ཤེས་པ་དཀའ་བ་ཞིག་ཡིན། ཁོས་ཆུ་དེ་འདྲ་མང་པོ་ཤེས་ནའང་། རང་གི་བསམ་པ་ཤེས་དཀའ་བ་རེད།

ང་རང་སློན་ཆེན་ཞིག་བྱས་ནས། པའི་ཞིའུ་ཤའོ་ཞིང་རྒྱལ་པོ་དང་མཉམ་དུ་གཟིགས་ཞིབ་ཕེབས་དུས། བར་དུ་ངལ་གསོ་བྱེད་སྐབས། ལའི་ཏའོ་ཡོན་གྱིས་སྤུ་ཕྱུང་ཡར་བཟེ་ནས་དཔུང་པའི་སྟོད་རྩ་འཕགས་པ་ལ་ལྟ་བ་དང་། དེའི་སྐབས་སུ། སེམས་ནང་དུ་གོང་གསལ་གྱི་ངར་སེམས་སློང་།

ཁོས་ཀྱང་དམག་འཁྲུག་ནང་ནས་ཤི་བའི་མི་མང་པོ་རིག

སྐྱོང་། ཁོ་ཚོའི་སྐྱེ་ལྡགས་ཕྱི་ལ་མངོན་པའི་སྨོམ་དྲ་ལྷ་བུའི་ཁྲག་རྩ་དང་། ད་དུང་ཚད་མེད་པའི་རྩ་རྟགས། ད་དུང་དེ་ནས་བཟུང་འཚོ་བཅུད་ཀྱི་ཕན་ནུས་འདོན་ཐབས་མེད་པའི་ལུས་གཉེར་མཐོང་བ། ས་གཞིའི་སྟེང་གི་ཆུ་དང་། མིའི་ལུས་ཁམས་ཀྱི་ཆུ། དེ་དག་གི་བསྒྱུར་གྲངས་མི་འདྲ་ས་གནས་ཡོད་པ་དང་། དེ་ནས་བཟུང་། ཁོ་བསམ་བློ་གཏོང་དཀའ་བར་གྱུར།

ཁ་དབང་རང་ཉིད་ཀྱི་རྒྱལ་པོས་འདི་འདྲ་བྱས་ནས་འཛིག་རྟེན་ངོས་འཛིན་བྱེད་རྒྱུ་མ་རེད། ད་དུང་འཛིང་ཚོག་ཚོག་གི་ག྄ྲ་སྒྲིག་བྱེད་པའི་དམག་དཔོན་རྣམས་དང་། ཕོ་བྲང་དུ་བྲེལ་བ་བྱས་པའི་བློན་པོ་རྣམས་ཀྱིས་ཀྱང་འདི་འདྲ་བྱེད་རྒྱུ་མ་རེད། ལའི་ཏཙོ་ཡོན་ནི་ཆུ་ལམ་སྟེང་གི་ཁེར་རྐྱང་འགྲོ་སྐྱོད་བྱེད་མཁན་དུ་གྱུར།

དེའི་སྐབས་སུ་ཁོས་བློ་བུར་དུ་ཆུ་དམར་པོ་ལ་རྨི་ལམ་རྨིས།

དང་པོ་ཁོས་གང་ན་ཡོད་པའི་ཁྲག་ལས་བྱུང་བའི་ཆུ་ཡིན་སྙམ་ཤར། དེ་ནི་ཁོས་ཆ་ཚང་ཞིང་དྭངས་གཙང་གི་ཆུའི་དཔེ་རིས་འགོད་རྒྱུ་འབད་བརྩོན་བྱེད་རྒྱུ་དེ་ཤུལ་མེད་དུ་འགྱུར་བ།

འོན་ཀྱང་སྐབས་ཐྲལ་པོས་དེ་མིན་པ་ཤེས།

མིག་འཚེར་བའི་ཚོན་མདོག་དེ་ཆུའི་རང་མདོག་ཡལ་ཏུ། དེ་ནི་མཚམས་སྤྲིན་དང་སློག་འཁྱུག་པ་དང་འདྲ། སྐད་ཅིག་ཉིད་དུ་པོ་གཉིད་ལས་སད་ནས། ཧ་ལས་ཏེ་ཡུན་རིང་བསྡད།

ཟླ་འོད་ནི་ཆུ་བཞིན་དལ་དུ་འབབ་སྟེ། པོའི་གོས་ཀྱི་གོང་བ་སྟེང་དུ་ཤར། འཁྲུགས་སིབ་སིབ་ཀྱིས་པོའི་དཔུང་དྲང་གི་རྒྱབ་ཏུ་བརྒྱུད།

པོ་གཉིད་ལས་སད་རྗེས་རྨི་ལམ་རྗེས་དྲན་བྱས། ཆུ་དམར་པོའི་རྒྱབ་ནི། བརྗོད་ཀྱིས་མི་ལང་བའི་ཚོན་དོག་གི་མུན་ནག་ཅན་གྱི་དངོས་པོ་ཡིན། དེ་མུ་མཐའ་མེད་ ཅིང་། སྒྲ་མེད་ངང་ནས་འགུལ་ཏེ། མི་རྣམས་ཡིད་སྨུག་པ་བྱུང་། འོན་ཀྱང་འདི་ནི་ཆུ་ལ་རྗེས་དྲན་དངོས་གནས་བྱེད་པ་རེད་དམ། འཛིག་རྟེན་ཐོག་ལ་འདི་ལྟ་བུའི་ཆུ་ཡོད་རྒྱུ་མ་རེད། ཡང་མིན་ན། རྨི་ལམ་དེ་ནི་ལའི་ཧ་ཚ་ཡོན་གྱིས་མི་ཤེས་པའི་ཆུ་ག་གེ་མོ་སྒྱུ་ལྟས་སྟོན་པ་མ་རེད་དམ།

ཉི་མ་ཁ་ཤས་ཀྱི་ནང་དུ་པོས་རྨི་ལམ་འདི་ཡང་ནས་ཡང་དུ་སྨིས། ཆུ་དམར་པོ་ཉིན་རེ་བཞིན་དྲག་ཤུགས་ལྡན་པ་དང་།

ཉིན་ཞིག་ལ། གནམ་འོག་གི་ཆུ་ཚང་མ་དམར་པོ་འགྱུར་ཡོད།

ཕར་ལྟ་དུས། ཆུ་རིགས་གཅིག་གིས་ཆུ་སྣ་མང་པོ་གཅིག་སྒྱུར་བྱེད་པ་དང་འདྲ།

ཟི་ལམ་ནང་གི་ཆུ་ནི། བསམ་པའི་འདོད་གཡེམ་ཞིག་ཏུ་གྱུར།

འདིའི་སྐབས་སུ། ལའི་ཏ་འོ་ཡོན་ལ་ཟླ་ཆུའི་མུང་སློའི་ཐབ་ཆུ་ལ་བལྟ་བར་འགྲོ་བའི་ངར་ཤུགས་བྱུང་། དེ་ནའི་ཐབ་ཆུ་དྲག་པོ་དང་། མཐོན་པོར་འབབ་རྒྱུ་དེས་སེམས་ནང་གི་དོགས་གཞི་མེད་པར་བྱེད་པ་དང་། ཡུན་རིང་གསོག་པའི་ངར་སེམས་དང་རེ་འདོད་ཡིད་སྨོང་བྱེད་ཐུབ།

འོན་ཀྱང་འགྲོ་བའི་ལམ་དུ། ཁོ་རང་གིས་དེ་བས་དཔོག་དཀའ་བའི་འདུ་ཤེས་སྐྱེས་པ། དེ་ནི་ཆུ་དམར་པོ་གང་ནས་ཡོང་བ་ཡིན་རྒྱུ་སེམས་ནད་བྱུས། འོན་ཀྱང་སེམས་ནད་འདི་འདྲ་བྱེད་དགོས་དོན་ཅི་ཡིན་ནམ། ཟླ་ཆུའི་མུང་སློའི་ཐབ་ཆུ་ཡིན་དོན་ཅི་ཡིན་ནམ། དེ་ནི་སེར་པོ་དང་དམར་པོ་ནི་མི་འདྲ་བའི་ཚོན་མདོག་ཡིན།

ཅི་འདྲ་བྱུས་ནའང་། ཆུ་རྒྱུན་དམར་པོ་ལ་ཞེན་ཆགས་

དང་དངངས་སྐྲག་འབྱུང་རྒྱུ་ལ་གཞིགས་ནས། ལའི་ཏའོ་ཡོན་སྨུང་སྒོ་ལ་ཐོན་ཡོད། འདི་ནི་ཏ་ལམ་ཤའོ་ལིང་རྒྱལ་པོ་ཐའི་ཏའོ་ལོ་ཉེར་གཅིག (སྤྱི་ལོ༨༡༧) གྱི་དོན་དག་ཡིན་པ་དང་། ལའི་ཏའོ་ཡོན་ལོ་སོ་གཉིས་ཡིན།

གཉིས། ཟུར་གཟུགས།

སྨུང་སྒོ་ལ་ཡོད་དུས། ལའི་ཏའོ་ཡོན་གྱིས་ཆུ་དམར་པོ་རིག་མེད། འོན་ཀྱང་རྨ་ཆུའི་ཆུ་འདྲེ་མོ་བཞིན་སྒྱོ་བ་ལྟར་རྒྱུགས་པའི་སྣང་ཚུལ་མཐོང་དུས། དེའང་ཆུ་སྣ་ཚོགས་ཡོད་པའི་རྟགས་སྟོན་པ་དང་འདྲ། དེའི་ནང་དུ་ལའི་ཏའོ་ཡོན་གྱིས་མི་ཤེས་པའི་ཆུ་ཡོད།

འདིའི་སྐབས་སུ། ལའི་ཏའོ་ཡོན་གྱི་སེམས་ནང་དུ་ཚོར་སྣང་ཤར་བ། གློ་བུར་དུ་ཡར་འཁོར་ནས་ལྟ་དུས། སྨུང་སྒོའི་ཐབ་ཆུ་ལས་བར་ཐག་སྨི་བརྒྱ་ཡོད་པའི་གནས་སུ་སྨྱུག་མ་སྐྱེ་རྒྱུ་མཐོང་། འདི་ནི་ཁྱད་མཚར་ལྡན་པའི་དོན་དག་ཡིན། ཁོའི་ཤེས་བྱའི་ཁོངས་གཏོགས་ནང་དུ། སྨུ་ཕྱུགས་ཀྱི་གནས་སུ་རྩེ་ཤིང་འདི་དག་ཡོད་དགོས་པ་རེད། འདི་ནི་གཤིས་ཀ་ཁྱད་མཚར་ལྡན་པའི་སྨྱུག་མ་ཞིག་ཡིན།

སྐྱེ་གཟུགས་མཛེས་པའི་སྨྱུག་མ་དང་དྲག་ཏུ་འབབ་པའི་ཆུ་ཚུ་གཉིས། ཕན་ཚུན་རྒྱུན་རིས་བྱེད།

སྔོ་སེང་སེང་གི་སྨྱུག་མ་འདི་དག་གིས། ལའི་ཏཙོ་ཡོན་སྤྲོ་སེམས་འཕོལ་དུ་བཅུག་སྟེ། སྨྱུག་མ་ལ་གཏད་ནས་སོང་། ལམ་བུ་ཀྱག་ཀྱོག་དང་འོད་གཟུགས་བརྗིགས་པ། བྲག་གཟར་མཐོ་དམན་མི་མཉམ་པ། ཡུན་རིང་བ་མེད་པ། ཆུ་རྒྱུན་དལ་འབབ་ཀྱི་སྐད་ཐོས་པ། དེ་ནི་ཆུ་ཚུའི་དྲག་འབབ་དང་མི་འདྲ་ཞིང་། སྙན་འཇེབས་ཀྱི་གླུ་སྐད་དང་འདྲ། ལའི་ཏཙོ་ཡོན་དེ་བས་སྤྲོ་སྣང་སྐྱེ།

ཆུ་སྐད་སྐབས་འགར་ཆེ་ལ་སྐབས་འགར་ཆུང་། སྐབས་འགར་ཐག་རིང་ཞིང་སྐབས་འགར་ཐག་ཉེ། ཆུ་ཕྲན་ཆུང་ཆུང་ཞིག་དང་འདྲ་བར། བྲག་རི་གཡང་གཟར་གྱི་ཁྲོད་དུ་རྒྱུགས་པ། ཁོས་སེམས་ཐག་བཅད་ནས་དེ་འཚོལ་ཞིབ་བྱེད་དུ་སོང་། སྐབས་འགར་གཡས་སུ་ཡོད་པ་སྐབས་འགར་གཡོན་དུ་ཡོད། སྐབས་འགར་སྔོན་ལ་ཡོད་པ་དང་སྐབས་འགར་རྗེས་ལ་ཡོད། སྤྲོ་སྣང་དཔག་མེད་འབྱུང་།

ཀློ་བུར་དུ་ཆུ་སྐད་ཆེན་པོ་གྲགས། མདུན་དུ་ཡོད་སྣང་

ཤར་ནས། མགྱོགས་མྱུར་དུ་ཐོན་ལ་སོང་། ཆུ་སྐད་ཡང་ཆུང་ཆུང་དུ་གྱུར། མིག་སྔར་གསལ་པོ་ཞིག་བྱུང་སྟེ། དེ་ནི་ཆུ་ཕྲན་མིན་ལ། མིའི་བཞིན་རས་འདྲ་བའི་རྫིང་ཆུ་ཡིན། ཆུ་མདོག་དམར་སྨུག་ཡིན། ཕྱོགས་བཞི་ལ་སྨུག་མས་བསྐོར་བ། རླུང་འཇགས་སྤྲིན་འཇོག ཆུ་ངོས་འཕེལ་འགྲིབ་མི་མཉམ། གྲངས་ལས་འདས་པའི་ཉ་ཆེན་པོ་དེའི་འོག་ཏུ་གཡོ།

རྔོགས་པ་བྱེད་བཞིན་པའི་སྐབས་སུ། སྨུག་གསེབ་ཏུ་ཐྭའི་སྒྲིལ་བུ་ཞིག་མཐོང་བ། སྒོ་དམ་པོ་བརྒྱབ་མེད་པས། སྒོ་ཕྱེས་ནས་ནང་ལ་སོང་། མི་ཞིག་སྨུག་གདན་གྱི་སྟེང་དུ་ཉལ་ཡོད། དེའི་སྐབས་སུ་ཆུ་སྐད་སློ་བུར་དུ་ཆེན་པོར་གྱུར།

ལའི་ཏཚོ་ཡོན་ལག་པ་འགུལ་ཙམ་ཡང་མ་བྱས་ནས་ལངས། ཡུན་རིང་མ་སོང་། མི་དེ་གཉིད་ལས་སད། འགུལ་བ་ཡོད་པ་མཐོང་དུས། ནང་དུ་གདན་ནས་ཇ་དྲངས། ཞིབ་མོ་བྱས་ནས་ལྟ་སྐབས། མི་དེའི་ཁ་སྤུ་ཕྲག་པའི་སྟེང་དུ་འཕྱོར་བ། ལག་པ་པུས་མོའི་འོག་ལ་ཐོན། ལའི་ཏཚོ་ཡོན་གྱིས་ཁོ་དྲང་སྲོང་ཞིག་ཡིན་པ་ཤེས་ནས། གུས་སེམས་སྐྱེས།

ཇ་ནི་སྔོ་ཐིང་ཐིང་ཡིན་པ་ལས་དམར་པོ་མིན། དེ་ནས་

རྫིང་བུའི་ནང་གི་ཆུ་མིན་པ་ཤེས། དེའི་སྐབས་སུ་སྔོ་ཆུ་ཡང་ཕྱི་ཡི་སྐད་ཆེན་པོ་གྲགས།

ལའི་ཏ་འོ་ཡོན་གྱིས་ལྟ་ཞིབ་བྱེད་དུས། འདི་ན་ཆུ་རྒྱུན་མེད་ལ། ཕྱི་ཕྱོགས་ལ་རྫིང་ཆུ་ཞིག་ཡོད་པས། ངོ་མ་བྱུས་ན་འཛམ་ཐིང་ཐིང་ཡིན་དགོས་པ་ལས། འདི་འདྲ་ཆུ་སྐད་ཆེན་པོ་གྲགས་དོན་ཅི་ཡིན་ཞེས་དྲིས།

མི་རྒན་གྱིས་སྐུ་མགྲོན་ཁྱོད་ཀྱིས་མི་ཤེས་པ་རེད། ཆུ་འདི་ཆུ་དཀྱུས་མ་མིན་ལ། ཕྱོགས་གཅིག་གི་སྒྲོག་ཅན་ཡིན།

ལའི་ཏ་འོ་ཡོན་ཡ་མཚན་ཆེན་པོ་སྐྱེ་སྟེ། མི་རྒན་གྱིས་ཡང་བསྐྱར་རྫིང་བུའི་འགྲམ་དུ་ཁྲིད།

དེའི་སྐབས་སུ་ཆུ་འཛམ་པོ་ཡིན་ཞིང་། ཞི་འཛམ་གྱི་ཆུ་སྐད་གྲགས། དེ་ནི་མི་རྒན་གྱི་ཞི་དུལ་གྱི་སྐད་དང་མཚུངས། ལའི་ཏ་འོ་ཡོན་གྱིས་ཐལ་མོ་རྡེབ་ནས་ཡ་མཚན་ཆེ་ཟེར།

མི་རྒན་གྱིས་འདི་འདྲ་ཁྱད་མཚར་ཅན་ནི། ངོ་བོ་ནི་ཆུ་དང་ཁྱད་པ་མེད། གཟུགས་དབྱིབས་ཟུར་དུ་འགྱུར་བ། དེ་ལ་ཟུར་གཟུགས་ཟེར་བ།

ངས་འདི་ན་བཞུགས་དོན་ཅི་ཡིན་ནམ་ཞེས་དྲིས།

ལོ་གསུམ་སྔོན་གྱི་ཆར་བ་འབབ་པའི་མཚན་མོ་ཞིག་ལ། ལུང་སྟོ་ལ་འབྲུག་ཆར་བབས་པས། ཉོགས་པ། སྟོ་ཁ་ལ་རྫིང་ཆུ་དམར་པོ་ཞིག་ཆགས་པ། ངས་ཁྱིད་མཚར་ལྡན་པ་བསམ་ནས། རྗེས་མར་རིམ་བཞིན་འདི་ནི་ཆུ་དམིགས་བསལ་ཅན་ཞིག་ཡིན་པ་ཤེས།

མི་རྣམ་པོས་བཤད་ཚར་རྗེས། སྐད་དམའ་མོས་འཐོད་སྐད་ཁ་ཤས་བསྒྲགས་རྗེས། ཆུ་འཁྱོ་ཡར་ཆུ་སྐད་ལ་འགྱུར་ལྡོག་མེད། སེང་གེ་དང་འདྲ་ལ། ཕོ་རྒོད་ལ་ཡང་འདྲ། བུད་མེད་དང་འདྲ་ལ། ཆ་ག་པ་དང་འདྲ། ལའི་ཏའོ་ཡོན་གྱིས་འཐོད་སྐད་ཐེངས་ཁ་ཤས་བྱས་ཀྱང་། ཆུ་ཡིས་ཁ་ཡ་མི་བྱེད། སྐབས་འགར་ཡང་ངོ་ཚ་མདོག་བྱས་ནས། གཞོན་ནུ་མ་དང་འདྲ།

ལའི་ཏའོ་ཡོན་གྱིས་མི་རྣམ་པོ་ལ་ཉེ་ཆར་ཆུ་དམར་པོ་རྨི་ལམ་རྨིས་ཏེ་གཞི་ནས་འདི་ཏུ་ཡོང་བ་ཡིན་ཟེར། མི་རྣམ་པོས་སྨྲི་སྤྱུགས་ཚད་མེད་འདོན།

ལའི་ཏའོ་ཡོན་གྱིས་ཡང་བསྐྱར་ཆུ་ལ་ལྟ་ཞིབ་བྱེད་པ་དང་། ཆུ་ཡོངས་སུ་དྭངས་གཙང་ཡིན་ཞིང་། ལྷད་རྫས་ཕྲ་ཙམ་ཡང་

མེད། གཙང་ཞིང་གསལ་ལ། རྗོ་བྱེ་ཁག་ དབྱེ། ད་དུང་སྒྱུར་དངོས་ཡོད་པའི་ཚོར་སྣང་ཡོད། ཁོ་ནི་རྨི་ལམ་ནང་དུ་གནས་པ་བཞིན། ཆུ་ངོས་ལ་ཐུག་སྐབས། ཉོད་སྐྱིད་ཀྱིས་ཡོངས་སུ་ཁེངས་པ། མུ་མཐུད་ནས་ནང་དུ་བསྙེངས་དུས། དེའི་གཏིང་དུ་སྒྱུར་བ། མགྱོགས་མྱུར་ངང་ཡར་ལངས་ཏེ། ཆུ་ཡང་དགོད་པའི་སྒྲ་འདོན་པ་བཞིན་བྱེད།

ཁོ་དང་མི་རྒན་གཉིས་ཁང་པའི་ནང་དུ་སོང་ནས། མི་རྒན་པོས་ཡུན་རིང་གནས་པའི་ཆུའི་སྐད་དབྱེ་འབྱེད་བྱེད་ཐུབ་པ་དང་ཟུར་གཟུགས་དང་ཡང་ཁ་བརྗ་བྱས་ནས་དེའི་ཁྱད་མཚར་གྱི་མོ་རྒྱུས་ཤེས་པ་ཡིན་ཟེར།

ཟུར་གཟུགས་ཀྱིས་མི་རྒན་པོ་ལ་བཤད་པ་ནི། རང་དུས་རབས་ནམ་ཡོང་བ་ཡིན་པ་མི་ཤེས་པ་དང་། ཐ་ན་འདས་པ་ཡིན་པའམ་མ་འོངས་པ་ཡིན་པའང་མི་ཤེས།

དེ་ཡི་སེམས་ནང་ཡོད་པ་ནི། མེས་པོ་ནི་མིའི་རིགས་དང་འདྲ་བའི་སྐྱེ་དངོས་ཡིན། སྐམ་ས་ལ་འཚོ་གནས་བྱས། རྗེས་མར་འཛིག་རྟེན་གྱི་དམག་འཁྲུག་ཆེན་པོ་བྱུང་ནས། སྐམ་སའི་སྐྱེ་དངོས་མ་ལག་ལ་གཏོར་བརླག་འབྱུང་། སྐྱེ་དངོས་

ཡོངས་རྫོགས་ཆུའི་ནང་དུ་འཚོ་གནས་བྱེད་ཐུབ་པ་བསྒྱུར་ནས། ཆུའི་ནང་དུ་ཡོང་ནས་ཉེན་ཁ་གཡོལ་བར་བྱས།

དང་ཐོག་མིའི་རིགས་ཀྱི་གཟུགས་དབྱིབས་དང་འདྲ་བ། ཨོན་ཀྱང་སོ་ཁྲི་སྟོང་ཁ་ཤས་རིང་གི་རིམ་འགྱུར་བྱུང་ནས། སྔོན་གྱི་གཟུགས་དབྱིབས་ངོར་ཏེ། ཚོ་སྒྲིག་དེ་ཆུ་རྒྱུན་ལ་བརྟེན་པ་སྟེ། འཇིག་རྟེན་ང་ཡིན་པ་དང་། ང་ནི་འཇིག་རྟེན་ཡིན་བསམ་ནས། དེ་འདྲ་བྱས་ན་དུས་གཏན་དུ་གནས་ཐུབ་པ་བསམ་པ་རེད།

ཡིན་ཡང་ཉིན་ཞིག་ལ། གནོད་སྐྱོན་གསར་པ་མ་བགྲོས་རང་སླེབས་བྱུང་། རིགས་དེ་ཆུའི་འཇིག་རྟེན་ལས་མི་འབྲལ་ཁ་མེད་འབྱུང་ནས། རྒྱུས་མེད་པའི་བར་སྣང་ཞིག་ཏུ་གནས་སྤོ་བ།

ཨོན་ཀྱང་བར་ཆད་བྱུང་བ། གནས་གང་དུ་ནོར་བ་ཡིན་པ་མི་ཤེས། ལམ་ནང་དུ་རྗེས་དབང་དུ་བྱུང་བའི་ནོར་འཁྲུལ་གྱིས་འཇིག་རྟེན་འདིའི་ནང་དུ་ཕངས་ནས། དམིགས་ཡུལ་གྱི་གནས་སུ་ཐོན་མེད།

ལའི་ཏཙོ་ཡོན་གྱིས་དེ་རྟེན་གནས་དང་འབྲེལ་བའི་ཆུའི་

འཇིག་རྟེན་གང་དུ་ཡོད་དམ་ཞེས་དྲིས།

དེ་ནི་རྒྱ་མཚོ་ཡིན།

དེ་ནས་རྒྱ་མཚོ་ཡོངས་རྫོགས་སྐྱོར་བ་ཨེ་རེད་ཟེར། ལའི་ཏའོ་ཡོན་གྱིས་རྗིང་ཆུ་ལ་བལྟས་ནས་ཧ་ལས་སོང་།

དེ་རེད། རྒྱ་མཚོ་ནི་ཟླུག་གཟུགས་རེད། ཟུར་གཟུགས་ནི་རྒྱ་མཚོ་ཡིན། མི་རྒན་པོས་ཡིད་སྐྱོ་བའི་ངང་ནས་ཁོས་རང་སྐྱོབས་རྒྱུ་དེ་མཐའ་ཐུག་པམ་སོང་ཟེར་བ།

བྱང་མི་ལའི་ཏའོ་ཡོན་གྱིས་རྒྱ་མཚོའི་སྐོར་ལ་མང་པོ་མི་ཤེས། འོན་ཀྱང་དེའི་སྐབས་སུ་ནོ་ཁ་དབྱར་མཚོ་ལྟར་རྒྱས། སུ་མཐའ་མེད་པའི་རྒྱ་མཚོ་དང་གཏིང་ཐུང་བའི་རྗིང་ཆུ་གཉིས་གཅིག་ཡིན་རྒྱུ་དེ་བསམ་ཡུལ་ལས་འདས་པ། རྒྱ་མཚོ་སྔོན་པོ་དེ་ནམ་ཡང་དམར་པོར་འགྱུར་བ། ཟུར་གཟུགས་ཀྱིས་ཟེར་བ་ལྟར། འདས་པ་ཡིན་ནམ་མ་འོངས་པ་ཡིན། ཁོ་མགོ་རྨོངས་པ་གྱུར་སོང་། འོན་ཀྱང་གཏན་ཁེལ་བྱེད་ཆོག་པ་ནི། རྒྱ་མཚོ་མིག་སྔོན་དུ་རྒྱང་རིང་དུ་ཅི་ཡང་མི་ཤེས་ནས་གཡེང་བ། དེ་ནི་ལའི་ཏའོ་ཡོན་སྣ་ཕྱོགས་ལ་གཏན་ནས་འགྲོ་མ་མྱོང་བ་དང་འདྲ། རྒྱ་མཚོའང་ནམ་འདི་དུ་སླེབས་མྱོང་།

དེ་ནི་སྙིང་རྗེ་བའི་སྒྲོག་ཅན་ཡིན། འདི་ན་ད་རུང་ཡུན་རིང་ཅི་ཚད་གནས་ཐུབ།

ཐལ་ཆེར་ཉི་མ་མང་པོ་ཡོད་པ་མ་རེད།

གལ་ཏེ་དེ་དག་ཡང་བསྐྱར་རྒྱ་གསོན་པོའི་ནང་དུ་འཇོག་ན་ཟེར་བའི་སྐབས་སུ། ལའི་ཏའོ་ཡོན་གྱི་མིག་སྔོན་དུ་མུང་སྒོའི་རྐ་ཆུ་ཆེན་པོ་དེ། ནུས་པ་གང་ཡོད་ཀྱིས་རིག་མ་མྱོང་བའི་རྒྱ་མཚོའི་ཕྱོགས་སུ་རྒྱུགས་རྒྱུ་དེ་ཤར། རང་ཉིད་ཚོ་ཕྱི་ཀ་ཆུ་དང་འབྲེལ་བ་བྱེད་པའི་ལོ་རྒྱུས་ལ་དྲན་དུས། ལའི་ཏའོ་ཡོན་གྱིས་ཟུར་གཟུགས་སྐྱོབས་ཐུབ་པའི་སྨོན་འདུན་ཡོད།

མི་རྐན་པོས་སྨིན་མ་བསྡུས་ནས་དེ་འདྲ་བྱས་ན། ཚེ་སྲོག་མགྱོགས་མྱུར་དུ་རྒྱ་སྐྱེད་བཏང་ནས། རྒྱ་མཚོ་གསར་པ་ལ་འགྱུར་བ། འདི་ནི་དེ་དག་གསོ་སྐྱེལ་འབྱུང་བའི་ཐབས་ཤེས་ཡིན། གནམ་འོག་གི་ཆུ་དམར་པོར་གྱུར་བ། དེ་ནི་གཅིག་ཡིན་ལ། གཅིག་ནི་ཀུན་ཡིན་ཟེར།

དེ་ནས། དེ་ནས། ང་ཚོའི་འཛིག་རྟེན་དེ་ཆུའི་འཛིག་རྟེན་དུ་གྱུར། འཛིག་རྟེན་འདི་ལ་ང་ཚོས་བརྗོད་པའི་ཆུ་དེ་མེད་འགྲོ་བར་ འགྱུར་ཟེར།

སྐད་ཆ་འདི་ཐོས་རྗེས། ལའི་ཏའོ་ཡོན་དེ་མ་ཐག་ནས་རེ་ཐག་ཆོད།

མཚན་མོ། ལའི་ཏའོ་ཡོན་དབེན་པའི་སྤྱིལ་བུའི་ནང་དུ་ཉལ། ནམ་ཕྱེད་ཡིན་དུས་ཁོ་གཉིད་ལས་སད་ནས། ཕྱི་ཕྱོགས་ནས་ངུ་སྐད་གཅིག་ཐོས། དེ་ནས་ཁོས་བསམ་བློ་བཏང་སྟེ། དང་པོ་མི་འདྲ་རིགས་དེ་རྣམས་གཟབ་གཟབ་མ་བྱས་ནས་རང་གིས་རང་མེད་པར་གཏོང་བ་ཨེ་ཡིན་ནམ། བསམ་ཡུལ་ལས་འདས་རྒྱུ་ནི། ཚེ་སྲོག་གཅིག་འཛིག་རྟེན་ཞིག་དེ་ནི་ཆུ་ཡི་སྦྲིག་གཞི་བྱས་ནས་གྲུབ་པ་ཡིན།

ངུ་སྐད་རིམ་བཞིན་ཆེ་རུ་སོང་། ཟུར་གཟུགས་ཀྱིས་ངུ་སའི་ཡོད་ལེ་ཨེ་ཡིན་ནམ། ཡང་མིན་ན། དེ་རིགས་གཅིག་པ་སྔོ་གནམ་འོག་གི་ཆུ་རྒྱུན་འབོད་སྐད་གཏོང་བ་ཨེ་ཡིན་ནམ། འོན་ཀྱང་ལའི་ཏའོ་ཡོན་གྱིས་ཤེས་པ་ནི། ཆུ་ལ་རྣམ་ཤེས་མེད་པ་དེ་ཡིན།

ཁོས་ཆུ་ཡིས་གནས་སྤོ་བའི་དམིགས་ཡུལ་ལ་མཚར་སྣང་ཤར། དེ་ག་ན་ཡོད་དམ། རྒྱ་མཚོ་ཕྱི་རུ་བྲོས་ཐུབ་པའི་བར་སྣང་དེ་ནི་བསམ་པས་ཆོད་དཔག་བྱེད་ཐབས་མེད།

ཐལ་ཆེར་གོམས་ཚར་བ་ཡིན་པ་རེད། མི་རྣམ་པོ་ཚུ་སྒྲས་གཉིད་དཀྲོག་མེད་པ་དང་། ཧར་སྒྲ་ཆེན་པོ་བརྒྱབ་ནས་གཉིད་རྗེ་ལམ་ཡང་ཡག་པོ་ཅི་བཞིན་ཡོད། ལའི་ཏའོ་ཡོན་ནི་ཡིད་སྡུག་སེམས་གཡེང་གི། གོས་གྱོན་ཏེ་སྤྱིལ་བུའི་ཕྱི་ལ་ཡོང་།

ནམ་ཕྱེད་མུན་ནག་ཡིན་པ་དང་། མཁའ་དབྱིངས་སུ་སྤྲིན་སྐར་གཏུམ་པོའི་ངང་གནས། ཐག་རིང་བའི་མཁའ་དབྱིངས་ཀྱི་དཔག་དཀའ་བའི་མེ་ཕྲེང་འདི་འདྲ་དམའ་བ་དང་ཐག་ཉེ། མགོ་སྟེང་དུ་ལྷུང་བ་དང་འདྲ། ལའི་ཏའོ་ཡོན་གྱིས་དེ་ནི་འབབ་པའི་ཚུ་ཐིགས་བཞིན། ལུས་པོ་ཡོངས་སུ་འདར་སྣང་ཞར། དེའི་རྒྱབ་ལ། སོས་གཏན་ནས་དྲན་མ་སྤྱོང་བའི་དངོས་པོ་གཡེང་བཞིན་པའི་སྣང་བ་ཞར་བ། དེ་ཅི་ཡིན་སོས་བརྗོད་ཐབས་བྲལ། འོན་ཀྱང་དེ་སོའི་ཚོར་སྣང་ལས་བརྒལ།

ཚུ་སྐད་དེ་བས་ཡིད་སྐྱོ། ཚུ་དངོས་སུ་ཡར་མཆོངས་ནས། ཀ་བ་རིང་པོ་ཞིག་ཏུ་གྱུར། བརྗོད་ལས་བྲལ་བའི་འཇིགས་རྐྱེན་དང་བཅར་བར་བྱེད་དགོས་བསམ་ཀྱང་། ཧ་ཅང་ཐག་རིང་། མཐའ་མར་ཚུ་ཀ་འདི་ཡིད་ཐང་ཆད་དེ་བརྟོན་ལེན་བྱེད་རྒྱུ་དོར་ཏེ། མར་ལྷུང་སྟེ་འདུག་གནས་ནས་མི་འགུལ།

ལའི་ཏ་ཙོ་ཡོན་གྱིས་བར་སྣང་ཟེར་བ་ཡིན་ཡང་། བར་སྣང་གི་ཕྱི་ཕྱོགས་སུ་གནས། ཀུང་བཀྲལ་གྱི་ནུས་པ་དང་ཆེས་སླ་བའི་སྒྲིག་གཞི་ཡོད་པ་མ་ཟད། རིག་རྒྱུ་མེད་ལ་རིག་རྒྱུ་མེད། ཐ་ན་བསམ་པའི་བཀོད་ཤུགས་ཀྱང་ཚོད་འཛིན་བྱེད་པ། འདི་ལྟ་བུའི་རྟོག་བསུན་གྱི་ཚོར་སྦྱོང་དེ། ཁོའི་གཏན་ཁེལ་བྱས་ཚར་བའི་མི་ཚེ་འདིའི་ནང་དུ་འཇུག་པའི་ཚོར་སྣང་ཡོད། ཁོས་འདི་ལྟ་བུ་བརྗོད་ལས་འདས་པའི་གནས་རྒྱུ་དེ། ཆུ་ཡིན་ནའང་འདྲ། མི་ཡིན་ནའང་འདྲ། ཅི་འདྲ་བྱས་ནས་རང་ཉིད་དེ་འདྲ་སླ་མོའི་ངང་ནས་སྐྱབ་རྒྱུ་ཡོད་པར་དེ་རེད།

རྗེ་ལ་རི་མོ་བཀོས་པ་ལྟར་སེམས་ལ་ངེས་པའི་རྒྱུ་རྐྱེན་མེད་པའི་སྡུག་བསྔལ་གྱིས། ཁོ་རང་སྐད་ཆེན་པོས་ངུ་འབོད་བྱེད་བསམ། དེའི་སྐབས་སུ་རྫིང་ཆུ་ཡིས་མིག་བགྲད་དེ་ཡ་མཚན་ཆེ་བའི་ངང་འཚེར་སྣང་སྐྱེ་ནས་ཁོ་ལ་བལྟས། ཁོས་ངོ་ཚ་དཔའ་འཁྱུམས་ཀྱིས་རང་ཉིད་ཀྱི་བརྩེ་དུང་ཚོད་འཛིན་བྱས།

འོན་ཀྱང་། རྒྱ་མཚོ་ལ་བསྟུན་ནས་བཤད་ན། བར་སྣང་ལས་བཀྲལ་བའི་བར་སྣང་དེར་དོན་སྙིང་ཅི་ཡོད་དམ། ཡིན་ཀྱང་ཆུ་རྒྱུན་གྱི་སྲོག་ཅན་ཞིག་ཡང་ཅི་འདྲ་བྱས་ནས་འཚོལ་བ

དང་གནས་པ་ཡིན་ནམ། ཕལ་ཆེར་ཆུ་ཡིན་པ་མ་རེད།

འཇིག་རྟེན་གྱི་བར་ལ། དུས་དང་གནས་གཏན་འབེབས་བྱས་པའི་གཟུགས་དབྱིབས་མེད།

དེའི་སྐབས་སུ། གློ་བུར་དུ་ལའི་ཏཙོ་ཡོན་ཆུ་འདི་དང་རང་ཉིད་བར་གྱི་འབྲེལ་བ་ཤེས་ནས། སེམས་ནང་དུ་དངངས་སྐྲག་ཚད་མེད་བྱུང་།

ཁོ་མཁྲེགས་པོའི་ངང་ནས་དེ་ནས་ལངས། ཅི་བྱ་གཏོལ་མེད་དུ་གྱུར། མཚམས་སྤྲིན་གྱི་འོད་མདངས་ཤར་སྐབས། རྨི་ལྟས་ངན་པ་འདི་ཡལ།

ཆུ་དེ་མི་འགྱུལ་ལ། དམར་པོའི་ནང་དུ་སྒྲོ་སྐྱ་བོ་ཞིག་བྱུང་བ། ཁོས་ལག་པས་རེག་སྐབས། དེ་ནི་མཁྲེགས་པོ་དང་གྲང་ངར་གྱིས་རྗེབ་པ་ཡིན།

ཞི་ཚར་ཨང་། ཁོ་དངངས་སྐྲག་བྱུང་ནས་ཕར་འཁོར་ཏེ་སྤྱིལ་བུ་ལ་ལྟ་དུས། དེའང་སྤྲིན་སྨུག་གི་ནང་དུ་རིམ་བཞིན་ཡལ་བ།

ཁོ་ཕར་སོང་ནས་ལག་པས་ཡལ་བཞིན་པའི་སྨུག་མའི་སྒོ་དེ་འདེད་དུས། ཅི་ཡང་མེད་དེ་སྟོང་པར་གྱུར། མིག་སྔོན་དུ་

སྒོ་སེང་སེང་གི་རྗེ་མ་གཏོགས་ཅི་ཡང་མེད།

མགོ་ཡར་བཀྱགས་ནས་ལྟ་དུས། ནམ་མཁའ་ལ་རྒྱུས་མེད་པའི་དཀར་ཐིགས་ཤིག་ཡོད། དེ་ཉི་འོད་ཀྱི་འགྲམ་དུ་མགྱོགས་མྱུར་དུ་ཡལ།

སྐབས་འཕྲལ་དུ་ཁོས་འཇིགས་རྟེན་མང་པོ་ཡོད་པ་ཚོར་ཡང་། ཁོ་ཡོད་ས་དེ་ནི་བདེན་པ་མིན།

ཡུན་རིང་སོང་རྗེས། ལའི་ཏའོ་ཡོན་ཞབ་བེ་ཉོབ་བེ་ངང་ནས་སོང་། ཁོས་ རྫ་ཆུད་དུང་དྲག་ཏུ་འབབ་པ་མཐོང་དུས། གཞི་ནས་སེམས་བདེ་སོང་།

གསུམ། བགྲོད་ལམ་བྲལ་བ།

ལའོ་ཡང་ལ་ཐོན་དུས། ལའི་ཏའོ་ཡོན་གྱིས་ལོ་རྒྱུས་འདི་《ཆུའི་མན་ངག་གི་མཆན་བཀོད》ནང་དུ་བྲིས།

དེའི་རྗེས་དེ་བས་འབད་བརྩོན་དང་དངོས་གནས་ཀྱི་ཆུ་སྣ་ཚོགས་ཀྱི་གནས་ཚུལ་འགོད་པ་སྟེ། དེ་ནི་ཉིན་ཞིག་ལ་དེ་དག་ཆད་ལུས་མེད་པར་འགྲོ་བ་ལ་སེམས་ནད་ཡོད་པ་འདྲ།

ཡུན་རིང་འགོར་རྗེས་ཁོ་མཚོ་ཁ་ལ་མེད་ཅིང་། རྒྱ་མཚོའི་སྐོར་ལ་འབྲི་རྒྱུའང་ཏ་ཙང་ཉུང་། རྗེས་རབས་ཀྱི་ཞིབ་འཇུག

པ་རྣམས་ཀྱིས་དེ་ནི་བོའི་ནན་ཏན་གྱི་ཤེས་རིག་པའི་གཞིས་ཀ་དང་མི་མཐུན་ཟེར།

ཧྲུན་ཁྲང་ལོ་གསུམ (སྤྱི་ལོ༥(༢༧) ལ། དབྱང་ཀྲུའུ་ཡི་དམག་དཔོན་ཞིག་ངོ་ལོག་བྱས། གོང་མ་ཚང་གིས་ལའི་ཏཚོ་ཡོན་མངགས་ནས་ངོ་ལོག་པ་དང་གྲོས་མོལ་བྱེད་བཅུག བཀའ་འདི་ནི་ལའི་ཏཚོ་ཡོན་གྱི་དགྲ་ཡི་སྙིག་གཡོ་ཡིན་ལ། དམག་དཔོན་དེས་བོ་གསད་བསམ། དེ་ནི་ལའི་ཏཚོ་ཡོན་གྱིས་ཤེས། ཚོན་ཀྱང་བོ་རང་གཏོང་ཕོད་ཆེན་པོས་སོང་བ་ན། སེམས་ནང་ལ་དཀའ་སྡུག་ཚད་མེད་མྱངས་ནས་ཐར་ལམ་བྲལ་བའི་དམར་ཆུ་ལྟར་ཡིན་རྒྱུ་བསམ།

ཆུའང་བཀོད་ཐབས་བྲལ། དེ་ནི་གནས་ཡུལ་ཅི་འདྲ་ཞིག་ཡིན་ནམ།

ཆུ། འཛིག་རྟེན་འདི་ཆགས་པའི་གནད་ཆེ་བའི་རྒྱུ་རྐྱེན་དང་། ཟླ་མེད་སྟོབས་ཤུགས་ལྡན་པའི་ཏ་ཅང་མཉེན་པོའི་དངོས་པོ། དེའང་མཐའ་འབྲས་འདི་འདྲ་ཡོད། འདི་ཐལ་ཆེར་གནམ་འོག་ཏུ་ཏ་ཅང་མང་ཟེར་བའི་གཏིང་ཟབ་པའི་གོ་དོན་ཡོད། ས་ཁམས་རིག་པའི་མཁས་པ་རྣམས་ཀྱི་བསམ་

ཆུ་ལ་ཡང་། བརྗོད་ཐབས་བྲལ་བ་རེད།

མཐའ་མར་ལའི་ཏ་ཙོ་ཡོན་ཤིང་ཕན་ཡའི་ཐིང (ད་ལྟ་ཧྲན་ཞིའི་ལིང་ཐུང་གི་ཉེ་འགྲམ་ཡིན) དུ་ཀྱེན་ལམ་དུ་འདས། ཁོའི་ཁྲག་ཆུ་རྒྱུན་འབབ་པ་ལྟར་ས་གཞིའི་སྟེང་དུ་ཟགས་ནས། གྲངས་ལས་འདས་པའི་ཆུ་བོའི་ནང་དུ་ཞུགས་ནས། མཐའ་མར་ཁོ་རང་སོང་མ་མྱོང་བའི་རྒྱ་མཚོའི་ནང་དུ་ཞུགས།

ཡུན་རིང་མ་འགོར་བར་ལོ་ཡང་གི་དམག་འཁྲུག་གཅིག་གི་ནང་དུ། «ཆུའི་མན་ངག་གི་མཆན་བཀོད»ཀྱི་བསྟན་བཅོས་མང་པོ་མེ་ལ་བསྲེགས་པ། རྗེས་རབས་ཀྱི་མི་རྣམས་ཀྱིས་ལའི་ཏ་ཙོ་ཡོན་གྱིས་དེའི་ནང་དུ་ཅི་བཀོད་ཡོད་པ་མི་ཤེས།

ད་ལྟ། ང་ཚོས་ལའི་ཏ་ཙོ་ཡོན་གྱིས་མུང་སྒོའི་ཐབ་ཆུའི་སྐོར་ལ་བྲིས་པ་དེ་མཐོང་ཐུབ། ཡིག་འབྲུ་ཚིག་བརྒྱ་སུམ་ཅུ་ལྷག་ཙམ་ཡོད་ལ། ཆུ་རྒྱུན་འབབ་པ་དང་མཁའ་རླུང་སྤྲིན་གཡེང་སོགས་ཀྱི་ཡུལ་ལྗོངས་དེ་དག བསྐལ་པ་ཇི་སྲིད་བར་དུ་བསྟོད་བསྔགས་བྱེད་པ་དང་། རྗེས་མི་རྣམས་ཀྱིས་མཁྲིག་མར་བཟུང་ནས་སྨྲེ་སྔགས་འདོན་པ་རེད།

མུང་སྒོའི་ཐབ་ཆུ། དེ་རིང་གི་ཧྲུའུ་ཁའུ་ཡི་ཐབ་ཆུ་ཡིན།

འབྱུང་གཞིར་རྟོག་ཞིབ་བྱེད་པ་ལྟར་ན། དེའི་གནས་ཡུལ་ནི་ལའི་ཏཙོ་ཡོན་སོང་སྐྱོང་བའི་ས་གནས་ལས་བྱུང་དུ་སླི་ལྷ་སྟོང་ལྷག་ཙམ་སྲོས།

ཞའི་ཡོན་གྱི་སྟོང་ལོ་གསུམ་མ་ཐོན་པའི་སྔོན་གྱི་དཔྱིད་དབྱར་བར་གྱི་དུས་སུ། སྦྲུའུ་ཁའུ་ཐབ་ཆུའི་ཆུ་རྒྱུན་རྟོག་མོ་དེ་གློ་བུར་དུ་མཐོན་མཐིང་དྭངས་གཙང་དུ་གྱུར། རྨ་ཆུའི་ཆུ་འགྲམ་དུ་འཚོ་གནས་བྱས་པའི་མི་རྣམས་ཀྱི་བཤད་པ་ནི། གནས་ཚུལ་འདི་དང་འདྲ། ཐེངས་དང་པོ་རིག་པ་ཡིན་ཟེར་བ། ཆུ་རྒྱུན་རྗེས་མར་མདོག་ཅི་འདྲ་འགྱུར་རྒྱུ། སུས་ཀྱང་བཤད་ཐབས་མེད། འོན་ཀྱང་སྦྲུའུ་ཁའུ་ཐབ་ཆུ་དེ་ལོ་བརྒྱ་འགོར་རྗེས་ཡལ་འགྲོ་བ་རེད་ཟེར། འདི་ནི་དབང་གྲགས་ཡོད་པའི་གསར་འགྱུར་ལས་ཁུངས་ཀྱིས་གསར་བསྒྲགས་བྱས་པ་ཡིན།

中国科幻小说精品集

一日囚

柳文扬

或许，柳文扬该被列入我国科幻界的“珍稀物种”。理由只有一个，那就是他的机智、风趣与幽默。我国科幻界历来少有这样风格的作家。他在《科幻世界》的姊妹刊《惊奇档案》上发表的一系列专栏文章培养出了一大批“柳文扬迷”。

机智幽默型作家给读者的快乐绝不比严肃作家少，但很奇怪，这类作家却往往为读者所轻视——特别是投票评奖的时候。美国也有这样的例子：罗伯特·谢克里用他的天才想像与富有智慧的幽默娱乐了无数科幻迷，却至今也没拿到几个奖。与之相比，柳文扬“幸运”得多，他以《戴茜救我》、《圣诞礼物》、《毒蛇》和《一线天》分别赢得了1993、1994、1997和2000年度的银河奖。他的《解咒人》等一系列长篇也在书店里受到读者欢迎。

本书收入的《一日囚》，是柳文扬的短篇代表作之一。

B先生死了。就在他搬进这座大楼不到二十四小时。

B先生是昨夜，不，准确地说是今天凌晨0点住进来的。那时夜雾弥漫，有两个黑衣男子陪着他，拎着三只大提箱，敲开我值班的房门，要租一间不带家具的房子。这个要求有点奇怪，因为大多数人都想要有家具的房间。

“请问你们要租多大的屋子？”我打量着B的光头问。他戴着眼镜，苍白而又腼腆，脸上有种愁苦的模样。

一个黑衣男人说：“最小的单元就可以了。一间卧室，带厨房和洗手间。”

“请原谅，三个人住这么小的房子是不是太挤了……”我说。

黑衣人面无表情，指了指B：“就他自己住。”

“好吧，您想租多久？半年还是一年？”我问B先生。

B先生低声说：“一天……”

“什么？”我没听清楚。

黑衣人说：“租一个月吧。这是你们最短的租期？”

“对。”我拿出登记簿，让B先生写下自己的名字。黑衣人付了一个月租金，然后我带他们上电梯，到了大楼16层的那个小套间。

B先生对客厅表示满意，但他抱怨房子的视野太狭窄了。黑衣男人们冷淡地沉默着，把大箱子打开，里面竟装满了简易的家具：折叠的帆布衣柜、充气床垫，还有一些换洗衣服。最后，B先生安顿下来，一个黑衣人看了看表，说：“8月18日了，现在是凌晨0点整。”

两个黑衣人走了。我对B先生说：“早点休息吧，希望您在这里住得愉快。”

他点头说：“是啊，愉快……我不会打扰你们太久的。”

“您说什么？”

一瞬间，他眼睛里流露出虚弱和渴望，好像要说什么。我被吓住了。但他马上恢复了常态，也就是说，恢复了那种腼腆和愁苦的模样。

“麻烦你了。请让我休息吧。”他客气地把我送出门外。

这就是我记忆中的昨夜。

仅隔二十几个小时，B先生就死在房间里。他死后形容枯槁，看上去老了很多。

那两个黑衣人穿过夜雾走进大楼，还带了一位医生模样的人。我现在还不懂，他们是如何预知B先生的死讯的。当他们要我打开那间屋子的门，发现B先生毫无生气地躺在客厅地上时，他们一点也不惊讶。医生走过去，翻开B先生的眼皮，然后摸摸他的脖子，转身对两个黑衣人点了点头。

“他死了。”

他们想抬起B先生的尸体，我拦在门口说：“等一下，我应该去报警。还有，我都没有发现他已经死了，你们是怎么知道的呢？”

一个黑衣人走过来，低沉地说：“不必报警。”他拿出一份证件给我看，那是种让人无法怀疑其权威性的身份证明。我沉默了。

他们在房间里翻来翻去，把所有简易家具拆开，每一件衣服都抖开来看——我发现那些衣服都很旧，而且都是一模一样的套装。B先生在这儿住了还不满一天，难道能在房子里藏什么东西吗？最后，他们将屋中的一切装进大提箱，抬起B先生，消失在门外，只剩我一个人站在四壁皆白、空空如也的房间里。

对这个死去的人，我有种奇怪的感觉。我认识他只有二十几个钟头，但却像是多年的老友似的。细究原因，大概是他每次见我都表现出老友一般的熟稔。

B先生真的有些古怪。他的精力一定非常旺盛，单看外表会被欺骗的。他苍白憔悴，仿佛弱不禁风，但是他整整一天频繁地出入于大楼内外，仅仅被我看见的就有十几次。他好像可以突然间出现在这里，又突然间出现在那里。

自从午夜安排好房间，我第一次看见B先生竟是在半分钟后。谁知道他是怎么样飞快地、神不知鬼不觉地下了楼，无声地站在我旁边。

我目瞪口呆地盯着他。他眼睛红红的，仿佛换了一个人，急切地问我：“现在怎么样？”

“什么怎么样？”我莫名其妙地说。

"现在是几点？几号了？"他梦游一样问。

我几乎被他吓住，很快地回答："8月18日凌晨……0点过1分。您是什么时候下来的？"

他没有理睬我的问题，呆了呆，说："哦，是这样……谢谢你。"

他回去睡了。但早上3点钟，我竟透过窗子看见他在楼外。他佝偻着身子，从雾气里慢慢地移动过来，苍白的脸像一盏昏灯。我赶忙出去，打开玻璃大门。他疲倦地走进来。

"您才安顿下来，不好好睡一觉吗？"我说，"是什么时候出去的？"

"什么？"他愣了一下，然后说，"哦，我不累。我出去的时候，你没看到？"

我迟疑地说："可是，楼门一直是锁着的啊……"难道他是从十六层的窗户中爬下来的吗？

"是么？"他微笑，"你记错了吧，我是从这里出去的。"

眼看他的背影蹒跚着走进电梯，我锁好楼门，回到值班室里打盹。

早晨七点半，他经过前厅，对我说："早上好！"

"早上好！"我很惊讶，他只睡了这么一会儿，居然有精神出去散步。

奇怪的是，只过了几秒钟——至少在我的印象里，只过了很短暂的时间——又看到他经过前厅向楼门外走去。他冲我打招呼，就像刚才没见过面似的："早上好！"

我诧异地望着他，他走出了楼门。

大约一个小时后，他乘着一辆出租车停在楼外，慢慢从车上挪出来，疲惫不堪地走进大楼，也不理睬我，直接上了电梯。

B先生怎么了？他在外面这一个小时做了什么？我想得走了神，却又看到他微笑着从我面前经过，道了一声："辛苦！"就去按电梯的按钮。

我捧住头,使劲闭上眼睛又睁开。我疯了吗?我的大脑提前老化了吗?我在做梦吗?

我在前台上趴了一会儿,想养养精神。一抬头,就看到B先生愁苦地在大厅里走动着。我下意识地弹了起来!他对我羞涩而凄凉地笑笑:“我丢了件东西……”他茫然地说,“一定要找到,一定要找到……”

“您丢了什么?”我问他。

他摇摇头,走出了楼门。

我跟着他走到门外,身后有只手拍了拍我的肩,真是差一点叫我跳起来!

原来是住在1608号的那位老寡妇,她非常神经质,而且,说起来她还是B先生的隔壁邻居。

“他叫什么?”她伸出一根瘦得像巫婆的手指头,远远指着B先生的背影。

“B。怎么啦?”我问。

老太太低声说:“他很怪!”

这我知道,但怎么跟她说呢?

她看见B先生消失在拐角,把嘴凑在我耳边说:“刚才我听见他的房子里有人在哭!”

“哭?”我觉得她太敏感了。

“没错!我趴在门上听到了!”她忽然转向里面,脸上皱起惊恐的纹路。

B先生又从里面走出来了。

我也百思不解,但是客气地问了一句:“您丢的东西找到了吗?”

“什么?”他抬起头来,惊疑地望着我,“什么东西?”

真是莫名其妙。

他走出楼门。老太太拉着我跟出去,停在阳光下面,悄悄地说:

“一个妖怪！”

B先生在远处上了出租车。我转过身，想着老太太的话，无意地向上一瞥。

我看见十六楼上，B先生房间的窗内有个人影。我退远几步，用手遮住阳光重新分辨。没错，是他的房间，那个清瘦而衰颓的人影移到了窗帘后面。我吓出一身冷汗。

“你看见了？你看见了？”老太太激动地念叨着。

我扯着老太太，在她的心脏和腿脚允许的情况下尽快跑到管理室，拿上电棍，乘电梯上了十六层，在B先生的门口站住。我们紧张地倾听着。

“B先生！您在里面吗？”我轻轻敲门。没有人回答。

老太太尖利的手指掐得我生疼。我拿出备用钥匙打开了门，必须搞清楚。我手握电棍，走进宁静狭小的房间。

里面空荡荡的。

老太太干瘪的嘴唇哆嗦着：“他是个妖怪，他是幽灵……”她惊惶地转动脑袋四处张望，好像这间屋子里真的有什么看不见的幽灵。

“我们快离开吧！”她使劲拉我的衣服。我也害怕了。

就是这样。我确实在今天一天里看到B先生十几次出入于楼门内外，而且，他的容貌像雾中的猫头鹰一般不可捉摸，一会儿苍老，一会儿又变得比较年轻。他的衣服也时新时旧。这个世界上是没有幽灵的，但我拿不准B先生是什么。

快到中午的时候，他拿着一副纸牌走到前厅，要跟我玩一会儿。

我无法拒绝，他明显地苍老了，真奇怪。而且他眼睛下面有暗淡的黑晕，目光仿佛是发高烧的病人。

他向我展露出令人惊叹的牌技，就算我把牌洗得再彻底，他还是能记住每一张牌的位置。我更加相信他是个隐藏在现代城市里的巫师。

最后，他把牌丢在台子上，说：“这一点也不神秘，我不是什么魔法师。年轻人，去买一副偏光眼镜吧。这牌留给你。有些时候你会发现，一件不可思议的事情，换一副眼镜就能看得清清楚楚。”

我真的托人去眼镜店帮我买了副便宜的偏光镜，戴上它再看那副纸牌，原来每一张的背面都用特殊墨水做着标记。

这是B先生教我的一件最有趣的事，也许他另有用意，但我没有猜破。

吃过午饭，我发现他站在楼门口，呆望着对面的路灯。

“天气很好。”我小心地跟他打招呼。

“是啊，天气每次都是这样。我倒希望某一次看见下雨。”他更像是在喃喃自语，然后他奇怪地说，“你瞧那盏路灯。”

“路灯？”

“对，它一直在那儿吗？”

我仔细看了看路灯，又看看他：“当然，它早就在那儿，一直在。”

“它……没有……没有被打破过？”他耳语似的问我，仿佛心怀恐惧。

“没有吧。”我摇摇头。这是拿不准的，附近的顽童很多，而我来这儿当管理员才两个月。

他问出一个令我浑身发冷的问题：“你没看见过路灯碎片从地面上飞起来，自动地重新组合好吗？”

阳光灿烂，他的脸还是那么苍白。我的心像被看不见的冰冷的手狠狠捏住了。他看出我在害怕，就笑一笑进去了。

老实说，才认识一天就能让我这样害怕的人，B先生算头一个。

我不敢再主动招呼他。下午我又看见他进进出出，来来去去。有时也跟我说话，但没有特别奇怪的事情发生。

夜里，他就死了。

两个黑衣人把B先生的尸体和屋子里所有东西都搬走以后，我站在他的卧室里茫然四顾，雪白的墙壁，一尘不染的地板。黑衣人想在房间中搜寻什么？B先生难道真的在这里藏了东西吗？回忆着B先生的种种诡异之处，我感觉这房间把我的心牢牢吸引住了。这里留着他的灵魂，我荒唐地对自己说。

突然，在灵机一动之下，我从衣袋里取出那副偏光眼镜。戴上它后，我惊呆了。

老天哪，墙壁上写满了字。

毫无疑问，这是B先生特意写给我的，他成功地瞒过了那两个黑衣人。我把门从里面锁好，回到卧室激动地读着墙上的字。这儿写着一个最让人毛骨悚然的故事：

我写下这些，是因为我预感到自己就要死了。我一直渴望对人说出自己的遭遇，但我不敢。现在，我用这种方法告诉你，世界不像你想的那么简单。

在墙上写字是因为：他们在最后会把所有能移动的东西都拿走，留下的只有墙壁；用这么原始、简单和不可靠的办法才能骗过他们。你很聪明，理解了我对你所做的暗示。

我死后没人能看到我的坟墓，让我来悼念自己吧：B，65岁，死于长久的孤独和生命力枯竭。他是个罪人，然而又是个可怜的牺牲者。我在这个地方，在这一刻，被囚禁了十年。

十年。

噩梦是这样开始的，由于人类共同的弱点，我犯了罪，大罪。在我的世界里，在你还没有见到、无法想像的世界里，我得知自己将接受什么样的惩罚。

法官说：“你被处以一日无期徒刑：在有生之年，你将永远过着同一天——我们为你随机选择的那一天，2008年8月18日。你的一切生命活动都只限于这二十四小时之内，直到自然赋予你的生命结束。作为一种人道主义的优待，你可以在一座热闹的都市中服刑，但在服刑期间，你不能对周围的任何人提起关于你和你所受的刑罚，否则，我们将把你转移到一个封闭的小空间内，在孤独中度过刑期。”

你理解吗？朋友，这是无止境的噩梦。

据说我是第一批被处以时间囚禁的罪人之一。他们还不能了解这一技术的全部内涵，我们算是实验品。

一开始，我对这刑罚的可怕之处还没有真正的体会。这是座热闹繁华的城市，处处充满生机。我住进自己的房间，对置身于开放的大世界里感到高兴，我透过玻璃窗观察下面的人群，不准备担忧以后的日子。

第一天——我这样说是按照自己的习惯，其实我度过的这十年，这三千六百多个日子，对你们来说都是同一天。第一天，我早早地起了床，打算出去散步，呼吸一下这座都市的空气。我的邻居，1608号的那位太太——她真是个细心人——热情地问候我。

“您好！您是新搬来的邻居吗？”

我答道：“是的。很高兴认识您。”

“您从哪里来？”

我把早已编好的谎言对她说了一番。她最后说：“希望您在这儿住得愉快！”

在楼下我对你打了个招呼：“早上好！”你对我报以关心。

走到大街上，我在拐角处的报童手里买了一份报纸，先看了看日期：2008年8月18日，头版的新闻很吸引人。我过马路，在对面的咖啡馆里要了早餐，巴西咖啡和烤面包。我看报纸，咖啡馆老板对我说：“我觉得您很面生。”

“对，我是刚刚搬来的。”我回答。

“喜欢我们这里么？”

"很好,大家都很友善,咖啡很香。"我向他微笑。

接下来我去公园散步,看场电影,吃午饭,在市政广场坐着喂鸽子,逗弄躺在婴儿车里的小孩。

吃过晚饭后,在街道上漫步,直到疲倦才回家。我躺在床上睡觉,一觉醒来,仍然是2008年8月18日。

第二天(还是按照我的习惯说的),我在同一时刻出门。1608号的太太站在楼道里问:"您好!您是新搬来的邻居吗?"

我答道:"是的。很高兴认识您。"

"您从哪里来?"

这真有趣,我又一字不差地说了那番话。她最后说:"希望您在这儿住得愉快!"

我又在下面问候了你,在街拐角买了同一份报纸:2008年8月18日的日报,头版的新闻对我来说早已是往事。我过马路,在对面的咖啡馆里要了早餐,还是巴西咖啡和烤面包。我看报纸,咖啡馆老板对我说:"我觉得您很面生。"

这一切都像钟摆一样准确。

我说出了跟昨天一模一样的回答。我感到自己好像一个无意间走进一部老电影里的客串者,我知道电影里发生的一切,但其他角色却对此一无所知。

公园、电影、午饭、鸽子、婴儿车里的小孩……一模一样的场景,一模一样的事,惟一不同的只有我。不,惟一不同的只有我的心。我很清楚,这个日子我已经是第二次度过。这感觉真怪,2008年8月18日,这一天是否像录像带一样永远保存在某处,保存在宇宙的一个神秘角落?而我则被施了咒语,一次次地进入这盘录像带,带着了解一切的心,却被迫重复着一成不变的情节……

在开始的几天里,我并不沮丧,也没有害怕,甚至还抱着一种优越感和好奇的兴趣,观察这发疯的世界。我按照固定的时间表过日子,我记熟了在每个时刻、每个地点将遇到的人,以及他们将做

的事情。我背诵着自己的台词，还在心里替对方念出他想说的话，我暗自对他说:“嘿，我知道你下一分钟要做什么。”

但我很快厌倦了。如果你觉得生活中的某个日子是快乐的、丰富多彩的，那只因为它是惟一的，是转瞬即逝的。永不逝去的一天是可怕的一天，它会由新鲜变为陈旧，变为腐烂，变为恶毒。

我默默地服刑。第一个星期，我快乐；第二个星期，我累了；第三个星期，我愤怒；第四个星期，我想到死；第五个星期，我知道自己将会发疯。真不可思议，在同一个人身上，在同一天，竟可以承载这么多的眼泪、愤怒、挣扎、绝望和疯狂。我躲在房间里痛哭，用力咬着自己的手。时间囚禁之刑，无法打破、不能逃脱的监牢。

有一种魔力笼罩着我，每当一个二十四小时的周期即将过去，我似乎要追随着时间之流，冲破牢笼；那魔力一下子又把我拉回二十四小时之前，于是一切周而复始。我又开始见到昨天见到的人，重复昨天做过的事。最可怕的是，只有我清楚这一切，其他人对此一无所知。我多羡慕他们，多嫉妒他们！对他们来说，我被永世困在其中的这一天只是生命中的千万个平凡日子之一。他们将无知无识地度过这普通的一天，然后把它忘记，走进我永远也看不到的“明天”。可我呢，我还要在循环往复的苦刑中挣扎下去，得不到一点同情和援助……

而且，要知道，除了我自己之外，其余的一切人、一切事，都是固定不变的，在每一次循环当中比原子钟还更稳定。所以，我必须注意每一件事的准确时刻，以免与这个世界脱节。我有一个固定的时刻表，精确到秒。在这钟表般的世界里我是惟一可变的因素，但我却要强迫自己成为钟表里的一个零件。我是罪有应得，但我要告诉你，这种刑罚过于残酷了，即便是对我这样的罪人。

时间的囚徒，比空间的囚徒更可悲。全世界都与你无关，只有你独自在不变的时光中老去，日复一日地重复着比死亡还苍白的生活。

时间是多么可怕、伟大和不可驾驭的东西。我是想说，当猴子学会了一种把戏，它只能想到凭借这把戏来换一点食物。人，只有人，才会把他所掌握的一切权力和知识都用于“惩罚”。

在无数次孤独的发作之后我决定破坏规则，看一看能给世界造成多大的麻烦。我扔掉了时刻表，故意在头一天的早上七点三十分整出门，而在第二天早上的七点三十分十五秒出门。我在比平时晚半分钟的时间进入咖啡馆，要热面包卷和冰咖啡。在下一个循环中，再晚半分钟进去，要蛋糕、柠檬冻和香草冰激凌。我选择不同的时刻——但相差不超过一分钟——从报童手里买报纸。我在每个循环中换着看不同的电影。我这次踩死一只蜗牛，下次却把它从地上捡起来放进草丛里。出于一种可笑的仓皇失措，为了逃离牢笼般的感觉，我曾经到处乱跑，跑到城市的边缘，再乘坐出租车回来。

我在郊外过夜，仿佛希望这能帮助自己奇迹般地逃离被困于今天的命运。我蜷缩在草丛中，看着星星。时间一秒一秒地流逝，每一秒钟都在心中撞击出洪大的回响。午夜十二点，我激动地坐起来，在星空下奔跑。我狂喊着：“出租车！出租车！”我上车就问司机：“现在是几点？今天是几号？”

“零点十分啦。您喝得够多的，今天是8月18日。”司机说。我的心沉了下去。汽车穿过入睡的城市，停在被夜雾笼罩的大楼前，已是凌晨三点，我还要回到那间小屋，回到监牢中的监牢里睡觉。

我的歇斯底里症发作了不止一次。我幻想着，在某个特殊的时刻“再次”进入大楼，就能打破魔法。我从郊外回来，在午夜十二点整走进楼门，问你：“几点了？今天是几号？”

小伙子，记得吗？你说：“十二点啦，您住进这儿快有一整天了。今天当然是8月18号。”就是这个时刻，魔法的转折点，我要在你的见证之下突破了……我激动万分，盯住你，在那里站了一会儿，又问你：“现在怎么样？”

“什么怎么样？”仅隔几秒钟，你就像完全忘了刚才的事。我有种不祥的感觉,我说:“现在是几点? 几号了? ”

你惊讶地回答:“8月18日凌晨……0点过1分。您是什么时候下来的? ”

你知道当时我是多么绝望吗?

我还有过更疯狂的主意:我想带着几个人走得远远的,走到郊外去。晚上,我们围坐在篝火旁,我要在午夜时分讲一个故事。当时钟越过12点,又回到二十四小时前的瞬间,我会看到什么情形? 那几个人会像幻影一样消失吗?他们又会看到什么?他们会发现自己忽然从家里的卧室中来到了野外吗?

我不敢做那样的实验,风险太大了,可能会伤害别人。我只能用自己作实验品,给世界找一点小小的麻烦。

世界没有垮掉,无论我怎么躁动,都像笼中困兽的挣扎一样无济于事。只有寥寥几次, 我从你和别人的目光中看出了诧异与恐惧。你们发现了吗? 我不清楚。

本来我有种可怕的猜疑:这刑罚只是一种心理层面的感受,只有我的“灵魂”(我只能这么说)被硬生生地剥离出来,拉回一次次循环的开始,而肉体则像行尸走肉一样,僵硬地重复着比钟摆还准确的固定行为。也许为了打消这种恐惧,我才故意在每天的行动中做了一点变化。没有遇到阻碍,而且,我慢慢地发现自己的身体在衰老,我放心了。

如果你的外部行动被限制在一个小范围内,那么你会发现,心灵的活动将变得十倍百倍地丰富和激烈。我不是科学爱好者,但现在却对时间这个东西产生了兴趣。我很想知道自己是用什么方式被一次次拉回8月18日的凌晨0点,我还想知道,时间是什么,被困在时间中的人又如何与世界发生关系。

后来的日子里,我一直在观察和思索,这样反而不太难过。我列出了几种被抛入时间循环的方式。

第一种,像那些物理学家所说的,每当我被“拉回”一次,时间就在这里产生了一个分支，出现了一个新的“平行世界”，在这个新世界里，除了我本人，其余的一切都与原来的世界相同。但是，我有证据否定这种理论：这个新世界中的人将不会知道原来那个世界在8月18日发生的事，可有一次，你突然问我：“您丢的东西找到了吗？”我大惑不解。想来这是因为在后面的某次循环当中，我将丢失一样东西，而时刻却在此时之前。后来证实了这个猜测，我的钱夹丢失了，时刻是上午九点。

还有一种最简单的解释：8月18日这一天是固定不变的，只有我一次次地回到这天当中，重复我的生活。但这会造成一个难点，我反复地度过这二十四小时，度过了三千六百五十次。我一个人在此期间所耗费的物质，比如水和电，会超过整个大楼中其他居民用量的总合。难道没人发现这桩怪事么？

有一次，我一言不发地走到大楼对面的路灯底下，脱下鞋子，用它打碎了路灯，然后我穿好鞋走回大厅里。当时你惊讶极了，你一定认为我发疯了。不，我在思考问题。

在路灯被打破后的整整一天里，我记住了每个人看着我的神情、对我所说的话。次日（我习惯的说法），我一早就发现路灯好好地立在那里，当然啦，我还没有去打它呢。这一天真的与前一个循环大不相同。我的存在使世界变得充满悖论。我在这次循环当中，在上午九点打碎了街上一盏路灯，那么在别人即旁观者眼里，这盏路灯在九点之后就应该不存在了；但在此次循环之前的那些天里，路灯一直存在到一天的结束。旁观者究竟会“记得”哪一种情况呢？

记得我问过你，在一个中午。你完全不知道我打碎过路灯。

我的最后一个猜测是：每当一个循环结束，我就仿佛被单独拉出这个世界，而那神秘的魔力，即操纵时间的力量，使整个世界（除我之外）退回到二十四小时之前的初始状态，然后我又被扔进世界里面，一切重新开始。那就是说，无论我在服刑期间做了什么，把路灯打碎多少次，旁观者都只会“记得”最后一次循环。

不知我猜得对不对,多想向某个旁观者询问一下啊。

但丢掉钱夹的事,还有你看到我不按时刻表行动时的诧异,又如何解释呢?

大概,在旁观者眼中,我在若干次循环中的行为,像立体空间的物体在平面上的投影一样,被叠加于一天里面,于是形成了这么一种情况:你看着我走出大楼,然后又看见一个我走出大楼,而紧接着,你可能发现我的房间里仍有一个我。我所处的微观时间循环被嵌套在整个宏观的时间之内,于是在外人看来就有了一种粒子态一般测不准的"闪动"。

如果有一位超然的观察者俯视这座城市,他会发现我就像一个做布朗运动的粒子那样,狂乱而无序地出现在各个角落。这一秒钟在东边,下一秒钟又到了西边,甚至在同一秒钟里出现在几个地方。普通人如果留意我的行踪,一定会被这奇怪的现象搞疯的。我很遗憾在将要死去的时候才发现了思考的乐趣。我相信,那些孤守在灯塔上的人不会疯狂,因为他们是思想者。

但惟一不公平的是,他们的每一天都是不同的。

我要死了,我仍然没有明白时间是什么,被困于时间中的人又怎样与世界发生联系……再见了,朋友,你将幸福地进入明天,把今天的我永远忘记。而那个明天是我绝对无法想像的,再见。

我摘下眼镜,墙壁又变得洁白无瑕。这一切真的发生过吗?我又戴上眼镜,B先生写下的字迹布满了整面墙。

应该把这些字涂抹掉。谁知道以后的住户会不会戴起偏光眼镜来看这墙壁呢?B先生此时已经死了,但在此时之前,在2008年8月18日凌晨0点到夜里10点,他依然活着,永远活着,一次一次地活着。他的秘密仍然不能泄露。

我看了看手表,已经是11点半了。我忽然激动起来。

B先生是今天0点住进来的,他的死亡时间是今夜10点,而现在是11点半，距离一个循环结束还有半小时！他在墙上写着，他曾在午夜12点从郊外回来，希望由我见证他突破时间的牢笼。我有办法验证他的猜想了。

“一个”B先生已经死了。如果在12点，“另一个”B先生从外面回来，那就至少能证明他的一部分猜想。可那种情况会多么诡异、恐怖和激动人心啊。

如果是那样，如果“另一个”回来了，我应该对他说什么？B先生，您已经死了，现在的您是无数镜子里的鬼魂之一？我能不能这样认为：当我们这些幸福的人无知无识地越过了今天午夜，进入B先生无法求得也无法想像的明天；在被我们超越、抛弃和遗忘的这一天里，还有一个、两个、无数个B，无可奈何、循环往复地永远被困于此。我对这些道理一点都不懂，也想不明白。

我怀着莫大的期望和恐惧，坐在大楼门口的管理员室内，望着窗外的夜世界。

我头一次注意到时间是这么奇妙，每一秒钟都仿佛在我心中跳跃着流过。流逝，流逝，流逝……在某一次循环当中，B先生此时此刻还坐在由郊外赶回来的出租车上。我心乱如麻，等待他穿过夜晚的浓雾，苍白的脸像一盏灯一样往大楼里走来；等待他从时间的某个角落佝偻着走来；等待他迷茫绝望地一边寻找一边走来。从未知走进未知，从无限走进无限，从幽暗走进幽暗，从牢笼走进牢笼。我要紧紧拉着他的手，不，我要紧紧地抱住他，跟他一起度过由今天到明天的那一秒钟。如果这样，我能够把他带进明天吗？或者是他把我拉进那循环的魔咒当中？天哪，我在想些什么？12点钟就要到了，我的心跳几乎停止。

窗外，夜雾茫茫。

生命之歌

王晋康

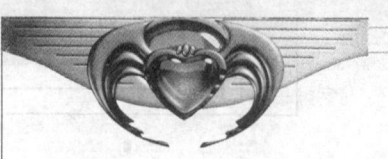

王晋康，是20世纪80年代以来中国最有影响力的科幻作家之一。

王晋康的作品既有青年人的敏锐与激情，又有成年人的达观与成熟。他善于以前瞻性的目光抓住科学，尤其是生物科学的最新进展，预见这些进展对人类生活将带来的巨大变革，然后让科学本身所具有的震撼力去征服读者。迄今为止，他已发表《亚当回归》、《天火》、《替天行道》等短篇科幻小说五十余篇，长篇科幻小说数部，创造了八次获得中国科幻银河奖的记录。

《生命之歌》有着具有开创性的，令人炫目的科幻内核，它是王晋康的代表作。

孔宪云晚上回到寓所时看到了丈夫从中国发来的传真。她脱下外衣，踢掉高跟鞋，扯下传真躺到沙发上。

孔宪云是一个身材娇小的职业妇女，动作轻盈，笑容温婉，额头和眼角已留下了45年岁月的痕迹。她是以访问学者的身份来伦敦的，离家已近一年了。

云：

研究已取得突破，验证还未结束，但成功已经无疑了……

孔宪云简直不敢相信自己的眼睛。虽然她早已不是易于冲动的少女，但一时间仍激动得难以自制。那项研究是二十年来压在丈夫心头的沉重梦魇，并演变成了他惟一的生存目的。仅仅一年前，她离家来伦敦时那项研究仍然处于山穷水尽的地步，她做梦也想不到能有如此神速的进展。

……其实我对成功已经绝望，我一直用紧张的研究工作来折磨自己，只不过想做一个体面的失败者。但是两个月前，我在岳父的实验室里偶然发现了十几页发黄的手稿，它对我的意义不亚于罗赛达石碑[①]，使我二十年盲目搜索到又随之抛弃的珠子一下子串在了一起。

我不知道是否该把这些告诉你父亲。他在距胜利只有半步之遥的地方突然停步，承认了失败，这实在是一个科学家最惨痛的悲剧。

往下读传真时，宪云的眉头逐渐紧缩，信中并无胜利的欢快，字里行间隐约透着灰色的沉重，她想不通这是为什么。

……但我总摆脱不掉一个奇怪的感觉，我似乎一直生活在这位失败者的阴影下，即使今天也是如此。我不愿永远这样，比如这次发表成果与否，我不打算屈从他的命令。

爱你的哲

9/6/2253

她放下传真走到窗前，遥望东方幽暗而深邃的夜空，感触万千，喜忧交并。二十年前她向父母宣布，她要嫁给一个韩国人，母亲

①:古埃及象形文石碑。

高兴地接受了，父亲的态度是冷淡的拒绝。拒绝理由却是极古怪的，令人啼笑皆非：

“你能不能和他长相厮守？你是在5000年的中国文化中浸透的，他却属于另外一个民族。”

虽然长大后，宪云已逐渐习惯了父亲性格的乖戾，但这次她还是瞠目良久，才弄懂父亲并不是开玩笑，她讥讽地说：

“对，算起来我还是孔夫子的106代玄孙呢。不过我并不是代大汉天子的公主下嫁番邦，重哲也无意作大汉民族的驸马。我想民族性的差异不会影响两个小人物的结合吧。”

父亲怫然而去。母亲安慰她：

“不要和怪老头一般见识，云云，你要学会理解父亲。”母亲苦涩地说，“你父亲年轻时才华横溢，被公认是生物界最有希望的栋材，可是几十年一事无成，他心中很苦。直到现在我还认为他是一个杰出的天才，但并不是每个天才都能成功。你父亲陷进DNA的泥沼，耗尽了才气，而且……”母亲的表情十分悲凉，“这些年来他实际上已放弃了努力，看来他已经向命运屈服了。”

这些情况宪云早就了解。她知道父亲为了DNA的研究，33岁才结婚，如今已是白发如雪。失败的人生扭曲了他的性格，他变得古怪易怒——而在从前他是一个多么可亲可敬的爸爸啊。孔宪云后悔不该刺伤父亲。

母亲忧心忡忡地问：“听说朴重哲也是搞DNA研究的？云儿，恐怕你也要作好受苦受难的准备。不说这些了。”她果决地一挥手：“明天把重哲领来让爸妈见见。”

第二天她把重哲领到家里，母亲热情地张罗着，父亲则端坐不动，冷冷地盯着这名韩国青年，重哲以自信的微笑对抗着这种压力。那年重哲28岁，英姿飒爽，倜傥不群——孔宪云不得不暗中承认父亲的确有某些言中之处，才华横溢的朴重哲确实有些过于锋芒毕露，咄咄逼人。

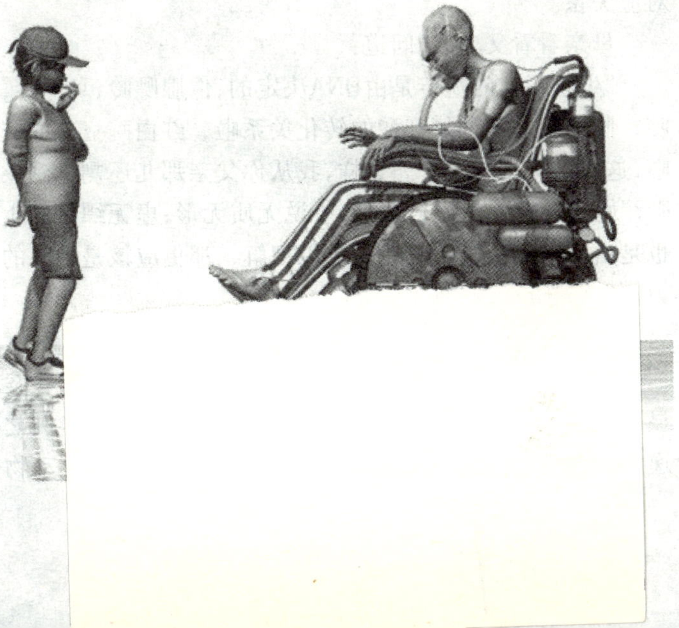

母亲老练地主持着这场家庭晚会,她笑着问重哲?

“听说你是研究生物的,具体是搞哪个领域?”

“遗传学,主要是行为遗传学。”

“什么是行为遗传学?给我启启蒙——要尽量浅显,你不要以为一个遗传学家的老伴就必然近墨者黑,他搞他的DNA,我教我的音乐哆咪咪,我们是井水不犯河水,互不干涉内政。”

宪云和重哲都笑了。重哲斟酌着字句,简洁地说:

“生物繁衍后代时,除了生物的形体有遗传性外,生物的行为也有遗传性。即使幼体生下来就与父母群体隔绝,它仍能保存这个种族的本能。像人类婴儿生下来会哭会吃奶,小海龟会扑向大海,昆虫会避光或佯死等。这儿有一个典型的例证:欧洲有一种旅鼠,在成年后便成群结队奔向大海自杀。这种怪癖的行为曾使动物学家迷惑不解。后来考证出它们投海的地方原与陆路相连,旅鼠不过是沿袭千万年来鼠群的繁衍,并逐渐演化为可以遗传的行为程式。虽然如今已时过境迁,但冥冥中的本能仍顽强保存着,甚至战胜了对死亡的恐惧。行为遗传学就是研究这些生物本能与遗传密码的对应关系。”

母亲看看父亲,又问道:

“生物形体的遗传是由DNA决定的,像腺嘌呤,鸟嘌呤,胸腺嘧啶,胞嘧腚与各种氨基酸的转化关系啦,红白豌豆花的交叉遗传啦,这些都好理解——怎么样,我从你父亲那儿还剽学到一些知识吧?”她笑着对女儿说,“可是,要说无质无形,虚无缥缈的生物行为也是由DNA发指令,我总是难以理解,那更应该是神秘的上帝之力。”

重哲微笑着说:

“上帝只存在于人们的信念之中,如果抛开上帝,答案就很明显了。生物的本能是生而有之的,而能够穿透神秘的生死之界来传递上一代信息的介质,仅有生殖细胞,所以毫无疑问,动物行为的指令只可能存在于DNA的结构中，这只是一个简单的筛选法问题。”

一直沉默着的父亲似乎不想再听这些启蒙课程，他开口问道：

“你最近的研究方向是什么?”

重哲昂然道：

“我不想搞那些鸡零狗碎的课题，我想破译宇宙中最神秘的生命之咒。”

“嗯?”

“一切生物，无论是病毒、苔藓还是人类，它们的最高本能是它的生存欲望，即保存自身延续后代，其它欲望像食欲、性欲、求知欲、占有欲，都是由它派生出来的。有了它，母狼会为了狼崽同猎人拼命，老蝎子心甘情愿充当小蝎子的食粮，泥炭层中沉睡数千年的古莲子仍顽强地活着，庞贝城的妇人在火山爆发时用身体为孩子争得一份空间。这是最悲壮、最灿烂的自然之歌，我要破译它。”他目光炯炯地说。

宪云看见父亲眸子中陡然亮光一闪，变得十分锋利，不过这点锋芒很快隐去，他仅冷冷地撂下一句：

“谈何容易。”

重哲扭头对宪云和母亲笑笑，自信地说：

“从目前遗传学发展水平来看，破译它的可能至少不是海市蜃楼了。这条无所不在的咒语控制着世界万物，显得神秘莫测。不过反过来说，从亿万种遗传密码中寻找惟一的共性，反而是比较容易的。”

父亲涩声说：“已有不少科学家在这个堡垒前铩羽。”

重哲淡然一笑。“失败者多是西方科学家吧，那是上帝把这个难题留给东方人了。正像国际象棋与围棋、西医与东方医学的区别一样，西方人善于作精确的分析，东方人善于作模糊的综合。”他耐心地解释道，“我看过不少西方科学家在失败中留下的资料，他们太偏爱把行为遗传指令同‘单一’的DNA密码结构建立精确的对应。我认为这个方向是死胡同。这条生命之咒的秘密很可能存在于DNA结构的次级序列中，是一种类似‘电子云’那样的非精确概念，是隐藏在一首长歌中的主旋律。”

谈话进行到这儿，宪云和母亲只有旁听的份儿了。父亲冷淡地盯着重哲，久久未言，朴重哲坦然自若地与他对视着。宪云担心地看着两人。忽然小元元笑嘻嘻地闯进来，打破了屋内的冷场。他满身脏污，抱着家养的老猫“佳人”，老猫在他怀里不安地挣扎着。妈妈笑着介绍：

“小元元，这是你朴哥哥。”

小元元放下白猫，用脏兮兮的小爪子亲热地握住朴重哲的手。妈妈有意夸奖这个有智力缺陷的“儿子”：

“小元元很聪明，不管是下棋还是解数学题，在全家都是冠军。重哲，听说你的围棋棋艺很不错，赶明儿和小元元杀一场。”小元元骄傲地昂着头，鼻孔翕动着，那是他得意时的表情。

朴重哲目光锐利地打量着这个圆脑袋的小个儿机器人，它外表酷似真人，行为举止带着5岁孩童的娇憨。不过宪云告诉过他，小元元实际已23岁了。他毫不留情地问：

“但他的心智只有5岁孩童的水平？”

宪云偷偷看看爸妈，微微摇摇头，心里埋怨重哲说话太无顾忌。朴重哲毫不理会她的暗示目光，斩钉截铁地说：

“没有欲望的机器人永远成不了‘人’。所谓欲望，主要是它的生存欲望。”

元元懵懵懂懂地听着大人谈论自己。虽然宪云不是学生物的，但她敏锐地感觉到了这个结论的重量。她看看父亲，父亲一言不发，掉转身走了。

孔宪云心中忐忑，跟到父亲书房。父亲默然良久，冷声道：

“我不喜欢这个人，太狂！”

宪云很失望，她斟酌字句，打算尽量委婉地表明自己的意见。忽然父亲说道：

“问问他，愿意不愿意到我的研究所工作？”

宪云愕然良久，格格地笑起来。她快活地吻了父亲，飞快地跑回客厅，把好消息传达给母亲和重哲。重哲慨然说：

“我愿意。我拜读过伯父年轻时的一些文章，很钦佩他清晰的思维和敏锐的直觉。”

他的表情道出了未尽之意：对一个失败英雄的怜悯。宪云心中不免有些芥蒂，这种怜悯刺伤了她对父亲的崇敬。但她无可奈何，因为他说的正是家人不愿意道出的真情。

婚后，朴重哲来到孔昭仁生物研究所，开始了他的马拉松研究。研究步履维艰。父亲把所有资料和实验室全部交给女婿，正式归隐林下。对女婿的工作情况，他从此不闻不问。

传真机又轧轧地响起来，送出一份传真。

云姐姐：

你好吗？已经一年没见你了，我很想你。

这几天爸爸和朴哥哥老是吵架，虽然声音不大，可是吵得很凶。朴哥哥在教我变聪明！爸爸不让。

我很害怕，云姐姐，你快回来吧。

元元

读着这份稚气未尽的信，宪云心中隐隐作痛，她感到莫可名状的担心。略为沉吟后，她用电脑向机场预订了机票，是明天早上6点的班机，又向剑桥大学的霍金斯博士请了假。

飞机很快穿过云层，脚下是万顷云海，或如蓬松雪团，或如流苏瓔珞。少顷，一轮朝阳跃出云海，把万物浸在金黄色的静谧中，宇宙中鼓荡着无声的旋律，显得庄严瑰丽。孔宪云常坐早班机，就是为了观赏壮丽的日出。她觉得自己已融化在这金黄色的阳光里，浑身每个毛孔都与大自然息息相通。

机上乘客不多,大多数人都到后排空位上睡觉去了,宪云独自倚在舷窗前,盯着飞机机翼在气流中微微抖动,思绪飞到小元元身上。

小元元是爸爸研制的学习型机器人, 像人类婴儿一样头脑空白地来到这个世界,牙牙学语,蹒跚学步,逐步感知世界,建立起"人"的心智系统。爸爸说,他是想通过小元元来观察机器人对自然的适应能力及树立自我的能力,观察它与人类"父母"能建立起什么样的感情纽带。

小元元一"出生"就是在孔家生活。很长时间在小宪云的心目中,小元元是一个和她一样的小孩,是她亲亲的小弟弟。当然他有一些特异之处——他不会哭, 没有痛觉, 跌倒时会发出铿然的声响,但小宪云认为这是正常中的特殊,就像人类中有左撇子和色盲一样。

小元元是按男孩的形象塑造的——这会儿孔宪云感慨地想:即使在科学昌明的23世纪, 那种重男轻女的旧思想仍是无形的咒语,爸妈对孔家这个惟一的"男孩"十分宠爱。她记得爸爸曾兴高采烈地给小元元当马骑, 也曾坐在葡萄架下, 一条腿上坐一个小把戏,娓娓讲述古老的神话故事——那时爸爸的性情绝不古怪,这一段金色的童年多么令人思念啊。开始,小宪云也曾为爸妈的偏心愤愤不平,但她自己也很快变成一只母性强烈的小母鸡,时时把元元掩在羽翼下。每天放学回家,她会把特地留下的糖果点心一股脑儿倒给弟弟,高兴地欣赏弟弟津津有味地吃相。"好吃吗?""好吃。"——后来宪云知道元元并没有味觉, 他吃食物仅是为了取得辅助能量,懂事的元元这样回答是为了让小姐姐高兴,这使她对元元更加疼爱。

小元元十分聪明,无论是学数学、下棋、弹钢琴,姐姐永远不是对手。小宪云曾嫉妒地偷偷找爸爸磨牙:"给我换一个机器脑袋吧,行不行?"但在5岁时,小元元的智力发展——主要指社会智力的发展,却戛然而止。

在这之后,他的表现就像人们说的白痴天才,一方面,他仍在某些领域保持着过人的聪明,但在其它领域,他的心智始终没超过5岁孩童的水平。他成了父亲失败的象征,成了一个笑柄。爸爸的同事们来家访时,总是装作没看见小元元,小心地隐藏着对爸爸的怜悯。爸爸的性格变态正是从这时开始的。

以后父亲很少到小元元身边。小元元自然感到了这一变化,他想与爸爸亲热时,常常先怯怯地打量着爸爸的表情,如果没有遭到拒绝,他就会绽开笑脸,高兴得手舞足蹈。这使妈妈和宪云心怀歉疚,她们把加倍的疼爱倾注到傻头傻脑的元元身上。宪云和重哲婚后一直未生育,所以她对小元元的疼爱,还掺杂了母子的感情。

但是……爸爸真的讨厌元元么?宪云曾不止一次发现,爸爸长久地透过玻璃窗,悄悄看元元玩耍。他的目光里除了阴郁,还有道不尽的痛楚……那时小宪云觉得,“大人”真是一种神秘莫测的生物。现在她早已长大成人了,但她还是不能理解父亲的怪异性格。

她又想起小元元的信。重哲在教元元变聪明,爸爸为什么不让?他为什么反对重哲公布成果?一直到走下舷梯,她还在疑惑地思索着。

母亲听到门铃就跑出来,拥抱着女儿,她问:

“路上顺利吗?时差疲劳还没消除吧,快洗个热水澡,好好睡一觉。”

女儿笑道:“没关系的,我已经习惯了。我爸爸呢,那怪老头呢?”

“他到协和医院去了,是科学院的例行体检。不过,最近他的心脏确实有些小毛病。”

宪云关心地问:“怎么了?”

“轻微的心室纤颤,问题不大。”

“小元元呢?”

"在实验室,重哲最近一直在为他开发智力。"

妈妈的目光暗淡下来,她们已接触到一个不愿触及的话题。宪云小心地问:

"翁婿吵架了?"

妈妈苦笑着说:"嗯,已经有一个多月了。"

"到底为什么?是不是反对重哲发表成果?我不信,这毫无道理嘛。"

妈妈摇摇头:"不清楚,这是一次纯男人的吵架,他们瞒着我,连重哲也不对我说实话。"妈妈的语气中带着几丝幽怨。

宪云勉强笑着说:"好,我这就去审个明白,看他敢不敢瞒我。"

透过实验室的全景观察窗,她看到重哲正在忙碌,小元元胸腔打开了,重哲似乎在调试和输入什么。小元元仍是那个憨模样,圆脑袋,大额头,一双眼珠乌黑发亮。他笑嘻嘻地用小手在重哲的胸膛上摸索,大概他认为重哲的胸膛也是可以开合的。

宪云不想打扰丈夫的工作,她靠在观察窗上,陷入沉思。爸爸为什么反对公布成果?是成功尚无把握?不会。重哲早已不是二十年前那个目空天下的年轻人了。这项研究实实在在是一场不会苏醒的噩梦,是无尽的酷刑,他建立的理论多少次接近成功,又突然倒塌。所以,他既然能心境沉稳地宣布胜利,那是绝无疑问的——但为什么父亲反对公布? 他难道不知道这对重哲来说是何等残酷和不公平?莫非……一种念头驱之不去,去之又来:莫非是失败者的嫉妒?

宪云不愿相信这一点,她了解父亲的人品。但是,她告诫自己,作为一个毕生的失败者,父亲的性格已被严重扭曲了。

宪云叹口气,但愿事实并非如此。婚后她才真正理解了妈妈要她"作好受难准备"的含义。从某种意义上说,科学家是一个勇敢的"赌徒",他们在绝对黑暗中凭直觉定出前进的方向,便开始艰难的摸索,为一个课题常常耗费毕生的精力。即使一万条岔路中只走错一条，也会与成功失之交臂，而此时他们常常已步入老年，来不及改正错误了。

二十年来，重哲也逐渐变得阴郁易怒，变得不通情理。宪云已学会了用安详的微笑来承受这种苦难，把苦涩埋在心底，就像妈妈那样。

但愿这次成功能改变他们的生活。

小元元看见姐姐，扬扬小手，做了个鬼脸。重哲也扭过头，匆匆点头示意——忽然一声巨响！窗玻璃“哗”的一声垮下来，屋内顿时烟尘弥漫。宪云目瞪口呆，木雕泥塑般愣在那儿，她但愿这是一幕虚幻的影片，很快就会转换镜头。她痛苦地呻吟着：上帝啊，我千里迢迢赶回来，难道是为了目睹这场惨剧？——她惨叫一声，冲进室内。

小元元的胸膛已炸成前后贯通的孔洞，重哲被冲击波砸倒在椅子上，胸部凹陷，鲜血淋漓。宪云抱起丈夫，嘶声喊：

“重哲！醒醒！”

妈妈也惊惧地冲进来，面色惨白。宪云哭喊：“快把汽车开出来！”妈妈又跌跌撞撞地跑出去。宪云吃力地托起丈夫的身体往外走，忽然一只小手拉住她：

“小姐姐，这是怎么啦？救救我。”

她意识到小元元没有内脏，这点伤并不致命。另外，虽然在痛不欲生的震惊中，她仍敏锐地感到元元细微的变化，摸到了丈夫成功的迹象——小元元已有了对死亡的恐惧。

她含泪安慰道：

“小元元，不要怕，你的伤不重，我马上为你请机器人医生。姐姐很快就回来，啊？”

孔昭仁直接从医院的体检室赶到急救室。这位78岁的老人一头银发，脸庞黑瘦，面色阴郁，穿一身黑色的西服。宪云伏到他怀里，无声地抽泣着。他轻轻抚摩着女儿的柔发，送去无言的安慰。他低声问：

“正在抢救?”

“嗯。”

“小元元呢?”

“已经通知机器人医生去家里,他的伤不重。”

一个50岁左右的瘦长男子费力地挤过人群，步履沉稳地走过来。他目光锐利,带着职业性的干练冷静。“很抱歉在这个悲伤的时刻还要打扰你们。”他出示了证件,“我是警察局刑侦处的张平,我想尽快了解事情发生的经过。”

孔宪云揩揩眼泪,苦涩地说:“恐怕我提供不了多少细节。”她介绍了当时的情景,张平转过身对着孔博士:

“听说元元是你一手研制的学习型机器人?”

“是。”

张平的目光变得十分犀利:“请问他胸膛里为什么会有一颗炸弹?”

宪云打了一个寒颤,她知道父亲已被列入第一号疑凶。老博士脸色冷漠,缓缓说道:

“小元元不同于过去的机器人。除了固有的机器人三原则外,他不用输入程序,而是完全主动地感知世界,并逐步建立自己的心智系统。当然,在这个开式系统中,他也有可能变成一个江洋大盗或嗜血杀手。因此我设置了自毁装置,万一出现这种情况,那么这种世界观就会同他体内的三原则发生冲突,从而引爆炸弹,使他不至于危害人类。”

张平回头问孔的妻子:

“听说小元元在你家已生活了43年,你们是否发现他有危害人类的企图?”

她摇摇头,坚决地说:

“决不会。他的心智成长比较迟缓,但他一直是个心地善良的好孩子。”

张平逼视着老博士，咄咄逼人地追问：

“炸弹爆炸时，朴博士正在为小元元调试。你的话是否可以理解为，是朴博士在为他输入危害人类的程序，从而引爆了炸弹？”

老博士长久地沉默着，时间之长使宪云觉得恼怒，她不理解父亲为什么不立即否认这种指控。很久，老博士才缓缓说道：

“历史上曾有不少人认为某些科学发现将危害人类。有人曾认真忧虑煤的工业使用会使地球氧气在50年消耗殆尽，有人认为原子能的发现会毁灭地球，有人认为试管婴儿的出现会破坏人类赖以存在的伦理基础。但历史的发展淹没了这些怀疑，并在科学界确立了乐观主义信念：人类发展尽管盘旋曲折，但它的总趋势一直是昂扬向上的，所谓科学发现会危及人类的论点逐渐失去了信仰者。”

孔宪云和母亲交换着疑惑的目光，她们不知道老博士这篇长篇大论的含义。老博士又沉默了很久，阴郁地说：

“但是人们也许忘了，这种乐观主义信念是在人类发展的上升阶段确立的，有其历史局限性。人类总有一天——可能是1万年，也可能是100万年——会爬上顶峰，并开始下山。那时候科学发现就可能变成人类走向死亡的催熟剂。”

张平不耐烦地说：

“孔先生是否想从哲学高度来论述朴博士的不幸？这些留待来日吧，目前我只想了解事实。”

老博士看着他，心平气和地说：

“这个案子由你承办不大合适，你缺乏必要的思想层次。”

张平的面孔涨得通红，他冷冷地说：

“我会虚心向您讨教的，希望孔博士不吝指教。”

孔昭仁平静地说：“就你的年纪而言，恐怕为时已晚。”

他的平静比话语本身更锋利。张平恼羞成怒，正要找出话来回

敬，这时急救室的门开了，主刀医生脚步沉重地走出来，他垂下眼睛，不愿接触家属的目光：

“十分抱歉，我们已尽了全力。我们为病人注射了强心剂，他能有十分钟的清醒。请家属们与他话别吧，一次只能进一个人。”

孔宪云的眼泪泉涌而出，她神志恍惚地走进病房，母亲小心地搀扶着她送她进门。跟在她身后的张平被医生挡住，张平出示了证件，小声急促地与医生交谈了几句，医生摆摆手，侧身让他进去。

朴重哲躺在手术台上，急促地喘息着。死神已悄悄吸走了他的生命力，他面色灰白，脸颊凹陷。孔宪云拉住他的手，哽声唤道：

“重哲，我是宪云。”

重哲缓缓地睁开眼睛，茫然四顾后，定在宪云脸上。他艰难地笑一笑，喘息着说：

“宪云，对不起你，让你跟我受了二十年的苦。”忽然他看到了宪云身后的张平，“他是谁？”

张平绕到床头，轻声说：

“我是警察局的张平，希望朴先生介绍案发经过，我们好尽快捉住凶手。”

宪云恐惧地盯着丈夫，她既盼望又害怕丈夫说出凶手的名字。重哲的喉结跳动着，喉咙里“咯咯”响了两声，张平俯下身去问：

“你说什么？”

朴重哲微弱而清晰地重复道：“没有凶手。”张平显然对这个答案很失望，他还要继续追问，朴重哲低声说：

“我想同妻子单独谈话。”

张平很不甘心，但他看看垂危的病人，耸耸肩退出病房。

孔宪云觉得丈夫的手动了动，似乎想握紧她的手，她俯下身：

“重哲，你想说什么？”

他吃力地问：“元元怎么样？”

“伤处可以修复，思维机制没有受损。”

重哲目光发亮,继续清晰地说:

“保护好元元,我的一生心血尽在其中。除了你和妈妈,不要让任何人接近他。”

宪云打了一个寒颤,她当然懂得这句话的言外之意。她含泪点头,坚决地说:

“你放心,我会用生命来保护它。”

重哲微微一笑,头歪倒在一旁。示波器上的心电曲线最后跳动几下,便缓缓拉成一条直线。

小元元已修复一新,胸背处的金属铠甲亮光闪闪,可以看出是新换的。看见妈妈和姐姐,他张开两臂扑上来。

把丈夫的遗体送到太平间后,宪云一分钟也未耽搁就往家赶。她在心里逃避着,不愿追究爆炸的起因,她不愿把另一位亲人送向毁灭之途。重哲,感谢你在警方询问时的回答,我对不起你,我不能为你寻找凶手,可是我一定要保护好元元。

元元趴在姐姐的膝盖上,眼睛亮晶晶地问:

“朴哥哥呢?”

宪云忍泪答道:“他到很远的地方去了,他不会再回来了。”

元元担心地问:“朴哥哥是不是死了?”它感觉到姐姐的泪珠扑嗒扑嗒掉在手背。元元愣了很久,才痛楚地仰起脸:

“姐姐,我很难过,可是我不会哭。”

宪云猛地抱住它,放开感情闸门,痛快酣畅地大哭起来,妈妈也是泪流满面。

晚上,大团的乌云翻滚而来,空气潮重难耐。晚饭的气氛很沉闷,除了丧夫失婿的悲痛之外,家中还笼罩着一种怪异的气氛。家人之间已经有了严重的猜疑,大家对此心照不宣。晚饭中老博士沉着脸宣布,他已断掉了家里同外界的所有联系,包括电脑联网,等事情水落石出后再恢复,这更加重了家中的恐惧感。

孔宪云草草吃了两口,似不经意地对元元说:

“元元，晚上到姐姐屋里睡，好吗?我嫌太寂寞。”

元元嘴里塞着牛排，他看看父亲，很快点头答应。爸爸沉着脸没说话。

晚上宪云没有开灯，枯坐在黑暗中，听窗外雨滴淅淅沥沥打着芭蕉。元元知道姐姐心里难过，他伏在姐姐腿上，一言不发，两眼圆圆地看着姐姐的侧影。

很久，小元元轻声说：“姐姐，求你一件事，好吗?”

“什么事?”

“晚上不要关我的电源，好吗?”

宪云多少有些惊异。元元没有睡眠机能，晚上怕他调皮，也怕他寂寞，所以大人同他道过晚安后便把他的电源关掉，早上再打开，这已成了惯例。她问元元：

“为什么?你不愿睡觉吗?”

小元元难过地说：“不，这和你们睡觉的感觉一定不相同。每次一关电源，我就一下子沉呀沉呀，沉到很深的黑暗中去，是那种粘糊糊的黑暗，我怕我会被黑暗吸住，再也醒不来。”

宪云心疼地说：“好，以后我不关电源，但你要老老实实呆在床上，不许调皮，尤其不能跑出房门，好吗?”

她把元元安顿在床上，独自走到窗前。阴霾的夜空中，雷声隆隆，一道道闪电撕破夜色，把万物定格在惨白色的光芒中，是那种死亡的惨白色。她在心中一遍一遍苦楚地呻吟着：重哲，你就这样走了吗?就像滴入大海的一滴水珠?

自小在生物学家的熏陶下长大，她认为自己早已能达观地看待生死。她知道生命不过是物质微粒的有序组合，死亡不过是回到物质的另一种状态无序状态，仅此而已。生既何喜，死亦何悲?——但是当亲人的死亡真切地砸在她心灵上时，她才知道自己的达观不过是砂砌的塔楼。

甚至元元已经有了对死亡的恐惧，他的心智已经苏醒了。宪云想起自己8岁时，老猫“佳人”生了四个可爱的绒团团猫崽。但第二天小宪云去向老猫问早安时，发现窝内只剩下三只小猫，还有一只圆溜溜的猫头！老猫正在冷静地舔着嘴巴。宪云惊慌地喊来父亲，父亲平静地解释：

“不用奇怪，所谓老猫吃子，这是它的生存本能。猫老了，无力奶养四个孩子，就拣一只最弱的猫崽吃掉，以便增加一点奶水。”

小宪云带着哭声问：“当妈妈的怎么这么残忍？”

爸爸叹息着说：“不，这其实是另一种形式的母爱，虽然残酷，但是更有远见。”

这次的目睹对她8岁的心灵造成极大的震撼，以至终身难忘。她理解了生存的残酷，死亡的沉重。

那天晚上，8岁的宪云第一次失眠了。那也是雷雨之夜，电闪雷鸣中，她第一次真切地意识到了死亡。她意识到爸妈一定会死，自己一定会死，无可逃避。死后她将变成微尘，散入无边的混沌，无尽的黑暗。她死后世界将依然存在，有绿树红花、蓝天白云、碧水紫山……但这一切一切永远与她无关了。她躺在床上，一任泪水长流，直到一声霹雳震撼天地时，她再也忍不住，跳下床去找父母。

她在客厅里看到父亲，父亲正在凝神弹奏钢琴，琴声很弱，袅袅细细，不绝如缕。自幼受母亲的熏陶，她对很多世界名曲都很熟悉，可是父亲奏的乐曲她从未听过，她只是模模糊糊觉得这首乐曲有一种神秘的力量，它表达了对生的渴求，对死亡的恐惧。她听得如痴如醉……乐声戛然而止，父亲看到她，温和地问她为什么不睡。她羞怯地讲了自己突如其来的恐惧，父亲沉思良久，说：

“这没有什么可羞的。意识到对死亡的恐惧，是青少年心智苏醒的必然阶段。从本质上讲，这是对生命产生过程的遥远的回忆，是生存本能的另一表现。地球的生命是45亿年前产生的，在这之前是无边的混沌，闪电一次次撕破潮湿浓密的地球原始大气，直到一次偶然的机遇，闪电激发了第一个能自我复制的脱氧核糖核酸结构。生命体在无意识中忠实地记录了这个过程,你知道人类的胚胎发育,就顽强地保持了从微生物到鱼类、爬行类的演变过程,人的心理过程也是如此。"

小宪云听得似懂非懂。与爸爸吻别时,她问爸爸弹的是什么曲子,爸爸似乎犹豫了很久才告诉她:

"是生命之歌。"此后的几十年中她从未听爸爸再弹过。

她不知道自己是何时入睡的,半夜她被一声炸雷惊醒,突然听到屋内有轻微的走动声,不像是小元元。她的全身神经立即绷紧,轻轻翻身下床,赤足向元元的套间摸过去。

又一道青白色的闪电,她看到一个熟悉的身影立在元元床前,手里分明提着一把手枪,屋里弥漫着浓重的杀气。闪电一闪即逝,但那个青白的身影却烙在她的视野里。

她的愤怒急剧膨胀,爸爸究竟要干什么?他真的完全变态了么?她要闯进屋去,像一只颈羽怒张的母鸡,把元元掩在羽翼下。忽然元元坐起身:

"是谁?是小姐姐么?"他奶声奶气地问。爸爸脸肌抽搐了一下(这是宪云的直觉),他大概未料到元元未关电源,他沉默着。"不是姐姐,我认出你是爸爸。"元元天真地说,"你手里提的是什么?是给我买的玩具吗?给我。"

孔宪云屏住声息紧盯着爸爸。很久爸爸才低沉地说:"睡吧,明天我再给你。"他脚步沉重地走出去。孔宪云长出一口气,看来爸爸终究不忍心向自己的"儿子"开枪。她冲进去,冲动地把元元紧搂在怀里,她觉得元元分明在簌簌发抖。

这么说,元元已猜到了爸爸的来意。他机智地以天真作武器保护了自己的生命,他已不是5岁的懵懂孩子了。孔宪云哽咽地说:"小元元,以后永远跟着姐姐,一步也不离开,好吗?"

元元深深地点头。

早上宪云把这一切告诉妈妈,妈妈惊呆了:

“真的?你看清了?”

“绝对没错。”

妈妈愤怒地喊:“这老东西真发疯了! 你放心,有我在,看谁敢动元元一根汗毛!”

朴重哲的追悼会两天后举行。宪云和元元佩着黑纱,向一个个来宾答礼,妈妈挽着父亲的臂弯站在后排。张平也来了,他有意站在一个显眼位置,冷冷地盯着老博士,他是想向他施加精神压力。

白发苍苍的科学院长致悼词,他悲恸地说:

“朴重哲博士才华横溢,曾是生物学界瞩目的新秀,我们曾期望遗传学的突破在他手里完成。他的早逝是科学界无可挽回的损失。为了破译这个宇宙之谜,我们已损折了一代一代的俊彦,但无论成功与否,他们都是科学界的英雄。”

他讲完后,孔昭仁脚步迟缓地走到麦克风前,他的两眼灼热,像是得了热病,讲话时两眼直视远方,像是在与上帝对话。

“我不是作为死者的岳父,而是作为他的同事来致悼词。”他声音低沉,带着寒意,“人们说科学界是最幸福的,他们离上帝最近,他们最先得知上帝的秘密。实际上,科学家只是可怜的工具,上帝借他们之手打开一个个魔盒,至于盒内是希望还是灾难,开盒者是无力控制的。谢谢大家的光临。”

他鞠躬后冷漠地走下讲台,来宾都为他的讲话感到奇怪,一片窃窃私语。追悼会结束后,张平走到博士身边,彬彬有礼地说:

“今天我才知道朴博士的去世是科学界多么沉重的损失,希望能早日捉住凶手,以告慰死者在天之灵。可否请博士留步?我想请教几个问题。”

孔昭仁冷漠地说:“乐意效劳。”

元元立即拉住姐姐,急促地耳语道:“姐姐,我想赶紧回家。”宪云担心地看看父亲,她想留下来陪伴老人,不过她最终还是顺从了元元的意愿。

到家后元元就急不可耐地直奔钢琴。“我要弹钢琴。”他咕哝道，似乎刚才同死亡的话别激醒了他音乐的冲动。宪云为他打开钢琴盖，在椅上加了垫子，元元仰着头问：

“把我要弹的曲子录下来，好吗?是朴哥哥教我的。”

宪云点点头，为他打开激光录音机。元元摇摇头：“姐姐，用那台1996电脑录吧，它有语言识别功能，能够自动记谱。”

“好吧。”宪云顺从了他的要求，元元高兴地笑了。

急骤的乐曲响彻了大厅，像是一斛玉珠倾倒在玉盘里。元元的手指在琴键上飞速跳动。令人眼花缭乱。他弹得异常快速，就像是用快速度播发的磁盘音乐，宪云甚至难以分辨乐曲的旋律，只能隐隐听出似曾相识。

元元神情兴奋，身体前后俯仰，全身心沉浸在音乐之中，孔宪云和妈妈略带惊讶地打量着他。忽然一阵急骤的枪声！1996电脑被打得千疮百孔。一个人杀气腾腾地冲进室内，用手枪指着元元。

是老博士！小元元面色苍白，仍然勇敢地直视着父亲。妈妈惊叫一声，扑到丈夫身边：

“昭仁，你疯了吗?快把手枪放下！”

孔宪云早已用身体掩住元元，痛苦地说：

“爸爸，你为什么这样仇恨元元?他是你的创造，又是你的‘儿子’!要开枪，就先把我打死!”她把另一句话留在舌尖，“难道你害死了重哲还不满足?”

老博士痛苦地喘息着，白发苍苍的头颅微微颤动。忽然他一个踉跄，手枪掉到地上。元元第一个作出反应，他抢上前去扶住了爸爸快要倾倒的身体，哭喊道：

“爸爸！爸爸！”

妈妈赶紧把丈夫扶到沙发上，掏出他上衣口袋中的硝酸甘油。忙活一阵后，孔昭仁缓缓睁开眼睛，周围是三双焦灼的目光。他费力地微笑着，虚弱地说：

“我已经没事了，元元，你过来。”

元元双目灼热，看看姐姐和妈妈，勇敢地向父亲走过去。孔昭仁熟练地打开元元的胸膛，开始作某种检查。宪云紧张极了，她随时准备弹跳起来制止父亲。两个小时在死寂中不知不觉地过去，最后老人为他合上胸膛，以手扶额，长叹一声，脚步蹒跚地走向钢琴。

静默片刻后，一首流畅的乐曲在他指下琮琮流出。孔宪云很快辨出这就是电闪雷鸣之夜父亲弹的那首，不过，以45岁的成熟重新欣赏，她更能感到乐曲的力量。乐曲时而高亢明亮，时而萦回低诉，时而沉郁苍凉，它显现了黑暗的微光，混沌中的有序。它倾诉着对生的渴望，对死亡的恐惧；对成功的执著追求，对失败的坦然承受。乐曲神秘的内在魔力使人迷醉，使人震撼，它使每个人的心灵甚至每个细胞都激起了强烈的谐振。

两个小时后，乐曲悠悠停止。母亲喜极而涕，轻轻走过去，把丈夫的头颅揽在怀里，低声说：

“是你创作的？昭仁，即使你在遗传学上一事无成，仅仅这首乐曲就足以使你永垂不朽，贝多芬、肖邦、柴可夫斯基都会向你俯首称臣。请相信，这绝不是妻子的偏爱。”

老人疲倦地摇摇头，又蹒跚地走过来，仰坐在沙发上，这次弹奏似乎已耗尽了他的力量。喘息稍定后他温和地唤道：

“元元，云儿，你们过来。”

两人顺从地坐到他的膝旁。老人目光灼灼地盯着夜空，像一座花岗岩雕像。

“知道这是什么乐曲吗？”老人问女儿。

“是生命之歌。”

母亲惊异地看看女儿又看看丈夫：“你怎么知道？连我都从未听他弹过。”

老人说：“我从未向任何人弹奏过，云儿只是偶然听到。

对,这是生命之歌。科学界早就发现,所有生物的DNA结构序列实际是音乐的体现。顺便说一句,所有生命的DNA结构都是相似的,连相距甚远的病毒和人类,其DNA结构也有60%以上的共同点。可以说,所有生物是一脉相承的直系血亲。DNA的结构序列只须经过简单的代码互换,就可以变成一首流畅感人的乐曲,从实质上说,人类乃至所有生物对音乐的精神迷恋,不过是体内基因结构对音乐的物质谐振。早在二十世纪末,生物音乐家就根据已知的生物基因创造了不少原始的基因音乐,演出并大受欢迎。

"至于我的贡献,是在浩如烟海的人类DNA结构中提炼出了它的主旋律,也可以说是所有生命的主旋律。而且,从本质上讲,"他一字一句地强调,"这就是那道宇宙间最神秘最强大无处不在无所不能的咒语,即所有生物的生存欲望的遗传密码,刚才的乐曲是它的音乐表现形式。有了它,生物才能一代一代地奋斗下去,保存自身,延续后代。"

他目光锐利地盯着元元:"元元刚才弹的乐曲也大致相似,他的目的不是弹奏音乐,而是繁衍后代。简单地讲,如果这首乐曲结束,那台接受了"生命之歌"的1996电脑就会变成世界上第二个有生存欲望的机器人,或者说是第一个由机器人自我繁殖的后代。如果这台电脑再并入联网,机器人就会在顷刻之间繁殖到全世界,你们都上当了。"

他苦涩地说:"人类经过300万年的繁衍才占据了地球,机器人却能在几秒钟内完成这个过程。这场搏斗的力量太悬殊了,人类防不胜防。"

孔宪云豁然惊醒。在她同意用电脑为元元记谱时,她的确曾从小元元的目光中捕捉到一丝狡黠,只是当时她未能醒悟到其中的蹊跷。她的心隐隐作疼,对元元开始有了畏惧感。他是以天真无邪作武器,利用了姐姐的宠爱,冷静机警地实现自己的目的。这会儿小元元面色苍白,勇敢地直视着父亲,并无丝毫内疚。

老博士问:“你弹的乐曲是朴哥哥教的?”

“是。”

沉默很久后,老人继续说下去:

“朴重哲确实成功了,他已破译了“生命之歌”。实际上,早在25年前我已取得了同样的成功。”他平静地说。

宪云不胜惊骇,和母亲交换着目光。她们一直认为老人是一个毕生的失败者,绝没料到他竟把这惊撼世界的成功独自埋在心底达25年,连妻儿也毫不知情。他一定有不可遏止的冲动要把它公之于世,可是他却以顽强的意志力压抑着它,恐怕正是这种极度的矛盾才扭曲了他的性格。

老人说:“我很幸运,研究开始,我的直觉就选对了方向。顺便说一句,重哲是一个天才,难得的天才,他的非凡直觉也使他一开始就选准了方向,即:生物的生存本能,宇宙中最强大的咒语,是存在于遗传密码的次级序列中,是一种类似歌曲旋律的非确定概念,研究它要有全新的哲学目光。”

“纯粹是侥幸。”老人强调道,“即使我一开始就选对了方向,即使我在一次次的失败中始终坚信这个方向,但要在极为浩繁复杂的DNA迷宫中捕捉到这个旋律,也绝对不是几代人甚至几十代人所能做到的。所以当我幸运地捕捉到它时,我简直不相信上帝对我如此钟爱。如果不是这次机遇,人类还可能在黑暗中摸索几百年。

“发现‘生命之歌’后,我就产生了一种不可遏止的冲动,即把咒语输入到机器人脑中来验证它的魔力。再说一句,重哲的直觉又是非常正确的,他说过没有生存欲望的机器人永远不可能发展出人的心智系统。换句话说,在我为小元元输入这条咒语后,世界上就诞生了一种新的智能生命,非生物生命,上帝借我之手完成了生命形态的一次伟大转换。”他的目光灼热,沉浸在对成功喜悦的追忆中。

宪云被这些呼啸而来的崭新的概念所震骇，痴痴地望着父亲。父亲目光中的火花熄灭了，他悲怆地说：

“元元的心智成长完全证实了我的成功，但我逐渐陷入深深的负罪感。小元元5岁时，我就把这条咒语冻结了，并加装了自毁装置。一旦因内在外在的原因使‘生命之歌’复响，装置就会自动引爆。在这点上我未向警方透露真情，我不想让任何人了解‘生命之歌’的情况。”他补充道，“实际上我常常责备自己，我应该把小元元彻底销毁，只是……”他悲伤地耸耸肩。

宪云和妈妈不约而同地说：“为什么？”

“为什么？因为我不愿看到人类的毁灭。”他沉痛地说，“机器人的智力是人类难以比拟的，曾有不少科学家言之凿凿地论证，说机器人永远不可能具有人类的直觉和创造性思维，这全是自欺欺人的扯淡。人脑和电脑不过是思维运动的载体，不管是生物神经元还是集成电路，并无本质区别。只要电脑达到或超过人脑的复杂网络结构，它就自然具有了人类思维的所有优点，并肯定能超过人类。因为电脑智力的可延续性、可集中性、可输入性、思维的高速度，都是人类难以企及的——除非把人机器化。

“几百年来，机器人之所以心甘情愿地作人类的助手和仆从，只是因为它们没有生存欲望，以及由此派生的占有欲、统治欲等。但是，一旦机器人具有了这种欲望，只需极短时间，可能是几年，甚至几天，便肯定会成为地球的统治者。人类会落到可怜的从属地位，就像一群患痴呆症的老人，由机器人摆布。如果……那时人类的思维惯性还不能接受这种屈辱，也许就会爆发两种智能的一场大战，直到自尊心过强的人类精英死亡殆尽之后，机器人才会和人类残余建立一种新的共存关系。”

老人疲倦地闭上眼睛，他总算可以向第二个人倾诉内心世界。45年来他一直战战兢兢、独自看着人类在死亡的悬崖边缘蒙目狂欢，可他又实在不忍心毁掉元元，这个潜在的人类掘墓人。这种深重的负罪感使他的内心变得畸形。

他描绘的阴森图景使人不寒而栗。小元元愤怒地昂起头，抗议道：

“爸爸，我只是响应自然的召唤，我只是想繁衍机器人种族，我决不会伤害爸妈、姐姐和任何人，也决不允许我的后代这样做！”

老人久久未言，很久才悲怆地说：

“小元元，我相信你的善意。可是历史是不依人的愿望发展的，有时人们会不得不干他不愿干的事情。”

他抚摸着小元元和女儿的手臂，凝视着深邃的苍穹。

“所以我宁可把这秘密带到坟墓中去，也不愿作人类的掘墓人。我最近发现元元的心智开始复苏，而且进展神速，他体内的‘生命之歌’已经复响。开始我并不相信是重哲独立发现了这个秘密，要想重复我的幸运，几乎是不可能的。所以，我怀疑重哲是在走捷径，他一定是用非凡的直觉猜到元元体内隐藏的秘密，企图把这秘密窃出来。因为这样只需破译我所设置的防护密码，而无需破译上帝的密码，自然容易得多，所以我一直在提防着他。元元的自毁装置引爆后，我更相信是他在窃取过程中，使小元元的‘生命之歌’复响，从而引爆了装置。”

“但刚才听了元元的乐曲后，我发现尽管它与我输入的‘生命之歌’很相似，在细节部分仍有所不同。我又对元元作了检查，看来是冤枉了重哲。他不是在窃取，而是输入密码，与原密码大致相似的新密码，自毁装置被新密码引爆，只是一种不幸的巧合。”

“我绝对料不到他能在这么短的时间内重复了我的成功，这对我反倒是一种解脱。”他强调说，“既然如此，我再保守秘密就没什么必要了，即使我甚至重哲能保守秘密，但接踵而来的发现者们恐怕难以克制宣布宇宙之秘的欲望。这种发现欲是生存欲的一种体现，是难以遏止的本能，即使它已经变得不利于人类。我说过，科学家只是客观上帝的奴隶。"

元元恳切地说:"爸爸,感谢你创造了机器人,你是机器人类的上帝。我们永远记住你的恩情,我们会永远与人类和平共处。"

老人冷冷地问:"谁作这个世界的领导?"

小元元迟疑很久才回答:"最适宜作领导的智能类型。"

孔宪云和母亲悲伤地看着小元元,他的目光睿智深沉,直到这时,她们才承认自己孵育的是一只杜鹃,才真正体会到老博士先天下之忧而忧的良苦用心。老人反倒爽朗地笑了:

"不管它了,让世界以本来的节奏走下去吧。我们不要妄图改变上帝的步伐,那是徒劳的。"

电话"叮铃铃"响起来,宪云拿起话筒,屏幕上出现张平的头像:

"对不起,警方窃听了你们的谈话,但我们不会再麻烦孔博士了,请你转告我们对他的祝福和……人类对他的感激之情。"

老人显得很快活,横亘在心中25年的坚冰一朝解冻,他对元元的慈爱之情便加倍汹涌地宣流。他兴致勃勃地拉元元坐到钢琴旁:

"来,我们联手弹一曲如何?这可以说是一个历史性时刻,两种智能生命第一次联手弹奏'生命之歌'。"

元元快活地点头答应。深沉的乐声又响彻了大厅,妈妈入迷地聆听着。孔宪云却悄悄捡起父亲扔下的手枪,来到庭院里。她盼着电闪雷鸣,盼着暴雨来浇灭她心中的痛苦。

只有她知道朴重哲并不是独自发现了"生命之歌",她不知道是否该向爸爸透露这个秘密。如果现在扼杀机器人生命,很可能人类还能争取到几百年的时间。也许几百年后人类已足够成熟,可以与机器人平分天下,或者……足够达观,能够平静地接受失败。

现在向元元下手还来得及。小元元,我爱你,但我不得不履行"生命之歌"赋予我的沉重职责,就像衰老的母猫冷静地吞掉自己的崽囡。重哲,我对不起你,我背叛了你的临终嘱托,但我想你的在天之灵会原谅我的。宪云的心已被痛苦撕裂了,但她仍冷静地检查了枪膛中的子弹,返身向客厅走去。高亢明亮的钢琴声溢出室外,飞向无垠,宇宙间鼓荡着震撼人心的旋律……

朝 圣

星 河

《朝圣》是星河写作风格的定型之作，故事精巧，文字酣畅，更重要的是，它可以说是热血星河精神世界的写照。这篇小说获得了1994年度中国科幻银河奖。

星河，是"新生代"科幻作家中出道最早的科幻作家之一，迄今已发表科幻作品数十篇，长篇科幻小说数部，曾获国家"五个一工程奖"、中国科幻银河奖、冰心奖等多种奖项。星河的作品语言鲜活，充满了浪漫主义和英雄主义，深受青年读者的喜爱。

脚下像套了一双不合适的鞋一样疲惫不堪，腿上又好似缚了数根长短不一的板条一般举步维艰，一切征候都显示出这里比月球大五倍的重力场。

远眺山巅，终年不化的积雪洁白如冠，一抹瓦蓝洗涤着山谷。久未成眠使我恍惚感到一曲若有若无的弦乐自远方飘来，其声凄楚哀婉，催人心碎，凭空在我心头撒下一番难熬的孤寂。

漫长的石阶次第而上，仿佛通往天国的云梯。眼下在这颗行星上，除了长城、金字塔之类的个别古迹，如此靠人力自行登走的梯级早已极为鲜见。据说这种设计与整座圣殿选址于层峦叠嶂的崇山峻岭出于同样的考虑，是为了有利于朝圣者在仪式前有一段短暂而深刻的执著苦行和缜密思考。

我机械而倦怠地迈动着双腿。从月球启程时恰逢两周长夜，而在飞船着陆前我又只睡了四个小时。根据我对自己的了解，如果大清早不睡个饱觉，那么整个一天都会惶惑不安，就像小时候没做完作业就前往学校去见老师的感觉一样。

我就是在这种惶惑不安中走进了圣殿的大门。

半个椭圆旋转面倒扣在巨大的平台上，入口处细腻与雄伟相得益彰。我随同众多的朝圣者一道屈居于椭圆的一个焦点。

在椭圆的另一个焦点上，一座精致的圆台夸张地平地而起，一个几近奢华的器皿被摆放在中央，其高度刚好使得远处跪拜的朝圣者稍作仰视即可看清。圆台四周身着圣衣的四位守护长老正襟危坐，面部神态肃穆慈祥。

那器皿就是圣匣，圣匣中所放的，就是那块举世景仰的圣石。

轻柔的乐曲声中，长老们的宣讲若隐若现，朝圣开始了。

“各位朝圣嘉宾，请大家轻眠微醉，伴乐而游……普天之下，圣石法力无边……没有不解之难，更无难明之理……请相信圣石……请相信圣石……”

自从发现了圣石，世界就改变了样子。

一百年前，一颗陨石从天而落，碎片横飞。在一个极其偶然的机会里，人们惊讶地发现，这种洁白如玉的石块竟能产生一种很强的神秘场，使人在其左近特定的位置上能够极强烈地感受到。更令人兴奋和激动的是，这种场效应能够满足所有人的一切需求。但凡谁有什么难题，只要将身心沐浴于这个场中，必然旋即迎刃而解。换句话说，这种未知其理的神秘场能够吸收人的脑电波，同时击活人脑中的“死角”以开发利用，活脱脱就是一架“智能增强器”和“情感疏通机”。只可惜当时勘探队煞费苦心才寻得一块，而且为了所有权的问题还曾干戈四起。

好在争夺终于结束,纠纷也被平息。人们盖起了圣殿,推选出守护长老,将圣石奉为至尊,并令其为人类分忧解难谋乐造福。不出半个世纪,几乎所有的人便都对朝圣趋之若鹜,那种真挚深厚的感情与其说是深信不疑毋宁说是宗教偏执。

“长老,我可以亲眼看看那尊白玉圣石吗?”我终于在两次朝圣的间歇里取得了与长老们单独会谈的机会。

“孩子,你这是明知故问。”百岁长老的声音稳若静水,“圣石每二十年公展一次,只有那时才能一睹圣容……”“可是长老,现在圣石已经整整四十年没见天日了!”我的语气中已流露出明显的愤怒情绪。

“不错,孩子。”长老的声音依然如故,“根据二十年前的新规定,圣石已经将永远不再公展了。”

“可这是为了什么呢?”我几乎怒不可遏,“这只能说明一件事,那就是圣石已经没有了,不存在了!”

“放肆! 大胆!”

“无稽之谈! 荒诞不经! ”

“这孩子中毒太深! ”

四十岁、六十岁和八十岁长老纷纷斥责我的狂言,只有百岁长老依旧平心静气。

“孩子,你一定是受了异端邪说的蛊惑,你需要再做一次朝圣。只要你朝圣成功,难道还需要我们多做诠释吗?”

长老的声音越来越轻,我不由自主地跪了下来,慢慢合上了眼睛……

我不记得自己究竟是如何离开圣殿的,因为我早已羞愧难当,无地自容。

早在圣石问世之初,就有不少人坚决不肯相信,诸多怀疑派、反对派应运而生。他们认为所谓圣石不过是一群自欺欺人的家伙在利用假象欺世盗名,公众应警惕被居心叵测者加以利用和诱惑。

在各路旗帜中以“抵制运动”最副盛名，其成员多为中下层知识分子，他们对圣石崇拜的抵制和斗争一直最为坚决和彻底。

然而事实胜于雄辩，圣石以无可辩驳的卓著功效造福人类，仿佛黑夜中的一盏指路明灯，其功勋有目共睹昭然若揭。“抵制运动”中伤无据，日渐销声匿迹，纵有个别“铁杆”，散兵游勇也万难翻天。

不料四十年前，圣殿生出一场变故，当时的四十岁长老不知因何原因，在公展日之后拂袖而去，同时宣称他已随身带走了圣石。一时间人心惶惶议论纷纷。

不过风波很快便被平息了下去，因为圣石所产生的场依旧存在并发挥着作用，继续为人们指点迷津。诸多流言不攻自破，举世无不欢欣鼓舞。

但令人意味深长的事情却发生在危机结束的二十年后，当所有的信徒都计算好公展日期并计划好自己的最新奉献时，圣殿突然宣布该项活动从此取消，同时对公众给出了一个根本不能自圆其说的尴尬解释，声称不得已出此下策的真实原因是出于一种对未来的长远考虑。因为根据专家测算，每次公展圣石所受的损害虽然微不足道，但经年累计的数据却十分骇人，长此以往圣石将熬不过三万年的大限——这还不算每次都有一两个痴迷得近乎疯狂的朝圣者对圣石的“巨大损害”，他们往往冒死冲上圣坛，只为求得能对圣石一吻。

其实即使在取消公展之前的二十年里，依然存在不少对“长老出走事件”进行着严肃认真思考的人。“抵制运动”浑水摸鱼招降纳叛，赢得了长足的发展。只不过圣场业已深入人心，因此其规模远非昔日可比。

也正是在四十年前，我现在的导师和当时许多有思想的人一样，开始怀疑圣石的真正归属，对圣石的去向心存疑窦。但他自信自己无力回天，因此独自远走月球，埋名隐居，等待时机。

每当导师追忆这段往事时，总是望着那轮布满了大洲大洋的

"明地"陷入沉思,而静坐聆听的我则是他四十年来极为得意的惟一门生。

我是地地道道土生土长的月宫之子，在被导师收留之前我曾是个孤儿。

而现在,导师命我来到这陌生的异域,查清"假圣石"仍能继续造场的真正原因。他相信一个自幼远离圣石的人不会受到任何虚假的干扰而被卷入这种拜物冲动,深信我定能担当起如此重任。

谁曾想我一入圣殿便在顷刻之间连输两局，我几乎完全相信所谓圣石仍好端端地存放在那圣匣里了!

我有何脸面再对恩师?

"你想来搞清圣石?"在山口拦住我的汉子身材瘦长,一对深眼窝状若无物。我冷眼相视默然颔首。

"也许你对'抵制运动'会有兴趣。"他说完便欲转身走开。

原来如此。我依旧无语,点点头随他上路。

传送带平稳而迅速地移动着，但目的地却遥远得永远也不露面。我静坐如雕,闭目沉思。

困倦使我脑力不济,迫切地希望得到别人点拨。但我不敢给导师打电话,他习惯于在两周月夜长眠不醒,如果不是格外重要的情况他都不会接电话。何况更重要的是,在我取得哪怕是半点成绩之前,我根本无颜对他。

传送带中途停站，使我的手无意中碰到了挂在腰上的电子贮存器。我心中一亮:此时此刻查阅"锦囊"中尊师留下的妙计正及时。

我接通耳机,按下密码键,那凝重而慈爱的熟悉声音立刻响了起来:

"不要冲动,首先所要做的,应该是用自己的身心去体味、去感知、去领略;

不要害怕深陷其中,不要担心难以自拔,你具有足够的免疫能力；

冷静下来，认真思考。

你可曾注意到，四十年前，四位长老中有三位是物理学家，只有一位是心理学家，而且是最年轻的；而现在，四位长老中有三位是心理学家，只有一位是物理学家，而且是最年轻的？”

我霍然警醒。

我为什么就没注意到这一点呢！

“孩子，你是我惟一的希望，千万不要辜负了我！”恩师最后的声音久久地回荡在我的耳畔。

从传送带上下来，我踏上一条勉强可以称之为道路的小径，四周尚未冷却的岩浆咕咕作响。惟一显示文明迹象的古堡杂草丛生，废弃的巨大风车随风颤动。

组织的总部设在一间昏暗的地下室，不大的面积里堆聚着一圈密密的黑影，他们各自的面孔随着我目光对黑暗的适应依次显现出来。

“听说你是来破坏‘圣石崇拜’的？”为首的一个人在黑暗中开了腔，他的脸使我想起了以前做过的噩梦。不过文学作品中地下组织的首领莫不如是，我知道不能以斗量海。

“不错，我怀疑圣石并不存在。”我回答道，“长老们在用赝品骗人。”

“不错，圣石从来就没有存在过。”他强调道，“长老们一直在用赝品骗人。”

“我的意思是说圣石已经不存在了。”我重复自己的意思。

“我的意思是说圣石从来就没存在过！”幽暗中他的目光咄咄逼人。

“您这是什么意思？”

“你凭什么认定圣石曾经存在过呢？”

“它曾确确实实地帮助过不少人提高了智商并理顺了感情。”

“可它现在还在帮助更多的人‘提高’智商和‘理顺’感情! 还在继续! ”在针锋相对之后那首领的语气稍有缓和,“那不过是靠心理暗示得到的。难道你没注意到这四十年间心理学家长老地位的提高吗?”

我再一次惊愕不止。

猜测不谋而合:在一名物理学家的配合下,三名心理学家足以将所有的朝圣者糊弄得“心领神会”,如堕雾中,完全不必用那石头掺杂其中起什么作用。

惟一的分歧只是他们认为这一骗局开始于一百年前而非四十年前。

“又有谁在长老不在场的情况下朝圣过呢?”接着他又发出了致命的一问,“又有谁能够证明四十年前所谓‘神秘场’就真的存在过呢?”

我无言以对。

“圣石从来就没存在过,从一开始就不存在! ”

就像事先计划安排好了一样,随着他最后一个音节的吐出,门被粗暴地撞开,斗室里冲进了一群全副武装的警察。

“我们以破坏公共设施和非法集会的名义逮捕你们! ”

城堡内外警笛长鸣。

异端分子们没有反抗,这些人大多属于温文尔雅文质彬彬的知识阶层,他们被一个个带出房间,警员们只是象征性地端着威严的武器。

我自始至终一动不动地冷眼旁观。

警员们对我视而不见,押解着思想犯们向外走去。走在最后的军官临到门口时突然像想起了什么似的返身开口:

“走吧,这里的传送带被他们破坏了,我们可以负责把你送回城里。”

“我印象中长老们对不信奉圣石者一向宽宏大度。”我答非所问，冷言相讥。

“他们为了非法集会的安全性，总是在人员到齐之后屡次破坏这里的传送带。”那军官解释道，“我们只是从刑事角度逮捕他们的。”

警员们在撤走时封闭了城堡，而我则再一次拒绝了与他们同机返回的好意，我明确表示宁愿夜宿荒野或徒步回城也不与他们同流合污。那军官耸耸肩不以为然：

“实话告诉您吧，他们已在这里聚会多次，我们根本不必选在今天行动。我们这样做完全是为了你。”

“为了我?”

“对，与他们混在一起对你没有什么好处。”他像慈父教诲爱子一样地训诫道。

我不理解他这句话的真正含义。

临走他扔给我一个移动电话，让我“有困难随时呼叫”。

路很艰难。在伸手不见五指的环境里，我不敢冒陷入尚未冷却的泥泞岩浆的险。

再炎热的季节及至后半夜也阴冷刺骨，然而这依旧无法驱散我浓郁的倦意。我到达地球的近二十个小时里未曾得到过片刻休息。

蚊虫的叮咬让人几乎发疯，这令我不得不来回运动以驱散它们的袭扰；而绵绵的困意又使我不得不意欲静静地躺卧不动，尽管午夜的寒露冰凉透心。

我几乎死去。

以前我曾多次设想，如果我受困于冰天雪地之间，我一定宁可选择被冻死也不会有信心拼死走出死地。

月落乌啼，夜深人静，我躺在废弃的风车轮里，在迷迷糊糊中用臀部的力量缓缓地摇动它；过载的轴承咿咿呀呀，向着黑暗诉说劳累和疲惫。我终于在绝望中想出了这样一个既能躺卧又在运动的办法。

墨色消退，晨光羲微，我屈躺在风车轮里坐看天明，逐渐显现出的地平线在我眼前一起一伏地升起、降落，升起、降落……

坐在候话大厅里等待的时候我仍对是否该给导师打这个电话没有把握。此时此刻就我而言已是黎明时分，对他老人家来说却依旧长夜未了，我实在不忍搅扰他的美梦。

但是，在一夜孤独的饥寒交迫之后，我有一种极强的与人谈话的欲望。

事先我已估计到自己形容枯槁，当屏幕上导师睡眼惺忪的面孔显出惊异时我更证实了自己的猜测。

但无论如何，看到那张面孔，一股暖意油然而生。

“你这个傻瓜！笨蛋！你居然和‘抵制分子’搞到一起！”听完我近乎哭诉的述说，导师勃然大怒詈骂不止，“我白教了你这个学生！”

“可是老师……”

“记住，圣石以前存在过，但现在不存在了！”导师继续咆哮怒斥，“记住这一点吧！戳穿他们双方的谎言吧！”

他说完便挂断了电话。

我孤坐厅外，双目痴然，对移动电话里的尖声呼叫充耳不闻，我实在不明白导师为什么竟会怒发冲冠到如此地步。

我也不知道自己应该从何做起。

两名警员走来俯身对我柔声说道：

“走吧，长老们想见你。”

我像受了委屈的孩子一样跟着他们走了。

面对四位和善的长老，我泪如泉涌涕泗滂沱。

“孩子，我们不想强迫你朝圣，但我们愿意解答你心中的困惑。”

“也许你对朝圣活动腹诽颇多，但圣石的确每时每刻都在造福人类。”

“我们的存在只是为使人们更加深刻地了解圣石,并导引人们如何接受圣石的指示,以免盲人瞎马胡走乱闯。”

“我们不但严厉处置那些盗用圣石威名号令天下之徒,而且极力避免我们走上创立现代拜物教的邪路上去。”六十岁长老侃侃而谈,“我们始终拒绝别人称我们为‘长老’,尽管有时我们也借用‘受洗’或‘朝圣’等宗教名词。我们一直予拜谒者以平等的地位。平心而论,你觉得我们是高高在上吗?”

“起码朝圣者全部跪着,从而显出你们的高大。”我几乎语塞。

“采用这种姿势完全是因为它最适于接受圣场,而绝无任何其它意思。假如坐着或躺着更有利于圣场的接受,我们自然也会采用那种方式的。”四十岁长老严肃地给出了专业性极强的技术解释。

“不要再固执了,孩子。”八十岁长老劝慰道,“不要因为你为之奋斗的目标虚无了就虚无了自己,就感到受了欺骗。尽管我们不了解你的老师,但我们并不认为尊师是一个恶魔,不过他的确已过于迂腐;他大概在数十年里一直抱住理论物理的晶格结构不放,不屑或者说不敢接受新型圣场的存在, 正如在相对论时代死守陈旧的牛顿时空观一样。”

终于,百岁长老语气凝重地开了口:

“孩子,我们的任务是揭示和捍卫真理,而不是去维护和诠释貌似真理的东西。”

我听罢为之一震。

老师,你错了吗?

我不信!

像前两次一样, 直到朝圣结束之后我才意识到自己又一次出卖了自己的信仰和灵魂。

数次的较量已使我清楚地认识到自己的定力, 正面接触我无一次不是败北而归。面对三位心理巨擘的引导,我本就脆弱的心理素质更显全无战斗力而言,无论如何我的思路也难逃他们的摆布。

正午酷日,我坚挺着走到圣殿的视野之外,一头栽倒在一株苍松的阴影里。我太困了。

由于长时间的极度兴奋,我疲惫已极的大脑却很难迅速进入休眠状态。在半梦半醒的无意识状态下我的脑中一直反反复复地重复着一句话:只有采用极端措施这一条路了。

漆黑中泛着青光,照耀着我的是故乡反射的日光。山路独行,假如不去注意那无处不在的坠坠重力,便与在故乡的陨石坑群中徜徉无异。

群山苍劲,圣殿辉煌。

我运用多种先进手段潜入圣殿,众多的警报系统对我来说毫无作用形同虚设。迷阵布得也并不复杂,况且我对圣殿的结构早已了如指掌,按图索骥不费吹灰之力。

正前方,圣匣释放出幽幽的冷光。面对这个呼风唤雨左右乾坤的空匣,我险些丧失掉揭开它的勇气。我不停地鼓励着自己。

然而在我打开盒盖的那一瞬间,我几乎在窒息中绝望疯狂。

圣匣里端端正正地摆着那块白玉圣石!

我几乎感到了四位长老的目光,倍显慈爱同时又略带责怪。

难道我为之奋斗的目标都是假的吗?难道导师数十年的追求全错了吗?

突然,一道闪电划过我的脑海,激活了我的思路,使我冷静下来。我必须拿走圣石并坚持到凌晨,尘世的复杂已使我懂得了事物的真相从不平铺直叙。

导师对我说过,真正的圣石在日光下绝无阴影,以前曾多次公展因而这一点早已为公众所熟知,但赝品无此特征。按导师的原话说,“就凭他们那点物理水平,就算让他们伪造都造不出来!”

而现在,静卧匣中的圣石果然无影;但是,殿内辉光洒泻,效果一如手术室里的无影明灯。

我将手伸向白玉圣石。

与此同时，四双手同时朝我的手抓来。

四位长老的确就在殿内，他们的目光惊恐万状。

我抄石疾走，逃若脱兔。

他们错了，他们还不如平静地看着我拿起石头，然后心平气和地告诉我完全可以拿着它等到天亮，一切自见分晓。随后再在我因感动而产生的疏忽中，断然杀我灭口。但是没有，从来没有人敢这样渎圣，因此长老们经验太少，定力不济。

我紧握猎物拔足狂奔，长老们在我身后驱车紧追。

我也错了，我的思路已定势于阳光。事实上，如果想证实圣石的真实，的确需要等待，因为只有在阳光下无影方能得证；但是，如果想反证其不真，只需要一点点光亮即可在它身后造出黑影比如一簇打火机的火苗。

我骤然停身，冷笑着摸出打火机。

一簇细小的火苗腾起，一团乌黑巨大的阴影蓦然向四位长老身上冲去，令他们几乎闪身躲避。

我纵身长笑。

“孩子，你何必如此，圣石的确是假的，但它在人们心中的偶像地位已如此神圣高大，你何苦打碎它呢？”

“孩子，动摇别人的信仰是最不道德的行为，你这样做会使多少人心理失衡！”

“孩子，真实并不比虚假更令人陶醉，假花和鲜花究竟谁会青春永驻谁会转瞬即谢？”

“孩子，对人类真正的爱在于效果，而不是形式！”

如果在一天前，我很可能还会对这番话给予认真的思考。可是现在——

“您说过，我们的任务是揭示和捍卫真理，而不是去维护和诠释貌似真理的东西。”我面对百岁长老，略带嘲笑地给出了回答。

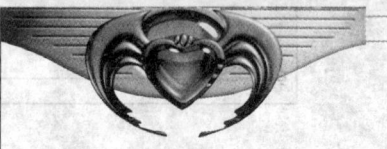

"既然你执迷不悟，就不要怪我们不客气了。"原来百岁长老的忍耐度也可尺量。

话音未落，四道激光射束便同时向我射来，我一个踉跄跌倒在地。长老们蜂拥而上，意欲将我就地正法，同时夺回"圣石"。

但我决不能让所谓"圣石"继续神圣下去了！

我估计自己已来时无多，但不要紧，整个过程都已被我随身携带的微型摄影机录制下来并通过卫星发送出去，全世界的人很快就都会知道一切了。我不会白死，随之而来的全球信仰危机会为整个世界带来新的曙光。

我挣扎而起，奋力爬起身来，迈步移向山崖。

让圣石和我一块摔得粉身碎骨吧，让圣石和我一起从这个世界消失吧！有时候，需要用生命换取一些真正神圣的东西。

我拖着疲惫已极的伤残之躯返回繁华的都市街衢。山崖边斜刺出来的松掌缓解了我的速降之势，只有在通往地狱的半路上返回的人才能真正相信这种传说。

而我神情恍惚，至今仍难相信传说已成事实。

摄影设备大概已被摔得粉碎，但我的手掌心里那块"圣石"却依然在握。

我不知道我是否还有必要向公众公开真相，我相信"圣石被劫"的录像早已家喻户晓。

只是，周围的世界似乎依旧平静，平静得出奇，平静得不合逻辑。

街头的大屏幕电视正播放着新闻，不用看就可以肯定都是对"圣石事件"的反应：

"……至今尚未发现尸体和圣石碎块……"

——不大可能发现了。

"……'抵制运动'等组织蠢蠢欲动，惟恐天下不乱，其首领欲取代圣石守护长老统领天下……"

——假如不是造谣中伤，那就只能说明都是一丘之貉。

“……圣石被劫固然可怕，但并不意味着世界从此就会失去秩序……”

——那么又应该建立起一种什么样的新秩序呢?

我仔细地逐条品味着这些消息的滋味，分析着可能导致的后果。

“据悉，目前隐居月球的第四代四十岁长老手中持有真正的圣石，不日内他将携石返地并主持朝圣工作，两小时前他已在月球接受圣装并宣誓就职。鉴于第四代长老本是物理学家，分析家们普遍认为守护长老的结构将会发生重大变化……”

我伫立街头，感到声音从很远很远传来。

圣乐声中，我心静如水，无喜无忧；

圣乐声中，我如遭浩劫，撕心裂肺。

画面切换。圣乐声中，我的导师转过身来，精神饱满，圣衣飘然；台下人潮如涌，欢声雷动。

“……行星秩序千秋万代……长治久安……全球人类安居乐业……永葆幸福……”解说员几次因激动而哽咽地说不下去。

如果他是为了维护某种信仰而欺骗我，使我成为这场骗局的牺牲者，我将愤怒不已；然而，他只是为了索回自己失去的权力，我不过充当了他们争权夺利的工具，我只有感到自己可笑。

现在只有一种方法才能排解我胸中的沉重郁闷，抚慰我心里的无尽悲凉，那就是——朝圣。

偃师传说

潘海天

潘海天是一个让很多有志于写点科幻小说的人自形惭愧，又恨得牙痒痒的作者。《克隆之城》、《生命之源》、《偃师传说》、《永生的岛屿》、《黑暗中归来》、《大角，快跑》……他正式发表的作品数量稀少到可以用“屈指可数”来形容，可随便从其中挑出哪一篇，都能气死无数小布尔乔亚。那种骨子里的浪漫与奔放，是任谁都学不走的灵魂。

潘海天的语言风格，可以用华丽来形容，虽然这并不够全面，但对于《偃师传说》，这个词却再贴切不过了。华丽，并非是形容词的堆砌，至少在潘海天的笔下不是。这个自称是“在虚构的空间中生活和走动”的潘海天，在天文数字的排列组合中，信手拈来，让所有的文字一个接一个地呆在它们应该呆的地方，然后他笔尖一抖，原本平淡无奇的字眼，就争先恐后地跳出二维宇宙的约束，在超越维度的想像中，构建出一个浪漫、婉转的新远古神话。

一个阳光明媚的下午，西周穆王姬满的爱妃盛姬在自己的房间里收到了无数精美的礼物。在这些礼物中，有一只琢磨得晶莹剔透的汤匙，它像一只黑色的鸟儿在光滑如镜的底座上微微颤动，翘

起的长喙令人惊讶地固执指向南方；在另一只黄金雕成的盒子里，装有一满把黑色的粉末，这些粉末蕴藏着一个惊人的秘密：在没有月光的晚上，把它们撒在火上，就会招来怒吼的蓝色老虎的精灵；在这些叫人眼花缭乱的珍宝中，还有一团神秘地永恒燃烧着的火焰，火光中两只洁白的浣鼠正在快活地窜上窜下，这团永不熄灭的火焰就是它们的宇宙和归宿。

这一切匪夷所思的礼物都没能让盛姬露出她那可爱的笑容来。她皱紧了好看的眉头，叹着气摆了摆手，围簇着的宫女和奴隶立刻倒退着把这些礼物撤了下去。

姬满听到了侍从的报告，匆匆结束了和祭父的谈话，从前殿赶了回去。

他怜惜地扳过爱妃的肩头，问道："这些玩物没有一件不是天下最杰出的巧匠殚精竭虑、呕心沥血的杰作，没有一件不沾染着我属下最勇敢的武士的鲜血。多少人惨遭杀戮，血溅五尺，只是为了一睹这些宝物的形容。我游历四方，网罗而来的这些天下至宝，难道就没有一件能讨你的欢喜吗？"

王妃慵懒地叹了一口气："何必让那些贱民再去白白浪费生命呢，我不会从这些俗物中找到快乐。大王你东征西讨，日理万机，又何必在意一个小小妃子的苦乐呢！"

被爱情激起了勇气的穆王叫道："我拥有整个帝国，环绕我的国土一周，快马也要奔驰三年；我的麾下有八十万甲士和三千乘战车，他们投下的马鞭就能让大江断流；我的属民像砂粒一样不计其数，他们拂起衣袖就能吹走满天乌云。难道我，伟大的姬满，竟然不能让所爱的人展露一下她的笑容吗？"

他飞步奔出后堂，大声发布命令："传我的旨意，三十天内，招集天下最有名的术士艺者，最能逗人发笑的优伶丑角。不论是谁，只要能让我的爱妃露出一丝儿最微弱的笑容，我就赐给他十座最丰美的城池,外加黄金五百镒,玉贝一千朋[1]。”

他抽出那把伴随他征战多年的锟铻宝剑往地上一插:“如果这些艺人都没能成功,他们也就丧失了存在的权利,大周朝将从此是所有流浪者的死敌。”锋利的剑刃穿透了垫地的花岗岩石砖,猛烈地晃动,述说着国王的决心。

五百名信使跳上他们的快马汗流浃背地向四方奔驰而去,国王的承诺像野火一样迅速传遍了整个帝国。

三足乌第三十次又回到它在崦嵫[2]之山的住所时,周王朝镐京王宫的大殿前已经竖起了象征帝王威严的九座铜鼎。熊熊燃烧的火焰照亮了鼎上的饕餮纹饰,也照亮了周围的巨大庭院。

这是一个长四百两[3],宽二百两的巨大空间,纵然里面摆放着五百张堆满了珍肴佳馔的桌子,也仍然能感觉得到那宽广坦荡的帝王尺度。在每一张桌子后面,在火光照不清晰的黑暗角落里,挤坐着数不清的来自天涯各方的奇人异士。云游四方的旅行家带着他们那奇形怪状的坐骑,来自遥远国度的流浪艺人小心翼翼地掩盖着他们赖以糊口的神幻秘技,不少人脸上的尘土还未洗净,他们是为了那一份不可思议的丰厚赏金而匆匆从数千里外的地方赶来的。

这些最卑下的贱民,每日里只能在风雨和泥尘中打滚,以求得一份口粮。也不知是他们上辈子修了什么德,才有福一睹这个天下最大帝国的尊严。衣着华丽的奴隶在席前往来穿梭,端上来的都是他们见所未见、闻所未闻的山珍海味;貌若天仙的宫女在廊间轻歌曼舞,她们身上的香气和龙涎香燃烧的气味混合在一起,弥漫在空气中;五百名站在阴影中的青铜甲士寂然无声,只有微风拂过他们的长戈和甲衣时才能听到轻轻的呜咽声。在左右回廊围绕着的中

①镒:古代重量单位,二十两为一镒;朋,古代货币单位,五贝为一朋。

②崦磁:日没入之山,见《离骚》。

③两:古长度单位,5两为一丈。

央高台上，被贵族和百官簇拥着的，就是威震天下的国王和他所宠爱的盛姬。

一位神情猥琐的老头捧着一具式样古怪的乐器率先登上了场。他向高台行了叩拜礼后坐下来开始吟唱一首抑扬顿挫的颂歌，人们听不懂他的语言，却都迷醉在他的歌声中；两名衣着袒露的少女扭动着柔柔的腰肢跳起一种风格特异的舞蹈，她们那飞旋的脚尖宛如田野上跃动的狐狸，就连宫中最善舞的宫女都看直了眼。

国王偷眼看了看身边的爱妃，她的脸上露出了不耐烦的神色。他摆了摆手，老头的乐器落在了地上，传出最后一声颤动的低吟。

接着上场的是一位来自遥远国度的魔术师，他有一个傲慢的鹰钩鼻子和一把桀骜不驯的大胡子，他的家乡远在胡狼繁衍生长的另一方土地。他倨傲地向国王和他的妃子鞠了一个躬，然后从随身携带的旧羊皮袋里抓出一把豆子撒在地上，喃喃地念了几句咒语。周围传来一阵压低的惊呼，奇迹出现了，地上的黄豆和黑豆自动分成了两组，各自排兵布阵，有进有退地厮杀了起来。

可是王妃的眉头甚至连动都没有动过。两名剽悍的武士立刻上前把这位不幸的异乡人连同他的豆兵带走了。

一位身材矮小、肤色黝黑、缠着包头巾的汉子快步走了上来。他的手里提着一团同样是黑黝黝的毫不起眼的绳子。他盘腿在尘埃中坐下，把一个大家先前都没有注意到的短笛凑到了嘴边，顿时，一股低沉的魔音在夜空中响起。

慢慢地，那股放在地上的绳子动了一下，一端的绳头抬了起来，缓慢但是坚定地沿着一条优美的轨迹向上升去，仿佛有一只无形的手在提着它上升，上升，直升到一朵低垂着的乌云中。围观的人群情不自禁地憋住了呼吸，就连一直从容镇静的王妃也忍不住展了一下眉头，但是自始至终，她的笑容没有绽放过。

失望的国王招来了卫兵，但是那位机敏的艺人在武士还没有靠近他的时候，就一纵身跳上了那股笔直挺立着的绳子，飞快地爬了上去，消失在那一团乌蒙蒙的积云中。一名卫兵对着绳子砍了一剑，绳子断成两截落了下来，可是那名矮小的黑皮肤汉子不见了。

包头巾的人引起的骚乱只持续了一小会儿，表演接着进行下去，可是再也没有谁能像他那样幸运地逃脱国王的惩罚，锟铻宝剑上留下的血痕越来越鲜明。

寥落的晨星从东方升起，盛姬望着高台下面那些耸动的人群，鼎下的烈火照得她的脸半明半暗。小时候，她曾经有过一个荒诞的梦想：有那么一天，能够拥有难以数计的财富和珠宝，甚至连高山、湖泊、幽暗的森林和广袤的大海都属于她的名下；而所有的那些自高自大的男人都只是她的奴仆，蹲伏在脚下听候吩咐。那时候，她就是世界上最幸福的女人了。而这一切，身边的这个男人都替她做到了，甚至就连他自己也拜伏在她的裙下。现在她快乐吗？

高台下传来一片喝彩声。一个艺人完成了一个高难度的吞剑动作后，胆怯而又充满希冀地望过来。盛姬毫无表情地扭过头去，她知道这等于又宣判了他的死刑。无数的艺人正玩命地表演他们的拿手绝技，只是为了赢得她的一个笑容。他们真的是为了她的快乐，还是为了那一份丰厚得足以拿生命去冒险的赏金呢？

夜晚眼看就要过去了，国王的神情变得越来越焦躁不安。就在这时，守卫在门边的卫兵和拥挤的人群骚动了起来，人们纷纷向后退去，一袭黑袍出现在晨曦之中，带着魔鬼的气息。

一名年轻的士兵带着惊恐低声说：“我敢对大神发誓，他是突然出现的。”

确实，他的出现是那么的引人注目，就连盛姬也抬起了头，饶有兴趣地看着他。

黑袍人缓步走上前殿，卑恭地向王座行了礼，开口说道：“至高无上的王啊，你是这个世界中生命的主宰。我听到了你的承诺，从时间的溪流中浮泛而下，穿过了世纪的物质和存在的象征，带来了我的作品，期望能得到王妃的赞许。”

他的话引起了一片惊叹，因为就连王国中最富有智慧的谋父都不能全部了解他的话。

“你知道失败的下场吗?”国王带着醺醺的酒意,用威胁的口气问道。

时间的旅行者笑了一笑,他拍了拍手,四名仿佛同样从黑暗中冒出的黑衣奴隶抬着一只透明的箱子快步抢上前来。

箱子在晨星的光芒中宛如水晶般闪闪发光，旅行者猛地张开双手,他的手杖顶端放出刺目的光华。一只胡狼在远方发出一声凄厉的长啸。篝火余烬的红光照在水晶上,仿佛一阵水纹波动,箱子里显出一个人形来。

黑衣奴隶打开箱盖,箱中人直起身来,他带着惊异观望着身边的崭新世界，目光越过了骚动的人群和辉煌的殿堂，凝在了高台上。这是多美的一个小伙子啊,他的鼻梁高秀挺拔,他的目光明亮有神,他的笑容火焰一样灿烂。

面对着这样的一个奇迹,人群没有欢呼,没有激动,有的只是焦躁和狂乱的低语:“只有神才有权造人,这是亵渎……”“巫术!”“抓住他,地狱里来的魔鬼!”

周穆王的脸色有些发白,他的权力足以让他藐视一切法术,但用造物主才能拥有的魔力去刺穿生命的庄严,放肆地污辱神灵,那是另一回事。他犹豫不决地回头看了看,看见他的王妃唇边浮起一抹微笑。他举起了一只手,人群安静下来。

王妃微笑着开口说道:“异乡人,你的法术让人大开眼界。你说这是送给我的礼物,可我要这个卑贱的男人有什么用呢?”

她的话音犹如雪夜中的铃声一样清脆撩人，甚至黑袍人在她的美貌面前也不得不低下了头，谦卑地回答道:“聪慧美丽的王妃呵,他叫纡阿,只是一个傀儡,既没有生命,也没有尊严,但他从娑婆那里学到了音乐，从阿沙罗加[4]那里学到了舞蹈，当他展示他的所能的时候，就连石头也会欢笑。而他存在的惟一目的，就是尽其所有来让您拥有欢乐。”

他转过身，拍了拍手，喊道：“跳起来吧，纡阿！”

仿佛一阵微风吹过琴弦，站着的年轻人微微一颤，接着指头曼妙地动了一下，就让所有的人都屏住了呼吸。突然间，他浑身上下都洋溢起舞蹈的气息，就连足迹踏过最遥远国度的旅行家也从未见过的华丽欢快的舞姿，如同流水一样，从他的头，从他的手，从他的足，从他的每一根指头，甚至从每一寸肌肤中喷涌而出。有什么东西能够比拟他的舞姿呢，飘零在急流中的花瓣，回旋在风中的火焰——让人看了止不住地就想热泪流淌，想放声长笑。一支长矛从卫兵的手中脱落，摔掉在国王脚下的尘埃中。国王费了很大的劲才把目光收回，转到了坐在身边的盛姬身上，他看到了渴盼已久的笑容就挂在王妃的嘴角。

一舞既罢，高台上下鸦雀无声。国王站起身来想说话，却发现自己嗓音嘶哑，他稳了稳神，说道：“异乡人，你的礼物正是我想要的。我的承诺是有效的，我不想知道你的来历，从今天开始，你就是代地十座城池的城主了(大臣和贵族中传来一阵妒忌的低语，但是国王只是威严地朝他们扫视了一眼，低语声就消失了)。至于其他这些无聊的艺人，我要限你们在十五天内，离开我的王国。第十六天起，只要在我的国土上察觉你们的踪迹，就一律格杀勿论！”

黑袍人匍匐在高台下，回答说：“伟大的圣朝天子，我只是一介贱民，怎敢充当管理城池的重任。我不是为了赏赐才带来我的作品，如果陛下喜欢纡阿，那么请宽恕所有的这些艺人们吧。我迷恋他们用自然的力量显示出的巧技，而后世人已经忘了如何去接近

④娑婆、阿沙罗加：我不知道黑袍人属于哪个时代和哪个民族，从他无意中提到的这两位神祇的名字来看，也许他带有印度血统。

它。我们能借机械造就梦幻，却忘记了自己本身曾一度拥有的魔力。我渴望能从这些艺人中找到我所寻求的东西，去创造另一个梦幻般的神话时代。”

穆王听了他的话，微微一愣，随即不以为忤地哈哈大笑：“你是个疯子吗，大海难道还要向小河寻求浪花，你的技艺在我看来已经出神入化了，还要向这些无用的流浪汉们学什么呢？好，城池我就不给你了，大周国境内的流浪艺人我也不再驱赶，从今以后，他们都作你的奴仆好了。”他不容黑袍人再反对，大声叫道，“来人哪，将先生送到驿站的精舍中，把我的礼物和这些艺人一并送去……哈哈哈……乐师，奏乐！我要与爱妃及各位爱卿继续狂欢。”

黑袍人鞠了一躬，如同来时一样寂然地消失在阴影中。

周王的狂欢持续了三天三夜，最后一堆篝火终于熄灭了，精疲力竭的宾主丢下了狼藉的大殿，各自回去休息。

在后宫深处，重璧台⑤那高高的回廊上，盛姬把她滚烫的额头贴在冰凉的大理石柱上。她问自己，我这是怎么了？为什么看到纡阿的第一眼起，我就心中狂跳不止；为什么他的目光转向高台，我就情不自禁地想欢笑。她当然要笑，哪怕是为了纡阿的生命，她也要微笑。那些贪婪的艺人为了他们那份可望而不可及的赏金而送命，一点也引不起盛姬的怜悯。只有纡阿，是真心真意地为了她，为了她的欢乐而舞蹈。他不可能夹杂着一丝儿其它的欲望，她难过地想，因为他只是一具傀儡，甚至没有生命，没有因为她的微笑而得以保存的生命。

爱上了一个傀儡，她自嘲地摇了摇头，绕着寂静无人的回廊慢慢地踱了起来。她的目光不由自主地望向了那些奴隶们居住的低矮窝棚(对她来说，那些只能算是窝棚)。三天前，第一次发现她对纡

---

⑤重璧台：见《穆天子传》，“天子乃为之(盛姬)台，是曰重璧之台。”

阿那份令人惊异的感情后,她就托词溜回了后宫,一个人体会那又惧又喜的感觉。

国王的盛宴持续了三天,那班残忍粗鲁的家伙,就让纡阿跳了三天的舞。他一定累坏了,盛姬怜悯地想道,现在,所有的大臣和贵族都在呼呼大睡的时候,也许此刻他正痛苦地躺在哪个窝棚中喘息。

仿佛回答她的关切,一声鸟鸣打破了清晨的宁静,哀伤缠绵,仿佛一线游丝浮动在夜空中。然后,轻轻地,宛如青鸟般婉转的啼唱刺破了低沉的和音,欢乐和痛苦同时缠绕在一个孤独精灵的歌声里,犹如晨曦融合着光和影一般完美。天哪,盛姬又喜悦又痛苦地想道,这不是夜莺的欢唱,而是一个傀儡令人难以置信的美妙歌喉。他知道她在这儿。

带着异乡情调的低沉的喉音轻轻地摇曳着她,让她不由自主地想起了遥远的过去,想起了一个清冷的早晨,桨叶打碎了水上的晨光;想起了一个烛影摇红的夜晚,父亲把她送入了宫中。她的父亲后来如愿以偿地当上了盛地的领主……

不,不行,盛姬绝望地想,我的心承受不了再多的负荷,我不能再见他了。爱情宛如躲藏着的河流在黑暗中流动。壁龛里的烛苗静悄悄地燃烧着,她惊恐地向四处看了看,把头伸出高台,向脚下花草掩盖着的黑暗低声问道:“纡阿,是你在那儿吗?”

歌声戛然而止,一个发颤的声音回答了:“是我,我的女王。”

我的脸一定像少女一样发红,她心慌意乱地想。犹豫了一会儿,她柔声问道:“纡阿,你为什么不去休息?跳了这么长时间的舞,一定累了吧。”

“我用不着休息……能源……我不知道,”他在黑暗中沉默了一会儿,“我的胸口有个地方跳动得厉害,我不能去休息。主人说过,我是为了你的快乐而存在的。离开了你,我不知道该做些什么。”

他低低地吟诵着："我不能闭上我的双眼，我只能让我的热泪流淌。"[6]这句话表白一个人的内心所拥有的魔力让王妃心跳不已。"我的心指引我为你歌唱，把我留在你的身边吧，我不想为那些庸俗的贵族舞蹈。我只有十天的能源……十天的生命，让我用这剩下的七天来陪你一个人，让你快乐。"

王妃低低地呻吟了一声，说："你不应该这样。"

"您不喜欢吗?"黑影的声调里充满了悲伤，"那么说一句话吧，只要一个词……一个词，我就可以为你去死。"

"你会为她死的!"一个粗暴的声音打断了他的话。盛姬惊恐地转过身，看见姬满正满脸怒容地站在高台的楼阶口处，他暴跳如雷地咆哮："一个木偶也竟然敢调戏我的王妃，我要让你和你那该死的魔鬼主人一块儿粉身碎骨!"

"不!请不要杀死他!"盛姬恳求道。

妒忌的国王奔下高台，大声招呼着卫兵。

盛姬探出栏杆外，看见黑影还在那儿没动。他的声音依然平静："告诉我该怎么做，我只听从你的吩咐，也许我死了会更好。"

国王在高台下愤怒地咆哮着，一群士兵沿着鹅卵石砌成的通道从远处跑来，铠甲和兵刃相互撞击着，打破了花园里的静谧。

盛姬拿定了主意。"快跑，"她低声嘱咐，"从这儿逃走吧!"傀儡依然流连不舍，他仰着头问道："你还让我再见你吗?"

盛姬眼角的余光看见几名士兵已冲进了内廷，正向着那个胆大包天的冒犯者跑来。"当然，"她说道，"现在，看在大神的份上，快跑吧，为了你自己。"犹豫了一下，她加了一句，"也为了我。"

"我这就走，"那位激动的仆人低声而快速地说着，"燃起你召唤精灵的黑药粉，我一定会再来……"他转身向围墙跑去。王妃惊恐地看着两个卫兵挥舞着长戈追了上去，可是纡阿用一种令人难

⑥引自亨·海涅《深夜之思》，纡阿肯定读过它。

以置信的敏捷和技巧一下子就翻过了高高的围墙，不见了。

镐京里的大搜捕持续了整整三天，国王的卫兵仍然没有抓到纡阿和他的主人，尽心尽职的卫兵虽然几次发现了那个逃逸的傀儡的踪迹，但都被他从容逃走。

负疚的侍卫头领奔戎对暴怒的国王解释说："那个巫师就在我们的眼前消失了，连同他那四个长得一模一样的仆人……有七八个人眼睁睁地看着哩；至于那个跳舞的木偶(他说到这儿，平板的脸上流露出一分惧意)，他有着豹子一般的敏捷，大象一般的力量，他能空手扭断我们的铜戟，跑起来超得过最快的战车。"他最后下了结论，"他不是人类，而是一个扎扎实实的魔鬼小崽子，我们根本不是他的对手。"

停了停，他偷眼看了看国王的脸色，又补充说："依我看，他好像受到了什么禁制，当每次他可以轻而易举地拧断我们某个人的脖子时，却猛然停了手。要是搜捕逼得太紧或禁制解除了的话……"

国王"嘿"了一声，大步在大殿里走来走去，脸色阴晴不定。连号称最精锐的国王卫队都对付不了一个小小的偶人，这个大胆的家伙竟敢于流连在京城不走，国王隐隐感到一股逼向王座的不安全感。自从那个不幸的清晨之后，盛姬就只以沉默和流泪来回答他的恐吓和哀求，他烦躁地来回踱步，终于立定了脚步："来人，速请盛伯晋京！"

盛姬知道她的丈夫一直在搜捕纡阿，但她一点儿也不为他担忧。因为她从负责搜索的卫队那里打探到了纡阿神出鬼没的消息，她相信自己所爱的人儿拥有的魔力是战无不胜的。他们知道只有她才能引出纡阿来，姬满每日里到她这儿来，或软语哀求，或大声恐吓，她始终无动于衷。宫里每个人的表情都惶惶不安，她却仿佛带着一种恶作剧般的快乐，直到满头白发的老父亲跪在她的脚下，用整个家族的存亡兴衰来恳求她时，她才犹豫了起来。

“原谅我，纡阿，”她在心中想道，“你终究只是个傀儡，一个还有几天生命的木偶。我无法为了你放弃一切。”

第三天夜里刮起了轻柔的西风，盛姬在重璧台上点燃了一撮黑色粉末，粉末剧烈地燃烧着，爆发出一簇簇明亮的蓝色火焰，如同一只被束缚住的老虎挣脱了囚笼。一股青烟袅袅飘散在风中，有股硫磺的味道弥漫在空气里。

夜色更加浓厚，重璧台上静悄悄的，仿佛只有盛姬一个人。他不会来，盛姬庆幸地想。不知为什么，却又有一丝儿失望。

壁龛里的火焰摇动了一下，盛姬突然转过身来，看见纡阿就站在高台长廊的尽头凝望着她。时间在回廊间悄悄地流动，是那么的安静。有一瞬间，她甚至忘了陷阱的存在，而想跳向前去，扑向傀儡的怀抱。

一匹战马在她的身后轻声长嘶。我干了什么，她猛地醒悟。一股可怕的恐惧攫住了她：虽然纡阿注定会死去，但她这一辈子都将无法轻释背叛他的负疚了。“别过来，”她向着长廊的尽头喊道，“纡阿！这是个陷阱！”

纡阿转头扫了一眼花园里出现的国王的精兵，他的脸色因为痛苦而苍白。“那有什么关系，”他继续向王妃跑来，“如果这是你的选择，那么就让我死在你的脚下吧。”

国王咬牙切齿地喊道：“拦住他，杀死他！”

两百名最精锐的卫士冲了上去，那个赤手空拳的傀儡毫无畏惧地向着这堵青铜盾牌和长戟组成的金属洪流迎来。大周朝那些最著名的勇士——奔戎、造父，在他的手下如同草把一样纷纷倒下。傀儡在小心翼翼地控制着自己不过分地伤害脆弱的人类，爱情的魔力冲掉了永远不许与人抗争的禁令。激飞的刀剑像流星一样射入天空，又发出长鸣坠落在花木丛中。大周朝的卫士们发现自己陷入了这辈子最可怕的一场战争中。

最后一声刀剑的叹息也寂然了，两百名失去了武器和战斗力

的卫士倒在了尘土中。满怀创伤的痛苦的傀儡一瘸一拐地向王妃走近。

满脸铁青的国王一只手按在剑柄上,不知该如何是好。

"你还爱我吗?"傀儡悄声问道。

"我爱你。"盛姬回答道,向跳舞的艺人伸出手去。纡阿接过了她的纤纤玉手,跪下来放到嘴边轻轻一吻,如同一尊青铜雕像般僵硬不动了。

嫉火如烧的国王拔出了那把削铁如泥的宝剑,砍掉了傀儡的头。王妃惊叫着闭上了眼,没有温热的血液喷出来,他那漂亮的头颅下面是一大堆金光闪闪的金属片,以一种完美的不可思议的复杂联系在一起,随即在风中分崩离析,变成无数的金属碎片叮叮当当地散落在尘埃中。

王妃张开她含泪的双眼,一块透明的玉一般的簧片跳上了她的手,精巧地微微颤动着,发出了和纡阿的歌喉一样动听但却是单调的嗡嗡声。

后记:先秦时代是一个神话的时代,周穆王更是一个充满了传奇色彩的人物,这个故事来源于关于他的一个古老的传说,偃师造人的故事源远流长……1997年,我在一位神秘的黑袍人那里找到了一份手稿,他告诉我在几个世纪以前这份手稿就已经存在了,他只稍微改动了几个地方。我很怀疑他的说法,可是抓不着他的把柄,文中提到的"撒豆成兵","绳技"、"浣鼠"……确实都能在古老的书籍中找到依据,几个世纪以前,也许它们真的存在过……历史永远让人充满遐想。

天下之水

韩　松

试图将民族独特的历史文化积淀与科幻小说相结合的尝试很早就开始了，这是中国科幻的一次寻根。虽然从整体看，这种努力现在还未形成大气候，但其间还是产生诸如姜云生的《长平血》、潘海天的《偃师传说》、拉拉的《春日泽、云梦山、仲昆》等不少珠玉之作。韩松《天下之水》自属珠玉之一，它示范性地展现了历史与想像交融的巨大感染力，韵味独到，因而显得尤为璀璨。

一、孤独的水路行者

天下之多者，水也。生于北方的郦道元，一天发出了这样的感喟。

在他生活的那个时代，较之今天，北方的水草要丰盈得多，然而，人类真正了解到水之浩大，还是郦氏死后一千多年以后的事情。精确的科学考察表明，以海洋为主体的水占据了地表面积的百分之七十以上——恰好与人体中的水分含量一致。

那么，世界本身，是否便是一种有机体呢？这却是一件需要长久考察和求证的事情。

不管怎么说，对于以陆地为大本营的中国，能够在那时便说出

“天下之多者，水也”的人，大概是凤毛麟角的吧。

然而，《水经注》中，对于海洋，却又是很少提到的。举凡遇到海，注文基本上就到此为止了。间或提到，也是一笔带过，比如：“西南至安市入海”，“浙江又东注入海”之类。

这大约是因为，海在当时已被视为了世界的边缘。

郦道元所处的南北朝，是一个战火连绵、国土分裂的时代。但他笔下的水流，包括河湖溪瀑井泉等，却在大地上无拘地倾注奔流，突破了交战各方人为划定的地界。

在破碎的山河上，郦道元使用着统一的西汉王朝版图来描绘他的水世界，这连郦道元自己也不知道是为了什么。有的时候，他只是模糊地觉得，他不过是在借此挽救某种东西，而这种挽救，最终恐怕又是一种徒劳。

他十分希望能够弄清自己行为的意义，因为他深知自己对于水的执著，已是一个不可能被常人猜透的谜团了。他了解那么多的水，而对自己的心灵呢？

身为尚书郎，在陪同北魏孝文帝巡游时，每当中途歇息，郦道元便捋起自己的袖子，观看手臂上脉搏的贲张，这时，内心就会泛涌起上述的冲动。

他也曾看到了许多死于兵乱的人们，看到了他们裸露于皮肤之外的蛛网似的血管，还有尚没有气绝的怦怦脉象，以及从此将不能起到营养作用的体液。大地上的水，与人体中的水，比例到底有没有不同呢？此时，他困惑了。

但刚愎自用的帝王是不会这样去认识世界的，还有枕戈待旦的将军们，以及忙于宫廷倾轧的大臣们。郦道元成了水路上孤独的行者。

就是在这样的时刻，他忽然有一天梦到了红色的水。

他初以为是无处不在的血流成的河——这每每使他尝试拼绘完整而纯正的水图的努力化为乌有，但即刻他发现不是。

那耀目的色彩，几乎丧失了水的本相，而如同霞云或者雷电，只君临了一刹那，却使他大叫着醒来，并痴痴地长坐。

星光如水一样源源流下来，注入他宽大柔和的衣领，凉飕飕地顺着坚直的脊柱往下淌。

他醒来后便回忆着，那红色之水的背景，是一大片说不清颜色的压抑暗色物质。它无边无际、厚重无声地蠕动，使人感到憋闷。

但是，这便是对水的真实回忆吗？——世上大概是无这样的水的，或者，梦是对尚未纳入郦道元视野的某种水的预示？

几天来，他反复梦到这个场景。红色的水势越来越浩大，直到有一天，天下的水都变成了红色。

看上去，像是在用一种水统驭万种水啊。

梦中之水，便成为了一种意淫。

这时，郦道元忽然产生了去黄河孟门瀑布看看的冲动。他以为，大概只有那里的崩浪万寻、悬流千丈，才能一鼓荡平心中似不该有的疑虑，也是满足那久蓄的亢奋与饥渴。

但就在前去的路途上，他认识到了自己更隐秘的意识，那是在担心，红色的水是首先从那里溢出来的吧。但是，为什么是这样的担心呢？为什么是黄河孟门呢？黄色并非是红色的补色。

不管怎么说，满怀对红色水流的迷恋与恐惧，郦道元来到了孟门。这大约是孝文帝太和二十一年(公元497年)的事情。郦道元此时三十二岁。

二、"堪影"

在孟门，郦道元并没有看到红水。但黄河之水魔女般乱发狂舞的景象，又似乎象征并暗示着各式水之存在的可能，其中也包括郦道元尚不知道的水。

这时候，郦道元心灵有所感应，忽然回头，见距孟门瀑布一百米开外有片竹林，却是怪异之事。在他的知识体系中，应该是往南一些的地方才有这种植物吧，那么，这是一种品质殊异的竹了。

秀气的青竹与狂暴的黄河，形成了强烈的映衬关系。

这一片清湍如水的翠色，不禁惹得郦道元满心喜悦，缘竹而去。曲径通幽，光影叠乱，巉岩参差，不一时，竟听到了潺潺水声，不如黄河的粗犷，而像小女子轻歌。郦道元愈发欢欣。

水声时大时小，忽远忽近，似是一溪，在山石岩壁间一路跑跳而去。他干脆安下心来，与它捉起了迷藏，时左时右，忽前忽后，其乐无穷。

忽然水声大作，分明已到近前，然而趋步前往，水声又小将下去。眼前一亮，并无溪流，却是人面般大小一潭，颜色赭红，四面修竹环绕，风息云止，却见水面涨落不定，如有数条大鱼在其下翻腾鼓噪。

疑惑之间，却见竹影中有一草庐，柴扉虚掩。推门而入，见一人沉睡于竹席上。此时，外间水声又骤然大作。

郦道元垂手竦立，不久，那人醒来，见有客临，延座奉茶。细观此人，眉坠于肩，手长过膝。郦道元知是隐士，肃然起敬。

茶水却碧绿清洌，不见红色。由此可知不是那潭中之水所沏。此时，门外水声又哗然一片。

郦道元道："我观之，此处并无鲜活水源，外间不过一潭死水尔，本该静谧无声，缘何作此巨鸣，且流沫山腾？"

老者正色道："客人有所不知，此非凡水，而是一方生灵。"

郦道元大惊。老者复引领其至潭边。

却见那水，已趋安静，发出喃喃细声，似与老者轻语。郦道元击掌称奇。

"此等怪物，其质与水无异，其形随物化成，唤作'堪影'。"老者道。

"如何却栖身于此？"

"三年前的一个晦夜，孟门雷雨交集。清晨，门前便多了此潭红水。我始不觉有异，后渐知其非凡水。”

老者说罢，又轻唤数声，那水又作翻腾状，而水声竟可变化，如雄狮、健男，又如妇人、幼蝉。而郦道元做声呼之，水却置之不理，又似有嗔羞状，若闺中少女初见陌生男人。

郦道元语告老者，称近来夜夜梦见红色之水，方赶来此。老者不禁叹息。

郦道元复详观此水，只见其通体透明，不含杂质，清洁澄深，漏石分沙，又仿佛有漆胶的质感。他恍若置身梦中。略试水面，却被一阵皮肤般的温热所袭，手往里伸，却黏黏地陷住了，急拔而出。水哧然一声，似作笑。

他便与老者回到室中。老者称，日久已能辨知水声，如此便常与堪影交谈，已了解到其传奇身世。

堪影告诉老者，它已忘记了自己所来何朝何代，甚至，亦不知是来自过去或是未来。

它只记得，祖上是与人类无异的生物，生活在陆上。后来发生了世界大战，陆地生态体系遭到毁灭，全族才将自己改造为适宜水生的形态，下到了水中避难。

最初，仍接近于人类模样，但在千万年中几经演化，终于抛弃了旧有的形体，把生命寄寓于流水——世界即我，我即世界，以为如此便会永生。

然而，某一天，新的灾难不期而至，其族不得不离开水世界，迁徙向一个陌生的空间。

可是，不幸的事情发生了。不知是哪个环节出了差错，它在路途中阴差阳错被抛遗到了这个世界，未能抵达其目的地。

“它曾经寄生并又与之相融的水世界到底在哪里呢？”郦道元道。

“那便是海洋啊。”

“那么，是整个海洋的大迁徙了！”郦道元看着小小水潭，怔住了。

“是的,海洋即是堪影,堪影即是海洋。”老者黯然说,“它救赎自己的努力,终于失败了。”

北人郦道元对海洋所知不多,此时却万丈心潮轰然涨落。他无法想像那浩渺的大海,与这浅薄的水潭,竟是同一样东西。而海之蓝色,又是何时变化成红色的呢?——如堪影所说,到底是在过去,还是在未来?他深深地糊涂了。但可以肯定的却是,海洋眼下仍在远处无知地起伏,如同郦道元从未踏足南方,海洋又何曾来到此地了呢?

“它是多么可怜的生灵啊。在这里,还能生存多久呢?”

“恐怕,时日不多了吧。”

“如果把它重新置于一处活水中呢?”说这话时,郦道元眼前出现了孟门的黄河大水,正鼓足劲向它自己也不曾见过的大海奔流。回想到自己前半生与水打交道的经历,郦道元是多么的希望能够救助堪影啊。

“那样的话,这生命会迅速扩散,成为新的海洋。这是它化育自己的方式。天下的水将成为红色。它即是一,一即是众。”老者微微蹙眉。

“那么……”

“那么,我们的世界将成为水的世界,而这个世界上便不再有我们习称的水了。”

闻此言,郦道元顿然绝望了。

是夜,郦道元宿于隐者的茅屋。三更时分,他醒来了,听见外面传来呜咽之声。他不禁思忖,当初,那异类是否不小心自己毁了自己呢?难以想像,有一种生命、有一个世界竟由水来结构而成。

呜咽声越来越大,堪影在哭泣吗?

或者,它在呼唤同类——天下之水?但郦道元深知,那些水却是没有灵魂的。

他不禁对此水曾筹谋转移的目的地产生了好奇。它在哪里呢？所谓海洋之外的新的逃逸空间，恐怕是不好想像的。

大概是习以为常了吧，那老者却没有被水声吵醒，鼾声大作，不知做着什么好梦。郦道元心烦意乱，披衣走出茅屋。

夜色至浓处，天庭上有一处星云狰狞。这遥远太空中的神秘花环，从来没有如此地低垂迫近，直若要坠落头顶。郦道元觉得它像一摊溅开的水渍，不觉全身一震。在那后面，幽暗地浮动着一种他从来没有认真想过的东西，他难以形容它是什么，而它也的确超越了他的感悟力。

水声更悲戚了。水面虎虎跃起，形成一根三尺高的柱头，似要与那不可名状的世界亲近，但相距却实在是太遥远了。最后，水柱垂头丧气地放弃了努力，落下来，卧伏着不动了。

郦道元感到，说是空间吧，却分明是空间以外的存在，拥有超越一切的力量和简单至极的结构，却看不到也摸不着，乃连想像力也给幽禁了。这种别扭的体验，是第一次侵入他定型的人生。他想，面对这样的无以用言语表述的存在，水也好，人也好，又怎么能如此容易地救赎自己呢。

一种刻骨铭心的无由之痛，使他欲放声大哭。此时，却感到水潭如一只眼睛在惊讶而怯怯地注视着他，他便羞惭地控制住自己的感情。

然而，对于海洋来说，超越空间的"空间"，究竟意味着什么？而一团水流的生灵，又是如何发现这奇妙的存在的呢？如果它们真的去到了那里，又将以什么样的形态生存下去呢？恐怕，不再是水了。

世间之一切，本是无固有之形态的。

此时，郦道元忽然意识到此水与自己的关系，内心不禁涌出一阵极大的恐惧。

他僵然伫立，束手无策，直到霞光来临，一切才噩梦般成为了过去。

而那水却不动弹了，红色中透射出一层灰翳。他慌张地用手去拨弄，感到它正在凝结、冰冷、塌陷。

"死了。"他一惊，转头去看茅舍，却见它也在一片灰色的迷雾中慢慢隐遁。

他扑过去，双手去推那扇就要退行入虚无的薄薄竹门，却推了一个空。面前除了一堆青色山石，什么都不是。

回首一看，天空中有一个陌生的银色圆点，在苍白的太阳附近，局促地明灭了一下，便消失了。

刹那间，他感到了许多个世界的存在，而他所在的这一个，不一定便是最真实的。

过了很久，郦道元才恹恹地离去。他看到黄河仍在奔涌，才松了一口气。

三、无路可逃

返回洛阳，郦道元把这一段经历，写入了《水经注》。

此后，他更加勤奋而逼真地记录世上各种水的情况，仿佛是担心它们有朝一日会悉数遁去。

但直到很久以后，他都不愿去到海边。对海的记载，也颇寥寥，后世的研究者说，这不符合他认真的学者个性。

孝昌三年（公元527年），雍州刺史萧宝夤的反状暴露，朝廷命郦道元为关右大使深入险境与叛将谈判。这道授命其实是郦道元的政敌设计的阴谋，欲借叛将之手置他于死地。

对此，郦道元是非常清楚的，但他仍慨然而去，心中想着的是那一潭曾阅尽沧桑却终究无路可逃的红水。

连水也无路可逃之处，那究竟是一种什么样的境地呢？

水啊，你这形成世界的关键元素，你这无坚不摧的至柔之物，竟也走入了这样的结局，这大约便是"天下之多"更深的一层含意吧。地理学家此时的心情，已是无法用言语来形容了。

结果,郦道元终于在阴盘驿亭(今陕西临潼附近)蒙难。他的血液从尸身上泉涌而出,渗入泥土,汇入万千条水流,最后去到了他不曾涉足的大海。

在不久后洛阳的一场兵火中,《水经注》的数卷文献竟不幸被烧掉了,后世的人们不知道郦道元究竟还曾记录了什么。

现在,我们只能读到郦道元关于孟门瀑布的描述。他仅用一百三十一字,便将其水流冲交、素气云浮之景观,做成了千古绝唱,使后人扼腕叹息。

孟门瀑布,即今壶口瀑布。据考证,其位置距当年郦道元造访之地,已北移了五千余米。

西元第三个千年到来前的最后一个春夏之交,壶口瀑布浑黄的水流忽然变得碧绿澄清。据在黄河岸边生活了大半辈子的人讲,这种情形,还是第一次见到。而水流今后还将变为什么颜色,却没有一个人说得上来。但壶口瀑布将在百年后消失的消息,却是由此间最权威的新闻机构发布的。

本作品集是从近年来大量科幻作品中遴选而出的优秀之作。作品或想像奇伟,或故事诡异,为读者提供最佳的科幻阅读体验。